貂蝉

中国古代四大美女之一

石作忠 著

敦煌文艺出版社

图书在版编目（ＣＩＰ）数据

貂蝉 / 石作忠著. -- 兰州：敦煌文艺出版社，
2019.7（2021.9重印）
　ISBN 978-7-5468-1784-2

Ⅰ.①貂… Ⅱ.①石… Ⅲ.①长篇小说－中国－当代
Ⅳ.①I247.5

中国版本图书馆CIP数据核字（2019）第172753号

貂　蝉

石作忠　著

责任编辑：李恒敬
装帧设计：贾成吉

敦煌文艺出版社出版、发行
地址：（730030）兰州市城关区读者大道 568 号
邮箱：dunhuangwenyi1958@163.com
0931-8152198（编辑部）
0931-8773112　8120135（发行部）

北京一鑫印务有限责任公司印刷
开本 787 毫米×1092 毫米　1/16　印张 20　插页 2　字数 280 千
2019 年 8 月第 1 版　2021 年 9 月第 2 次印刷
印数：2 601~4 600

ISBN 978-7-5468-1784-2
定价：58.00 元

序

　　作为中国古代的四大美女之一，文史资料记载最少（不包括小说野史之类）、身世之迷众说纷纭的就数东汉时期的貂蝉了。她只是频频粉墨登场于文学作品和民间传说之中。罗贯中在《三国演义》中，就对她进行了生动细致、有声有色的描写和刻画，成了该名著的一枝奇花、一大亮点。再加上戏曲故事、民间传说的渲染，使得貂蝉成了家喻户晓、妇孺皆知的传奇人物。

　　貂蝉出生于甘肃狄道（今临洮县）洪道峪镇井任家村，原名任红昌，在临洮民间有很多关于貂蝉的传说和典故，以及风物佐证，貂蝉生活过的旧址等。如：貂蝉出生后的三年内临洮县百花含羞未开，在井任家村北还有貂蝉祖父母、父母的陵墓；在临洮县城西南约三十里处的貂崖沟里，还有貂蝉生活过的窑洞和棚房的残垣；在一山之隔的胭脂川，有乡民给吕布赠胭脂马的传说和貂蝉用过的上马石；临洮县城西和城北的貂蝉湖等。这些传说历史久远，而且越传越盛，越传越离奇风趣。陵墓、遗迹、貂蝉湖、上马石让人触景生情，思绪万般，竟想探个清楚明白，一吐为快。传与长城内外、九州上下共享！

　　貂蝉虽貌美如仙，足智多谋，但命运坎坷。少女时代十分艰难，遭虎难、当乞丐、做帮工，后遇贬官回狄道的潘子仪收留，并厚养教导。尔后又被王允收为义女，在王府受到王允栽培，磨炼成了识大体、担大义、智勇双全、忍辱负重、为国除奸的巾帼楷模。

王允为了除掉董卓，和貂蝉合力，用美人计离间吕布与董卓的关系，借吕布之手杀了董卓，后来貂蝉成了吕布的爱妾。李傕、郭汜大闹京都，逼迫吕布携貂蝉等家眷来到下邳城，自称徐州刺史。自以为粮草充裕，有泗水之险，安心坐守，可保无忧。他连日与严、曹二氏饮酒作乐，故酒色过度，面黄肌瘦，无心出城御敌。曹操兵临城下，城池危在旦夕，吕布不听陈宫、貂蝉守城之计，失去了最佳的破敌机会，遂带着曹氏去远程求援。

在无主帅，邳城即破的关键时刻，貂蝉带领全城将士英勇抗曹。她出谋划策、冲锋陷阵，巧施良策，三戏曹操，火烧曹营，取得了节节胜利。吕布求援无果回下邳后，又不听貂蝉计杀内奸之策，导致下邳城破、吕布亡的结果。

貂蝉不只是忍辱负重，为国除奸的巾帼楷模，她还有崇高的理想和对幸福的追求，也有他真挚的爱情。杀掉董卓后，她就一心一意地当了吕布的爱妾。此前，她有心心相印、爱之深切的潘平。但为了保社稷、除国贼，实施连环计，她从了大义，阴差阳错地割舍了和潘平的爱情，这成了她终身遗憾。她一路走来，有不少位高权重、贪婪女色之人骚扰利诱她，但她毫不水性杨花、趋炎附势、委曲求全。

曹操取了邳城后，将貂蝉赐予关羽。她仰慕关云长忠肝义胆、威武神勇，就来到了桃园三义身边，摒弃刘备激杀吕布的仇恨，尽心为刘备出谋划策，使刘备逃出牢笼、战胜袁术、计杀车胄、占据徐州。在刘备前途受阻、性命难保的境况下，她舍小义、从大义，义无反顾地回到了许昌。桃园三义得以安顺，而她身陷困境。在报仇解恨的行动中，身殉丞相府邸。她带走了无尽的遗憾，留下了世代相传的佳话。

——石作忠

目　录

貂蝉

阔少大闹洪道峪
强盗掳人抢善银

★ 东汉末年群雄起

★ 奸臣霸政山河泣

★ 惩恶贤仕何处寻

★ 天杰地灵洪道峪

第一章

强盗掳人抢善银 阔少大闹洪道峪

一

东汉年间，居住在狄道（今临洮）西南川洪道峪镇上的张占山，性格耿直刚烈重义气，体魄壮实力气大，人送雅号"西川牛"。凭着自己吃苦胆大箭法好，经常在淮水沟一带狩猎采药唱花儿，还在淮水沟的凤凰台上修建了临时居住的草棚。这个草棚虽小，但藏风遮雨，收拾得整洁温馨。这里人烟稀少、风景优美空气好。是他休息和花友们约会交流的好所在。他武艺高强，为人豪爽，爱打抱不平。偶尔还会在洪道峪镇上搞扶困济贫的慈善活动，摆个比武会友的大擂台。因为他知名度高，号召力强，乡邻们信任他，届时狄道山川的乡亲们就纷纷而来，倾囊相助，武术好家们也踊跃参加，一比高下，争夺武魁。

农历五月十九，是这里的"赏花节"，也是洪道峪镇逢集的日子。这一天风和日丽、天高气清，洪道峪镇和油磨滩上的各种花卉争奇斗艳、香气袭人。狄道山川的人们穿着节日的盛装，撑着拐把洋伞，摇着五颜六色的扇子，兴高采烈地从四面八方向洪道峪镇上涌来，他们是来争花后、选花魁、品花香的，还有购物募捐和比武夺魁的，也有男女相约而至的。集镇上男女老少、远客近主人声鼎沸，熙熙攘攘，锣鼓喧天，鞭炮齐鸣。载歌载舞的秧歌队、长腿怪臂的高跷队、腾蛟起凤的舞龙队，船姑娘、笑和尚、巫婆子、铁芯子个个尽情表演，欢声笑语不断，拍手叫好热情高涨。群情振奋，热闹非凡！

南屏山王董寨精武堂的少堂主董正邦，带着表妹单来凤乘兴而来，他和几名武生划着木排，激情地阔谈作文：

南屏山啊红桦柴　手摇水桨乘木排

轻舟漂过岳家寨　花香比武人似海

赏花捐赠打擂台　要把花魁折上来

他们从海巅峡口上排，顺着洮河漂流而下，冲出磨沟峡，淌过靳家泉，经过董家寺，在岳家湾的扎扎石处靠了岸。在武生们的簇拥下，表兄妹乐不可支地来到了油磨滩上。看上去董正邦魁梧帅气、机灵洒脱，身穿一套武师服，腰间佩着风凌宝剑。单来凤玲珑剔透、秀气外溢、服饰独特、行走轻巧。他们走到赏花节主会场，映入眼帘的是傍花随柳，花的海洋。熙熙攘攘的赏花人兴致高昂，赞不绝口。百花争艳的比赛场两侧有花一样的姑娘，在载歌载舞，热情地欢迎着参加花展、培育花卉的匠人们。红花、白花、紫荆花，朵朵簇拥；大花、小花、芙蓉花，花花相伴！花的世界、花的殿堂！五颜六色的花卉让人神思迷恋、不思回还，浓郁的花香让人神住、使人陶醉！

董正邦赏花如痴，看人发呆。他看着一位载歌载舞的漂亮姑娘在痴迷发愣，并走上前去搭讪套近乎："妹妹，你长得真迷人，跟哥哥去享福，愿意吗？"吓得姑娘躲在了其他姐妹的身后。他还想去跟那位姑娘亲热，却被一群花姑娘团团围住，喜笑颜开地喊着："花痴来了，姐妹们，快来领赏钱！"有这么多花一样的美女稀罕他，董正邦高兴极了，就向她们招手呼唤撒碎银，越撒人越多，欢呼声越来越高，他成了一朵颜色四溢的花芯，味道无比的香饽饽。他终于招架不住百花仙子的青睐，抽身跑出了主会场，带着单来凤和武生们向洪道峪镇走去，还意犹未尽地回看着赛花会场。

他们此行的主要目的，是要在洪道峪的擂台上大显身手，摘取西南川武魁，听闻这里有一位貌似天仙、温香艳玉的姑娘，他们还想一睹美人的芳容，看是否能与单来凤媲美。

还有一位仪表不凡、温文尔雅的相公在书童的陪同下，骑着大青马来到了洪道峪镇。他叫林文轩，字永钦。狄道川里有四大才子：天文地理问王枫，琴棋书画属黄韵，诗词歌赋林文轩，拳经剑谱严世勇。林文轩就是这四大才子之一，也是狄道名士林尚华的二公子，他是奉父亲的意愿，专程来洪道峪镇捐善银、闲游采风的。初到这里，感到一切都很新鲜，恨不得一览无余，常居于此，永享纯朴。他在这里问问，那里看看，感到这里的一切十分亲切，洋溢着热情好客、民俗纯朴、乡味憨厚的气息！充满了诗情画意，勃勃生机。他用手抚摸，用深情洞察。看到喜气洋洋的氛围、繁花似锦的集镇、热情好客的人们，心情格外的愉悦，大有回归故里的感觉。

二

擂台和募捐阁都十分热闹，上台打擂者之多，且非常踊跃，进阁捐银赠物者络绎不绝，进进出出毫不吝啬。擂台由张占山和徒弟秦龙主持，募捐阁由张占山的妻子任三妹和女儿任春桃打理。分工明确，各尽其责。

擂台上正打得热火朝天的时候，董正邦一个箭步跳上台，不由分说，就一拳将得意忘形的获胜者岳廷雄打下台去，摔得岳廷雄口鼻流血，骨颤肉惊，无法起身。众人欲上前施救，却被顺势跳下台来的董正邦一个"马氏扫院"的招数，将一圈施救之人打倒在地，还大喊："大家别管闲事，不懂规矩就别上擂台，他才打胜了几轮？就得意成这样。别让他在这里丢人现眼，给武行卖臊！就让这个窝囊去见阎王吧！"便抬脚凶狠狠地踢向岳廷雄……说时迟那时快，秦龙从台上甩出一个大陶瓷茶碗，嗖——啪！正中董正邦的脚踝，疼得他抽腿便摸，像失了前蹄的独脚兽一样，吸着寒气站在地上打转转。他七眼一看，原来是台上的秦龙所为。气得他火冒三丈，咬牙切齿地吼道："混蛋！敢给董家爷爷使坏，胆大包天！不想要命了。我今天要砸了这个破台子！"他跳上台去抽出风凌宝剑，将擂台上的飞龙旗杆砍倒，把武祖神坛掀翻，又怒气冲冲地在台案上拍了几下风凌剑，朝着秦龙猛刺过去。秦龙早有防备，闪身躲过。但董正邦还不肯罢手，使出自己的取胜阴招，把手中的剑哗啦啦的旋转了一下，闪出旋转的光芒，刺得人们眼花缭乱。他拼足了底气，用嫦娥奔月之势，黑虎掏心之术，直取秦龙的性命。

张占山急忙提醒秦龙："徒儿小心！"

秦龙侧身闪过，顺势把乾坤腿一伸，踢得用力过猛的董正邦跌了个狗吃屎的熊势，快要跌下台去的时候，秦龙伸手去拉他，反被董正邦借机在秦龙臂膀上刺了一剑，顿时秦龙的臂膀鲜血直流，疼痛难忍，场面哑然。张占山见势不妙，扑上前去将董正邦按倒在地，让秦龙快去包扎治伤。张占山体壮力大，武功高强，整得董正邦再无招架之力，只有气喘吁吁地躺在地上挣扎要赖，还破口大骂："擂台作弊！"

单来凤见表哥倒在了台上，不但再无取胜的可能，还有丢掉性命的危险，吓得她心惊肉跳，急得她六神无主。情急之下，就像飞燕觅食一样飘落在台上，她知道自己的武功根本打不过张占山，就慌忙地趴在了董正邦身上，用自己的身体护住了董正邦，并向张占山求饶："老师傅，您大人不计小人过，就请手下留情，饶过我哥吧。"张占山举起的铁掌慢慢地收了回来，无可适从地坐在了选将椅上，怒目横眉地看着董正邦。

单来凤扶起恼羞成怒的表哥后，又转身来到秦龙身边，撕碎了自己的白绸衣裳，用它给秦龙小心翼翼地包扎起了伤口，并喃喃地说："这位阿哥，我表哥粗野无礼，出此损招，让你受难了，实在对不起，小女子这里赔罪了。"说着就跪在秦龙面前磕起了头。秦龙赶紧扶起单来凤道："这位小姐不必如此，擂台上发生这等事情不足为奇，这点小伤不碍大事。快保护安慰你哥，且莫随意行事，擂台上下高手如林，武林之人多有血性，久留此地，恐有不测，还请速速离去，擂台比武还要继续进行呢。"董正邦摸着发疼的屁股叫道："你们别得意！本少爷今日身体欠佳，无心再打，明年定来夺魁报仇。"说完便灰头土脸地离开了擂台。

三

董正邦和单来凤在武生们的陪护下，心灰意懒地来到募捐阁前，想在这里摆摆阔绰，出出风头，消消晦气，还想目睹一下狄道第一美女的风采。他们迫不及待地四处张望，寻觅美人的倩影。还没有等他们进得门去，就听见甜美的女子声音，"多谢乡亲们的善举，我代受赠者行礼了。"随着银铃般的声音，从募捐阁缓缓走出一个如花似玉的姑娘来，看上去十六七岁，身材窈窕，衣饰合体，白净的脸上有一双迷人的眼睛，弯弯的眉毛像柳叶一样秀气，直挺的鼻下有一张樱桃小嘴，漆黑浓密的长发披在肩上，好一个天上少有地上无双的美女！果然名不虚传。

董正邦一行看傻了眼，想走了神。此时此景，他们觉得不在凡间，而是在王母娘娘的瑶池旁。迟疑之间，林文轩迈步进了募捐阁，那位漂亮姑娘热情地迎了上去，两人双目相对的一刹那，都晃然心跳加速，脸颊发烧俳红，好不自在，痴呆不语。

董正邦妒从心头起，嫉从眼边来，走上前去一把拉住林文轩："哎哎哎，抢什么，看你是个文雅之人，怎么如此行事，总得讲个先来后到，早晚有序嘛。"转脸笑眯嘻嘻的对姑娘道："美人，我是专程来和你见面的，可把人给想死了。"说完伸手去拉姑娘的手。羞得姑娘不知所措，便气冲冲地道："这位公子好生奇怪，你我面生无遇，更无思念之由，何故出这般轻薄之言、触手之举？"这时有人喊道："春桃，不得无理，休要顶撞布施之人。"噢，大家明白了，她就是狄道美女任春桃。

董正邦觉得自己过于心急，举止唐突，便情随事迁地装出一副文质彬彬的样子道："我捐赠心情过于迫切，故此鲁莽了，请不要发难于我。这位公子多多包涵，切莫计较。"说完将十两纹银砸在了募盘之中，洋洋得意地坐在了贵宾席上。斜眼扫视了一下捐赠的人们，尔后色色迷迷地盯着春桃不放。

林文轩走上前来，捐纹银五十两，绸缎四匹。走到任春桃面前，谦恭地道："区区银帛，是我父绵薄之心意，切勿见轻，春桃妹子，你过于繁忙，暂且别过，后会有期。"说完转身要走。春桃觉得此人文质彬彬、谈吐不俗，欲留他多坐一会儿，但不好开口，正在无词焦急。

"且慢！穷秀才你摆的什么阔，充的什么大？本少爷的捐银还没有掏完呢。"他起身命单来凤和武生们又往募台上砸了一百两银子，并理直气壮地道："这是九牛一毛，我家的金银多得很，狗槽槽都是银子做的，你这个文弱书生好不知趣，还敢在我董正邦面前显摆放肆！驳本少爷的面子。"

林文轩忍无可忍地回道："我与你有何计较，哪里刮倒风到哪里歇着去，请不要在此装模作样、泼皮耍横！"

董正邦从贵宾席上跳了起来，歇斯底里地命令武生："牛二、靳虎，给我狠狠地教训教训这小子，让他知道马王爷几只眼，龙王爷几只角。"两个武生拦住林文轩去路，一顿脚踢拳打，打得林文轩遍体鳞伤，还不肯罢休。单来凤劝表哥罢手了事，息事宁人，怕闹出人命惊动官府吃官司，她上前阻止牛二、靳虎再勿使暴："你二人好生野蛮！二爷让你去吃狗屎你吃吗！"牛二、靳虎收手看主，一副无可奈何的样子。

董正邦听了哈哈哈一阵狂笑，瞪了瞪眼睛，挥着手道："打！继续打！狠狠地打！"牛二、靳虎又挥拳甩腿地打了起来。气得单来凤无计可施，便举手点了牛二、靳虎的穴道。董正邦好生不快，跳到林文轩前欲使狠招下毒手，这时，像箭一样飘来一缕彩虹，挡在了林文轩身前。董正邦定神一看，原来是美女任春桃护住了林文轩。他举起的铁拳缓缓地放了下来，左右为难，骑虎难下，不知如何是好。

在场的人们悬着心看究竟，只见春桃舞动衣袖前推拉后，顿时发出刺眼的光芒，直射董正邦，随后光芒慢慢地变成了纷华靡丽的祥云，严严实实的护住了林文轩。董正邦跃跃欲试，仔细地搜寻片刻，仍不见林文轩的踪影，只有眼前的一朵彩云，又见任春桃轻盈、无声无迹地回到了募捐阁门口。人们惊叹不已，称赞春桃行侠仗义，技能非凡！

春桃乃张占山之女，自幼跟随父亲习武，由于她勤学苦练爱钻研，长进颇快。她的武艺超出了父亲重功夫讲精准的范畴，拜帐房山白师太为师，学到了一些幻术绝技，达到了出神入化的境地，就连师兄秦龙也甘拜下风。

董正邦羞愧难当，一边骂武生无用，一边笑容可掬地走到任春桃前，恭恭敬敬地拱手谢罪："春桃贤妹，得罪之处敬请原谅，我乃粗野之人，做事荒唐无理。你出神入化的功夫让我长了见识，善良豁达、爱憎分明的品行让我羞愧。我欲和你结为兄妹，不知可否？春桃妹妹来来来，咱俩快跪拜神灵，结为兄妹。"说着就去挽春桃的胳膊。

春桃拨开董正邦的手，倒退几步。董正邦的这番举动搞得她如坠云雾，不知所措，羞答答地道："少侠且莫胡言，你我素昧平生，相互知之甚少，草率结拜有失传统伦理，你乃富家阔少，我一贫贱女子，差别悬殊，我有何资格与少侠走近？高攀不起，你兄我妹多有荒唐，会遭来口舌。"

"无妨无妨，我董正邦做事谁都左右不得，无人敢嚼舌根！这叫好汉访好汉，俊男寻红颜，单来凤不及你半分，你我才是天生地造的一对鸳鸯。"他又要上前拉春桃的手，还让牛二、靳虎快快设置香坛，春姚淡然拒之："且勿轻薄我！"

"走开！男女授受不亲，不得造次。"秦龙闻风赶来，一把打开董正邦的手，把春桃挡在一边："妹子，休要害怕，哥哥在此，看谁有胆量戏弄于你。"春桃亲昵地靠在秦龙身上："哥哥，他无端滋事轻薄我，好不知趣！"

怒发冲冠的秦龙对董正邦道："刚才你在擂台捣乱，念你无心之过，看在你表妹面上，没有追究你的鲁莽过错，轻饶了你。现在又在这里行为不端，好生可恶！"

董正邦听了很是生气，虽理屈词穷但还是对秦龙说："你，你你，你是哪里的臭小子，多管闲事！我和春桃的事与你何干，为何处处与我作对？男欢女爱是天经地义的事，我俩你情我愿便罢，咸吃萝卜淡操心，关你屁事！"

秦龙听了怒不可遏地大骂："你这个不知廉耻的人渣，竟然口出秽语，就不怕闪了你的舌头？滚！滚出洪道峪，这里的人不欢迎你！"

董正邦摇头甩腿，秦龙摩拳擦掌，武生和春桃都跃跃欲试，准备一拥而上，一场恶战一触即发。如何调停，众人无计可施，吓得心惊胆战地四散而去……

刚才，单来凤趁人们不在意时，偷偷将林文轩送出了镇子，并真情实意地对林文轩说："林兄，今日是我表哥耍横伤害于你，请多原谅，我替他向你赔罪了。"说完扑腾跪在了地上。

林文轩扶起单来凤道："这位妹子切莫自责，我看得清楚，你与董正邦非同路之人，今日若无你舍身护救，我还不知要遭受多少皮肉之苦。在下这里谢过了。"他深深地给单来凤鞠了一躬。单来凤含情脉脉地送走了林公子，还恋恋不舍地挥着纤手，喊着："咱们有缘再会——"

在募捐阁气氛十分尴尬之际，单来凤返回到这里，看到吹胡子瞪眼的人们，就明白其中缘由，她知道是表哥显摆自大，贪恋女色所致。她心里也不愿意表哥爱上别的女子，误了自己的幸福。再看如此漂亮玲珑的任春桃，也有几分醋意。她拉起董正邦说："表哥，走！咱们回王董寨去，不在这破地方踩眼，天下何处无芳草，这洪道峪的花不艳人不美。"

董正邦借着表妹的话头道："我想要的一定会得到，不怕孬人搅和，再硬的石头也能焐化，就是天上的星星我也要去摘。任春桃，我还会来的，不要随便嫁人，等着我。"说完色迷迷地向春桃笑了一下，也恶狠狠地乜了一眼秦龙，摸了摸腰间的风凌宝剑后，带着单来凤和武生们大摇大摆地离开了，留下一片哗然的讥笑和冲冠的愤怒。

四

过了午后，春桃整理好募捐来的六百多两银子和布衣粮食，想坐下来歇息片刻，就听见急促的马蹄声朝募捐阁奔来。还没等她缓过神来，就见一帮穿黑衣、戴毡帽、蒙着脸、拿着作杖的人冲了过来，吓得乡民们四散而去。春桃知道这些人是紫松山响石寨的土匪，不用问来由就知道是来抢东西的。她忙喊："大家快快躲避，紫松的土匪来了！董天鹏来抢东西了——"

她拎起钱袋就往里屋跑，但为时已晚，被响石寨年轻的二当家乔峰横在了内门口："往哪里跑？把钱放下，老子饶你不死！"春桃厉声道："钱在这里，有能耐就来拿。"春桃的母亲任三妹跑过来帮女儿，却被一个土匪打倒在地，嗷嗷呻唤。春桃抱着钱袋，用二郎神点将之术把乔峰打倒。她扶起母亲，安慰不要害怕，先忍着疼痛在此藏着。为了善银的安全，她拎起钱袋跳出募捐阁，准备逃走时被董天鹏拦住了去路，还没有等她怒斥理论，就被身后的土匪麻壮在后脑勺上打了一棒，昏倒在地不省人事了。

董天鹏抢过钱袋，对喽啰们道："这女子还算有几分姿色，弄上山去当压寨夫人。"小喽啰们把春桃捆绑起来，驮在马背上，跟着董天鹏，快马加鞭地回响石寨去了。土匪们的目的达到了，还意外的收获了一个大美人。这次他们出寨抢掠是有预谋的，事先派了探子，摸清了路线，专门选了油磨滩赏花节、洪道峪逢集摆擂台、募捐的日子。

张占山和秦龙闻讯赶来，只见任三妹躺在地上呻吟，却不见了银两和春桃。问及路人后才知道响石寨的土匪下了山，抢了银两，掳了春桃。他俩听了后气得跺脚，急得发疯！情急之下没了良策，只好提刀上马追了上去。

任春桃的母亲大名任三妹，是洪道峪镇任宗林的千金，她是三姐妹中的老三。因为任宗林没有儿子，为了顶立门户，传承任家烟火，遗憾之下，就招张家寺村的张占山为入赘女婿。张占山和任三妹婚后生了一个孩子就是任春桃。因为这里有个习俗，第一个孩子不能跟着入赘女婿姓，而要顺着母姓，也是后继有人，延续烟火的意思，所以就让孩子跟了任三妹的姓，取名任春桃。

张占山夫妇十分疼爱春桃，视如掌上明珠，胸中的心肝。让她吃香的穿新的，教她读书识字学绣花。她自幼喜爱武术，在父亲的教导下，她的武艺进步很快，张占山还让她拜师在帐房山三清庵的白师太门下，苦学了两年。她的功夫虽然不深，却出神入化，奇妙无穷。小小年纪就在狄道西南川有了名气，人称"仙桃侠"。

春桃心灵手巧，人品出众，是水灵灵的大美女。加上张占山在狄道川里的崇高声誉，再经过好事客的传扬，任春桃成了狄道三百里平川的第一美女。她刚年方十六，说媒求婚者快要踩坏门槛，李二娘说："沟刘家财东的少爷刘玉林才貌双全，和春桃是天生地造的一对。"张占山听了全然不放在心上。胡三婶说："王佐权的儿子王保信在西凉刺史董卓手下供事，前途无量。"张占山一听便火，毫无趋炎附势的意思。说到底，张占山上淮水沟狩猎的主要原因是被媒婆们逼上山的。

张占山只有春桃这么一根独苗，也不想把她嫁出去，想找个倒插门女婿传宗接代，延续张家烟火，但一直没有合适的，急得他直拍脑门，求神拜佛。

说来也怪，春桃这丫头把谁都看不上，哪里都不去。谁说择婿出嫁她就老不高兴跟谁急："多管闲事，谁愿出嫁谁嫁去，有我啥事！"她倒是不烦师兄秦龙，毫不避讳地黏在秦龙身边，甜甜地叫着："师兄、师哥呀。"在秦龙面前像只花蝴蝶飞来扑去，像小花猫似的撒娇逗笑，问长叙短，秋波盈盈。窘得秦龙不知如何是好，左右为难。

三年前的中秋节，张占山去挑锣滩村的朋友家追节省亲。在朋友的盛情劝酒下，他多喝了几杯。突然想起了三妹和春桃还在家等他回去，给祖先们烧香燃烛送盘缠呢。就带着酒性往回赶，他跌跌撞撞地走在大路上，嘴里还心不由衷地喊着猜拳令，比划着数指头。自言自语：我没醉，还能喝二斤，我是张八斤，酒将军。不论是否认识，都要给来来往往的人们笑呵呵地打招呼，并拱手问好，生怕别人说他是酒醉汉出洋相。还兴奋地唱起了顺口溜：

> 洮河边的红心柳　挑锣滩的老朋友
>
> 招待亲朋不停口　大骨头的高粱酒
>
> 花生水烟全都有　把人喝得不会走

他走到咕咚峪沟口时酒性发作，一时头晕眼花，天旋地转，身子失去了平衡，扑腾栽倒在地上了。有人要扶他起来，他却说："你别搅扰我，这棉毡厚被软乎乎的，舒坦得很哪！"此时，天公发了怒，电闪雷鸣，狂风大作，顷刻下起了暴雨。他的衣服被大雨淋透了，身上糊满了黄泥巴。电越闪越刺眼，雷越打越炸响，雨越下越大，山洪的咆哮声越来越近。他眼巴巴地看着洪水淹到了身边，而且越淹越深，红泥水快要淹到腰间，随时都有被洪水冲走的可能。他浑身无力出不来，自叹道：完了，老天爷要收我老张了，春桃我娃，爹走了……

正在这时，一个衣着破旧的年轻人跳进汹涌的洪水中，奋力救起了张占山。待洪水过后，他背起张占山送到了洪道峪镇的家中。准备离开，被任三妹母女盛情留下了。

这位年轻人自称是狄道县马衔山人，名叫秦龙，逃难至此。张占山感激不已，赠银感谢他不肯收，张占山就留下他，给自家放羊干零活。张占山见秦龙聪明体健，而且为人忠厚，就收他为徒，并精心教练，极力培养，没出三年，秦龙的武功就远近闻名，和师傅也相差无几了。因为他轻功好，刀法准，人送外号"飞来燕"、"飞刀侠"。使得张占山更加喜欢秦龙了，并视为亲生儿子一样对待。思忖着日后让他延续张家的烟火。

五

响石寨的土匪满载而归，整个山寨灯火通明，碎杂声音四处喧嚣，土匪们围在议事堂的长廊桌上吃肉喝酒谝闲传。大当家董天鹏得意洋洋地举着大酒碗高声道："兄弟们，董爷我今天下山找食，收获颇丰，还弄来了西南川的美女任春桃。六百两银子赏给兄弟们，唯独美女任春桃不能送尔等，她不但人清秀，还会拳脚功夫，正合我的胃口，我要和她同床共枕，让她做咱们响石寨的压寨夫人，大家说好不好？美不美？"

"好——美——"众匪异口同声。

二当家乔峰举起酒碗道："各位兄弟，大当家抱得美人归，值得庆贺，来，咱们敬大当家一杯，祝大哥早得小寨主，颜福永缠绵！响石寨繁荣昌盛、千秋永固！"得意忘形的董天鹏哈哈哈大笑，即命择一黄道吉日和任春桃拜堂成亲。

乔峰掐指一算道："大哥，今日十九，乃花神占位不可行事。明日，后……对，大后天是五月二十二日，是龙凤交合、二龙戏珠的黄道日子，寨主您意下如何？"

董天鹏大喜，拍案而起："好！好日子就定在龙凤交合日，二当家，吩咐下去，准备婚礼事宜，一定要搞得热烈气派，酒宴要丰盛，吹鼓手要懂行。还要给亲戚朋友、坐山大王下喜帖，请他们也来看看我的压寨夫人，喝杯喜洒、沾沾喜气，千万别忘了我的大哥董天鹤，这个，这个张占山请不请呢？"

正在此时，有人来报："大当家，有人想偷袭我们山寨，不小心掉进了我们的陷阱，我等已将二人五花大绑，押到了议事堂门口，听候大当家处置。"

董天鹏闻报，即命人将落阱者押进堂来，要亲审一下。他瞪眼一看，原来是张占山师徒。就赶紧背过身去，心想冤家路窄，方才还在思忖请不请其上山当娘家人，喝喜酒呢，他还后屁股撵上山来了，这叫我左右为难，如何是好呢。

张占山大骂："董天鹏，你这个山贼，难道忘了昔日杀人的教训，还敢抢乡民募捐来的银两，掳我爱女，就不怕天谴人诛吗？快快反悟，将善银奉还，让我女儿平安回家。"

秦龙挣扎着大喊："你这个山匪草寇，没有善心义举也就罢了，竟敢下山抢银掳人。就不怕天怒人怨遭报应吗？快快归还银子，还春桃自由之身，不然你会遭来横祸！"

董天鹏的脑子来了个大转弯，他走上前去，亲自给张占山和秦龙松了绑，还请他俩坐在了金刚椅上，让喽啰们递茶斟酒。他客客气气地道："张兄莫要生气，愚弟一时糊涂，做了让人耻笑之事，思来想去，这善银是万万拿不得的。这些银两已经给兄弟们分了，待收上来后如数奉还，喝酒喝酒，消消气。"

秦龙急问："春桃在哪里？我要接她回家。"

董天鹏转悠在张占山师徒身边，拍着秦龙的肩膀说："飞刀侠放心，春桃在房间歇息，好吃好喝地伺候着，三日内她还不能与娘家人相见，我要让她当压寨夫人，三天后我就成了她的男人，占山的贤婿，你的妹夫了。大喜呀！"

"放你娘的臭屁！"张占山掀翻了桌子，指着董天鹏大骂："你多大岁数了，是什么东西，有何德何能、何资格娶我爱女，简直是异想天开，白日作梦！"

秦龙道："你老牛还想吃嫩草，匪贼还想配良民？也不撒泡尿照照自己多寒碜！"

董天鹏深藏若虚地道："配不配乃是我的事，张占山你配得上任三妹吗？你夺走了我的所爱任三妹，这夺妻之恨还没有跟你算清，现在用你们的女儿来抵债，这不合天道吗？这叫父债子还。"

当年董天鹏也风流倜傥，家境殷实声誉好。他和任三妹已订了婚约，不料突遭变故，他失手打死了搜刮民财的府役，为了躲避追捕，毙他抵命，他哥董天鹤就专门在紫松山给他修了响石寨，让他做了当家人。他就上山当了猎户，后来就蜕变成了草寇，他和任三妹的婚约故然无效了。期间，他还偷偷地去过几次三妹家，想带三妹上山为生，但遭到了拒绝，后来任宗林就招张占山入了赘。

张占山无语，只是瞪着牛眼怒视董天鹏，恨不得扑上去一拳打死他，救出女儿。秦龙砰砰砰地砸着桌子，气得浑身发抖，他气冲牛斗地对董天鹏说："土匪头子，不要把上一辈的恩怨延续到下一辈，只要你放了春桃，我任凭你处置。"

"好吧，如果你们送来五千两纹银，我就放了她。但只有三天时间，快去拿银子吧。"说完进了后堂。他知道三天时间张占山是凑不够五千两银子的，这个压寨夫人他是娶定了。

秦龙欲追上去讨说法，被束手无策的张占山劝了回来："别跟这个王八蛋理论了，别无他法，咱们赶紧回去凑银子吧，不然就来不及了。"师徒俩无可奈何地离开了响石寨。

六

董天鹏把春桃关在已故大夫人的房间里，好吃好喝地让人侍俸着。但春桃毫不领情，就是不吃不喝，摔碟子砸碗。还不停地大骂："董天鹏，你这个山贼草寇，真不知羞耻！把善银都敢抢，你丧尽了天良，要断子绝孙！"董天鹏还真没有儿女，他听了心如刀割，但他没有为难她，心想，有你我就不断子绝孙了。春桃又骂道："你把我掳上山来当土匪婆，痴心妄想……"

二夫人红莲怕自己山寨女主人的地位不稳，在春桃的食物里下了断肠草，准备毒死春桃。于是，她就千般关心，万般殷情地劝解："妹子，吃点东西吧，有了力气才能和他斗，姐姐同情你，咱们同命相怜，都是苦命人，你千万不要给他当夫人，这个苦海深得很哪，来，吃饭吧，弄坏了身体不值当。"她把饭碗捧在了春桃面前。春桃觉得二夫人的话有些道理，便端起饭碗就吃，啊涕！她突然打了一个喷嚏，把手中的碗筷掉在了地上。饭也撒了一地，她呕气地说："不吃了，不吃了，打死我都不吃了。"

二夫人又心生一计，对春桃说："妹妹，我看你逃不出寨主的手掌，

姐姐我心软，也心疼你，就是豁出命来也要帮你回家，和家人团聚。现在
天已黑了，我把守门的人引开，你趁机出门，绕到房后，沿小路径直从后
山门出去，那里没有守卫，出了门就找到下山的路了，保不定你师兄还在
半道上等着你。"春桃半信半疑地点了点头。

红莲对守门人说："喂，小兄弟，大当家叫你们去喝庆功酒，赶快去
吧，换岗的人马上就到，我替你们守一会儿。"守卫信以为真地走了。春
桃出了房门，按照红莲说的路道很快来到了后山门，刚迈出门槛，就听唰
的一声，还没来得及躲避，她已被牢牢的装进了绳套里。老奸巨猾的董天
鹏早就料到了这一处。任春桃又被连推带揉地关在了房子里。

到了二更时分，山寨静了下来，只有森林中野狼的嗥叫声，闹腾了一
天的土匪们进入了梦乡，春桃感觉有些疲倦，就闭上眼睛，趴在床上准备
打个盹。噔的一声响，她发现有人破窗跳进了她的房间，吓得她不知所
措，就战战兢兢地缩在了墙角里，但她还是本能的拿起了顶门杠准备自
卫。此人没有蒙面，没有带任何武器，也没有粗声大嗓，作威吓唬。只是
喜形于色地轻声对春桃道："妹子别怕，哥哥我不是什么坏人，我是来救
你的。"

春桃定眼一看，原来是二寨主乔峰，她紧张的心情缓了下来，走上前
来问："二寨主到此有何指教？"

乔峰一本正经地道："我要救妹妹出去。"

"你何故救我？"春桃有些迟疑。

"哥哥我怜惜妹妹漂亮又玲珑，让老寨主糟践，我于心不忍。"

"那你有何办法救我出去？"

"如果你从了我，让我尝了你的头道鲜，我就用高头大马亲自送你回
家。"说完得意地狞笑起来。

气得春桃两眼发直，啪啪扇了乔峰两个耳光，骂道："你这个畜生！
不要满口胡言，癞蛤蟆想吃天鹅肉，白日作梦！"

乔峰恼羞成怒地说："给脸不要脸，我好心搭救于你，还不识抬举！"

他知道春桃的武艺比自己强，霸王硬上弓是不行的。于是，他偷偷地从衣兜子掏出一个纸包包来，准备给春桃喷山寨自制的"松骨粉"。吓得春桃左右躲避，不知所措。

"谁在屋里闹腾？"董天鹏在门外发问。乔峰一听寨主来了，嗖的一下跳出窗外，消失在了夜色中。

董天鹏走进房内一看，春桃像惊弓之鸟一般，屋内零乱不堪。便问："美人，为何如此紧张？"

春桃强做镇定地回道："你们将我关在这空荡荡的房中，窗外野兽嚎哭乱叫，怎叫人无惊不怕？此时我心慌意乱，哪有心思收拾房间。"她没有说出乔峰刚才的所作所为，怕人知道了刚才发生的事情，会招来胡乱猜疑，影响她的清誉。

董天鹏望着惊魂未定、楚楚动人的任春桃道："莫怕莫怕，有寨主在此，神鬼也会退避三里。"他伸手去拉春桃的手，可春桃忙把手抽了回去："寨主莫要乱了心界，不要动手动脚。"

"这有何妨？你迟早是本寨主的夫人，还动弹不成？"

"你我还未拜堂，我父母还没有给我净身梳头，我身上还带着秽气，万不能触了寨主的霉头。"春桃设法周旋着。

董天鹏急不可待地扑上去抱住了春桃："什么霉头不霉头的，今晚见了你的红，那才是撞大运、添红喜。来来来，咱们先行行云度度雨，不要错过这良辰美景。"他将春桃压在了床上。

春桃挣扎着说："寨主莫要粗暴，你若这般急躁行事，日后我会与你分心。憎恨一生。"

他不听春桃求辩，无法自控地脱起了春桃的衣服。

哐当！二夫人踢门进来了，不由分说，就在董天鹏的屁股上打了一棍。气喘吁吁地骂道："死不要脸的，还有三天你都熬不住，忍不住就来我房里，多大的火水都能泄掉，何必非要干这没屁股眼的事。"又训斥任春桃："你这个小妖精真骚，急不可待的，刚上山就想要男人，勾寨主的魂。看我以后怎么收拾你。"

二夫人红莲是出了名的泼妇，还会些武功，平时山寨的人都怕她，绕着她走路，避着她说话，董天鹏也怕她三分，她撒泼耍赖不讲理，原因是她父亲是莲花山的大土匪头子。

红莲赶着董天鹏走了。春桃这才静下心来，关好门窗，窝在床上，裹着被子歇息了。

七

第二天中午，南屏山王董寨精武堂收到了响石寨的喜帖，董正邦看了喜帖大怒："这二叔父也太没有规矩了，连侄儿喜欢的女人也要抢。不行，我得把春桃抢回来。"他没有把喜帖交给父亲董天鹤，便带着精武堂的武生们，快马加鞭地向紫松山赶去。单来凤追上来劝道："表哥，不要去，别薄了叔父的面子，影响了姨夫和叔父的感情。"

董正邦说："他抢我的女人，给我面子了吗？不知道我是他的亲侄儿吗？"单来凤拉住表哥的马缰绳说："春桃已在土匪窝里过了一夜，已是不洁之驱，你堂堂童子之身，还要她做甚？"

董正邦用力甩开单来凤："少当搅屎棍子，谁还不知道你的如意算盘，走开！"扬鞭策马地向响石寨奔去。

单来凤赶紧向董天鹤报告："姨夫，响石寨送来喜帖，请您去喝叔父的新婚喜酒，为他捧人场长精神，可我表哥截了喜帖，瞒着您带着武生们，气呼呼地去响石寨抢新娘了。"

董天鹤听了大惊："真有此事？"

"不敢乱禀，千真万确。"

"这个逆子，让我把他宠坏了，竟敢做出这等荒唐事来，让我今后以何面目示人？如何向天鹏兄弟解释。"他要上马去追，却被单来凤拦住："姨夫，表哥走得很急，已经追不上了。请您静下心来，想好处置的办法，以防不测。"

　　董正邦气势汹汹地来到响石寨，不顾土匪们阻拦，径直来到议事堂，叉着腰对董天鹏说："我的叔父大人，您老糊涂了吗？怎么不按规矩办事，连侄儿的相好也要抢吗？"

　　"贤侄莫要胡言，谁抢了你的相好？"

　　"您不要装聋作哑，喜帖都送到家了，上面清清楚楚的写着您和任春桃成亲，难道她不是洪道峪镇的人吗？"

　　"这……这个"董天鹏大眼一瞪，瞟了一眼人们的神态表情，执拗地问："你和任春桃有婚约吗？双方高堂同意了吗？没有吧。先下手为强，总得讲个先来后到。"

　　"您堂堂一寨之主，跟侄子争女人，就不怕众人耻笑，兄弟失和，臭名昭著。"董正邦步步紧逼，怒气难消。

　　董天鹏无计可施，遇上这个难缠的侄儿，还有哥哥的颜面，他很难一意孤行，伤及过多，但又舍不得花容月貌的任春桃。正在他心神不定，决议不断的当口，二夫人红莲急匆匆地赶来了："哟——这不是正邦侄儿嘛，直戳戳地站着干啥，快上茶赐座，不就是一个女人嘛，何必争得面红耳赤，为她伤了叔侄的情分。今日我做主，正邦带着春桃回王董寨去吧，请大哥看看漂亮的儿媳妇，让大哥也高兴高兴，可别忘了说，这媳妇是你叔父帮你弄到手的。"董天鹏摊手摇头地走了，董正邦逼问土匪们，春桃昨夜是否受到侵扰，得到无状况的回答后，把捆绑住的任春桃驮在马上回王董寨了，高兴得忘却了给二叔父告别。

八

　　张占山师徒心急火燎地回到家里，赶紧筹措银两，他们东家借西家凑的忙乎了一夜，乡亲们也倾囊相助，但还是没有凑够三千两，就连任三妹的首饰、张占山的鼻烟壶都算了进去。一家人急得火上墙，任三妹还哭得死去活来。乡邻们来劝慰，姊妹们来开导，都无济于事。洪道峪镇愤怒了，亲邻们组织起了营救队，准备即刻向紫松山开拔。就在此时，有人传过信来，春桃又被王董寨的董正邦抢去了。

听到这个消息后，张占山有些释然，他对乡亲们说："大家不要过于着急，董正邦尽管年轻气盛、狂妄骄横，但他不是山贼草寇，他家在南屏也是有头有脸的人家，董天鹤乃南屏有名的绅士，做事有分寸、讲规矩，不会做出太离谱的事情。如何把春桃从南屏山接回来，咱们再做打算。"

秦龙牵挂春桃在王董寨的安危，怕夜长梦多，就心急如焚地跨上马背，要单枪匹马地去救师妹。口里还嘟嘟着：董正邦这个南屏叫驴，不把春桃囫囵囵囵的送回来，我非宰了你不可！师傅，在家等侯，我一人足矣。

张占山忙牵住缰绳："徒儿，别莽撞行事，这样急如星火地跑去救人，不但接不回春桃，还会生出不可预见的事端来。待我细细思量，再定良策。"他搓着手在思考，过了片刻，他突然拍了一下掌："我有办法了，我的春桃有救了。"

大家迷惑不解地问："何故?"但张占山哑口未答。其实，他把希望寄托在了多年未见面的师兄董天鹤身上。

董正邦喜不自禁地回到了王董寨，还没有进寨，就看见父亲大人在寨口迎接他。他赶紧下马，情绪激动地向父亲禀报了他喜得美女的前因后果，等待父亲的表扬和恩准。

董天鹤不动声色地走到儿子跟前，一棍将董正邦打倒在地："你这个混账东西！不务正业、不干人事，尽干些伤风败俗的丑事，给王董寨丢人，给老夫丢脸！你越来越无法无天了，竟然干起了抢人逼婚的勾当，这和你叔父有何区别。"

"父亲息怒，这个姑娘是孩儿最心仪之人，还请父亲成全。"

董天鹤把乾坤棍往地上一栋，亲自为春桃松了邦，"侄女让你受委屈了，老夫教子不严，正邦不懂事，干出了荒唐事，改日我替小儿向师弟赔情道歉去。张占山乃老夫师弟，就是大家都同意，也要择吉合运、明媒正娶。咱们不能像你叔父，干抢劫掳人的事情，那样会有强人所难，逼婚抢人之嫌，会遭世人唾骂，不是我董天鹤的做事风格。"

"父亲，若不近日成婚，恐被他人坏我好事，咱们先将春桃安顿在家，即派人说媒求婚，以免再生变故。"

"再莫胡言！我们是南屏山的大户人家，王董寨的族长，就这么让她进了我们董家，咱们有千张嘴也说不清楚，还会遭人非议，无端猜疑的。赶快将春桃毫发无损地送回洪道峪镇，并向她的家人赔情道歉，求得他们的宽恕和原谅。"

在父亲的威严下，董正邦无可奈何地转身去送任春桃，他垂头丧气地牵过马来，训斥着武生们无大用之处，怨声载道地跟在马队后面。单来凤如释重负地扶鞍上马，让春桃骑在她的身后，惬意地对春桃说："姐姐，赶快找个好人家把自己嫁了，我表哥可不是什么善茬，花花肠子弯弯心，你惹不起。"

就在洪道峪人焦急不安的时候，董正邦把春桃送来了。大家紧锁的眉头舒展了，悬着的心放下了。秦龙跑上前去，小心翼翼地把春桃扶下马来，激动得不知说什么好。春桃恓惶地扑到母亲的怀里大哭起来。在场的人们都哭了，张占山师徒的愁眉舒展了，洪道峪的愁云散了。

貂蝉

狄道才俊争春桃

喜忧缘起任红昌

★ 南屏山勃发生机

★ 狄道川贤能突起

★ 洪道峪喜降天奇

★ 任红昌超然出世

第二章

喜忧缘起任红昌　狄道才俊争春桃

一

　　洪道峪镇恢复了平静，充满了生机。人们对未来充满了希望，对天地有了深切的寄托。庄农人辛勤耕耘，期盼五谷丰登。经商者精打细算，和气生财。镇上的人们和睦相处，互帮互让。张占山一家从恐惧和气愤中走了出来，过上了惬意自在的生活。但春桃的婚事搞得一家人很闹心。前天朱家坪的朱少青来到张占山家的大门口，探头探脑地往院子里搜索，说瞧不见春桃一眼就不肯回去。有人怀疑他是贼人踩点，上前便问，他回答道："你才像偷东西的。"昨天洛家川的李公子站在春桃的绣花楼墙外听墙皮，如听不到春桃的声音，就空得慌，就要一直等下去。别人问他在这儿做甚？他毫不心虚地回答："找人等消息。"今天帐房山牛石家村的牛二愣还径直闯进院子来，跳着闹着要见春桃，还想摸摸春桃的软手手，不然他就踢门砸窗子。这样的事情几乎天天有，五杂六姓的人都想来，奇异古怪的招数都要使。

看起来张占山家门庭若市，来往的闲杂人等都想入非非，青年人们雀跃神往，这样时间久了，就成了张家人的烦心事，春桃的眼中刺，乡邻们的茶前饭后语。

为了促成儿子和任春桃的婚姻，董天鹤让苟家滩的吴媒婆来提亲，张占山只说了四个字："回去，免谈。"董天鹤听了吴媒婆的回话后，有些生气："师弟好生自大，如此回话于我，还是年轻时的臭脾气。"他又细细思量了一阵，恍然大悟，"噢，他嫌媒人层次太低。"于是，他拜请寺洼山名士赵天伦出马做大媒，但同样遭到张占山拒绝："高攀不起。"为此，董天鹤恼羞成怒，耿耿于怀。要求族人今后不与张占山来往，谁若违反，定当问罪。

董正邦背着父亲，接二连三的来了几次，每次都带着厚礼高兴而来，却毫无收获的败兴而归。他以春桃的救命之人自居："不是我董正邦出手，你早成众人唾骂的残汤剩饭、土匪婆了。也不知道自愧报恩，还自以为是。"说得张家人哑口无言。

有一天他摇头晃脑地问张占山："师叔，你也是狄道川里的名人，响当当的拳师，红道峪镇的面子。都不知道知恩图报吗？男大当婚，女大当嫁，这是十年不变的道理，难道你把她留在家里当尼姑吗？你也太惨忍了！"他又苦丧着脸对任三妹说："叔母，你是春桃的亲妈，就不顾她的幸福吗？让她天天窝在绣花楼受困，难道就不心疼吗？"张占山夫妇气得长吁短叹，无言以对。

过了几天，他又气势汹汹地来了，不由分说就上了绣楼。不顾拦拦就冲了进去。惊得春桃大声呼喊："来人啊，有人闯进了我的房间。"董正邦没有任何的怯意，还欲拉春桃的手："妹妹，多日不见，想死哥哥了，让哥哥心疼心疼你。"

春桃怒目而视，指着董正邦道："你欲何为？私闯我女儿家房间，怎能做出这等不雅之事，羞死人了。"准备出门离去，却被董正邦一把拉住关上了门："春桃妹子，你嫌我什么不好？我乃堂堂董家少爷，英俊潇洒，家境殷实，哪样配不上你？你成了我董家的少奶奶，该有多光彩、多幸福，切莫有眼不识金香玉。"。

春桃不屑一顾，痛彻心腑地说："董正邦，你救我不假，那是你私心所致，但这点情我牢记心中，可你不能作为逼婚的法码。动心思、费口舌，百般纠缠，我死也不会看上你！"

董正邦怒气冲冲地道："任春桃！你别不知好歹，给你点面子就当自己是仙女了。不开了你的苞，把生米做成熟饭，你是不会答应的。"上前欲抱春桃。

这等事春桃不敢大喊，如被路人邻舍知道了，就会胡乱猜疑传闲话，她严词警告："姓董的，不要妄为，我任春桃的手段你是知道的，不要自讨没趣，丢人现眼！"

"你喊，你叫呀，把街邻们都叫来吧，让他们也知晓任春桃是多么重色不耻，你把我弄死在绣花楼，你的事就传得更远了，名就更臭了，以后谁还要你当媳妇呢。"

春桃没有再喊叫，知道他不是自己的对手，不敢下硬手。但我也不能使硬招，怕惹出事端来，给家人带来麻烦，给自己增添烦脑。她左右为难，气得浑身发抖心发慌，眼睛直勾勾地盯着垂涎三尺董正邦，捏紧拳头，准备反抗。

董正邦看出了她的心思，就肆无忌惮地欲行不轨："来来来，我的好妹妹，咱兄妹俩尝尝男女之欢的味道。"说着就一把将春桃推倒在床上，难以自制地脱衣解带……

砰！秦龙踢门而进，冲上去双手抓起已经压在春桃身上的董正邦，用力推到墙上，叭叭就是两记耳光，又抢起飞腿狠狠地将他踢倒在地，怒气冲冲地骂道："你这个畜生！竟敢如此野蛮，流氓至极，董师伯怎么生了个猪狗不如的东西！"又在董正邦背上重重地踩了一脚。董正邦毫无还手之力，趴在地上只顾呻吟，不敢反抗。还气急败坏地指着春桃说："是她勾引我，约我见面的。"

秦龙转身扶起哭得泪汪汪的春桃，为她整衣擦眼泪。春桃扑到秦龙怀里，委屈得痛哭起来："丢死人了，没脸见人了。他欺负我，打死他！师哥，他信口雌黄，胡说八道，我没有约他，请你相信我，不要怪我，是他要流氓轻薄我。"

秦龙气得两眼冒烟，牙齿咬得咯咯响："师妹莫要太过生气，你是冰清玉洁的好师妹，哥哥相信你。不会对你的清誉而不顾，我永远是你最亲、最靠得住的哥哥。我来迟了，让你受了如此大辱。这就狠狠地处置他，让他记住犯贱的教训，让他知道任春桃有个保护神哥哥。"春桃扑嗤笑了。

为了保密，秦龙没有把这件事告诉师傅和师母，他把瘫在地上的董正邦装进口袋里，用马驮到油磨滩上，解开口袋，放他回去了，并严厉地警告他："你若再来搔扰春桃，我就整死你，你要把今天的事传出去，我就专程去王董寨，向师伯禀明你流氓无耻的行径！"从此，董正邦再没有打扰过春桃的生活。

林文轩自从在募捐阁见了任春桃后，心里也起了波澜，脑子有了些萌动，春桃的倩影一遍又一遍的出现在他的眼前，出手相救的情形不时地从眼前走过，侠肝义胆的精神鞭策着他的言行。一种无形的力量和莫名的冲动，使他身不由己地来过几次洪道峪镇。看上去他是采风游玩转亲戚，但他就不由自主地走进了张占山家，喝一杯春桃亲手沏的茶，看看如花似玉的春桃，还会和春桃亲密交谈。他格外关心春桃的生活所需及人身安危。但从不提及男女婚姻之事，他看春桃的目光很微妙、很真诚。明眼人一看就知道他喜欢春桃，惺惺相惜的感觉很浓。

春桃对林文轩很热情，也很愿意和他交谈。她说："和林公子交谈能学文化、长见识，懂世故。"他俩在院子里一坐就是几个时辰。春桃父母也不烦感，有时还对他俩笑笑。唯独秦龙表情怪异，坐在春桃身边问这问那，扯东拉西，不肯离开，莫名其妙地插嘴问话，还围着他俩转悠打拳，有时弄得场面很尴尬。

人们都说："林文轩和春桃郎才女貌，是天生地造的一对，春桃的命真好。"但是张占山装聋作哑不表态。其实他心里想着招女婿入赘的大事。任三妹说："春桃的事情他爹管着呢，他喜欢谁还不好说。"春桃的意愿很直白："我的心里早有人了，就不劳大家操心了。"

青年才俊们败下了阵，公子少爷们也望而心叹了。张占山家清净了不少，但是，春桃的身体出现了问题。她不愿见人，不肯出宅门，就连绣楼都不肯下。感觉身困厌食爱磕睡，家里人怀疑得了相思病，但不知相思的是何人何事。任三妹三遍五遍的逼问，春桃只是低头不语。张占山从狄道城买了几副滋补的药，她一口都不喝，还给父母宽心："孩儿的身体康健，你们尽可放心，不必担忧，过些时日就痊愈了。"

张占山被青年人们闹腾了数月，觉得精神很疲惫。春桃得了莫名堂的病，不服药、不出门、少言语。弄得他心烦难受憋得慌。一气之下背上箭夹，拿上行囊上淮水沟狩猎去了。

张占山心烦意乱地来到淮水沟，就上了北边的楞干山，站在山尖尖上对着杜家寨唱起了山歌：

斧头剁了白杨了　　没见尕妹一晌了

把哥想着没样了　　站在楞干山上了

想你花儿怒放了　　见你就有希望了。

这是张占山给他的歌友、杜银秀发出的信号，意思是我来淮水沟了，想和你见面。杜银秀和张占山是在莲花山的拐拐路上认识的，快二十个年头了，张占山帅气耿直，是山歌联手的串班长。杜银秀漂亮玲珑。歌手们称她是"白牡丹"。他俩通过对唱山歌加深了感情和了解，相互倾心爱恋，发展到了张占山上门求婚。杜银秀家境不好，因生活所迫，父亲早就瞒着家人收了同村沈财主家的彩礼。直到张占山求婚，大家才知道了此事，气得银秀死去活来。张占山要筹钱还彩礼，但沈家只要人不要钱。看到父母惆怅痛苦的样子，银秀就委屈地嫁到了沈家，给沈生堂的傻儿子沈光祖当了媳妇。张占山也就入赘到了任宗林家，成了任三妹的夫君。就这样，他俩把火热的爱情埋在了心底，但他俩还是没有彻底断了联系，难以割舍的感情促使他俩偷偷的约会，睡梦里相见。通过对唱花儿来交流信息，互表牵念。

杜银秀忽然听到了张占山发来的见面信号，高兴得心里像喝了蜂蜜，就精心地梳妆打扮了一番，竹笼里提上油胡圈和软儿梨，急匆匆地往淮水沟里赶，她一边走一边想，没见他快三个月了，他的心情好不好，瘦了没有，穿得暖和不暖和，心里再有没有我。她恨不得一步就跨到张占山面前，美美地在他身上砸几捶，说说想哈他的难怅法。她吁吁地喘着气，迫不及待地唱了起来：

> 蔓一道的三道蔓　　站在楞干山上叫
>
> 急得我的心上跳　　提起笼子赶紧跑
>
> 脚疼路险不计较　　就怕阿哥不等了

张占山和杜银秀在淮水沟的草棚里见面了，久别重逢的老朋友，含情脉脉地相互对视了片刻，不知说什么好。杜银秀终于忍不住了，她在张占山身上砸了几下，泪汪汪地说："你这个老冤家，还是那么结实、那么心狠，这么长时间不来看我，把妹妹的心都想烂了，你来摸摸，我瘦成啥样子了。"她抓住张占山的手就往自已胸口上贴。

张占山也习以为常地拍了拍她的肩头："你越发漂亮了，身材更加窈窕了。"

"这次怎么时隔这样久？"

"让一些楞头青们缠住了，四乡八邻的青年人争着抢着要娶春桃为妻，把我烦死了，尽是些骚毛捣乱的，春桃连连摇头摆手，一个都看不上，我也不想把她嫁出去，思谋着招婿入赘呢。春桃也不知得了啥怪症，困乏厌食磕睡多，孤言寡语不出门，抓来补药她不服，进城去看她不肯，愁死我了。哪有心思来这里。"

"噢，原来让这些木囊拌住了，把我急得胡思想，一连做了几个噩梦。把你让官兵抓走了，我是哭着从梦里惊醒的，眼泪淌湿了被窝。张哥，我很担心你，能为你分担些啥吗？"

"不必了，只要你安好我就宽心了许多。"

这次上山他多住了一些日子，几乎天天能和杜银秀见面，还能吃上她亲手做的饭菜，但是挂念春桃的心还一直悬着，想回家去看看。他刚要出发，秦龙来了，给师傅带来了防寒的衣服，还带来了卤肉和白面锅盔，更重要的是带来了三妹和春桃的问候。他对师傅说："春桃的病好了，现在能吃能睡爱绣花，身体还胖了点，她和师母让我告诉您，别惦记家里，我们都安好，您就放宽心在山上狩猎游浪，多打些野物，多挂些野味腊肉，咱们红红火火地过个年，说不定咱们家还有大喜事呢。有了空闲我再来看您，您多保重。"张占山看着自己中意的徒弟道："家里有你我就放心了，回去告诉她俩，腊月头上我回来。"秦龙放心地走了。

张占山的心终于放下了，心情也舒畅了许多。他按照家里人的意愿，穿森林、爬石崖、翻山越岭、下沟涉水，准备过年的野腊肉和能变钱的野物皮张。

杜银秀不辞辛苦地跟着张占山转悠射猎，帮他背箭夹，扛五爪耙，转辗在淮水沟一带。一天，她突然发现石崖上有一只穿山貂，不但体肥还毛色艳，这等貂皮能卖上好价钱。她小心翼翼地指给张占山，张占山眼明手快地一箭将貂射下崖来。他俩一看格外高兴，商量着用这张貂皮给春桃做个补心马甲，二人一拍即合，杜银秀让张占山及早下山，尽快让春桃穿上貂皮马甲。

三

（176 年）腊月初二天刚放亮，尽管天气十分寒冷，冰雪路滑，张占山还是戴着狐皮帽，系着毛线腰带，提着貂皮和野腊肉，心旷神怡地往家里赶。路人打趣："占山兄，你活得真自在。"张占山乐呵呵地回道：

"十趟八趟我浪呢，管他闫王收账呢。我是洪道峪的张杠子，刀山火海敢上呢。"

他拿着貂皮高高兴兴地回到家里，任三妹却有意地避着他，秦龙的神色更加异常，谁问都不答话。张占山的心里咯噔一下，莫非春桃出事了。他要上绣楼去看，却被三妹和秦龙死死拉住。使他大惑不解。此时，从绣楼突然传来哇的婴儿哭声，张占山用力甩开，走进绣楼一看就傻了眼，惊见春桃的床上有一个刚出生的婴儿，他恍然明白了，原来春桃前段时间恶心呕吐身子困是怀孕了。如今生了个女孩，气得他火冒三丈，不知所云。便一把揪住任三妹，啪啪两个耳光："嬗婆娘，你是咋管的！是哪个野杂种干的？"

任三妹把张占山叫到院子里细说原委："他爹，莫要大声喧哗，家丑不可外场，让外人听见了咋办？事情已经出了，你也别太上气。这个孩子是昨晚二更时分生的，是春桃和……"

秦龙急喊："快来，春桃上吊了！"他们夫妇俩冲进春桃的房间，见春桃正要拴绳上吊。张占山一把夺过绸绫子："你想死，别死在这里！洮河没有盖盖子，卖毒药的没死绝，你去跳河吧，喝药吧！你这个不要脸的东西！你说，是哪个野杂种的！"

"爹爹——"春桃扑腾双膝跪在了父亲面前，"是孩儿不好，是孩儿对不住爹和娘，您就让我去死吧，我也没脸见人了。"张占山举起木棒，重重地向春桃的头上打去，忽然有人架住了张占山的胳膊："师傅，别打春桃，不怪她，是我闯的大祸，您就让我去替她死吧，您打死我吧。"张占山的徒弟秦龙也跪在了他的面前。张占山的木棒又转向去打秦龙，春桃扑上去护住了秦龙。张占山的木棒没有落下来，气得他七窍生烟，浑身大抖，随后有气无力地丢下了手里的棒子。

"爹爹——""师傅——"两个痴心冤家可怜分分地抱住张占山的腿求饶，他看着两个哭得泪汪汪的小冤家，怒气冲冲地吼道："滚！滚！都给我滚！"

他们生怕丑事被外人知晓，担惊受怕的等到了夜幕降临。张占山家的成员各自想着各自的事情，天上布满了星星，灵性的北斗星挤眉弄眼，审视着洪道峪镇的每时每刻，每一个角落。张占山迈着沉重的步子，在院子里转来转去，他在酝酿着一个重大的决策。任三妹细心的给春桃熬米汤煮鸡蛋，心里就像一团的乱麻线。春桃抱着小女婴亲了又亲，生怕被别人抢了去，显得非常惶恐。特别是秦龙，蹑手蹑脚地穿梭在家里，看看春桃的表情，听听师傅的话音，猜猜师母的主张，他乱了心思，慌了手脚。

张占山趔趄到厨房里，看了一眼哭得半死不活的媳妇任三妹，一屁股坐在竹椅上，咕咚咚，咕咚咚地抽起了老水烟，撑着脑袋沉思了很久，对三妹说："事情已经出了，你也不要太过伤心烦恼，让我静心考虑，再做打算。"

夜深人静了，张占山拿起那张貂皮，从春桃手里接过婴儿，用貂皮把她小心翼翼地裹起来，他准备把她连夜放到十里外的淮水沟里去，听天由命吧。任三妹忙拉住他恳求："不，不要这样，她是咱们的孙子，你咋这么狠心，你别管了，我在家里偷偷地养着，如被别人发现，就说是捡来的。"

"丢开！你婆娘家懂个屁，留着这个祸根，张扬出去，我张占山的头住哪里戳，脸往哪里搁？张占山的女儿招野汉，会把人的牙笑掉。"他推开惆怅万分的任三妹，抱起小孩准备出发。这时春桃和秦龙也来到他跟前，恳求不要丢掉娃娃。春桃说："她是我身上掉下来的肉，再苦再累我来拉养，我不怕人说闲话，遭人唾弃。"秦龙说："师傅，千错万错是徒儿的错，不能给您脸上摸黑，让咱们家蒙羞。我把孩子带到马衔山老家去，就无人知道这件事情了。我就是吃再多的苦，遭再大的罪，也要把您的外孙女养大成人，到那时再让她来认外祖父母。"

张占山主意已定，谁的劝阻也不听，吹胡瞪眼地抬脚要走。任三妹拼命地挡在了门口，大着胆子说："你是咱家的天王老子，你是不会考虑我们的感受，那就给娃娃起个名字，给咱们留个念想，免得日后打照面也不知道是谁。"

张占山考虑了一下说："也对，是猫是狗总得有个名。就不要姓张了，我们老张家的祖簿里进不去这种出身的人。更不能姓秦，还是跟你们老任家的姓，叫什么好呢?"他认真的思忖了一会儿，很严肃地说："就叫任红昌吧，红代表她生在洪道峪镇，昌寓意她以后顺心富贵有出息。"大家毫无疑问地同意了，秦龙就在一块红布上写了孩子的生辰八字和名字，三妹用针线缝在了孩子身上的貂皮里面，在撕肺挖心般的痛苦中，他们依依不舍地看着张占山抱起任红昌，轻脚妙手地出了门。

四

腊月初三，四九的寒风无情地在狄道川里呼啸，伸手不见五指的黑夜，给心急如火的张占山增加了难处。他怕此行被人发现戳脊梁骨，便抱着任红昌舍弃大道走小路，擦着山根沿着羊肠小道往淮水沟赶，恨不得一步走进淮水沟，两步上了凤凰台，三步跨进草棚里。他走着走着，总觉得身后有脚步声，他走得越快，身后的脚步声就跟得越紧，像迷魂子一样。当他走到高崖滩时，身后的脚步声不见了，只有冰岔里的流水声和寒冷刺骨的风声。他终于松了一口气，心想，是自己心虚怕事多虑了，还是有人多事找岔子，又一想，这深更半夜的，谁还闲着没事装夜游神，当跟屁虫。

他想坐在路边休息一会儿再走，因为一天没有吃东西了，再加上生了大气心里憋屈，确实有点累，感到十分的饥饿，想吃些东西。他摸遍了全身，连一口吃的东西都没有带上，心里责怪起了任三妹，这嬺婆娘光会哼哼叽叽瞎唠叨，竟然给我连一口吃的都不带，还是杜银秀贴心，时时刻刻想着我的衣食住行和心思。他忍着疲倦和饥饿，怀里揣着孩子，眯上眼睛打起了盹。

这时，突然从树林子里跳出一个蒙面人来，蹑手蹑脚地近前一看，张占山睡着了，就燕子衔泥似的把孩子从他的怀里夺了去，转身就跑。张占山惊醒过来，模模糊糊的看见蒙面人抱着孩子，就要钻进树林子。情急之下，他一个鹞子翻身截住了蒙面人："站住！哪里逃！"用从来没有给任何人传授过的绝招"哪吒踩火轮"一踩，只听得咯嚓一声响，"啊——"蒙面人向后一栽，放下孩子，一瘸一拐地钻进了树林子。为遮家丑，张占山无心追打蒙面人，便抱起孩子急忙赶路。

这时的张占山不敢再走小路了，他回到大道上，大步流星地来到三房阳山村，因为饥肠咕咕实在难受，就敲开了朋友刘承明家的门，他慌称从山上捡了一个小婴儿，把自己刚打的貂皮都给裹上了，想让他娘子给婴儿喂点奶，也给自己弄些吃喝："唉，为了操心这个小东西，我一天滴水没有打牙了，饥困难忍啊。"刘承明相信了他的话，立即吩咐家人给孩子喂奶，让张大哥充饥。

张占山吃饱喝好后，抱起婴儿，趁着夜色提心吊胆地继续赶路。没走多远，就有一队人马举着火把，从香头寺沟里跑了出来，他没有害怕，也没有躲避，心想，我是粗手大脚的男人，身上的钱财甚少，那怕这队人马是土匪草寇也无妨。

这个马队很快就跑到了张占山跟前，他借着火光一看，原来是响石寨的二当家乔峰，带着一干人马跑了过来。他不屑一顾地转过身去。但还是被乔峰认了出来："哟呵，这不是洪道峪的张拳师嘛，真是冤家路窄，这深更半夜的，去翻哪家的墙头了？来人，看他怀里抱的是啥东西，拿过来让我长长眼。"

张占山怒目横眉地说："我怀里抱的什么关你屁事，走开！"

乔峰跳下马来，威逼到张占山跟前，要亲自动手查个明白："老子今天在胭脂川折腾了半夜，没有分厘收获，现在只有从你身上剥点火把钱了。"他举着大刀吓唬张占山："把你身上的值钱东西乖乖拿出来，免得受皮肉之苦。"

张占山看着婴儿说："我身上没带分文，只有这个小婴儿。"他想，土匪们不会把孩子怎么样，就供出了她。

"婴儿? 真稀气。是你和谁搞出来的? 不在家好好照应, 深更半夜的抱在这里来找乐子, 还是喂狼啊。你真狠毒, 不管和谁生的, 那都是你的娃娃, 虎毒还不食子呢。"

"这个……我, 她不是我的娃娃。"张占山语无伦次地说。

"别背着牛头不认赃, 不要不好意思, 大男人有个相好也不足为奇。来来来, 让我瞧瞧。"

张占山毫无戒心地把惊得大哭的孩子, 交到乔峰的手里说: "我刚从杨树坡的台台上捡来时, 她身上只包着一些破衣物, 我怕冻着, 就把我打的貂皮裹在她身上了, 你瞧, 这里还有一块红布, 上面还写着名字和出生时间。娃娃大概是饿了, 哭得很可怜, 我本想抱着她找个好人家喂点奶, 添些衣服。"

乔峰相信了张占山的话, 孩子到他手里后便不哭了, 他看了一下孩子说: "这娃长得很乖, 好像和我有缘, 到我怀里她就不闹不哭了, 还用尕脚脚踢我呢, 我喜欢, 我要了, 我要当成亲生的一样疼她。正好我乔峰至今还无子女。"

张占山赶紧拦住: "不行不行, 二当家, 这孩子是我……捡来的, 让我婆娘来抚养。"

乔峰变了脸: "张占山, 给你点面子还不领情, 你抱着野孩子回家能说清楚吗? 就不怕惹一身臊吗? 洪道峪镇的乡亲们会怎样说你? 我一个土匪, 什么都无所为。"

"这个……"张占山心想, 这样也好, 娃娃在他那里会吃穿不愁, 有人照管, 等长大了再做打算。"二当家, 反正我拗不过你, 我和这娃娃一块生活了一天, 也有了些缘源和感情, 请你善待孩子, 好好教养, 如有可能我会来看她的。"

"放心回去吧, 谢谢张拳师送了我一个宝贝疙瘩。"说完抱着任红昌扬鞭催马地回响石寨了。

张占山看着孙子被乔峰抱去, 一阵失落、一阵担心、一阵自责, 随后他如释重负地回家去了。

五

天刚麻麻亮的时候，张占山疲惫不堪地回到了家里，倒头就睡在了床上。心急如焚的任三妹看着心力交瘁的丈夫，不忍叫醒他问个明白。伤心欲绝的春桃从窗外偷偷地窥视父亲，想问孩子的下落，但她不敢近前询问。母女俩急得团团转，不知如何是好。就在此时，有人报信："张师傅！高崖滩发现了血迹，还有打斗过的痕迹，那里可能出事了。"

张占山惊醒了，他一骨碌爬起来问："是谁发现的？不要乱声张，以免引起人们的恐慌。"报信人走了，张占山明白是怎么一回事，可能是抢娃的那人受了伤。他镇定下来后问："秦龙呢？"

任三妹回道："你前脚出门，他后脚也跟着出去了，到现在还没有回来，这孩子心真大。"张占山怒气冲冲道："也罢，毕竟他不是我的亲儿子，没有血缘关系，大腿上扎刀离心远着呢。春桃的眼光不亮啊，他占了便宜闯了祸，还跟没事人一样，一点担当都没有。"

春桃赶紧为秦龙辩解："爹爹，秦龙不是那种人，兴许是心里难受，脸上挂不住，无脸见家人，出去自悔去了。咱们别着急，天黑他就回来了。"接着就问："爹爹，您把红昌送到哪里去了？"

张占山不慌不忙地道："你们不要太紧张，放宽心吧。我张占山遇事办法多、又稳妥。给她寻了一个好去处，生活条件好，还保密，不会有人怀疑是咱家的孩子。等长大了咱们再把她接回来，让她认祖归宗，岂不甚好。我刚到三房阳屲，就遇上了乔峰一伙，他看我身上没有值钱的东西抢，就从我怀里把红昌抢了去，乔峰言道：'我还没有孩子，这娃娃和我有缘，感觉很亲，见到我就不哭了。'尔后就把娃娃抱到紫松山上去了，看上去他很喜欢红昌，对孩子没有恶意。我正愁没有万全的办法安置她，也就眼看着他把红昌抱走了。"

"她爹你真糊涂，怎么把娃娃让坏人抱到土匪窝里去了。"

"爹爹您好恨心啊！土匪是啥样的人您不知道吗？怎么把我的红昌弄到土匪窝里去了，土匪教养出来的人能是好人吗？"

"我不给能行吗？土匪们半道截住了我，是他们掳走的，不是我送的。怎么说她也是我的孙子，眼下来看，孩子暂时是安全的，也是不会受罪的。"他也觉得没有什么可隐瞒的了，就一五一十的把事情的来龙去脉和他的想法，给她俩道明白了。

娘俩听了后长长地叹了口气，三妹对春桃说："别再怨你爹了，你爹也不容易，是土匪抢去的，也不是你爹心甘情愿地送去的，他也是洪道峪镇的头面人物，不知他心里有多苦，他有尊严、爱面子，能做到这样就不易了。你也暂且宽心，莫要过于牵挂，等时机成熟了，咱们把孩子营救回来，让咱们一家人过团团圆圆的日子。"她又思忖了一下说："她爹，既然春桃和秦龙已经相爱了，生米做成了熟饭。咱们就成全他俩，热热闹闹的把婚礼办了，秦龙这孩子人不错，咱们春桃往后不会受罪的。"

张占山看了一眼女儿说："其实我早有此意，这孩子们也不让人省心，糊里糊涂地干错事。好吧，等秦龙回来咱们再议。"

春桃紧锁的眉头舒展了，兴奋得扑到了母亲的怀里。

一家人等到了天黑，还不见秦龙回来。春桃望眼欲穿地看着窗外的大路，不见秦龙的身影。任三妹去镇上的大小酒馆打探，也没有秦龙的音信。张占山等得十分无奈，焦急之下，他烧香燃烛，乞求先祖显灵，帮助寻找秦龙。但时间过了一阵又一阵，就是不见秦龙回家来。

他们等得实在不耐烦了，三个人相互埋怨起来，任三妹对张占山说："好端端的一个家，送的送、走的走，看让你整成啥样子了。"春桃说："这个负心汉，还倒有理了，害得大家牵挂担心，等他回来让爹爹好好收拾他。"张占山着急地说："埋怨顶个屁用！你们在家里候着，我出去找找。"说完提起五尺棍，摸着黑茬，四处寻找秦龙去了。

时间一天天地过去了，张占山上临洮（今岷县）、下辛店，去金城、走陇西，寻找了三个多月时间，既没有找到人，也没有听到有关秦龙的任何信息。无奈之下，他心灰意懒地回到了家里。一家人无望地围在一起猜疑起来，是害羞藏起来了吧；是怕人耻笑远走他乡了吧；是被土匪挟持了？还是遭人暗害了……越想越不通，越猜越害怕，一家人思维混乱、忧心忡忡。

张占山说："不要胡猜乱想了，凡事都要往好处想，别死钻牛角吓自己，咱们耐心地等着，总有一天他会回来的。我们的生活还要继续往下过，还要想辙营救红昌呢。我要让秦龙回来的那一天见到他的女儿，让他抱着女儿亲个够，也让他知道我张占山不是棒打鸳鸯的糊涂人，还要让他明白男子汉大丈夫，要敢面对现实有担当，做事情负责任。"

从那时起，张占山一家放下了忧心牵挂的心理负担，向往着一家人团聚的日子，张占山和春桃开始刻苦的强身练武，策划着营救红昌的办法。春桃研习着已有基础的隐身术和彩云迷仙术。等准备充分后一股做气，把红昌从响石寨救回来。

六

乔峰把任红昌抱到响石寨后，寨里起了波澜，有了生机，寂静了许久的响石寨欢腾了，人们为二当家喜得千金欢呼雀跃。乔峰也乐不可支地大摆洒席，宴客作贺。众匪们举杯祝贺二当家增辉彩悦，喜得千金。大当家和二夫人还送来了一把《长生富贵》的银锁子。宴会充满了喜气洋洋的气氛，高兴得乔峰抱着孩子穿梭在席间，并喜笑颜开的大声说："我的这个娃儿乖巧得很哪，长大了肯定是个大美人，哈哈哈！我乔峰后继有人了。"

有个老土匪发怪声："二当家，她是你亲生的吗？"场内出现了骚动和怀疑的目光。

"当然是亲生的，这还有假，不信你们过来瞧瞧，看像不像我乔峰。"他一本正经，毫不泄底。

又有一个土匪拧着脖子说："听说桂枝嫂子缺零件，生不了娃，这娃子的来路正不正？是你们乔家的骨血吗？"

乔峰不乐意了，他毅然决然地回道："你嫂子缺零件，我不缺，难道我就不能借别人的肚子？反正她是我亲生的，以后别再瞎咧咧，胡思乱想。"大家无语了，只有吃肉喝酒、猜拳祝贺的声音了。但见桂枝嫂子摔杯砸桌，怒气冲冲地退席了。

因为杨桂枝没有给乔峰生下一男半女，乔峰整天垂头丧气地喝闷酒，喝高了就骂杨桂枝："养个鸡婆都会下蛋，你光吃造粪不产仔！"杨桂枝因为有短处，也就忍气吞声地伺候着乔峰，生怕被他赶下山，变成溜大街的乞丐婆。今天乔峰抱来了一个孩子，她又喜又扰，喜的是她也算有了女儿，忧的是怕乔峰以后亲红昌而远自己，左右为难。

乔峰把任红昌视为己出，疼爱至极。因为不是杨桂枝亲生，怕孩子受罪、受伤害，于是，他买来了一只产奶的山羊，让孩子有奶吃，还从景古城请来了心灵手巧的二丫姑娘，专门操心红昌的一切事宜，绝对不能让孩子饿着、冻着、受委屈。

杨桂枝觉得很委屈，心想，我不能生孩子，还不会带孩子吗？他相信二丫不相信夫人，这是什么道道。这样发展下去，他再把那个野婆娘接进来，当了正房太太，他们三口人高兴乐呵的在我面前生活，那我成了家里的啥角色，还有我桂枝的好果子吃吗？不行，我得早做打算早下手。

杨桂枝想出了折磨孩子的多种办法。一天，她趁二丫不在的时候，把盖在孩子身上的斗篷揭掉，还将门窗打开，在孩子的身上洒上冰冷的水，还用扇子使劲地扇风，冻得孩子只打哆嗦，哇哇大哭。看到二丫快要到来的时候，他赶紧关好门窗，把斗篷盖在孩子身上，还对二丫说："这孩子不停地打喷嚏，抽风打颤颤，是不是着凉了，还出了那么多汗。"

孩子果真受了风寒，高烧不退、昏迷不醒。气得乔峰大发雷霆："二丫，你是怎么看孩子的，把孩子看成了这样，如果我娃有个三长两短，定当不饶！"杨桂技借机拿起一根木棍，扑上去一棍将二丫打倒在地，还骂道："你这个臭丫头，光拿银子不操心，你把我的娃娃做成火蛋蛋了，这个责任你担得起吗？你的心咋这么毒，比吃人婆还过分！"她又在二丫身上脚踢拳打，大骂不止。乔峰拦住桂枝，拉起二丫说："这件事情以后再算你的账，你们两个都逃不了干系，不要相互抵赖。"

还没有消停上几天，杨桂枝又趁机在羊奶里放了消泻散，孩子吃了上吐下泻，吓得二丫不知所措，愁得乔峰搓手捶脑。杨桂枝火上浇油："把这小贱人赶回去算了，她肯定把生羊奶灌给了娃娃，才出现了这种情况。"二丫猜想可能是桂枝做了手脚，孩子吃了几种食物，她为哈偏偏说羊奶有问题。她小声地对乔峰说："叔父，我把红昌当亲妹妹，怎么会让她喝生羊奶呢，恐怕有人在羊奶里做了手脚。"

杨桂枝捣着二丫的眼窝说："别做贼心虚，诬陷他人。"

乔峰觉得这里面疑点很多，但也无法断定哪里出了问题，是谁做了手脚，他担忧起来。就情随事迁地说："今后要多加小心，不要再让孩子生疮害病、挨饿受冻。"

杨桂枝觉得二丫是她处理任红昌的障碍，于是她想了一个赶走二丫的办法。一天下午，她拿着一对银手镯，蹑手蹑脚地来到二丫和红昌的房间，一看二丫睡得很沉，便把手镯塞在了二丫的包袱里，就轻轻地走了。其实二丫并没有磕睡，她眯着眼把桂枝的一举一动看得清清楚楚。杨桂枝出了门后，径直去向乔峰汇报："当家的，你给我买的手镯不见了，奇怪得很哪，可能被二丫偷走了。"

乔峰听了后着实生气："这女子的手脚如此不干不净，现在偷手镯，将来还会偷孩子，想想真让人害怕。不过捉贼捉赃，没有真凭实据，胡猜不得。"杨桂枝说："走，咱们去她房间搜，看看她人赃俱获后，还怎么抵赖。像这样的贼人，如不解雇，说不定哪天会偷走咱们的红昌啊，哎哟，越想越可怕。"

乔峰觉得她说的也有几分道理，心想，咱们也不能无凭无据地说二丫的不是。他就跟着气势汹汹的桂枝来到二丫房里。桂枝一进门就骂："二丫你这个贼娃子，是不是把我的银镯子偷来了？"

"夫人莫要冤枉二丫，我父母教育我'穷死不做贼，冤死不告人'再穷我也不会做贼的。"二丫镇定地说。

"搜！"杨桂枝直截打开二丫的包袱，仔仔细细地翻腾了几遍，也没有发现手镯，转而又在床上翻腾了一遍，迟疑地问："死丫头，你把手镯又藏到哪里去了。我不能白白的损失一对银镯子。"二丫没有辩解，也没有回避杨桂枝恶狠狠的目光。

乔峰觉得事发奇巧，二丫显得很镇定，不像偷了东西的样子，夫人的话语前矛后盾，表情奇异古怪，为啥一开始就怀疑手镯在二丫的包袱里？这可能是她栽赃陷害的恶作剧。他对桂枝说："走走走，咱们去你房里找找，兴许你落在首饰盒里了。"

"不会的，我，我刚查过了，里面没有手镯子。"

他俩来到桂枝房里，一眼就看见梳妆台上放着一对银手镯，她赶紧拿在手里细看，尔后长吸了一口气，并失口道："明明在二丫包袱里，怎么飞到这儿了。"乔峰明白了，气得他脸色发青。便十分深奥地对桂枝说："你以后别再干贼喊捉贼、栽赃陷害、伤天害理的事了，你这婆娘没有德行、心术不正，我没工夫陪你折腾。"

原来，杨桂枝把手镯放到了二丫的包袱里，装睡的二丫知道这是桂枝栽赃陷害之计，等桂枝出门禀报去了，就一骨碌爬起来，跑到桂枝房间，把手镯放到杨桂枝的梳妆台上了。

杨桂枝觉得很丢人，也很生气。心想，这二丫贼着呢，是个不省油的祸害，不来点狠的怕有后患。她对二丫笑嘻嘻地说："这次弄错了，是我粗心把放镯子的地方忘了，差点把你冤枉了。对不起你，为了给你赔不是，姨给你煮了一碗银耳汤，压压你的火气，咱俩以后好好相处，就像亲娘亲闺女一样的生活。"说着就把放了断肠散的银耳汤放在了二丫跟前。

二丫听了桂枝的话很感动，她相信了她的肺腑之言，就恭恭敬敬地对桂枝说："阿姨，是我做得不好，是二丫对不起您，夫人不要这样自责，我受之不起。"桂枝一看二丫没了戒心，就催促道："既如此，你就不要薄姨的面了，赶紧把银耳汤喝了吧。"

二丫端起碗准备喝汤，眼泪扑簌簌地流了下来，她想起了娘，她辛苦了大半辈子，还没有见过银耳汤。她舍不得喝了，正好母亲明天要来看她，她想留给母亲喝。便慢慢的放下了汤碗。

"怎么了？嫌姨煮得不好吗？"

"我妈明天要来，留给她来喝。"

"哟——这死丫头还挺有孝心的，喝吧喝吧，你妈来了再煮。"

二丫泪汪汪地端起汤碗准备喝，这时，有人粗声大嗓地喊着"桂枝"进来了。回头一看，原来是桂枝的父亲杨林。桂枝惊问："爹爹你怎么来这里了？走走走，到我房里去坐。"

"在哪里坐都一样，为父走得浑身是汗，渴死我了，"伸手端起那碗银耳汤张口就喝，桂枝急忙去拦，已经来不及了，半碗银耳汤已经咕咕地下了杨林的肚。倾刻之间，杨林倒在了地上，口吐白沫，气绝身亡了。吓得她二人目瞪口呆，不知所措。

这件事很快就传遍了响石寨，人们大惑不解、骂声四起。杨桂枝一口咬定是二丫毒死了父亲，要求乔峰即刻处死二丫。二丫百口难辩，委屈得大哭不止，无奈地等待着处置。乔峰倒很冷静，他心里明白，二丫是绝对干不出这事的，心想，二丫要喝的汤为啥要自己下毒呢？而且这汤是桂枝煮的，对了，一定是桂枝搬起石头砸了自己的脚。他经过慎重考虑，决定不再追究谁是凶手，息事宁人。毕竟出了人命，不好草率了事，为了平息山寨风波、杨桂枝家的怨恨，他很不情愿地解雇了二丫。照看孩子的事就暂时由杨桂枝代劳了。

七

到了傍晚时分，张占山和春桃营救红昌的行动开始了，他们的这次行动十分隐密，既不能被响石寨的人发现，也不能让街房邻居知晓。他俩悄悄地来到石头豁岘，再绕过石王家村，趁着黑茬钻进了紫松山的森林里。老远就望见了灯火通明的响石寨，寨里没有太杂的声音，只有三三两两巡逻的人。为了便于行事，他俩进行了伪装，张占山扮成了老乞丐，脸上还画了几个红白圈圈，手里拿着大拐杖，看起来很窝囊。春桃戴上了白色的长假发，穿上了白衣白裤子，脸上还蒙上了白纱巾，看上去很吓人。

他俩一前一后的、轻脚妙手地来到了寨门口。看见两个土匪在门口瞭哨，还没等他们反应过来，就被张占山封了穴位，抱着长矛直挺挺的立在了那里。春桃长袖一甩，就闪进了头道门。

好在父女俩都是来过响石寨的，对寨里的情况还是有所了解。第二道门有四个站哨的，当他们看到白衣长发的春桃后，就吓得瘫在了地上，哆嗦着不敢言语。怕他们缓过神来坏事，张占山还是封了他们的穴道。

他俩还没有走到三道门，就听见乔峰对范刚、麻壮说："当心点，不要让闲杂人等进来。""请二当家放心，我们不会大意的。"乔峰转身走了，范刚、麻壮精精神神地站在那里。

张占山对春桃说："这范刚、麻壮是乔峰的左膀右臂，响石寨武功较强的土匪。咱们得尽力对付。"春桃说："打斗恐引来更多土匪，那样就影响我们的大事情，还是智取为上。"张占山问："如何智取？"春桃俯在张占山耳边，这般如此，如此这般……张占山听了说："甚好！"

张占山拿起拐杖，一瘸一拐地往三道门里闯，范刚急忙阻拦："喂喂喂，上哪儿去？""我，上，上里头去。"就听见哎哟一声，麻壮倒在了地上，春桃眼齐手快地打晕了他。范刚转身看究竟，就被张占山打昏了。他俩把封了穴道的范刚、麻壮分别立在三道门的柱子上，春桃就急匆匆地奔红昌的房间而去。张占山留在了三道门的墙里边，准备接应春桃。

这几天杨桂枝很烦恼，二丫才走了三天，她就累得吃不好睡不香，身上的骨头像散了架，悔当初不该把二丫整走。就这样，乔峰还阴着脸教训她："自作自受！不会生娃，也不尽心管娃，娃娃成天呜哇呜哇地哭，哭坏了身体咋办？哭哑了嗓子长大能唱歌吗？今后我的红昌要是少一根汗毛，受一丁点委屈，不管娃娃出什么事，都是你所为，再没有人替你顶罪，重者我要你的命，轻者你就给我滚蛋！到时候我把红昌的亲娘接过来，让她拉养亲生的娃娃，那样我就放心了，我们一家三口才过好日子呢。"

杨桂枝假惺惺地说："当家的你就二十四个放宽心，我会像亲妈妈一样的伺候这个小祖宗，不让她受一丁点罪。"乔峰很不放心地走了。杨桂枝气得踢门打窗子、摔碟子砸碗。她抱起红昌，想丢到墙外的树林里去，让野兽吃掉。刚出了门，孩子突然大哭起来，引来了瞭哨的两个喽啰，"桂枝嫂子，这是要到哪里去？天黑了，林子里有狼，赶紧回去吧。""娃娃慌得很，出来让她透透气。"说着就在红昌的身上掐了一下。

这话让藏在暗处的春桃听得真真切切，她要上前去夺孩子，突然看见大当家董天鹏站在瞭望台上喊到："墙外是何人！"喽啰们回道："是乔嫂子。""这黑乎乎的天，她在做甚？你们快快护送她回屋去。"喽啰们把桂枝护送回去后就离开了。

回到房间后，桂枝把红昌重重地撂在了床上，她不管孩子的啼哭，也没有心思吃喝，坐在椅子上思忖起来。我把这个野孩子养大成人也是枉然，毕竟她是别人的女儿，肯定和我不同心。一定要偷偷地把她处理掉，眼不见心不烦，以后还没人影响我的生活。不行不行，乔峰没有了红昌，他还不把我剁成肉浆，想想都心颤。怎么办呢？烦得她坐立不安，在房子里打起转转来。

春桃躲在窗外，把杨桂枝的一举一动看在眼里，气在心里，特别是她往床上摔红昌的那一刻，差点把春桃的心疼烂。她见周围没有护卫，屋里就杨桂枝和红昌，觉得动手的时刻到了。便身子一纵，跳进了屋里。杨桂枝一看，一个白毛鬼出现在了眼前，吓得她魂飞魄散。春桃走上前去，抓住她的手摇了摇，眨眨眼睛，甩甩衣袖，把杨桂枝吓得昏死过去了。

春桃抱起孩子准备从窗户出去，但外面有了巡夜的喽啰，不便硬闯。无奈之下她只好夺门而走。却被乔峰碰了个正着，他一看白衣人抱着穿貂皮衣的红昌，就截住春桃，横刀便问："何人如此大胆！敢掳我爱女，快快束手就擒，还我女儿，不然叫你身首异处，不得好死！"

春桃不敢出声，怕被听出自已的声音，认出自己的身份，那样的话，把孩子救出去他也会寻迹抢回来。她毫不留情地使出了白师太传给她的"彩云迷仙"术，只见她手舞衣袖，前拉后推，口吹哈气，顿时一团彩云包住了乔峰，她抱着女儿趁机就往门口跑。

张占山等得很着急，眼看范刚、麻壮的穴道快要缓通了，他怕两人大声喊叫，就用青草塞住了他二人的嘴巴，还用绳子将他俩绑在了门柱上。正在心急如火的时候，春桃抱着孩子来到了面前。他急不可待地迎上去，伸手接过孩子，"快走，莫停留。"

他们快步来到二道门，看到四个门卫已经通了穴道缓过了神，正准备喊叫来堵截。就被穿白衣的春桃连打带吓，又倒在了地上。这时，孩子既不哭又不闹，他俩争着想看看红昌。这时就听见乔峰带着十数人追了上来："哪里走！你这个妖女，竟敢在响石寨施妖术抢人。真是胆大包天！兄弟们，上，给我往死里打，把我的孩儿夺回来。"土匪一拥而上，乔峰也抡着长棍冲了出来。

春桃一看追上来的人多分散，还不停地晃动，她的彩云迷仙术没有那么大的威力，只有死拼硬闯了。父亲抱着孩子不好使劲，一看寡不敌众，她打倒了几个匪徒后，从父亲手里接过孩子说："爹爹，我抱着孩子先走，您来断后，咱们在前面换过衣服的地方见。"

春桃抱着孩子在前面跑，头道门的土匪没有拦住她。张占山拼命的断后，虽然他的武功比春桃强得多，但他没有土匪熟悉地形，黑灯瞎火的也不好使展拳脚，只好步步后退。好不客易抵挡到了山寨门外，冷不防被乔峰打了一棍，他趔趔趄趄地倒在了地上。春桃回过头来救父亲，董天鹏却横在了她面前："休想逃走！兴妖作怪的狂徒拿命来。"董天鹏抡起大刀向春桃砍来。

就在这千钧一发的时刻，从不远处飞来一个圆石头，不偏不倚的打在了董天鹏的脑门上，唉哟一声就躺在了地上。乔峰正要举棍取张占山的性命，看见大当家受击倒地，就忙过来扶董天鹏，并下令道："打死他们！

找出甩石之……"砰！又一个石块打在了乔峰头上，他还没有缓过神来，就看见山寨里火光冲天，喊声凄厉。"快！快去救火，有人放火了。"他们抬起大寨主救火去了。

春桃搀扶着父亲，抱着女儿，摸着夜色，跌跌撞撞地回到了家里，任三妹把红昌抱在怀里亲啊亲，摸啊摸，激动得只淌眼泪。欣喜之余他们在想，响石寨的土匪真可恶，对我们还穷追不舍动杀心。那么又是谁拔刀相助放火烧寨救了我们？看来这世上还是好人多，响石寨不全是坏人。

八

红昌已经小半岁了，从营救到家的那一天起，就成了家里的活宝贝、开心果。任三妹抱在怀里不撒手，亲啊逗呀，高兴得整天合不上嘴。张占山还从狄道城里买来了小货郎鼓，在孙子面前咚噔咚噔地摇着逗她笑。时不时的还会小声哼个曲子：

斧头剃了白杨了　　公鸡叫鸣天亮了

如今有了红昌了　　不由人着心爽了

全家心花怒放了　　后继有人跟上了

到了晚上，爷爷奶奶争着陪孩子睡觉，但春桃不让女儿离开她。她说："身边没有红昌，空落落的我睡不着。"他们三个人互不相让，还你争我抢的施计斗气。欣喜之余决定，要把红昌偷偷地养起来，别人问起就说是从淮水沟里捡来的，等秦龙回来后，咱们再举办个收养仪式，让乡亲们认定红昌是捡来的，到那时就好办了。

但好景不长，这捡到娃娃的事一传开就怪事连连。一天，来了一个自称是杨树坡的水大妈，哭哭啼啼地说："你们捡来的娃娃是我的孙子。我那不成器的儿子嫌孩子脚底有痣，是克父的灾星，就丢在了杨树坡的树林里，听说被你们捡来了。请你们行行好，把孩子还给我，我家还指望他传宗接代、延续烟火呢。

张占山问："你们抛弃的孩子是男是女？"

"自然是男娃，女娃只是亲戚路，只有男娃才能传宗接代。"

张占山说："请你回吧，我们捡的孩子是女娃。"

水大妈急切地说："不要骗我，我可以给你们赔银子。"

"你若不信，就去我婆姨房里看看。"

水大妈信誓旦旦地来到房里，看见三妹抱着咯噔噔笑的孩子坐在床沿上。不允分说，她就把孩子从三妹手里夺了过来，激动地说："让奶奶瞧瞧，嗨！像，像我儿子，看这隆隆的鼻子，大大的眼睛，活脱脱一个水家后生！"随后她撩开孩子衣服一看就傻了眼："错了，错了，得罪了。"她发现这个孩子不是男性，就灰溜溜地走了。

过了几天，又来了一位年轻貌美的刘少妇，一进门就直呼张占山的名："张占山你给我滚出来！干了烂事还四平八稳的装洋蒜。你把娃娃藏到哪里去了？难道你爱就不许我爱吗？咱们得掰持掰持，不能让你占了便宜。"

这一番话弄得张占山一家一头雾水，云里雾里的。春桃猜想爹爹可能和这个女人有孩子和钱财方面的纠纷，难道这女人是爹爹的朋友？三妹认定他俩是相好，把她还蒙在鼓里，有了娃娃还扯不清，这让她日后的生活还怎么过。张占山像被打了一闷棍，稀里糊涂地问："你是哪里来的疯子，不分场合的胡说些啥呢？"

"这里不是洪道峪吗？"

"没错，是洪道峪。"

"你不是张占山吗？"

"本人就是张占山"

"这就对了，你这人心术不正，自己没娃就算了，为啥偏偏偷我家的千金？"

张占山一家这才弄明白了，真是虚惊一场，原来又是一个要娃娃的。张占山不耐烦说："我家是有一个女孩子，是捡来的，不是偷来的，但她不是你家的千金。你搞错了。"

"凭啥说她不是我的娃，我的娃乖巧得很，一看便知。"

张占山问："你娃有啥特征？"

刘少妇很有把握地道："我娃是个有福人，是相夫的命，她的肚脐上面有块蝴蝶形状的胎记，左耳后面有个拴马桩。赖是赖不掉的。查验过后自然就明白了，我要让你们心服口服。"

张占山让三妹把孩子交给刘少妇，让她查验。刘少妇在孩子的脸蛋上亲了几口后，急忙解开孩子的衣服，一看左耳后面，拴马桩不见了，又赶紧看右耳后，还是没有拴马桩。她又急切地查看肚脐上面的胎记，白白净净的，连一个小小痣都没有。羞得她连连摇头，扭头就走。还自言自语地道："我上朱少青的当了。"

貂蝉

第三章

五月端阳遭虎难　淮水沟里起风云

一

张占山捡来孩子的事很快就传开了，而且传得沸沸扬扬，有人说张占山是善人，也有人说他家的孩子来路不正，长相乖巧可人，也许是妖道狐仙。马家窑的马宏泰膝下无子女，闻此消息后高兴不已，就拿着重金喜笑颜开地来买孩子。张占山道："我家的孩子不是物件，不卖！"喇叭山的蒲黑娃带着人马气势汹汹地来抢孩子，被武功高强的张占山和春桃打得屁滚尿流，仓皇逃走了。

一天夜里，听见有敲门的声音，张占山去开门的时候，已经不见了敲门人，他仔细察看，只见门环上夹着一张纸条，他拿到灯下一看，惊出了一身冷汗。纸条上写着："快带着红昌跑，乔峰知道了孩子的下落，明日来抢。"纸条上没有落款。

张占山觉得这件事很奇巧，偏偏在争领孩子的茬口出现了这个纸条。他一时乱了方寸，赶紧把三妹和春桃叫在一起商良对策。他们把纸条翻来覆去、认认真真地看了几遍，认为这张纸条是知道内情的人送的，春桃仔细地又看了几遍，觉得纸条上的字迹很熟悉，她想，这不是有人在故意添乱，而是好人所为。这响石寨的土匪心狠手辣，且人多势重，看来不能硬拼，也不能太过张扬，坐以待毙，只有另想办法了。

三妹显得十分不安，她突然说："有办法了，我把孩子抱到会川尖山大姐家躲几天，等风声过后我们再回来。"张占山摇摇头道："不行不行，此法不妥。你大姐是个软骨头，在家里没地位，做不了主，娃娃去那里会受罪，这不是长久之计。"

春桃道："我的娃绝对不能让土匪抢去，爹，咱们带着孩子跑吧，跑到没人认识我们的地方躲起来，要不你俩在家里应付，我带着红昌去马衔山吧，到秦龙的老家去生活，拉养孩子，兴许还能碰着秦龙呢。"

"不行，那秦龙的老家很苦焦，一年下不了几场雨，人们连水都喝不上，他家的生活很困难，咱们再不能给人家添麻烦，何况秦龙也没了音信。马衔山路途遥远，沿途人烟稀少，野曾出没，很不安全。另外还不知道他们是否愿意收留来路不明的你俩。"

一家人陷入了束手无策、左右为难的境地，沉思了许久，张占山说："这样吧，我暂时把孩子带到淮水沟里去生活，先躲避些时日，待风声过后再作打算吧。"

"不成不成。"三妹娘俩异口同声。

张占山慢慢地道："那里有我修盖的小草棚，简单的生活用品都有，很温馨，现在已经是夏天了，是个避暑的好地方，那里人烟稀少很隐蔽，我们爷孙俩在那里生活一段时间，让我也独享一阵爷孙同乐的生活，免得你们整天抱着红昌我沾不上手。"

春桃忙道："深山老林里条件差，红昌吃喝不方便，谁还不知道您的做饭手艺，不是生了就是糊了，我不放心。"

"你们就不会把做好的吃喝送到淮水沟里来，死脑筋！我还要买只产奶的山羊，让孩子有奶吃。"三妹不放心地道："那我也住在淮水沟，一来侍奉你，二来照看孩子。"

"去你的，是怕我和朋友们约会吧，我还不知道你的那点歪心眼子、小九九，想监视我就明说，还拐那么大一个弯子，你把咱们的春桃照管好就行了。"张占山幽默地看了三妹一眼。

"死老头子，老不正经，我怕你爷孙俩受罪，吃不好睡不香。我的心眼就那么小嘛，不就是那个白牡丹杜银秀吗，一个傻男人降不住的骚情货，谁稀罕嘛，你还把她当花心心看待。

张占山红着脸说："那是别人瞎传的，你也相信？人家给棒槌你还当针穿，那你和董天鹏是咋回事？你以为我是聋子、瞎子，人家现在还对你念念不忘呢，差点让春桃抵了父责，不信去问秦龙便知，咱俩乌鸦别嫌猪黑，谁也别说谁。"臊得三妹追着用锤打张占山，羞羞答答地说："在孩子面前胡说些啥，那些都是陈谷子烂糜子。"春桃笑着说："你俩就别相互拆台，挖苦了，红昌的安置就随爹爹的意思办。"一家人终于达成了共识，要连夜实施此次秘密行动，因此，就抓紧为红昌去淮水沟做准备了。

二

半夜时分，张占山准备出发了。他怀里抱着红昌，背上背着孩子用的必需品，还特别叮咛把缝上红布块的貂皮衣服穿在孩子身上，因为它能防潮，也是孩子最值钱的衣物。他要出门，又被三妹和春桃拦住，"让我们再抱抱孩子，再看看孩子的脸蛋。"并一再嘱咐："要操心，不能大意。孩子哭的时候抱起来多掂掂，饿的时候要及时喂吃喝，不要让孩子喝生羊奶，不要让邪风吹孩子，不然会伤风，不要……"

"好了好了，莫要再啰嗦，我也不是外人，走了，你们抽空来看孩子。"说完就急匆匆地出了大门，三妹和春桃摸着眼泪追送到了大门外，深情地目送爷孙俩消失在夜幕中。

张占山急急忙忙地往淮水沟里赶，尽管天很黑，风很高，但他对这条路还是比较熟悉。刚走到骡马沟口时，突然响起了雷电的声音，随之头顶就闪电雷鸣、狂风大作，很快就下起了暴雨。他抱着孩子来到一棵三人围不住的老柳树下避雨，刚靠在树上，就看见一道刺眼的白光从天空直插这棵柳树，还打着弯抖动着从树心里抓什么东西，火球差点把他的头发烧着。那么凶的电光和炸雷声孩子一点都没有害怕，倒把张占山吓得抱着孩子马上离开了老柳树。回头一看，老柳树着了大火，不一会儿，那棵柳树就烧成了黑炭。张占山惊叹道："好悬呀，我俩本该一命呜呼，像这种情况活命者甚少，怪呀，这老天爷在冥冥之中保佑着我俩，看来我孙子是个富贵身子命大人，日后必有大用，是神灵在护佑她，我沾了孙子的光了。"

雨越下越大，路上的积水足有一寸厚，张占山知道这附近再无避雨的地方，也不能再回洪道峪，再说洪水大过不去。于是他就硬着头皮，踩着泥泞的土沙路往前赶。大雨把他俩淋成了落汤鸡，腿上全是红浆泥。他挣扎着来到淮水沟口时，天已经亮了，但雨还是那么大，沟里的洪水还是那么凶。他拼命地钻进了一个牧羊人避雨的破窑洞，畅了一口气后，就坐了下来。

他一边拧着衣服上的水，一边摸着孩子湿湿的头发。雷声远了，雨渐渐的小了，张占山筋疲力尽的眯上眼睛，想休息片刻再走。就在此时，孩子莫名其妙的大哭起来，而且还手舞脚踢的不安分。张占山睁开了眼，看看孩子为啥要大哭，是不是这洞里有什么吓人的东西，他详细看了一遍窑洞。突然发现窑洞顶的鼠洞里冒水了，紧接着窑里发出了哧哧嚓嚓的声音，再仔细一看，窑洞的壁上已经裂开了缝子，而且缝子越来越大，声音也越来越刺耳。"不好！窑洞快塌了，"他抱起孩子就纵步跳到了窑外，头也不回地往前跑，一口气跑出二百多米远，就听见轰隆一声巨响，转身一看，我的天哪，窑洞的那片山坡整体塌下来了，连窑洞的影子都找不到了。

把张占山吓得心突突直跳，心里责怪起来，这灾难怎么老跟着我们跑，我没有对佛祖不恭、神灵不敬，也没有做伤天害理的亏心事，看来老天还给我俩留了一丝情，不然就身心俱丧了。万幸啊，多亏我的孙子哭得及时，要不我俩就被黑白无常收走了。他又认真地思忖起来，这红昌早不哭、晚不哭，偏偏在危险到来时哭，奇怪啊。红昌通乾坤命运好，不凡不俗，将来定成大器。

暴雨过后，天空挂起了彩虹，山上的青草树木被雨水洗刷得干净而翠绿，空气里的花草味道，清香无比、沁人心脾，吸一口气就像喝一杯蜂蜜那样甜美，羊倌们赶着羊群，漫唱的牧羊曲让人陶醉！此情此景让人不由自主地提升了精神、解开了心结。张占山一看，离淮水沟的小草棚不远了，他提提神、鼓鼓劲，兴致勃勃地继续赶路了。

他一口气来到淮水沟的斜坡上，往凤凰台的小草棚一看，吓了他一跳。发现草棚的门大开着，从里面走出一个蒙面人来，在四处张望。张占山赶紧闪到树背后仔细观察。此人的身影好熟悉，有似曾见过的感觉。嘿，这人还把这里当成他自己的家了，只见他悠闲自在的在草棚前，一瘸一拐地转了几圈后，不慌不忙地坐在了门前的木栋上。张占山在琢磨，这人是谁？是好人还是坏人？他来这里要干什么？为什么蒙着面？难道怕人认出他来？又见他拿起扫帚扫起了院子，看来此人打算要长期住在这里了。张占山急了，如果他长期住在这里，我和孩子咋办？他要想辙撵走他。张占山抱起红昌进了树林，高声唱起了山歌：

淮水沟的沟不深　凤凰台上修草棚

狩猎之人住棚中　住了春夏宿秋冬

草棚来了别的人　急着我的心口疼

蒙面人听到歌声后，好像明白了什么，便慌慌张张地看了一眼周围，就一瘸一拐地躲进了树林里，张占山细心地查看了一遍，附近再没有发现人的影子，心想，这人让我吓跑了，也不会再来了。于是，他和红昌就放放心心的住进了草棚里。

三

自从他和孙子住在这里后，张占山的心里格外舒畅，为了孩子的安全，他再没有出门打猎和上山采药，只是全心全意地管护着孩子。挤羊奶，做吃喝，缝洗衣服，抱着孩子兜风，忙得不可开交。但总觉得心里头空落落的很寂寞。他想找个人来说说话、陪陪他，帮他管管孩子，做做家务看看门。思来想去，他想到了杜家寨的白牡丹杜银秀。他俩既是歌友，又是至交，还是暗恋的心上人，也就是任三妹吃醋的那位心上人。她家离这里也不远，来去就半柱香的时间。张占山主意已定，我要把上山拉养孙子的事情告诉她，本来就应该让她知道这件事的来龙去脉和前因后果。她是一个热心肠，嘴也严，不会把这件事情张扬出去。请她抽空来帮着管管孩子，陪我说说话。想到这里，他觉得心里热乎乎的，就急不可待的抱起孩子，毫不犹豫地上了楞干山，站在山尖尖上，对着杜家寨，扯着嗓子唱起了山歌：

> 红心柳的丈四杈　白牡丹你听见啦
>
> 上山抱的尕娃娃　哭着闹着要妈妈
>
> 把我急着干挖抓　请你给我想办法

不一会儿，杜银秀就急急忙忙地来到了凤凰台，张占山急切地迎了上去，杜银秀情不自禁地砸了几下张占山："这么长时间不上山，把我急成干柴板板了。我纵着耳朵听你的歌，望眼欲穿地看着楞干山，盼望了小半年，才听见你鬼叫狼嚎的声音了。"

"莫怪莫怪，事端复杂。自从我拿着貂皮下山的那天起，就发生了诸多的孬心事，把我差点打折上，今天还能见着你，那是老天爷的眷顾，上辈子修来的福。走走走，进屋说。"

进了草棚，把杜银秀吓了一跳："我的妈呀！"她突然看见床上有一个穿着貂皮衣服的孩子，心想，这老不正经又添了一个续香火的，怎么抱到这深山老林里来了，就不怕娃娃遭罪？大人受累？她定了定神后，情随事迁地对张占山说："看来你宝刀未老，古树发新芽了啊。恭喜恭喜啊。"

"喜从何来？把我都快愁死了，你还这么挖苦我。"

"你老婆生春桃时，是个倒生胎，接生婆为了保母女平安，给她做了舍胎保命的手术，从此三妹就再无生育能力，为此事她还寻死觅活地闹了大半年。老实说吧，是从哪里借的肚子，给了人家多少纹银，那个女人年轻吗，漂亮吗？看来这娃娃来路不正，骨血不清。你怕三妹闹腾，乡亲们戳脊梁骨，就偷偷地抱在这里养了起来，我说的没有错吧？"

张占山显得很无奈，杜银秀的这番话把他说得无地自容、羞愧难当。他摸着脑瓜想了一阵，便结结巴巴的辩解："别再……胡说，瞎猜了，我是什么人你还不了解吗，你是我无话不说的朋友，我什么时候给你说过假话？好吧，我就把这个娃的来历详详细细地讲给你，再把这孩子的遭遇也说给你听。"

杜银秀疑信参半地道："我刚才说的是玩笑话，你也别在意，不管她的来路如何曲折复杂，只要张哥喜欢的孩子我就喜欢。你尽管说吧，我想知道她的来历和遭遇。"

张占山和杜银秀轻轻地坐在孩子身边，看了看朝他俩笑的孩子后，张占山就认认真真、详详细细的把孩子的出生经历和不幸遭遇，完完全全地讲给了她。杜银秀流着泪听完了张占山的叙说，并急切地说："原来如此，她叫什么名字？"

"任红昌。"张占山回道。

她又问："为什么取了这个名？"

张占山回道："为了保住是捡来的孩子的秘密，就没有让她姓秦，也没有让姓张，故而就让她姓任了。红寓意洪道峪，昌希望孩子顺祥发达的意思。"

杜银秀心里的密团解开了，也理解了张占山的所作所为，而且更觉得他实诚心眼好，可亲可敬了。她对张占山说："既如此，我的心里就亮堂多了，我还以为你有了新欢，忘了银秀，我心里的那块石头落地了。你是懂生死、知冷暖的好男人，我杜银秀的心不是冰疙瘩，也不是不讲道义的人，你的事就是我的事，我帮你拉扯这个孩子。唉，我这半辈子也没有生下一男半女，见了孩子心里就特别难受，恨自己的肚子不争气。现在有了红昌，我的心里踏实了，我要把她当成自己亲生的一样疼爱。"她抱起红昌，在小脸蛋上亲了起来。

张占山看在眼里乐在心里，有了杜银秀的帮衬，我就轻松多了，孩子也就能享受到母爱一样的温情了。他半信半疑地问："银秀，你果真有此意?"

"那还有假，给你帮忙我绝不后悔，何况我已经把红昌当成自己的孩子了。你可不要反悔。"

草棚里传出了开心的笑声，这爱和情的力量，驱散了淮水沟头顶的乌云，惊飞了森林里的百鸟，唤醒了凤凰台的生灵。

四

响石寨的探子把张占山捡到娃娃的消息禀报给了乔峰，乔峰听了很纳闷，这张占山捡到的孩子我不是抱上山了嘛，他不可能又捡了一个孩子吧，这好事怎么尽跟着他跑，不可能，那只是谣传罢了。于是，他怒斥探子："莫要听风就是雨，乱了我的心境。"

探子又说："是千真万确的事情，这几天杨树坡的水大妈，排子坪的刘少妇等，都在向张占山讨要孩子，有人争着抢着，拿着银两买这个孩子呢，还有蒲黑娃去抢，被张占山打得屁滚尿流。"

乔峰听了哈哈大笑，很不耐烦地说："蒲黑娃也想去捡便宜。买卖孩子是人家自己的事情，有我何干!"说完转身要走，却被探子拦住："二当家，那是咱们的红昌呀!"

"什么? 你不要信口胡说，我的红昌是被白衣妖道掳走的，到深山古刹修炼去了，和张占山家的孩子一点关系都没有，天底下的小孩子多了，你凭啥说她是红昌?"

"昨日刘少妇在院子里认孩子的时候，我看得很清楚，那娃娃的身上穿着貂皮衣服。"

"此话当真?"

"千真万确，不敢枉言。"

乔峰大喜："我娃原来在这里，真乃天佑我也。"他即吩咐下去："兄弟们，做好准备，明日去接我的宝贝女儿，要保守秘密，不可张扬，哈哈！我和女儿就要团聚了。"

这话被杨桂枝听见了，她想，这个祸害怎么又冒出来了，我的日子又不好过了。她灵机一动，想出了先下手为强的奸计，就立刻派堂弟杨三丙连夜回杨家河，带些武功好的人去洪道峪镇，把红昌弄出来，丢进洮河里喂鱼去。还再三叮咛：一定要赶在乔峰前面，办事要利落，不能留下任何痕迹。杨三丙领命，冒着大雨而去。

第二天早上，乔峰带着一队人马出了寨门，准备扬鞭起程，杨桂枝追了上来，拦住乔峰说："听说你要去洪道峪接红昌？"

"是啊，你不乐意吗？"他乜了一眼杨桂枝。

"夫君你说这话何意？红昌乃我们的爱女，能失而复得，高兴都来不及，岂有歹意？"

乔峰挥挥手："去吧去吧，别再猫哭耗子假慈悲。"

为了给杨三丙争取时间，解除乔峰的怀疑，杨桂枝故意死缠硬磨、虚情假意地说："夫君，我也要去接红昌，免得你门缝里看人，说我薄情寡义，对红昌不尽心。"

"你一个妇道人家出头露面，让人耻笑。"

"我一定要去，除非你杀了我。"她死死地拉住了马缰绳。几个小喽啰也帮她说话："二当家，就让她去吧，看上去她是真心的。"

乔峰一把将她拉上了马背，"别做作了。"就策马加鞭地往洪道峪镇赶。杨桂枝怕速度快，跑在杨三丙前头，就故意晕马呕吐"慢点，我晕，肚子难受得很哪。"

不一会儿乔峰的人马就来到了洪道峪镇，老远看见有一帮人正在张占山家门口打斗。乔峰即催马来到不远处，见十数人个个都蒙着脸，正在张占山家里胡砍乱砸，杨桂枝知道这是她的娘家人，就对乔峰说："这大概是黄香沟的胡子，据说这些人武功高强，手段残忍，不好对付。可能在抢张家的金银财宝，咱们要的是孩子，和他们不是同样的目标，咱们先不要盲目动手，要来个螳螂捕蝉黄雀在后。"

乔峰觉得杨桂枝说得有道理，就看起了热闹。只见任春桃和母亲左打右防、拼命抵挡，却不见张占山师徒人影，情况如此紧急，这师徒二人还能沉得住气。他正在纳闷，就看见有人从绣花楼跳下，怀里抱着什么东西，飞快地钻进了花瓶山坡的森林中。

杨桂枝一看，杨三丙已经得手，就给乔峰建议："胡子们打累了，招架不住了，该咱们出手了。"

乔峰一声令下；"兄弟们冲上去！谁救出我的孩子赏十两纹银。"他的人马一拥而上，吓得杨三丙们仓皇逃走了。乔峰看着气喘吁吁的春桃问："这些人是啥人？竟敢为难你们。"

春桃道："不是你们响石寨的人吗？那些土匪喊着'我们是响石寨二当家派来抢孩子的。'你这不是贼喊捉贼嘛。"

"休要胡说，我根本没有张扬此事，更没有派人来抢娃。这是有人钻了空子，制造事端辱我名誉，待我排查清楚，定当严处。"

这时任三妹从绣楼慌慌张张地跑下米："不好了，孩子不见了，天哪，这如何是好，如何向老爷交待，我可怜的妞妞啊。"春桃说："这娃刚和我有了些感情，就……"

有个尕土匪对乔峰说："刚才我看见有人抱着什么东西，跳下绣楼，跑进花瓶山坡的树林里去了。"杨桂枝忙说："不要胡说八道，你可能看花眼了，可能是羊钻进了树林子。"

乔峰肯定道："我也看见了，迟了，追不上了，再做计较。"他在张家里里外外地转了一圈问："家里发生了这么严重的事，出现了这么大的阵仗，怎么不见张占山师徒？"

春桃郑重其事地说："我爹爹和秦龙半月前就去了马衔山，"

"所为何事？丢下家里不管了吗？多重要的事需要两人都去吗？"他

用疑惑的目光审视着春桃。

春桃又不慌不忙地回答："秦龙老家遭了地震，他家的房子全震倒了，还伤了人命。爹爹和秦龙给他老家帮着修房子去了。"

"那么这个孩子是谁从什么地方抱来的?"

"噢——我爹爹去马衔山的前一天从油磨滩上捡来的，是个刚满月的女婴儿，听爹爹说，比你抱上山去的那个丑得多。"

"看来你爹爹的运气不错，是送子娘娘的亲戚，我乔峰怎么就遇不上这样的好事，老天不公啊。"

春桃道："抢走就抢走吧，说到底也是别人的孩子，我一个未出阁的姑娘带一个娃娃，会遭人非议笑话的，也罢，抢走了我就清闲了。二当家请坐，今日若不是你来得及时，我和母亲就没命了，财产就被抢完了。等爹爹回来后，专门去响石寨答谢。"

这番话把乔峰的疑惑彻底解出了，他目不转睛地看着春桃，这姑娘实在是太漂亮了，连说话都是那样的动人好听。杨桂枝的目的已经达到了，她看出了乔峰的心思，一股醋意涌上心头："夫君，既然孩子被歹人抢走了，咱们就打道回寨，再做打算吧。"

这时乔峰没有马上离开这里的想法，他瞪了一眼杨桂枝道："你若心急就先回吧，我的事情还没有办完呢。"桂枝无语了，坐在那里不想走。乔峰道："你们都在门外候着，我还有更重要的事情和春桃商量。"

杨桂枝和其他人就在门外等候了，三妹也避到绣楼去了。乔峰这才大大方方的坐在了春桃面前，谦恭下士地对春桃说："春桃妹子，上次在响石寨我多饮了几杯，失态乱了方寸，冒犯了你，我在这里赔礼道歉，你贤良姑娘不记仇，就原谅我的莽撞。"他拱手给春桃鞠了一躬。

这突如其来的变化使春桃应承不及，赶紧还礼道："二当家不必这样，我早已将此事忘得一干二净，请你不要挂在心上。"

乔峰道："我仰慕妹子的人品，敬佩你的为人，若不嫌弃，日后若有需要，我定当不辞。"两人尽释前嫌，打开心扉了。任三妹母女悬着的心终于放下了，乔峰走后，她俩会心地笑了。

五

任红昌把张占山和杜银秀的关系拉得更近了，他俩三天两头见面，一见面就不想分开。当然，关于孩子的话题还是多点。杜银秀不但给孩子带来好吃的、好穿的，还给张占山拿来了防潮的窜猪皮褥子，偷来了她公爹的上好烟叶。张占山从太阳刚露头就徘徊在凤凰台上等杜银秀，一见面就热情得难以把持。他俩感到现在的日子快活幸福，多么希望长此以往的继续下去。可是，这样的好日子只过了十几天，就有人给沈光祖传话了："光祖呀，把你媳妇看紧点，别让人拐跑了。"

沈光祖道："别瞎说，谁敢拐我的白牡丹。"

"你没有发现她天天去会野男人吗？"

沈光祖傻乎乎地说："没有，她天天晚上陪我睡觉。"

"她白天去干什么你知道吗？是和野男人约会去了。她白天是别人的老婆，晚上才是你的媳妇，那是应付你。你说天天和你睡觉亲热，为啥不给你生个娃娃？"

沈光祖自以为是道："你们傻着呢，生了孩子媳妇就不漂亮了。晚上陪我睡觉，白天上山采蘑菇，她忙得很。"

没有不透风的墙，杜银秀上凤凰台和人约会的事，传到了沈光祖父亲沈生堂的耳里，气得他山羊胡须往上翘，拐拐棍子只往地上捣，颤颤巍巍地把儿子打了两拐杖，怒目横眉地骂道："你这个四六不分的东西，连自个儿的媳妇都看不住，让她干出丢人骚脸的事，让我的脸往哪里搁。"

"爹爹，银秀是我的好媳妇，人漂亮，也贤惠，还会心疼人，对您也孝顺，不要骂她。"

"好个屁！她快把野男人勾到咱们家里来了，你还傻不拉几地维护她，说她好。明天你偷偷地在后面跟着她，看她去哪里，带什么东西，去和谁见面，干什么事情。"沈光祖觉得父亲今天很奇怪、很严厉、很生气，就垂头丧气地回房了。

第二天，杜银秀早早起床，给公爹和夫君做好了吃喝，收拾打扮好后，把煮熟的几个鸡蛋往怀里一塞，提上竹篮就急匆匆地出了门。沈光祖追上去问："媳妇，你上哪里去？"

银秀头也不回地往前走："上山采蘑菇去。"

"带上我，我帮你提篮子，打麻狼。"他堵住了银秀的去路。

杜银秀说："回去把爹侍俸好就行了，我不怕麻狼，你别操心我的事，我回来给咱们炒羊肚蘑菇吃。"她拉开光祖急急忙忙地走了。刚才的一切沈生堂从不远处看得一清二楚，他挥着拐杖示意儿子悄悄地跟上。光祖一看，大致明白了父亲的意思，就偷偷地跟在了媳妇的后面。

杜银秀一路走得很快，她根本就没有采一个蘑菇，也没有回头看一眼是否有人跟踪，就径直来到了凤凰台，和张占山连拥带抱的进了草棚。沈光祖一看气得直跺脚，原来乡亲们说的是真事，把我还蒙在鼓里。她还把我当大傻瓜看，我沈光祖也不是好惹的！他顺手拿起一根树杆，跑到凤凰台，围着草棚转了几圈，听了听里面热乎的声音后，一脚踢开了草棚门。看见杜银秀靠在张占山的肩上，眯着眼睛哼曲儿。沈光祖的肺都快气炸了，他举棒就打，把毫无防备的张占山拦腰一棒。张占山推开杜银秀，一把将沈光祖推倒在地："你是何人？敢在这里撒野！"

沈光祖一骨碌爬起来，恼羞成怒地大骂："你这个大坏蛋，还敢勾引我媳妇。"他又举起了木棒，但被杜银秀上前拦腰抱住，并喊道："张哥快跑！"张占山一听这人原来是杜银秀的丈夫沈光祖，不但没有跑，还镇定地说："这是我的家，为什么要跑？"

沈光祖摇了摇身板，搓了搓手腕，凶神恶煞般地对张占山说："你的胆真大，还敢跟我过招，我看你的皮子痒痒了。"抢起锤头打张占山，他哪知道张占山的历害，张占山也觉得自己理亏，不想对他使硬招，就势一闪，让沈光祖栽了个大跟头。

沈光祖想，这人还有两下子，我打不过他。就转身打杜银秀，骂道：

"你这个不害臊的婆娘，背着我和野汉子勾搭，给我戴绿帽子，我要弄死你！"他顺手拿起菜刀，向杜银秀砍去，吓得杜银秀躲在了张占山身后。张占山夺下菜刀，把杜银秀护在了怀里，严斥道："难道你要杀人不成！"场面十分尴尬。

沈光祖又看见了床上的孩子，气得火冒三丈，但又无处可发。有这么一个厉害手护着她，使他自感无能。就气愤不已地骂起了杜银秀："你这个狗贱人，八十两银子把你买来，给我没生一个娃，害得老沈家无人传宗接代、延续烟火，却给这野男人生孩子，你对得起我们老沈家嘛。"又指着张占山大骂："你这个爱吃腥的馋猫，天下那么多的女人你不去缠，偏偏欺负我沈光祖，你脸上臊不臊？丢不丢你先人的面子。"骂得张占山非常难堪。

此时，沈光祖眼里冒烟，张占山无地自容，杜银秀羞愧难当，草棚里的气氛十分压抑。杜银秀自知理屈，唯唯诺诺地来到沈光祖身边，喃喃地说："光祖，千错万错都是我的错，我和她只是唱山歌的朋友，没有做对不起你的事，你就不要胡猜想了。

张占山也辩解道："我俩就是唱唱山歌，谝谝闲传，确实没有干过对不起你和我婆娘的事，我俩是清白的，请你不要怀疑她。我和她来往是我对不起你，我给你赔情道歉。"

沈光祖把杜银秀推到一边："猫哭耗子假慈悲，干柴见火还能不着吗？你俩没干那事，怎么还整出个娃娃来，别再打马虎眼了，事实摆在面前还想耍赖！"

"她不是我俩的孩子。"杜银秀赶紧说。

"难道是石头缝里蹦出来的吗？"沈光祖说。"那就是他的种对不对，做了见不得人的事还想撇清自己。"

张占山语无伦次道："对，是我……嗨！这不好说。"

沈光祖似乎明白了，自鸣得意地道："噢——你们既然都不敢承认，那就是我沈光祖和杜银秀的了。"

杜银秀急忙道："对，是我们俩……"她又觉得没有说对。"嗨！是他的……哎呀，这难死人了。"

张占山胸有成竹道："反正不是你们夫妻俩的孩子，这孩子身上有很多秘密，不便给你透露。"

"既然你俩背着牛头不认赃，那无疑是我沈光祖的，好吧，我也不追究你俩的破事了，我把我的孩子抱走，这还对我爹有个交待。"他伸手去抱孩子。

张占山阻拦道："且慢，这孩子是我的心肝宝贝，你不能抱走。"

杜银秀也帮张占山说话："你干嘛要夺人所爱，我说她不是我生的孩子，你怎么就不信呢，别跟他纠缠了，咱们回家吧，你放心，我再也不会来这里了，山歌也不唱了，蹲在家里专门给你们老沈家生孩子。"

"她一定是我的孩子，他都不承认是他亲生的，我看这女娃的脸盘子很像你，不要让我沈家的骨血流落他乡。"他强行抱起红昌要走。张占山上前去夺，两人你拉我撕的不让步。张占山急于事功，干脆一掌把沈光祖打晕，抱起孩子躲了起来。

六

沈光祖醒过来后打了一掌杜银秀："你这个不守妇道的婆娘，刚才为啥不帮我把咱们的孩子抱回去，那个础碌子把咱们的孩子藏哪儿去了。我到周围找找去。"

杜银秀道："那个死鬼对这里熟悉得很，说不好已经藏远了，再说他的拳脚功夫很高，找着了咱们也夺不回来。"

沈光祖一把拉上杜银秀："走，咱们回家告诉爹爹，让他老人家想办法，把我们的孩子要回来。"杜银秀左右为难，回去吧怕公爹问罪，不回去吧家里会把事情弄大招来众人唾骂。为了暂时把这丑事瞒过去，她对沈光祖说："夫君，咱爹爹岁数大了，如果他突然知道了此事，肯定会被气死。过几天咱们慢慢地告诉他，这样他不受刺激，还容易接受，我们就说他的孙子在淮水沟的凤凰台上，让他想办法要回来，这不两全齐美嘛。要么我就不回去。"

沈光祖完全把任红昌当成了自己的亲生女儿，但她想不明白的是银秀为啥把孩子生在山上呢？又是如何认识这个张占山的呢？为啥在张占山面前不帮我说话？不想了，不想了，想得人头脑发涨，心里发酸，以后会自然清楚的，想办法抱回孩子是头等大事。心思所依，他赞成媳妇的建议："好，就按你说的办。"

杜银秀的心暂时放下了，她知道这毕竟不是长久之计，还得从长计议。心想，光祖啊，你太善良、太老实了、脑子也太简单了，如果……于是，她就跟着沈光祖回家了。

张占山在树林里看见杜银秀跟着沈光祖回去了，就如释重负地抱着红昌回到了草棚里。他又担心起来，银秀回去会挨打受骂吗？沈光祖还会来找我的麻烦吗？她还会上山来见我吗？我的红昌还能在这里继续生活吗？他思绪万千，无法平静。

沈光祖和杜银秀回到家里，看见父亲阴着脸看他俩，大概是做了亏心事的缘故，父亲的脸色让人发毛，眼神让人打颤，沈光祖蹑手蹑脚地想溜过去，却被沈生堂叫住了，厉声道："站住！鬼鬼祟祟的要上哪里去？"

沈光祖战战兢兢地回道："饿了，想吃些东西。"

"混账东西！还不把今天的事原原本本的告诉我，躲躲闪闪、藏藏掖掖到什么时候。"

沈光祖看了一眼浑身发抖的银秀，规规矩矩地站在了父亲面前，一句话都不说，大有死猪不怕开水烫的架势。沈生堂知道儿子是个犟板筋，智力也不好，站着不言语可能是被媳妇左右了，他故意把目光射在了银秀身上。银秀撑不住了，赶紧走过来，毕恭毕敬地跪在了公爹的面前。沈生堂道："家里再无外人，有什么见不得人的事全都说出来，家丑不可外扬，把火灭在袖筒里，咱们悄悄地在家里解决。"

沈光祖语无伦次道："爹爹，我，我有，您有孙子了。"

"你媳妇没有生养，何来孙子？"他很纳闷。

"银秀把孩子生到凤凰台上了，我见着了，还抱了她，和银秀一样好看，心疼得很。"

沈生堂更加糊涂了："为何要去那里生娃？匪夷所思。"

银秀一言不发，吓得直哆嗦。沈光祖却傻乎乎地说："事情的原委很复杂，一句两句说不清楚。急不在一时，以后慢慢给你说，反正她是您的孙子、我和银秀的女儿。咱们老沈家有人延续烟火了，但是，娃娃还在歹人手里，爹爹快想办法救孩子。"

沈生堂心里的气消了许多，突然有了传宗接代的孙子，这让他喜出望外，孙子的来路暂且不予追究，先设法营救孩子要紧。

沈生堂经过再三考虑后道："此事不宜声张，不能让家族的任何人知道此事，不然会引来不必要的猜疑，爱嚼舌根的人会说我孙子的骨血不正，来路怪异。咱们要用外力把孩子夺回来。"他让沈光祖俯耳过来，悄悄地如此这段，这般如此地交待了一番，就给家堂神灵烧香祈祷去了。

沈光祖按照父亲的安排，先将媳妇锁在了房里，拿上父亲的书信和三百两纹银就出门了。他过了何家湾，翻过五朝山，越过夹皮沟，傍晚时分才到了鹿鸣山。这里山势险峻，古树参天，山腰里盘踞着一伙是匪非匪的强人，他们大多都是犯了杀人越货之罪，逃避府衙追捕来到这里的，也有少数是来自西蜂窝寺的和尚，因为触犯了寺规被逐出后来这里的。这些人不是武功高强的，就是脑瓜好使的。这个据点威名在外，叫鹿鸣山庄，庄主白松年原是西蜂窝寺的高僧，博文精武。只因他在康乐城里吃肉饮酒时，失态砸了酒馆、伤了酒保而犯了寺规，被逐出寺院后来到这里，创建了鹿鸣山庄。他文武双全，心怀大志，广交天下英豪，深受大家的尊崇。他们主要靠农耕狩猎为生，还会干一些杀富济贫、替人消灾的事情。

沈光祖把父亲的书信和银两交给白庄主："庄主，我爹爹年老体弱，不能亲来，让我代他送信来了。"

白庄主看过信后，长叹一口气道："竟有这等奇事！贤侄勿忧，你父乃我故交，这点小事老父马上就替他摆平，让你们一家人团圆。"他即唤来二庄主李超："你率猎虎队，让我的贤侄带路，到淮水沟去营救他的孩子，不要伤及人命，救出孩子交于贤侄光祖，不得进寨叨扰杜老爷，此事切勿声张，不要让对方认出尔等，事办妥当后，立即返回。"

第二天早上，李超率猎虎队策鞭催马的出发了，在沈光祖的向导下，很快就来到了淮水沟的凤凰台上。他们先蒙起脸来，就悄悄地把草棚围了起来，听见有张占山逗孩子笑的声音。李超等人突然闯进了草棚，张占山见了很吃惊，问："来者哪路好汉，到此所为何事？"

李超道："我等乃路见不平之人，你掳人孩子，行为不端，不废了你对不起受害之人。"

"我何时掳了别人的孩子，又怎样行为不端？"

"不要多言，这孩子从何而来？"李超逼问。

"她是我家的孩子。"

"明明是杜家寨沈老爷的孙子，还敢狡赖？把孩子乖乖交给我们，免遭皮肉之苦。"

张占山明白了，这些人是替杜光祖来要孩子的。他便理直气壮道："不要盲目替人消灾犯险，我多说也无用，有能耐放马过来。"张占山以为这些人只是泛泛之辈，不是自己的对于，才这样妄言以对的。

李超生气了："你好不知趣，还敢口出狂言，不来点狠的，你还不知道人外有人、天外有天。兄弟们上。"猎虎队的桑云、瓦蛋冲上去便打。张占山抱着红昌尽力拼打，一来他抱着孩子不好使劲，二来桑云、瓦蛋也是康乐县的武林高手，没几回合，张占山就招架不住了，但他还是抱着红昌死死不放。

李超上前一掌将他打昏在地，把孩子交给沈光祖："兄弟，快把孩子抱回去，别让杜老爷担忧了，咱们就此别过，后会有期。"沈光祖躬躬道谢，猎虎队扬鞭而去。

七

沈光祖把孩子高高兴兴地抱到家里，沈生堂一看高兴得合不上嘴："这娃长得乖巧，是我们老沈家的面相，来来来，让爷爷抱抱，光祖，快让你媳妇来看看女儿。"

沈光祖打开门锁，放出杜银秀，情不自禁道："媳妇，我把咱们的孩子救回来了，快到堂屋去看看，爹叫你呢。"对杜银秀来说，这是一个不幸的消息，她和张占山的关系难说清楚，这红昌的秘密恐怕难以保住，她的心里像一团乱麻，见了公爹该如何回答。她谨小慎微地跟在光祖后头，编织着对付这一切的慌言。进了堂屋，看见公爹喜笑颜开地逗孩子，心情放松了很多。

沈生堂笑呵呵道："银秀啊，快来看看孩子，长得多像你和光祖，你给咱们老沈家立了大功，爹要好好的赏你。但是，你要把事情的前因后果讲清楚，为什么把孩子生在山上？你和那个男人是啥关系？这件事众人传得很难听，你若难圆其说，就难封云云众口，你的清白和孩子的真伪就不好说了。"

其实杜银秀这一天的大脑也没有闲着，她构思了一个瞒天过海的故事。她羞羞答答地站在公爹面前，看了一眼光祖后，就颤颤悠悠地讲起了已经编织好的故事：

"去年二月间我感觉怀孕了，心里十分高兴，但难以启齿。想让胭脂川镇的胡大夫看看是男是女。大夫抓过脉后惊叫道：'哎呀！你怀的是怪胎，不是老鼠便是蛇，得尽快打掉。'当时我很害怕，也不敢向家里人说，但我又想兴许不是怪胎，我好不容易才怀上，万一大夫误诊就迟了，我想把这个胎儿生下来。但是，这样的胎我不敢在家里生，就处心积虑地往山上跑，寻找能生孩子的地方。一天，我上了淮水沟的凤凰台，看见依山有个草棚，就走了进去，这是个猎人临时居住的草棚，我高兴极了，我决定就在这里生孩子。从那时起，我就隔三岔五的去那里收拾整理，突然有一天，来了一个猎手，他说我占了他的草棚，让我马上离开。我求他给我行个方便，让我在草棚里把娃生下来。他看我可怜就答应了。怪胎生下来了，不是老鼠也不是蛇，是小女孩，我非常高兴，想抱着孩子回家，但我怕家里不认，心里很矛盾，就求他再允我住一些时日，他也很稀罕这个孩子，就同意了。他叫张占山，是洪道峪镇的人，还给孩子取了名字：红昌。后来的事您们都知道了。"

杜银秀就这样撒了一个弥天大谎，把沈生堂父子暂时骗过去了。但她知道，这事还没有过去，时间久了肯定漏底。

沈生堂听完银秀的叙述后大解疑惑，高兴得拍了一下桌子："我基本上清楚了，银秀你也受累受委屈了，咱们的孩子也认祖归宗了，乡亲们的谣传也就不攻自破了。明天我买只奶羊，让我的沈红昌有奶吃，长得白白胖胖、活泼可爱的，等几天咱们摆上几桌，让族人亲戚都来乐呵乐呵。"

天黑了下来，沈光祖已经呼呼大睡了，但杜银秀毫无睡意，她的心里总觉得不踏实，担心事情败露，担心张占山今天是否受了伤，孩子安全地睡在这里他知道不知道。这时她仿佛听见门外有动静，再仔细一听，果真有人在小声咳嗽，好像是张占山的声音。她轻轻地爬起来，幸好没有吵醒沈光祖，就披卜衣服出了门。张占山忙问："你安好吗？红昌在你家吗？"

"嗯，在我的床上甜睡呢，你怎么样？"

"我就是觉得头有点晕，你和红昌受罪了没有？"

"你的担心都没有发生，我和孩子反而受宠了，红昌被我公爹误认成亲孙子了。我想咱们将错就错，把红昌放在沈家，由我来替你拉养，沈家的条件优越一点，你看如何？"

张占山思忖了一下："现在只能这样了，让你受累了，我心里过意不去，日后我会加倍偿还的。"

"何人在门外说话？"沈生堂问。

张占山听见了沈生堂的声音，丢开银秀："过几日咱们再见。"就消失在夜幕之中。银秀赶紧回道："爹爹莫怕，我也听到门外有声音，就出来看看，说话的人已经走远了，没有看清是啥人。"

张占山连夜回到了洪道峪，把丢失孩子的前因后果给三妹和春桃大致讲了一遍，但他隐去了他和杜银秀密切来往的过程，故意渲染了强人掳红昌的阵势。三妹听了责怪张占山没有尽心看管，春桃听了大哭不止，焦急万分。

张占山道："你母女也不要太过担心，那沈家误认红昌是他家延续烟火的骨血，十分喜欢。他家的生活条件也不错，咱们也不能把红昌抱回来拉养，倒不如将错就错，就让孩子在沈家成长，等长大以后再做计较。"

三妹道："那不行，还不知道那沈家用心何故，家风如何？自己没有孩子就抢咱们的，这种人和山贼草寇有何区别。太可怕了，一定要把孩子要回来。"

春桃更是伤痛至极，她连哭带闹："我的红昌命咱这般苦，强盗掳土匪抢、这里避那里藏，逃到了深山老林还有人惦记，颠沛流离，过不上安身的日子。爹爹，咱们一定要把孩子要回来。"

张占山忧心忡忡道："我也心疼红昌，但咱束手无策嘛，硬抢吧有高人保护，咱们恐难得手，智救嘛暂时还无良策，因为那里不是几十个土匪的响石寨，而是百十户人家的大寨子，人多嘴杂，他们的三亲六故布满狄道西南川，弄不好会闹得沸沸扬扬，咱们的清名难保。"

春桃一听父亲没有要回孩子的办法，说了一句："没有了红昌，还活什么人。"就倒在了地上。张占山赶紧扶起，对她说："我娃别急，为父一定设法要回孩子，但得想好良策，咱不急在一时。"

春桃道："沈家养大的孩子和咱们没有感情，还会认咱们吗？孩子在他家受了罪咋办？他们把孩子送人了咋办？你还是光说不动，不着急，不行，我要自己去救。"

张占山拉住，生气地骂道："别胡闹了，你有能耐干脆把我气死！那样你就能见到红昌了吗？"

春桃挣开父亲说道："爹爹的心真硬，我没活头了，也没指望了，那我就去死吧。"她向水井扑去。

张占山跑上去一把拉住春桃："我娃你又何必呢，为父马上去要孩子，你母女二人在家静候。"他拿起五尺棍就兴冲冲地出门了。还没走上百步他又折回来了。三妹问："何故?"

张占山严肃道："这样硬闯不妥，不但要不回红昌，反而会把事情闹僵。我想，咱们一向与人为善、通情达理、讲规矩、尊礼仪，为何要这般粗暴办事。那沈家也是杜家寨的大户人家，寨中门面，我看也不是蛮不讲理之人。咱们三人带上厚礼去沈家，把事情的全部给沈老爷讲清楚，动之以情、晓之以理地劝沈家把孩子还给咱们，这样既能要回孩子，又能保全咱们的名声。"

三妹和春桃齐声说"好，这个办法好，咱们带上三百两银子，诚心地去求沈家，天亮就出发。

喝早茶的时候，张占山一行三人就来到了杜家寨的沈生堂家里。张占山上前拱礼："沈老爷好。"

沈生堂问："你等何人，来我寒舍所为何事?"

他三人上前跪在了沈老爷面前，张占山道："我乃洪道峪镇张占山，今率家眷特来向您致歉。"

"张师傅乃狄道拳师，威名早已灌耳，还是我孙女的贵人，快起快起，落座便是。"这时沈光祖和杜银秀也蹑手蹑脚地来到堂屋门前，几个家人也凑了上来，观看这三人今来何为。"银秀，快给客人沏茶。"她迎声而去，还偷偷的看了张占山等三人一眼。

张占山谦恭地对沈生堂道："久闻沈老爷大名，一直不得谋面，很是惭愧。今有一事特来叨扰，还请杜老爷海涵。"

"你我都是通达之人，不必拘谨，有事但说无妨。"

张占山毫无顾忌道："昨日贵府抱来的孩子乃是我张占山之孙女，沈老爷可曾知晓?"

沈生堂摆着手道："张师傅玩笑了，你不过有恩于孩子，怎能把孩子论为己孙? 不可荒唐。"

"沈老爷莫怪，待我细细说来。"张占山请沈生堂屏退儿子和儿媳及闲杂人等，还让三妹和春桃退避门外，他坐在杜老爷近前，低声细语地说："我的姑娘春桃和我的徒儿秦龙偷偷地干了见不得人的事……为了藏丑，我就把孩子抱到凤凰台抚养，后被您儿媳偶然发现，她很稀罕这个孩子，让我把孩子送给她，我不肯，她就隔三岔五地来死磨硬磨看孩子，造成了大误会，才有了昨日的大干戈。今日我把她娘俩带来给您道歉，并陈述事情根源，您大人有大量，还请怜惜我女春桃，开恩赐惠，把孩子还给我们。"

沈生堂听完后，觉得张占山没有虚意骗他，但也无凭无据，心想，真如他说的那样，我也没有理由，更没有必要留下别人的孩子。他问："你可有真凭实据？"

张占山让抱来孩子一验便知。沈老爷纳闷之时，杜银秀抱着红昌进了堂屋，春桃忍不住扑上去欲夺孩子，被张占山挡回。他接过孩子，小心翼翼地解开貂皮衣服的夹层，从里面取出一块红布，递给沈生堂。

沈老爷看完问："小孩为何姓任？"他疑惑不解。

张占山忙解释："因我是入赘任姓之家，故女儿叫任春桃，秦龙杳无音信，故而孩子就随了母姓。"

沈老爷哈哈大笑："原来如此，明白了，明白了。我沈生堂也不是不讲道理之人，发生了这等荒唐之事，说明你我两家有缘，我有个不情之请，孩子你可以抱走，但她现在不是你一家的了，我要收她为干孙子，不知你意下如何？"

张占山看了一眼三妹和春桃，笑着对沈老爷说："高攀了高攀了，这是红昌的福份。"张占山拿出三百两银子，放到桌案上："还请杜老爷保守这个秘密，不成敬意，日后你我就成了干亲家，定当亲密来往，这些散碎银两全当赔礼道歉了。"

沈老爷把脸一板："小看我沈某人了，这次事件是破费了一些碎银，但比起我有了孙女算得了什么。拿回拿回，全当我没有看见。快，做菜上酒，我们要行收孙女之仪式，让天地神灵作证保佑，也让大家高兴高兴、乐呵乐呵。"

沈光祖觉得十分别扭和窝火，杜银秀心里五味杂陈，心悸难平，他俩眼睁睁地看着春桃把红昌抱走了。

张家一行刚出村口就坐下来商议如何抚养红昌的事情，究竟让她在什么地方生活。抱回洪道峪是不现实的，短时间内也找不到合适的安身之处，最后决定，还是抱到凤凰台上去，在草棚里继续由张占山操心抚养。于是，张占山又把任红昌抱到凤凰台上去了，草棚又成了他俩的家。

八

张占山一家走了以后，沈生堂突然把脸拉了下来，他把小两口叫在堂屋，怒气冲冲道："银秀，你给我撒了一个弥天大谎，让我的颜面尽失，干了人财两空的大傻事，成了众人的笑柄，让我日后挺不起胸膛、抬不起头做人了。你的心早已不在我沈家了，亏我父子对你那样的关心和理解。但你把好心当作驴肝肺了。你做的那些龌龊事就够人恶心，你不能为沈家添丁，还撒弥天大谎欺骗于我，这些足够你死上三次！但念你待奉我多年，就从轻发落，让光祖把你休了。"

杜银秀和沈光祖同时扑腾跪了下来，"爹爹，不要休我，我改，今后我会本本分分的做人，恭恭敬敬地伺候您。"沈光祖说："爹，我不休银秀，她对您孝顺，对我关心，而且她世得好看。"

沈生堂雷霆大怒，把手一挥："不行！你俩多说无用，我主意已定，光祖，快去写休书吧。"说完摔门而出，流泪而去，

杜银秀成了被赶出窝的小鸟，她背着一个瘪包袱，哭丧着脸，跌跌撞撞地回到了娘家，一头扑进母亲的怀里，难心地哭了："娘啊，沈家不要我了，我的命咋这么苦呀！"。

张占山的生活又平静了下来，看管孩子之余就练拳脚、打野物、采药材，一天他突然听到了杜银秀的歌声：

萋一道的九道萋　如今变成寡妇了

没人把我犯筋了　杨柳开始反青了

上到北山顶上了　不见阿哥腿酸了

　　杜银秀如今成了自由之身，在娘家缓了几天后，心情好了许多，她除了帮母亲做些家务外，就上山采药折蕨菜。她总是放不下张占山，梦里梦见的是他，穿衣吃饭时想的是他。觉得茶饭无味、睡觉不香，寂寞难忍。本想不再和张占山扯上关系，祸及自身和他人，但她控制不了自己的感情，忘不了曾经幸福快乐的时刻。她还是想找回失去的爱情，回到张占山身边。于是就兴致勃勃地爬到了北山顶上，喝起了山歌。

　　张占山不由自主地迎声来到北山顶上，看见了风情万种的杜银秀，当他张开双臂的那一刻，杜银秀已迫不及待地投入了他的怀抱。二人惺惺相惜，不肯松手。一阵惊飞的鸟叫把他俩从梦幻中唤醒过来，他俩这才慢慢的松开了手，大有久别重逢的感觉。张占山道：“我给你带来了不幸，对不起。”

　　杜银秀道：“自从在草棚和你相见后，我的心就野了，就不想在沈家待了，现在成了自由之身，我的爱情我做主，谁嚼舌头也没用。红昌怎么样？走，我去看看她。”

　　张占山和杜银秀又牵上了线，他们的顾及也少了许多，而且感情也快速的加深，来往的频率也高了，杜银秀把红昌当成了自己的亲孙子，照顾得无微不至，他俩一日不见如隔三秋，就连小小的红昌也会啼哭不止。

　　一晃，七八天过去了，五月初五端午节那天，张占山和往常一样，早早起床，喂孩子吃喝完毕，对睡在床上的红昌说：“孙子唉，乖乖的睡着，爷爷今天到景古城里给你买花线绳去，你带上花绳就不怕蛇了，山里的野兽也就绕着你走了，再给你订做一个长生富贵的银锁子，保佑你健健康康成长。”把孩子安顿好后，锁上草棚门就出发了。

　　刚走到凤凰台边时，突然心砰砰地跳了起来，他不由自主地调转脚步返了回去，刚到门口就听见孩子在大声哭喊，他急忙开门，进去一看，红昌哭得很伤心，流着泪绕着小手，似乎不让他离开。他想，怎么办呢？给孩子买花绳、订银锁的事也很重要，错过端午节就不灵验了，另外，这也是和银秀定好的事。他想关门就走，红昌哭得更加厉害了，脚踢手扬的，好像生死离别的样子。他又陪孩子坐了一会儿，时间不早了，他抹着泪、狠着心依依不舍地给红昌挥了挥手就锁门出发了。走到凤凰台边，还能听到孩子的哭叫声。他心一硬就急急忙忙地走出平台，就边走边给杜银秀发出了信号：

> 太阳出来照上了　　照在松树尖上了
>
> 我在凤台边上了　　你到潘家湾里了
>
> 听见牡丹声音了　　头顶香盘迎来了

白牡丹杜银秀听见了张占山的歌声后心潮起伏、情景交融，就喜不自胜地迎声对唱道：

> 五月端阳献柳哩　　牡丹长在路口哩
>
> 上刀山的心有哩　　跟上你了就走哩
>
> 急得牡丹大抖哩　　端等阿哥捂手哩

张占山紧脚快步地迎上去唱道：

> 红心柳的叉套叉　　牡丹笼里提的啥
>
> 蜂蜜粽子提者吧　　娃娃衣裳拿者哪
>
> 你的身后干净哪　　有人盯哨我害怕

张占山在淮水沟凤凰台的秘密白牡丹一清二楚，她把任红昌当成了自己的亲孙子，也许是她爱张占山的缘故吧。还竭尽全力地帮助张占山照料孩子、清扫草棚，做肚兜送吃喝，从无怨言求回报。他俩最好的交流方式就是对唱山歌。听到张占山的担忧后，她心丝幽幽地唱道：

> 洮河清水哗哗流　　张哥啥都不要愁
>
> 给你带的尕手手　　给娃拿着花兜兜
>
> 身前背后没有狗　　大大方方往前走

就在他俩对歌缠绵，向景古城疾行的时侯，一只大老虎嗅到了孩子的气味，馋得它口水直流，饥肠翻滚。就摇摇晃晃地来到凤凰台上，遛到草棚前噘着鼻子嗅了嗅，纵起耳朵听了听，便长啸几声，把大脑袋摇了摇后，两只前爪挖起了草棚门。这时棚里的红昌被吓得野扎扎地哭了起来，门扇已经被老虎锋利的大爪挖坏了，老虎退了几步，准备用头撞开棚门，眼看这苦命的孩子就要被凶残的老虎吃掉了。

就在这万分危急的关头，胭脂川的樵夫单得宝路过这里，忽然听见了孩子在大哭大叫，便迎声一看："哎哟我的天大大！"老虎已经挖开了草棚门，就要扑进去吃孩子。他举着明晃晃的板斧，奋不顾身地向老虎跑去，并大喊："打老虎！打老虎——"山谷里荡起了急促有力的"打老虎！打老虎——"的回声。听到喊声的老虎转过头来，啸——大吼一声，咬牙切齿地瞪着单得宝，然后向他猛扑过来，欲吃掉单得宝。惊慌失措的单得宝赶紧调头往回跑，老虎纵身一跳，差点抓住他。惊恐之下的单得宝急中生智，一个纵步上了一棵大松树，把老虎诱引到了大松树下，气得老虎在大松树周围转圈圈。老虎用头碰松树，用牙啃松树，用屁股蹲松树，狠不得将单得宝一口吞了，解解馋气。尽管它是兽中之王，但因身体笨重，无法上树觅食。它又懒洋洋地在地上打了个滚，调头又向草棚跑去。急得单得宝束手无策、口中冒火。就在这关键时刻，树林中突然响起了沙哧沙哧的脚步声，嗖——嗖——从脚步声那里飞出两把刀子，不偏不斜地插在了老虎的头上，疼得老虎咆啸着在地上打了几个滚，然后摇头摆尾地钻进了树林子，在草棚门口还流了一滩血。

单得宝一看老虎跑了，也没有发现甩刀之人，就赶紧跳下树来，跑进草棚里一看，果然有一个穿着貂皮衣服的小女孩，安然无恙地躺在床上，他放心地走出草棚想离去，突然听见树林中传来几声似人似兽的声音。他又担心走后野兽再次来袭，孩子的性命难保。心想，也不知道是何人丢弃的孩子，不管怎样，得把孩子先行救走。于是，他抱起冲他笑的小女孩，径直向家里跑去。

貂蝉

第四章

貂蝉流落胭脂川　得宝舍身为爱女

一

单得宝今年二十有三，家境贫寒，卖柴为生。结婚五年有余还无子女。他从虎口里救回一个小女孩，真把两口子高兴傻了。他忙乎着请天神、迎喜神、安胎神。特别是媳妇周桂英高兴得流下了眼泪，她翻箱倒柜，找出了舍不得穿的嫁妆花绸袄，把穿在孩子身上的貂皮衣服脱下来，用绸棉袄把孩子包了起来，夫妇俩还在孩子貂皮衣服的夹层里发现了一块红布，上面写着孩子的出生年月日时，还有孩子的名字"任红昌"。她抱起来亲呀，掂呀，逗呀，恨不得捧在手里，含在嘴里，稀罕得不得了。乐得她不知道做什么好，说什么对。单得宝高兴得走起了迈堂步，还在大门口哼起了胭脂川的秧歌：

太阳出来红又红　照着我的虎座门

虎座门上有条龙　辈辈秀才在门中

又能武来又能文　为国为民立头功

他们两口子对任红昌这个名字都不认同，心想，现在成了单家的孩子，不能再姓什么任了，她得姓单。为了给孩子取个好名，单得宝思考了几天后，神秘兮兮地对周桂英说："这娃娃是我单得宝救回来的，就叫她单来娃，你看中听不中听？"周桂英一听连连摇头，不乐意地说："单来娃，绕口难叫不中听，我看还是叫单胭脂，咱们是胭脂川人嘛。""单来娃好听。""单胭脂好叫。"两人争得面红耳赤，僵持不下。"好好好，"单得宝把手一扬说："咱俩别再扯七拉八地咒孩子了，还是让识字的先生给娃起个吉祥富贵、中听好叫的名字。"两人一拍即合。

为了给孩子取个好名字，单得宝专程来到狄道城里，花钱请转阁楼上的石先生起名。单得宝给石先生讲了救孩子的经过和自己的意愿。先生听完后，捻了捻手指头，用毛笔在纸上写写画画后，眯眼晃头地说："救回来时身穿貂皮，就姓貂吧，是你从大虫（老虎）口边夺回来的，你姓单，虫加单正好是一个'蝉'字，就叫貂蝉吧，既有孩子的来历，也有你单家人的姓，叫起来朗朗上口，听起来妩媚富贵。""好！"单得宝高兴得双手一拍："先生高明。"放下一两碎银直奔胭脂川。

单得宝如获至宝似的往家里赶，恨不得一步跨进家门，把这个好消息告诉周桂英。让她高兴高兴，亲亲昵昵地把孩子叫声貂蝉。他兴高采烈地揪着路边的青草尖，摸着杨柳的垂丝条，一进虎关峡就美滋滋地唱起了山歌：

　　狄道城的红林庆　　四街卖的甜点心

　　我女世的人攒劲　　黑碌碌的大眼睛

　　红心柳的一张叉　　人说尕单没什啥

　　老天睁眼赐缘发　　我是貂蝉亲阿大

他喜眉笑眼地回到家里，就看见媳妇在放声大哭，便问："哎，把她家家的，几哩哇啦的嚎啥呢？"

周桂英咽噎着说："刚刚来了一个蒙面瘸子，二话没说就把咱们的孩子抢走了……"

"奶奶的，朝哪个方向走了？"他急切地问。

"往五朝山方向跑了。"单得宝一听，气得火冒三丈，急得心乱如麻。便提起砍柴刀，飞快地向五朝山追去。一边追一边喊："快来人啊，强盗把我的女儿抢走了。"

且说这个蒙面瘸子跑进单得宝家，一看四下无人，从周桂英手里抢了女孩，就一瘸一拐地往五朝山的夹皮沟里跑，刚想在蛇腰崖里解开花兜篷，仔细地看一眼小女孩，突然有人大喊："快！快呀！捉住他！强盗把我的孩子抢走了。"

听到喊声的乡亲们拿着权把、锄头，跟着单得宝一起追了上来。蒙面人一看众人追来了，心想，自己的武功再好也难抵二三十人，他还怕在对打之中伤着孩子，万一暴露了自己的身份，得不偿失，以后的事情就不好办了。便小心翼翼地放下孩子后，跑进了五朝山的密林中去了，看着人们再没有追赶，只是满心欢喜地把孩子抱了回去，他这才放心地走了。

单得宝赶紧抱起泪汪汪的小貂蝉，察看了孩子有无受伤后，轻轻地抚摸着小脸蛋，看着乡亲们激动得直淌眼泪："谢谢各位乡亲帮忙，不然我的女儿就被歹人抢走了。"一个名叫王祥喜的愣小伙歪着头问："得宝哥，这小女孩叫啥名字？"

单得宝毫不含糊道："貂蝉。"

"哎，多好听的名字，为啥不姓单呢？是谁生的？"

"当然是我婆娘生的。"

"孩子长这么大了，咋还没见贺满月，上银锁呢？"

"这，这这这……"单得宝摸着头脑语塞了。

一个长者唬王祥喜道："别愣头愣脑地抛根问底说胡话，你得宝哥日子过得那样紧，拿什么贺满月、打银锁，馋猫！"又拍着单得宝的肩膀说："快回去吧，当心孩子受了惊吓，还不知你媳妇急成啥样了，以后当心点，那歹人恐怕还没有死心。"

单得宝回到家里一看，媳妇哭得死去活来，一副寻死觅活的可怜相。见单得宝把孩子追回来了，她赶紧从丈夫手里接过孩子，紧紧地抱在怀里，生怕被谁再抢去。抽泣着说："把我娃伤着了没有？多亏乡亲们帮忙，不然我娃就找不着了。"

"你也别太伤心了，孩子毫发无损地回来了，光知道哭，能把孩子哭回来吗？得庆幸才对，我告诉你，石先生给咱孩子取了个好名字'貂蝉'，你中意不中意？"周桂英听了转悲为喜，高兴地说："好，我喜欢，好叫中听不绕口。"单得宝得意地说："当然好，是狄道转阁楼上的石先生取的，还花了一两银子呢，"两人会心地笑了。

二

张占山和杜银秀在景古城里买了花丝绳，订了银锁子，就急急忙忙地往淮水沟的凤凰台上赶。他们担心把红昌饿坏，把嫩嗓子哭哑，还担心她的安危。刚走到五户滩，就被两个彪悍之人挡住了去路，张占山道："敢问二位是哪路好汉？我俩是平常行路之人，为何阻拦？"

这两个大汉晃着脑袋，甩着胳膊凶狠狠地说："你们这两个死不要脸的东西，偷偷情也就罢了，还勾肩搭背的赶集游浪了。就不怕众人耻笑、路人不平吗？"

张占山生气地道："好汉切勿误会，我们只是相遇同行而已，并无不轨行为，伤风败俗之举。"

"还背着牛头不认赃，嘴如此之硬，来，让他尝尝打野鸡翻墙头的滋味。"抡起拳头要打张占山。

杜银秀突然挡在张占山面前："你俩不要胡来，挡道行凶是没有好下场的。你们可知他是何人，不是谁想欺负就能欺负的人。掂量掂量吧，自不量力，吃了亏就晚了。"

"难道你不是张占山？"

张占山回道："是，我与你们有仇吗？"

"你我虽无仇，但拿人钱财，替人消灾的道理你们懂吧。识相点，早投生早转世吧！"

"好汉，你让我死个明白，是何人施财置我于死地。"

"好，反正你是快死之人，我就大致告诉你吧，是杜家寨的有钱汉。"说完举刀就砍。张占山把银秀拨在一边，一招空手套白狼，闪电式的将刀夺在手里，飞腿一蹬，一个大汉就飞出一丈多远，另一大汉展腿踢来，被张占山一招旱地里拔萝卜，抓住腿巴骨轮了一圈后，松手丢在了路边的水沟里。两个人爬起来就跑了，吓得杜银秀腿子发软，惹得路人捧腹大笑。

张占山对杜银秀说："此地不能久留，赶路要紧。"拉起银秀，慌慌张张地离开了五户滩。他俩跑步来到了凤凰台，这里静悄悄的，也听不见孩子的声音，杜银秀说："红昌可能睡着了。"当他俩走到离草棚不远处时，发现了一滩血迹，他俩本能的看了一眼草棚门，发现弄坏了的棚门大开着。"出事了！"二人飞快地进草棚一看，"坏了，红昌不见了。"

他俩看着被老虎爪子挖破的棚门，摸着棚前的血迹，心想，红昌可能被野兽吃了。伤心得大哭起来，张占山哭得悲痛欲绝，撕心挖肺地喊着孩子的名字："红昌啊，我的好孙子，爷爷对不起你呀，千不该万不该今天去景古城啊，真后悔啊！"杜银秀哭得也很伤心，她砸着自己的胸口："是奶奶害了你啊红昌，奶奶错了，奶奶不该让你爷爷离开你去景古城呀，哎哟，我可怜的红昌啊。"他俩的哭喊声惊飞了林中的鸟儿，吓跑了周围的野兽。

张占山和杜银秀昏天黑地的哭了一会儿，伤心悲痛的追悔了一阵儿。揣着空落落的心在草棚门口静坐着，二人的心比针扎刀剜还难受。张占山对银秀道："咱们回去吧，孩子已经没有了，我们守在这里也无用，睹物思人，心里更难受。"

杜银秀喃喃道："张哥，我好后悔呀！这孩子没了，你我的心里都非常难过，你咋给嫂子和春桃交待呢，她们知道了受得了吗？我好痛也很怕，更很担心你。"

"银秀，事情已经出了，害怕也无用，我会处理好这件事，我倒是很担心你，为了我你得罪了沈家，从今天的遭遇看，沈家还没有对你我放弃成见，恐以后还来滋事，你要当心应对，不可大意，别让沈家钻了空子欺负你。咱们就此别过，相互远念吧。"他们的眼里都含着泪花，在凤凰台上恋恋不舍地分别了。

张占山迈着沉重的步子回到了家里，有气无力地坐了下来，低着头唉声叹气。三妹上前问道："你回来了，把我的孙子一个人丢在山上了？"张占山哭丧着脸不答。

春桃看见父亲回来了，赶紧上前问："爹爹您回来了，红昌呢？我和娘正准备明日去淮水沟看您和红昌呢。"张占山低头不语，只见他眼泪扑簌簌地流了下来，尔后就牛一样的哭吼起来。三妹和春桃不明其意，双双拉住他的手，急切地问："出啥事了？为何如此伤心。难道有人欺负你了，还是有想不开的烦心事？说出来让我们分担一二。"

张占山慢慢地抬起头来，搂住她母女的头咽噎着说："我对不住你俩啊，我可怜的红昌呀。今日是端午节，我去景古城给红昌买花丝绳、订银锁子，回来时红昌不见了，草棚门口还有血迹。"

三妹听了，突然松开张占山的手，浑身叭啦啦地一抖，就倒在了地上，她再一句话都没有来得及说，就翻了几下白眼，有气无力的扬了扬手，双腿一蹬就没了气息。张占山抱起媳妇三妹、三妹地呼唤着……因气血攻心，张占山也休克了。

听到声音的乡邻们赶来抢救他们夫妻俩，施尽了办法，但任三妹还是撒手人寰了，她带着秘密和天大的遗憾走了。张占山慢慢地苏醒过来了，看到三妹已气绝人亡，悲痛不已。等他定下神来，呼唤春桃时，早已不见了春桃的人影，他找遍屋里屋外，镇前村后，也没见着春桃的身影。一个半大孩子告诉张占山："春桃姐姐哭着、笑着，披头散发地向洪道峪沟里跑了。"乡亲们四散出去寻找她，只因天黑路险树林密，都无功而返了。

张占山在乡亲们的帮助下，安葬了任三妹。他忍着巨大的悲痛，背起包袱拿上五尺棍，踏上了寻找爱女春桃的路。

自从单得宝把貂蝉抱回家来，夫妻俩就把她当成了亲生女儿，就老牛舐犊般地抚养起来。他俩省吃俭用的过日子，为的是让貂蝉吃饱穿暖不受罪。他俩吃野菜、啃树皮、喝生水、穿旧衣，用省下来的钱粮给貂蝉换牛奶喝，买新衣穿。他二人的衣服破了补，补了破，补丁摞补丁，身体瘦得皮包骨头，脸色青绿，走路打摆。但貂蝉长得白白胖胖、乖巧可人，夫妻俩心里很高兴，自己受点苦遭些罪无所谓，只要貂蝉健康成长就心满意足了。

没过多久，单得宝家出现了奇怪的事情。每隔几天，单得宝家的大门口，就会莫名其妙地出现竹篮子或小包袱。里面装着各种各样的干馍馍，还有旧衣服和日用品。起先他们不敢受用这些来路不明的东西，统统放到了山神庙里。这样日子长了，出现的次数更多了，有时还有碎散银子。单得宝心想，谁把这里当成了储备库，就不怕我单得宝占了便宜，吃掉用掉？也许是老天爷看咱穷得可怜，眷顾咱，或许貂蝉是仙女下凡，王母娘娘让神仙半夜三更送来的。慈心可敬，天意难违，用！不用对不住老天爷，不吃王母娘娘会责怪。再说放到山神庙里坏掉，那就太可惜了。

天有不测风云，人有旦夕祸福。貂蝉满周岁了，有一天，她高烧不退、昏迷不醒，把单得宝夫妇急得心慌意乱，不知所措。就赶紧请来胡大夫医治，诊断后说："孩子得了天花，这是传染病，要抓紧治，不然就来不及了，其他人等不要接近孩子，以免传染给他人。"单得宝夫妇一听吓坏了，忙对胡大夫说："请胡大夫释手为我女儿医治。"胡大夫摇摇头说："发现得晚了些，我医术浅薄，恐耽误治疗，赶快另求他人吧。"胡大夫叹息着走了。

束手无策的单得宝夫妇，把貂蝉送到了庄头村周桂英的娘家。她父亲周怀仁一看病情，就惊出了一身汗，责怪女儿太大意，没有尽心照料，发现病情太晚，就毫不客气地把单得宝和周桂英数落了一顿。他动员全家人寻求治疗办法，请来了辛家集的神医崔谦，诊断后连方子都没有开，甩下一句"另请高明吧。"就悻悻地回去了。周怀仁又想到了水磨川的张法师，就赶紧把他请来，让他施法驱鬼安神灵。张法师手拿擀杖和切刀，化着黄裱烧着黄钱，捏着诀窍念着咒语，撒着麦麸喷着清水，用擀杖驱鬼，用切刀斩妖。忙乎了一阵后说："缠在貂蝉身上的邪神野鬼被我赶跑了，统统逃到白石山去了，香火众神也沐浴高兴了，不出三个时辰就能清醒吃饭了。"张法师拿着奉钱，念着咒语，大摇大摆地走了，大家守在貂蝉身边焦急地等着，期盼着出现奇迹。

三个时辰过去了，貂蝉的病毫无起色，而且越来越重，重得没有了体温和气息，一屋子的人难以自控地悲伤起来。周怀仁一看，貂蝉已无生还迹象，就给她穿上新衣服，用一个小花被把貂蝉包起来，又用胡麻杆杆裹上，再用细绳子轻轻地捆住，让村上的两位中年人埋到蔡家沟里去。中年人把貂蝉装进大背篓里，背起来要走，周桂英扑上去一把夺下背篓，小心翼翼地从背篓里把貂蝉取出来，发疯似的解开绳子，剥去胡麻杆杆，把貂蝉抱在了怀里。哭着说："我的娃娃没有死，没有死，你们不要害娃娃。"

任凭别人怎么夺周桂英都不松手。她哭着、嚷着、呼唤着，一直闹腾到了半夜，貂蝉突然咳了一声，接着身子也动了起来。把在场的人们都激动坏了。貂蝉又活过来了，越来越精神了，高兴得单得宝只往她的嘴里喂吃喝。是周桂英从鬼门关把貂蝉救了回来，是周桂英像神仙一样给了貂蝉第二次生命。

四

单得宝本是富家弟子，只因突遭变故，家道中落，才使得生活一落千丈，非常贫困，以打柴帮工为生。父亲单殿臣是胭脂镇的商户，以经营药材为业，家道殷实。他为人谦恭，货真价实，价格公道，生意兴隆，深受乡民的欢迎和赞赏。这胭脂镇还有一位购销药材的外乡人宋文贵，他人精明，会算计，是这个镇上家喻户晓的能人。他看上了罗镇长的二姑娘罗金玲，这姑娘秀外惠中、心灵手巧，他欲结为伉俪。但罗小姐嫌他内心阴暗，过于计较，不喜欢他，却偏偏爱上了诚实善良的单殿臣。这使宋文贵大失颜面，气得他胡乱咬人，说三道四，对单殿臣怀恨在心，大有除之而后快的歹心，于是他绞尽脑汁地要伺机报复。

单殿臣和罗金玲情投意合，相互倾心。结婚后，生活美满，生意做得风生水起。结婚第二年就生了儿子单得宝，五年后又生了女儿单来凤。他俩举案齐眉，儿女双全，生意蒸蒸日上。这一切宋文贵看在眼里，妒在心中，经过几年的谋划，他终于想出了治单殿臣于死地的办法。

有一天，单殿臣的药铺里来了一个南方人，名叫曹顺。他说南方潮湿，需要五千两银子的党参和蕨麻，想请单老板帮忙供货。单殿臣苦于无资金备货而推之。曹顺道："单老板乃远近闻名的诚信之人，我可预付一半货款，提货时付清尾款。"单殿成欣然答应了。曹顺道"明日正午我让副理带上合约，和两千五百两纹银送到你府，你收银、签约、备货就是了。"

第二天中午，曹顺的副理王勤按时来到单府正堂，把银两和合约放在了单殿臣眼前，单老板正要细看合约条款，就听到啊的一声，王勤中刀躺在了地上。单殿臣赶紧扶起王勤，准备拔刀救护时，曹顺闪电般出现在现场，这时单殿臣的手还握着刺在王勤胸口的刀柄上。曹顺气冲冲道："好你个单殿臣，都说你守信经营、人品厚道，全是虚传！你图财害命，好生歹毒！"他交代跟班看好现场，就急匆匆地报案去了。

其实这次凶杀案的主谋是宋文贵。是他重金顾用了冶力关镇会使飞刀的曹顺，曹顺又廉价顾用了不明真相的王勤。杀人偿命，单殿臣当了冤死鬼，家产尽数充了公。

罗金铃娘仨一夜之间变成了无家无舍没夫君的可怜人。她拉着儿子抱着女儿，揣起了讨饭碗，拿起了打狗棍，过起了走千家、串万家的乞讨生活。这时，宋文贵发起了善心，他要让罗金铃当他的小老婆，被金铃严词拒绝。宋文贵恼羞成怒，又设李代桃僵之计，把罗金铃害死了。罗镇长收养了外孙单得宝，把外孙女单来凤送到了狄道县南屏山的大姑娘罗金钗家里，也就是董天鹤的家。心狠手辣的曹顺在回冶力关的路上，被莲花山的土匪抢劫银两时打死了，恶贯满盈的宋文贵被罗镇长的朋友、鹿鸣山庄庄主白松年抓去祭了深山狐妖，解了胭脂川人的心头之恨。

单得宝在罗家放牧帮工干杂活，长到十八岁时，罗镇长就给他娶了庄头村周怀仁之女周桂英，并分家另坐，单独起灶。他也就成了周桂英的当家人，单家的烟筒里又冒起了青烟。

五

尽管单得宝家境不好，但有"老天爷"资助，日子过得倒也顺苴。从貂蝉降生的那年起，狄道和康乐的各种花卉连续三年都没有开花，这里的人们纷纷议论：可能花神闭关修道，顾不上向这里施露散花，也可能是咱们这里降生了比花还好看的姑娘，花卉们羞得不敢示人了。

一晃，貂蝉已经八岁了，她长得天真可爱、聪明灵巧。整天爹呀、娘呀地叫个不停，在院里蹦来跳去的十分可人，使单得宝干苦无味的家里充满了欢乐和笑声。

单得宝见女儿天资聪慧、懂事明理，想让她读书识字长见识，做胸中无私识大体，尊老重义人不欺的有用之材。盼望着将来靠貂蝉翻身过好日子。重拾父辈当年的风光和荣耀。他越想越有奔头，越想心里越热乎。他要把貂蝉送到胭脂镇的学堂去，把这个想法告诉周桂英后，她也十分赞同。于是，他背着粮食拉着貂蝉来到胭脂学堂。教书先生连连摇头，挥手拒之："不行，不行，这里只收男童不留女孩。"无奈之下，周桂英说："我父亲识很多字，就请他给貂蝉教教，"他俩把孩子带到周怀仁那里，求他给貂蝉当老师。周怀仁哈哈大笑，"我才识得几个字，还经常跑音走调闹笑话，我教出来的学生会把馍馍叫成姥姥，舅舅叫成牛牛。不成不成，别耽误我外孙的前程了。"

他夫妻俩经过仔细考虑后，决定请先生来家里教貂蝉，经过了解，一天上门教一个时辰，先生要收五文钱。家里没有积蓄，急得他俩心烦意乱，口腔溃疡、嘴唇生泡。心想，只有省吃俭用、努力攒钱，才能请得起教书先生给貂婵讲学教字。

从此，单得宝就更加卖力的打柴和帮工挣钱。一天，不到三更时分他就去淮水沟打柴了，那是一个寒冷的冬天，天还没有亮，他刚翻过楞干山，来到凤凰台，就听见有狼嚎的声音，而且越来越近。因为鬼哭狼嚎的声音在这里时有发生，他并没有在意，还是大着胆子继续往前走，还没有走出百步，前面有几道光向他射来，他惊奇地仔细一看，不由得打了一个冷颤，我的天哪，是狼的眼睛，几只恶狼堵住了他的去路。他无计可施，便"打狼！打狼！"地喊叫起来。

这里前不着店后不着村，根本没有人听到他的呼救声，在他孤援无助的时候，突然身后又射出了几道蓝光。他害怕了，唉呦，又来了几只狼。他就使劲地敲起了砍柴刀，并安慰自己：这有什么可怕的，这些狼是过路的，不伤人。何况老虎都让我玩了，还怕它不成？他紧紧的靠在一棵树上，嘴里念起了外祖父教给他的咒语："三元治世妖孽少，如来佛祖施法招，太上老君即刻到，豺狼虎豹赶快逃。"念了好几遍，狼不但没有跑，还一步一步地往前走。一只麻狼嚎了一声后，七八只狼像听到了命令一样，争先恐后地向他扑来，个个张着露牙的大口，舞着锋利的爪子，瞪着凶恶的眼睛，看上去恐怖极了！

单得宝念的咒语没有响应，天兵神将也没有到来，看来只有靠一己之力和狼拼死一搏了。他轮着砍柴刀和狼搏斗了起来，尽管他略有功夫，但终因寡不敌众，当他砍死第二只狼的时侯，已经是筋疲力尽，眼前冒花了。几只狼一拥而上，你撕胳膊我扯腿，咬着脖颈吃着肉，片刻之间，单得宝只剩下了挂着肉丝的骨头架子。他带着望女成凤的遗憾走了，走得很匆忙、很凄惨、很悲壮！这时，天空划过一道白光，好像是从九霄云外垂下来的天梯，单得宝踩着天梯冉冉地去了天堂。

周桂英和貂蝉眼巴巴地等了三天，不见单得宝回来，后来听人说那天夜里，在淮水沟里一群饿狼把一个打柴人吃了。母女俩一听，如雷轰顶，哭得死去活来，痛不欲生。为了营生，为了抚养貂蝉，周桂英忍着巨大的悲痛，弃家离舍地拿起了打狗棍，端起了讨饭碗，准备去过吃千家饭，求万千门的乞丐生活。

六

单得宝的突然离世对周怀仁夫妇打击很大，他们让周桂英带着貂蝉搬到自家去生活，周怀仁说："不要去过乞讨生活，沿街乞讨的生活很苦、很艰难，会遭人白眼，会受人欺负，再说我们的心里也过不去。你俩放心，我们会关照你们的，有我们吃的，就一定不会饿着你们。"周怀仁去她家叫了几次，周桂英都没有答应，她怕貂蝉遭他人折磨欺负。最后父母给她下了最后通牒：如果不回娘家，父母就跟着你俩一块去讨饭。无奈，周桂英便答应了，就来到了父母家里，过上了衣食无忧的生活，周怀仁还要准备请先生给貂蝉教书识字。

在娘家生活了没几天，周桂英发现貂蝉的身上青一块紫一块的，疼得貂蝉哭泣不止，用手搔着发疼的地方。她不知何故，就问貂蝉身上的伤痕从何而来？貂蝉只哭不语，周桂英心想，可能受人折磨虐待了。为了弄清真相，她便偷偷地观察起来。

一天，她借故出去办事，半道返回，看见弟媳常秋莲走进了她的房间，紧接着就是貂蝉的哭声和求饶声："妗舅母今天别打胳膊，昨天打的伤还疼着呢，疼得发烧，忍不住。我没有吃弟弟的啤特果，我不给外公和妈妈说你打我的事。"周桂英在房门外听得清清楚楚，她的心都快要碎了。进门一看，弟媳秋莲正用右手在貂蝉身上乱掐，左手还拧着貂蝉的头发。

周桂英的肺快气炸了，她顺手拿起一根棍，狠狠地在秋莲头上打了一棍，秋莲随即倒在了地上。她拉起貂蝉就跑，母亲闻讯赶到门口，早已不见了她母女的身影，一股肝火使她头昏眼花、浑身苏软，倒在了大门口的马槽旁。

周桂英和貂蝉一口气跑到了胭脂镇的大街上，准备躲到清真寺里去。

刚想跑进寺院，就和镇长碰了个照面。罗镇长见周桂英母女神色慌张、浑身发抖。便问："你俩为何如此慌神？遇到啥事了？"吓得貂蝉只往母亲身后躲，而且还哇地哭了起来。

周桂英不敢隐瞒："爷爷，我俩在周家待不下去了，您看他们把貂蝉折磨成啥样子了。"她解开貂蝉的衣服让罗镇长看伤痕。镇长看了大发雷霆："惨无人道！这是谁干的？"

"是我弟媳常秋莲背着我父母干的。"

"这个毒妇，心太狠了，连这么命苦的娃娃都要祸害，这周怀仁是怎么当家的，竟然让儿媳干出如此出格之事。家里发生了这等丑事，还看不见他的人影，听不到他的声音。走，先到我家去，这等恶妇实难饶过，具体咋办咱们再作计较。"因为镇长家是亲戚，另外，他是胭脂镇的主心骨，做人正直、办事公道。周桂英就放心地带着貂蝉来到了镇长家里。

周怀仁急匆匆地来到镇长家，言道："我出门办事不在家中，秋莲竟敢趁机做出如此下做之事，定不轻饶。多谢镇长收留桂英母子，大恩不言谢，让我带她娘俩回去，好好厚养。"

周桂英忙说："爹爹，您不会时时刻刻在家护着我们，人家有了害人之心，无时无刻地要向貂蝉下害，我们防不胜防，万一她在食物里投毒害人就晚了，还会把爹娘夹在中间受瞎气，我于心不忍。我们不敢回去了，就去过流浪生活吧。"貂蝉拉住母亲的手，哭着说："妈妈，咱们别回去了，尕舅母的手劲大、指头长，我忍不住。"

罗镇长对周怀仁严肃地说："貂蝉也是我的曾孙，单得宝走了，丢下这孤儿寡母，就够人惆怅怜惜的，你们家竟然如此薄情寡义，折磨迫害，就不怕坏了天良，重遭报应！"

周怀仁说："镇长切莫上气，都怪我疏于管教，酿成如此大错，我要整肃门风，严处这个狗贱人！

"罢了，罢了，我看你的那小儿是个泛泛之辈，畏妻之人，秋莲根本不把他放在眼里，她还会兴风作浪、玩弄阴招，容不下桂英和貂蝉。若你带她母女回去，恐有性命之忧。"

周怀仁沮丧着脸道："您小看我了，等我处理好家事再来接她母女俩回去，就让她们暂在您处小住几天。"

罗镇长情随事迁道："怀仁，我刚才的话有些过头，请你海涵。你的为人我还是赞赏的。但是，经过我通盘考虑，去你家或留我家都不是长久之计，俗话说：短生情，长生怨嘛。我想给她俩寻找一个稳当的落脚点，让她俩去那里生活吧。"

周怀仁觉得镇长的话有道理，就欣然同意了。他谢过镇长，怜惜地看了一眼周桂英母女，情绪低落地转身走了。他气冲冲地回到家里，先是混骂一通，乱砸一阵，数落着婆姨："看看你生的那个混蛋儿子，一点出息都没有，连媳妇都降不住，把我的孙子害得遍体鳞伤。"婆姨回道："他不是你的儿子？子不教父之过，那秋莲是你从麻山沟寻来的，何故怪我。姑娘外孙受了罪，我比你心疼，莫要撒气找错了地方。"

家里的气氛很紧张，周怀仁不但要挽回面子，还要整治家风。他严斥儿子不求上进、窝囊无能。秋莲所犯家规都是他管教不严所致。即让儿子写休书一份，留下孩子，把常秋莲赶出了家门。

七

第二天，罗镇长就差人把周桂英母女送到了鹿鸣山庄，并修书一封："松年兄，吾外孙意外离世，留下妻女生活万难，故请仁兄暂收庄中，劳作养休，待事态平息，再作打算。"罗尚清拜托。

白庄主看完信件，即命给周娃英安排住舍，准备起居用品，并对周桂英说："罗尚清乃我多年老友，他托付之事岂有不办之理。你母女暂且住下，如不嫌弃，粗茶淡饭尽管享用，庄里庄外自由走动。闲暇之时可帮庄里姐妹去田园劳作，以解烦闷心情。"

周桂英觉得鹿鸣山庄山青水秀人情好，她和貂蝉在庄里转悠，都是笑脸迎送，这里不但能吃饱，而且还十分可口。她的心境开阔了，心情好转了，对未来有了美好的希望。貂蝉就更高兴了，她吃得好睡得香，还能和庄里的孩子们一起玩。庄上的人们把自家好吃的东西，送来让她母女吃，把庄里的奇闻怪事讲给她俩听。这一切使她完全融入到了鹿鸣山庄的生活中。

不知不觉三个月过去了，这里的一切她俩习以为常了。一天，二庄主李超的媳妇黄菊花来到周桂英房里，笑眯嘻嘻地说："桂英妹子，你是一个大福星，自从你来后，院子里的花都鲜艳了，庄里的人都精神了。你可千万不要走啊，一天不见你我就心里发慌，我家李超最爱这么说。"

周桂英没有在意她说话的意思，便随口应道："舍不得走了。我要长期留下来。再说李庄主还要让貂蝉读书识字呢。"

"是呀，像你母女这样漂亮的人，谁见了都会动心，我给你说一门亲事，家境好，人长得特别帅，你准乐意。"

周桂英说："我把谁都看不上了，我心里只有一个人。"

黄菊花焦急地问："谁？"

"单得宝。"

"单得宝是何方人氏？"

"是我死去的夫君，貂蝉的父亲。"

黄菊花一听捂嘴大笑："你还真够实诚重情，想着死鬼过日子，不值当，人一辈子就那么几年青春，快抓住青春的尾巴，好好活一下吧，等年老珠黄，色衰爱弛，就来不及了。"心想，这样的女人世间少有，傻得可怜，但她说的未必是真话。这就是李超嘴上的好女人？听说李超还给她修过门扇，砌过灶台，还给貂蝉买过糜子糖，常在众人面前夸她俩。她越想越不对劲，看来这满口人伦道德的李庄主有了花心，想偷腥了。得防着点，万一他喜新厌旧把我休了咋办？于是，她处心积虑地盯起了李超的哨。

黄菊花是苏家集人，父亲是赌棍，用她抵了李超父亲的赌债，成了李超的媳妇，后来李超路见不平伤了人，就带着她上了鹿鸣山庄。因李超武艺高强、为人谦和耿直，很快就成了鹿鸣山庄的二庄主。黄菊花的地位也随之升高了。她成了鹿鸣山庄的二夫人，高高在上看谁都不顺眼，谁都没有她漂亮，没有她能干，山庄里的啥事都要过问，别人的家长里短也要干涉。山庄上的女人们都怕她，说她是母老虎，做事耍心眼子，心狠手辣，不留余地。现在遇上了这个白庄主保护、二庄主喜欢的周桂英，心里很是不爽。她要搞坏周桂英的名声，以此来赶她下山。

一天，她说貂蝉是尕贼娃子，偷了她的玛瑙，是周桂英让貂蝉干的。李超说这件事是黄菊花贼喊捉贼。恼羞成怒的黄菊花又说周桂英和桑云、瓦蛋有奸情，搞得整个山庄沸沸扬扬，把周桂英说成了淫荡不堪、千夫所指的罪人。这下可把李超气坏了，竟敢侮辱我的左膀右臂，他狠狠地数落了一顿黄菊花："再敢胡说八道我撕烂你的狗嘴！"

李超觉得周桂英母女遭黄菊花诬陷，心里过意不去，黄昏时分，就替黄菊花去向周桂英道歉，却和黄菊花在周桂英房里碰了个照面，弄得十分尴尬，其实黄菊花怕李超再向她发难，故虚情假意地先一步来向周桂英道歉。李超的到来让她坚信李周二人必有一腿。就大骂周桂英是淫妇，李超是伪君子，偷腥的猫。气得李超吹胡瞪眼，愤愤而归。

回到家里，黄菊花还想恶言中伤李超，但李超已经忍无可忍了，拉住黄菊花便打，直打得她鼻青脸肿、跪地求饶，李超这才罢手。黄菊花把这笔账记在了周桂英的头上，因此，她对周桂英怀恨在心。心想，周桂英你等着，我要让你哭爹喊娘、痛不欲生。

一天下午，周桂英到田园干活去了，黄菊花趁机对貂蝉说："貂蝉侄女，庄主派你妈妈到药水峡采药去了，那里有很多好吃的野果子，她传来信让我把你带过去，等你去吃呢。"

"菊花阿姨，那里的野果子多不多？甜不甜？你快带我去吧。不然妈妈就等不及了"貂蝉在前面跳着、跑着、唱着，像一只花蝴蝶飞扑在花草之中。黄菊花跟在后面催促着、谋划着、准备着，像一只狡猾的黄鼠狼跳窜在草丛树木下。

不一会儿，她俩就来到了药水峡的崖边上，貂蝉问："黄阿姨，我妈妈在哪里?"黄菊花用左手指着对面的森林说:"就在对面的森……"趁貂蝉不备,她用右手一把将貂蝉推下了峡谷,她听见貂蝉啊的一声后,就头也不回地跑回了鹿鸣山庄。

周桂英找不到貂蝉,急得团团转,黄菊花假惺惺地陪着周桂英四处寻找,还假设着各种可能:是不是回了胭脂镇?可能进了森林迷了路?不会被坏人掳走了吧?

白庄主知道了这件事情后十分着急,就派三十多名男工,兵分五路寻找貂蝉。庄里庄外一片搜寻貂蝉的喊声:"貂蝉——貂蝉你在哪里?"其中黄菊花呼叫得最凶、最卖力。天完全黑下来了,出去寻找的人陆续回来了,但丝毫没有貂蝉的音信。鹿鸣山庄里人声混杂,乱成了一片。

周桂英急得火上墙,她哭呀喊呀,捶胸砸墙,几次欲轻生都被人救回。就在此时有人来报:蜂窝寺的僧人来了,还抬来了一个人。大家赶紧上前来看,啊,是貂蝉。看上去神志清醒,只是腿部受了伤,行走困难。大家终于松了一口气,周桂英抱住貂蝉痛哭不已,悔今日不该将貂蝉单独留在家中。

在人们的逼问下,两位僧人讲述了抢救貂蝉的过程:他俩正在树林里采药,突然看见一个女人将另一个人推下了峡谷,掉头就跑了,也没有看清她的面像,不过穿的衣服很花骚。他俩急忙跳进药水峡的湖水中,将落水者救起,背回了蜂窝寺。经过询问,才知道是鹿鸣山庄的人。因她腿子受了伤,行走困难,准备明日送上山来,但这姑娘不肯留宿一夜,恐母亲挂念生急,故此,寺院主持就让他们将她连夜送来了。僧人说完就回寺院去了。

白庄主问貂蝉:"是何人把你推下去的?"

貂蝉泪汪汪地说:"是我不小心掉下去的。"

"不要害怕,有爷爷在,但说无妨。"

"是,是……"她欲言又止,看了一眼周围的人里没有黄菊花,便战战兢兢地说:"是,是黄阿姨。"

在场的人都发呆了，简直不敢相信自己的耳朵。二夫人还能干出这事儿，个个迷惑不解，只有李超和周桂英知道事情的缘由。原来是这个怨妇，李超大怒："我要杀了她！"气愤不已地转身而去。庄主说："你母女先行回去休息，待抓住黄菊花再做定论。"

黄菊花看到貂蝉清清楚楚、囫囫囵囵地回来了，恐事情败露，她害怕极了！这是杀头祭山的大罪，等死不如先逃走，于是，趁大家不注意抽身跑了，连家都没敢回。由于惊怕过度，大脑受了刺激，迷失了方面，左拐右摸、糊里糊涂地来到了药水峡……后来有人在药水湖里打捞出了她的尸体。

八

单来凤七年前就和表哥董正邦结了婚，成了名副其实的狄道县王董寨精武堂的少夫人。农历七月十四日，董天鹤吩咐家人准备祭祀用品，以便第二天中元节时祭祀祖先。单来凤听了很受启发，这么多年了，还没有给先人们烧过香、送过钱粮，心里一阵内疚和酸楚。她想明天去胭脂川给祖先们送些钱粮。于是，她向公爹董天鹤说明缘由，恳请让她达成心愿。公爹和夫君都欣然同意了，董天鹤道："早该如此，能不忘祖先，尽晚辈孝道是好事。"

第二天早上，她带了两名武生和祭祀用品，轻装素裹，高高兴兴地出发了。这天风和日丽、天高气爽，他们策马扬鞭地走了一个多时辰，就到了阔别二十多年的胭脂川，看到这里风光秀丽，感到十分亲切，过去她还没有这样的自由，董家不允许她来参加哥嫂的婚礼，哥哥单得宝去世时，也没有给哥哥来送行，成了终身遗憾。今天她风风光光地回到了娘家，五味杂陈都涌上了心头，看着眼前的一切，感叹不已。

她先来到父母的墓前肃立默哀，燃烛焚香烧纸钱。想起父母当年的悲惨遭遇，不由鼻子一酸，流下了泪水。再看了看墓地，杂草丛生，周围环境一片狼藉。她和武生一起除杂草培墓土，这时有一老者道："单氏一脉已无后人，故墓地荒凉，请问姑娘何许人也？"说完用迟疑的眼光打量着单来凤。

"这位老伯，那年家里突遭变故，父母惨遭毒手，我是他们的女儿单来凤。"她赶紧抓住老人的手问："您认识我爹爹吗？"

"唉哟，原来是小凤啊，听说你出水豆没了，苍天有眼啊！单家还有继承人。我看你像当年的罗金铃，就是不敢认哪。我是你父药铺的老伙计刘全林啊。"

"刘老伯，您知道我哥哥的坟墓在哪里吗？"

"知道，知道，单得宝就埋在那里。"他指着一个地方说。

单来凤谢过刘全林，来到哥哥的独坟前，烧了纸钱，献了馕饭，对着单得宝的坟墓说："哥哥，你的命咋这么苦，连饿狼都要欺负你，死了还没有走进祖坟里（这里有个民俗讲究，非正常死亡、不满三十岁者不入祖坟），孤零零地躺在这里，妹妹的心好难受啊。我要把嫂子和侄女找回来，让她们过上好日子。抚养侄女长大成人，让她传承咱们单氏的家风，延续单家的烟火。"

尔后，她又来到罗镇长家，罗尚清是她的外祖父，在她家破人亡，无依无靠的时候，外祖父收留了哥哥单得宝，把她送到了南屏山的姨妈家，让大姨妈罗金钗抚养。她来这里，一是看望和感谢外祖父，二是询问嫂子和侄女的下落。她向镇长送上厚礼，问道："外爷，我嫂子和侄女现在去了哪里？"

罗尚清思考了一下道："你哥哥离世后，发生了诸多事情，她娘俩受了不少气，遭了不少罪，真一言难尽。无奈之下，我把她俩送到鹿鸣山庄去了，白庄主是我的朋友，不会出啥事。等我把这里的事捋顺了后，再把她们接回来。"

"多谢外爷，我现在就去鹿鸣山庄，看看她们去。"说完行过道谢礼后，就心急如火地赶往鹿鸣山庄去了。

黄菊花死了，人们议论纷纷，有人说死得活该，是老天爷除了这个毒妇，她死了咱们山庄就安静了。也有人说这是周桂英母女来了以后发生的怪事，可能是扫帚星进庄了。要把扫帚星赶走，不然还会发生更严重的事。

周桂英听了心里很难受，如今她成了扫帚星，大家有意无意地躲着她，小孩们也渐渐的不和貂蝉玩了。她见人们看她和貂蝉的眼光变了，说话的语气怪了，和她友好相处的氛围不见了。怕貂蝉听到这些话受到刺激，怕再给庄上带来灾祸。她想离开鹿鸣山庄，就硬着头皮去向白庄主辞行。

白庄主说："不要在意庄民们胡说八道，扫帚星一说纯属无稽之谈，空穴来风。好好在这里生活，看谁还敢嚼舌头！罗老弟托付之事岂能草率。"

"庄主，我怕给庄里带来灾祸，害得庄主受到牵连。我意已决，请庄主允我出庄，再寻他路。"

庄主摇头挥手："不行，不行……"

突然来报："庄主，狄道精武堂的少夫人来了。"

"快请，快请。"白庄主欲起座迎接。单来凤已走进堂来，她向白庄主行过大礼后道："侄媳代公爹向白老庄主问好。"

"侄媳快快请起，你公爹董天鹤乃南屏名士，是老夫至交，不必过谦。快，赐座沏茶。"周桂英掩面退至一旁。庄主又问："侄媳此次前来有何事情？"

单来凤走上前去，恭恭敬敬道："不瞒伯父，我此次前来贵庄是寻找嫂子和侄女的。"

"你嫂子姓甚名谁，哪方人氏？"

"胭脂川人氏，名叫周桂英"

"你们不认识？"庄主觉得有些奇巧。

"从未谋面，不曾认识。"

周桂英猛然抬头，打量了一下这位干练漂亮的少妇，有似曾相识的感觉。白庄主哈哈大笑起来："你面前这位正是周桂英，真乃天道无情，造化弄人啊。"单来凤跑过去抱住了周桂英："嫂子——"周桂英也张开双臂搂住了单来凤："小凤——"二人越抱越紧，豆大的泪珠扑簌簌地滚了下来，在场的人们都跟着她俩流下了激动的热泪。

白庄主道："不要太过激动了，快快去见你那可爱的貂蝉侄女吧。"单来凤见了貂蝉就亲得不得了，搂在怀里不肯撒手："你是咱们单家的骨血，延续烟火就靠你了。嫂子，她为啥不姓单，叫貂蝉呢？"除了单得宝和周桂英，谁都认为貂蝉就是单得宝和周桂英亲生的。周桂英编着说："生她的前一天晚上，你哥做了一个梦，梦见一只漂亮的山貂高高兴兴地跑进了咱家，你哥就认定是神女来到了咱们家，他坚持让孩子姓貂，蝉字里面有个单字，就寓意单姓了。"她们三人簇拥在一起，笑呀、哭呀，但不知说什么好。

单来凤道："你俩的遭遇我十分清楚，受尽恶气，吃尽了苦头。我要让你俩脱离苦海，过上平常人的生活。现在我就带你们去王董寨，和我一块生活，我要让貂蝉健健康康地长大，让她长得像仙女一般漂亮可爱，担当起单家的传承人。"

周桂英难为情道："妹妹，那样会给你的生活添乱，我俩还是另想法子吧。"她心想，来凤是貂蝉的姑妈，罗金钗又是她的姨奶奶，应该是心疼貂蝉的，但是，这个家里主事的不是来凤，而且还是一个大家庭，既有哥哥还有嫂子。那样会把来凤夹在中间不好做人，何况来凤还没有什么娘家人。

"不行，我不能看着你俩浪迹天涯，寄人篱下，过难心日子，你们过得这样苦，我能看着不管吗？我是蝉儿的亲姑妈。现在我就去向白庄主辞行，给他讲明我要带你俩一起走，他会毫无顾虑地允准。"周桂英无可奈何地答应了，心想，走一步看一步吧，本来她就想离开鹿鸣山庄了。白老庄主同意了，并千叮咛万嘱咐地对她们说："人生道路险恶，千万要小心谨慎。如有不测，就来鹿鸣山庄，这里的大门永远给你们开着。"单来凤一行五人踏上了回南屏精武堂的路。

貂蝉

第五章

母女落脚临洮城　　乞讨路上多磨难

一

太阳快要落山的时候，单来凤和周桂英她们笑逐颜开地来到了王董寨，单来凤带着周桂英和貂蝉拜见了董天鹤和罗金钗，并做了介绍和解释。二位老人都很开通，还说喜欢貂蝉，并吩咐来凤要诚心对待。还对周桂英母女说："咱们是两辈人的亲戚，这里就是自己的家，你们可以和我们一块吃饭，也可以在家里自由走动，还可以去咱们的精武堂转转。"

又来到董正邦前问好，貂蝉甜甜的叫了声"姑爹"，把董正邦乐得在貂蝉脸蛋上连亲了几口。他对周桂英说："嫂子，你和貂蝉吃了不少苦，受了不少罪，现在就安心地住在这里，就和自己家一样，吃住都由来凤操心，过几天我就给貂蝉教些防身术。"

最后来到董正兴房中，他是董正邦同父异母的大哥，来凤说："大哥大嫂，我娘家嫂子和侄女向你俩问安来了。"

大哥眨巴眨巴眼睛道："好，好啊，以后咱们就是一家人了，人多了热闹，就不分彼此，平平安安、乐乐呵呵的在一起生活，你们常来我房里坐坐，不要太拘谨。"大嫂陈淑珍接着说："亲戚归亲戚，家规归家规，我在房里的时候，你们尽管来，我不在的时候千万别进这个门，万一出点啥事大家的脸上都挂不住。"

周桂英母女相安无事的过了几天，董家人也没有派她干什么活。她俩闲得无聊，就主动打扫庭院，收拾房间。罗金钗夸貂蝉聪明伶俐、懂事手巧，说周桂英心地善良、勤劳俭朴。唯独陈淑珍说周桂英母女贼眉鼠眼、淫荡做作。

周桂英听了心里难受，但考虑到陈淑珍不是这个家的主事人，说的话也不代表董家当家人的意思，也就左耳朵进右耳朵出，当作没有听见。但时间一长，她就越发尖酸刻薄了。今天说周桂英是乡野穷鬼，动了她的胭脂，明天说貂蝉手脚不干净，偷了她的丝绸手绢；今天让周桂英给她洗衣服，还嫌洗得不净、叠得不展；明天让貂蝉给她捶背捏脚，还说貂蝉不用手劲，敷衍了事。气得单来凤和她理论了几次："你让小貂蝉给你捏脚捶脊就心安理得吗？就不怕公婆知道了责怪吗？"

陈淑珍斜着眼道："你心疼啦？光吃饭不干活，咱们的粮食是天上掉下来的吗？"单来凤又去找公婆，得到的答复是："忍忍吧，她就是个刁钻人，掀不起啥风浪来。"

董正兴倒是对周桂英母女挺和气，笑眯嘻嘻地带着貂蝉玩，客客气气地和周桂英相处，周桂英觉得大哥和大嫂不一样，是个知冷暖的好人。一天他来到周桂英房间嘘寒问暖，骂陈淑珍尖刻阴冷，说周桂英漂亮贤惠，貂蝉清纯可人。临走时他对周桂英说："弟妹，淑珍不在的时候，你可以来我房里咱们聊聊，不要让她发现我们在一起就行了，那黄脸婆疑心重、心眼多，是个光吃草料不生驹的骡子，我的身后恐怕无续了。"周桂英觉得大哥今天的话有点多，让人听不懂，还让人浑身不自在。

有一天，陈淑珍去麻家集回娘家了，刚一出门，董正兴就让人通知周桂英，马上给他来清扫房间。周桂英不敢懈怠，就急急忙忙地来到大哥房间，一进门就看见董正兴笑容可掬地坐在炕沿上。周桂英问："大哥，嫂子呢？哪个地方需要收拾？"

董正兴指着炕说："转娘家去了，来，把这炕拾掇一下。"他走过去四周张望了一遍后关上了房门。

周桂英毫无顾忌地上炕拾掇，扫扫炕面，整整被子。这时，董正兴突然把周桂英压倒在炕上，迫不及待地解她的衣服。周桂英挣扎着说："大哥，你这是要干什么？"

董正兴淫笑着说："弟妹，我很喜欢你，从了我吧，我要把陈淑珍这个黄脸婆休了，让你来给我暖被子，给我生几个延续香火的，我会让你娘俩过上好生活的。"他伸手去解周桂英的裤带，周桂英抬手啪啪在他的脸上打了两下，并拼命挣扎。

董正兴骑在周桂英的身上说："你的那个地方长年不下雨会干坏的，哥哥给你洒点甘露吧。"

就在此时，哐啷一声响，陈淑珍走了进来，她忘记给母亲带钱了，半道返回的。一眼就看见董正兴神色惶恐，手脚慌乱，周桂英衣饰不整，满面泪水地躺在炕上。一切都明白了，她怒不可遏地冲上去，拉住周桂英便打："你这个荡妇，来了这么几天就和他搞上了，看来还是个行家里手，大方之人！"

董正兴趁机溜走了，陈淑珍揪着周桂英的头发疯狂地踢打，嘴里还不住地骂着"你这个胭脂川的淫荡婆娘、狐狸精、骚情货！跑到这里来发春来了，真不要脸！"她的叫骂声引来了不少围观的人，不明真相的人们对周桂英指指点点，说三道四。貂蝉也跑来了，她抱住母亲哭喊着："我妈妈是好人，她不会做出坏事的，大家不要冤枉她。"

陈淑珍越发不可理喻了，她在貂蝉的身上狠狠地踢了一脚："小妖精，长大了和你妈一个样，肯定又是个骚货！"她一把拉起周桂英说："走，咱们找公婆评理去，让二老知道你是个什么货色！"周桂英裤裆里掉了黄泥巴，不是屎也是屎了，有口难辩，抱着门柱不松手，她没脸也不敢面对董天鹤和罗金钗姨妈。

单来凤闻讯赶来了，她一把将陈淑珍提起重重地摔在了地上，骂道："你这个泼妇，又要兴风作浪了。你欺负了我多年，我可以忍着，但不许你欺负她们母女俩，如果再往她俩身上泼脏水，我弄死你！大家不要听信她的污蔑，这是在造谣生事，贼喊捉贼，散了吧。"扶起周桂英回房间去了。陈淑珍原来很霸道，在单来凤还没有和董正邦结婚之前，就挑拨是非、虐待来凤。现在来凤成了少夫人，二位老人对她疼爱有加，关心备至。况且她还有武功。陈淑珍觉得将来掌控董家的美梦已经破灭，就拿周桂英说事，以打击单来凤。其实她也不敢去见公婆，恐吃鸡不成反蚀一把米。

单来凤问其缘由，周桂英如实禀告。单来凤听了非常气愤，骂董正兴不是东西，一定要让他澄清事实，陈淑珍不知好歹，要让她知道我单来凤不是好惹的。她去精武堂找董正邦了，临走时说："嫂子，你和貂蝉不要怕，也不要自责，在家好好歇着，看妹子怎样收拾这两个王八蛋！"

周桂英坐在屋里认真地想着，今天的事情让人太难堪了，她没脸见人了，二老知道了这件事该怎么想，会怎样处治我，貂蝉有这么个淫荡母亲会遭人侮辱的，来凤因此而会受到某些人的要挟。看来我母女不能在这里再待下去了。她想明白了，走，现在就走，来凤回来就走不掉了。于是，她整理好房间，就拉起貂蝉偷偷地出了门，向峡城方向跑去。有人向单来凤通了消息，她赶回来一看，嫂子和貂蝉不见了，吩咐人四散出去找，但终究没有找回来。急得她心慌意乱，气得她怒气难消。

（二）

天快黑的时候，周桂英和貂蝉来到了峡城，此时她们身上没有分文，也没有一口吃的，饿得貂蝉直掉眼泪，周桂英也觉得浑身发软，眼前直冒火星星。她俩不由自主地走到一个饭摊前，目不转睛地看着别人津津有味地吃着面条，馋得她俩的口水直往肚子里流。"走开，走开！不要影响我做生意。"她俩又来到一家饭馆门前，还没等看个究竟，就被老板娘泼了一头脏水："走路也不看路，瞎头没障地胡乱撞啥呢，吃饭又不进店，瞅啥呢。"

她俩又来到一个卖烧饼的老爷爷前，盯着冒气的大饼傻愣着。老爷爷看出了她俩的窘态，就给了一个烧饼。貂蝉三嘴两口就吃完了，看到妈妈没有吃一口，饿得两眼发直、双腿打战，心疼地说："妈妈我错了，我不应该把饼全吃了。"周桂英心疼地抱着貂蝉哭了起来："你正是长身体的时候，妈妈能忍，妈妈不饿。"站在一旁的老爷爷抹了一把眼泪，又给了一个烧饼道："吃吧，如果饿坏了身子，这娃就没人管了。"周桂英只吃了半个，把半个留给了貂蝉。她再三谢过老人，拉着貂蝉去寻找过夜的地方。

峡城本来就是一个小镇子，她俩从东头找到西头，从南街问到北街，谁家也不愿意收留她俩，她俩也只好偷偷的在马市的一个马槽里过夜了。周桂英搂着貂蝉刚要入睡，有两个乞丐叽叽咕咕地来到了马棚边，看见马槽里有人睡觉就走了过来："哟嗨，还是两个女的。兄弟，看来今晚咱们有荤腥享用了。"乞丐甲说："我玩小的你玩大的。"乞丐乙说："凭啥你玩小的，我玩大的?"两个人争来争去，声音越来越大，吓得她娘俩缩成了一团。

两个乞丐争着拉貂蝉，吓得貂蝉哇哇大哭起来，周桂英也不知道如何是好，只是把貂蝉抱得更紧。这时，马棚的管事蒙着面拿着铁权冲上来了，大骂道："胡大、刘二，你这两个杂货，还敢来这儿滋事耍流氓，再骚情我一权戳死你。"两个乞丐龇牙咧嘴地走了，还很不乐意地说："她也不是你媳妇，太霸道了！"管事对她俩说："睡吧，他们不会再来了。"说完就走了。惊魂未定的她俩，语无伦次地说："老伯，大哥，谢谢您的搭救之恩。"其实他并不老，就是腿有点瘸。

到了半夜里，她俩迷迷糊糊地睡着了，突然一声狗叫把她俩惊醒，睁开眼睛一看，四五只野狗把她俩团团围住了。野狗体态不一，但个个凶猛残暴，瞪着狰狞的眼睛向她俩发威，大有一口吞没她俩的阵势。吓得她俩不知道咋办才好，只是往狗身上甩麦草，一只大黑狗一口咬住貂蝉的衣襟往下拉，吓得她大哭起来，另一只狗双爪扒拉着马槽欲咬周桂英，周桂英拍着马槽大喊："打狗，打狗！快来人啊！"在束手无策的关键时刻，那个瘸腿管事又拿着铁杈蒙着面一瘸一拐地把野狗赶跑了。还没等周桂英说话感谢，管事动情地仔细看了一眼貂蝉后，准备离开，貂蝉拉着他的手，毫无拘谨说："叔公，我不让你走，你再陪陪我们吧。"管事伸手想搂抱貂蝉，但又把手收了回去，恋恋不舍地收杈回去了。

天刚放亮，周桂英发现眼前放着香喷喷的烧鸡和两个油干粮，上面还压着一张小纸条，上面写道："放心吃，没有毒，快离开，谋生路。"周桂英觉得这事很奇巧，是何人如此好心地帮我们？她就和貂蝉饱餐了一顿后，带着疑惑去找管事相谢。找遍了整个院子，房子里空无一人，只有那把铁杈端端正正地立在大门道里。

惆怅万分的周桂英和貂蝉，又浪迹在峡城的大街上。周桂英想找份帮工的活来糊口营生，但是她忙乎了一天，问遍了峡城的饭馆和铺面，都不愿收容她俩。两人饥肠辘辘、疲惫不堪地又来到卖烧饼爷爷的摊前，周桂英问："爷爷，我帮你干活，求你赏我母女一个烧饼行吗？"

老爷爷说："拿上两个吃去吧。我这里也没有啥活干，这两个饼子钱有人替你们付过了，我看付钱人也不宽裕。你们暂时遇到了困难，再拿上两个饶饼快去另找出路吧。"周桂英接过爷爷给的烧饼问："爷爷，那位付我饼钱的人有啥特征？""是个腿瘸的年轻人。"她深深地鞠了一躬，就离开了老爷爷。

母女俩坐在街口，一边吃着烧饼，一边思想着现在该怎么办。这时，昨夜骚扰她们的胡大、刘二摇摇摆摆地走了过来，贼眉鼠眼地看了看道："哎妹子，我看你们也是无家可归的可怜人，跟着我们要饭吧，我俩保证狗咬不着你们，也饿不着你俩。"

周桂英怕这两人不怀好意，另有企图，就没有跟着他们去。倒是她从刚才乞丐的话里找到了糊口养貂蝉的办法。她要放下架子，丢掉面子当乞丐。于是，她对貂蝉说："蝉儿，咱们实在是走投无路了，你我像刚才的那两个人去当乞丐，你愿意吗？"

貂蝉天真地说："只要妈妈愿意我就愿意，不挨饿就行。"

周桂英带着貂蝉开始了乞讨糊口的流浪生活。走乡串户，敲千家门户，看万人脸色，过着眼泪泡饭的困苦生活。她俩日行十几里，夜卧屋檐下，渴了喝口生冰水，冻了钻进人家的炕洞里。屋檐下和炕洞里，并不是想住就住，想钻就钻的，也有被拉出来、赶出去的尴尬场面。两个多月后，她俩来到了临洮（今岷县）城里。

三

这临洮县城车水马龙，比较繁华，但是她们转了几条街也没有讨到一碗充饥的饭菜，还招惹了不少麻烦，遇到了新的困难。刚到东街就被一帮乞丐赶了出来，说东街是他们的地盘，要收踩盘费。到了西街，又被几个花花公子戏弄追赶，耻笑诋毁。到了北街，就被几个衙役挡住，说这里是衙门重地，闲杂人等不得通行。唯独南街是混杂区，因为在这里做生意的都是小生意，居住在这里的人都是平民。逃难躲债者具多。是个秩序比较混乱，生活比较贫困的区域。

周桂英母女就在这条街上吃饱了饭，喝上了水。晚上她俩就在隍城庙对面的戏台上睡下了。她们在想，这县城里的饭也不好讨，乞丐们还结成帮派，霸占了地盘，分割了区域。游散乞丐也很难讨到吃喝。周桂英心想，这城里的店铺多，生意广，不如在这里找个帮工活干干，有的生意人不但管饭，还管住呢。她的主意定了，一定要靠自己的双手吃饭，不再做低头哈腰的乞讨人。

第二天，她俩一边讨饭，一边找活。走了四条大街，费了一天工夫，尽是摇头摆手的，没有真心收容的。正在惆怅无策之时，一个花枝招展的中年妇女把她俩上下打量了一番，便说："唉，又是两个可怜人，找个做活糊口的事都没人收留，这世道难呀，哟，多好的身段，多俊的脸蛋，我这人心软，见不得女人孩子受罪，来来来，姐姐我帮你俩找个安身的地方，吃饭睡觉没问题。"

周桂英感到今天遇上好人了，她俩的愿望就要实现了。就赔着笑脸说："大姐果真愿意帮我们？"

"走吧走吧，这就带你们过去，你们的命运真好，遇上了我这个菩萨心肠的大善人了。"这位妇人带着她们来到了一处挂着红灯笼，敲着铜锣锣的热闹地方。刚到门口，妇人就走了过去，在一个女人耳边说了几句话后就离开了。这时她俩就被两个浓妆艳抹的妖艳女人围住了。她们转着圈地审视了一会儿说："看上去还有几分姿色，尤其是这个小女孩胚子不错，加以调教，过几年准能挂头牌，赚大钱。"她们摇上前来问周桂英："是找活的吗？"

"是，你看我行吗？"周桂英不明白是做什么的。

"哎呀，行倒行，就是缺个保人。罢罢罢，只要你好好伺候客人，十两保银我给你俩填上，保人就先空着吧。"周桂英眼巴巴的央求道："能不能把我孩子也留下，过几年她就能干活了。"

"行，都留下。管吃、管穿、管住，还发份子钱呢。"

周桂英一听高兴极了："太好了，我们愿意，请收下我俩吧。"欲跟着妖艳女人进门去。

"且慢！"突然有一个蒙面人挡住了她们的去路，周桂英一看，原来是峡城马棚的管事。蒙面人道："这里去不得，是卖人肉的地方。请你俩速速离开这里。"

周桂英的心里犯起疑来，这位曾经救过我们的人为啥要坏我们的好事？莫非他有歹意？卖人肉就卖，我也有力气会算账，怕什么？就对蒙面人说："我俩已走投无路，好不容易有人收留，请恩公莫要坏了我的好事。"欲再次进门。

蒙面人严肃地对周桂英道："这位大姐，我知道你非卖相之人，你被人骗了，不是卖那个肉，是卖……唉！"

"请你莫要冤枉好人，我主意已定，且勿再劝。"周桂英心中生了怨，

107

对他的示好产生了怀疑。

蒙面人急切地说："我是好坏人无关紧要，可我不能看着你俩误入狼窝，大姐，请往上看。"他指着门楣说。

周桂英抬头来看，门楣上写着"逍遥院"，她不认识这三个字，再往里看，在花灯辉映下的楼廊上，一对对男女打情骂俏、搂抱亲昵，有些举止不堪入目。她知道这里是淫秽卖笑的场所，这才明白上了大当，蒙面人好心一片。拉起貂蝉转身就跑。

"站住！你这个臭女人不知好歹，这里是你想来就来，想走就走的地方吗？"四个护院凶巴巴地挡住了去路："不想接客卖肉，也得让老子们玩玩。"架起她俩就往逍遥院里走。

貂蝉看着蒙面人呼救："叔公，快来救我们——"

蒙面人一个箭步飞上来说："不要怕，我来救你。"他左右开弓、连捶带打，几招就把四个护院打倒在地，那几个妖艳女人见势不妙，纷纷逃进了逍遥院，把护院们吓得屁滚尿流，疼得哭天喊地，一个个跪地求饶："大侠饶命，大侠饶命。"蒙面人踩在他们身上严厉地说："狗仗人势，以后再敢欺负她俩，定当不饶！"

周桂英感激地说："这位大侠多次救我们于危难之中，恩重如山，以后定当回报，请问大侠尊姓大名？"

"我的贱名不足挂齿，救你们乃我的义务，保护孩子乃我的责任。这里是花粉世界，非你我久留之处，快快离去吧，到西关寻找安身之处去吧。"说完就一瘸一拐地消失在了人群之中。

四

按照大侠的指点，周桂英母女惊慌失措地跑到了西关，在一个石台阶上坐了下来，她眯上眼睛想在这里休息片刻，等会儿还要去讨晚饭呢。貂蝉也坐在身边，静静地望着妈妈的脸，流下了苦楚的泪水。周桂英迷糊了一会儿，她梦见单得宝和她俩正高高兴兴地围在一起吃野兔肉呢。突然惊醒，睁开眼睛却不见了貂蝉，她在四周寻找不见貂蝉，大声呼唤也听不到女儿的回答。上哪儿去了，是不是被坏人掳了去？她疯了似的哭着、喊着、寻找着。

貂蝉看到妈妈太苦了，为了她被人误解、遭人诽谤、受人欺负，挨饿受冻，当帮工、当乞丐，都是为了拉养她长大成人。妈妈是她唯一的依靠和亲人，她快九岁了，知道了好与坏，懂得了恩与情。她要离开妈妈，减轻妈妈的负担，让她不再这样辛苦，不再为自己操心，嫁个好人家享福去。她看大侠是个好人，看他也喜欢自己，想让他把自己带走。他心眼好、能耐大、有功夫，没有人敢欺负。想到这里，便悄悄地离开了周桂英，到南街去找大侠了。

周桂英心急如焚地满世界找，累得她精疲力竭，口干舌燥。但她不愿歇下脚来休息，害怕错过寻找貂蝉的最佳时机，寻着寻着，她突然想起了逍遥院和那个大侠。就径直向南街跑去。

貂蝉一口气跑到逍遥院门口一看，可恶的护院不见了，院里面还是那样喧闹不堪，她又向大侠消失的方向走去。没走多远，就听见有人在叫"红昌"。谁是红昌？她一看周围再无他人，只有大侠站在她的身后。她像看见了救星，激动地说："大侠叔公，我终于找到您了。"大侠的眼眶里含满了泪，抱住貂蝉问："孩子，这里非正人君子出入的地方，你怎么又到这里来了？你妈妈呢？"

貂蝉靠在蒙面大侠的怀里："叔公，我不想再拖累妈妈了，您带我走吧，你是大好人，我很喜欢你，也很听话。哎，叔公，您刚才叫的红昌是谁，是不是您的女儿？"

大侠脱口而出："是……是朋友家孩子的名字。饿了吧，咱们到饭馆子里去吃饭。"他带着貂蝉进了顺祥饭馆。大侠点了馒头和炒菜让貂蝉吃。貂蝉问："叔公，您怎么不吃？"

"叔公相貌丑，不敢在大庭广众面前取掉蒙面布，无法吃。只要你吃得香，叔公看着也高兴。"

"我吃着这样香的饭菜，可我妈妈还在西关里挨饿呢。"

"无妨，咱们再买一份给你妈妈送过去。"貂蝉津津有味地吃着，大侠充满深情地看着。

周桂英累了，想靠在顺祥饭馆的门柱上休息一会儿，突然看见貂蝉正在大侠的陪同下吃饭，还边吃边笑呢。她如释重负地进店来，搂住貂蝉难怅地说："你把妈妈急坏了，找不到你我连死的心都有了，没有你我还怎么活呀。大侠，你带孩子来吃饭，也不给我说一声，免得我发疯似的寻找。"

"妈妈，我错了，不怪叔公，是我自己来找他的，不知为啥我很想他。"大侠感动得哭了，他又点了一份饭菜，让母女俩一块吃，尔后对她俩郑重地说："一定去西关找活干，谁家的羊肉香就去谁家。"周桂英不解地问："为啥偏要去羊肉馆子?"大侠回道："那家馆子人善良。"在娘俩吃饭不在意时，瘸子大侠悄悄地走了。

母女俩吃饱喝好后又回到了西关，夜幕已经降临了，十月天的气候也冷了。她俩想在一个大户人家的外门道里过夜，但被主人赶了出来。这时西北风吹得很紧，天上还下起了雨夹雪。冻得她俩直打哆嗦。她俩又钻进了一家卖茶水的柴房里，却被他家的大狼狗撵了出来。无奈之时，看见街对面有一家占山羊肉馆子，虽然铺面已经打烊了，但门前煮过肉的火炉还有火星和热气。心想，这家羊肉馆是不是大侠说的那家。

她俩赶紧来到火炉旁烤起火来，热乎乎的真好！心想，如果天天有这样的火炉烤该有多好。今天的运气还不错，吃了一顿又饱又香的饭，晚上还能在热火炉旁好好地睡上一觉。周桂英隔着窗户看了看铺子里面，只见两位老人乐呵呵的在灯下说话。大娘说："咱们就在这里连寻人带做生意两不耽误。"大伯说："唉，还不知道何年何月能找到我的女儿。睡吧睡吧，明天还要早起煮肉呢。"他们熄灯睡觉了。

周桂英母女在火炉旁睡着了，大娘半夜出来压炉火，看见火炉旁睡着两个女人，炉膛里的火已熄灭，几乎没有了热气，冻得她俩双手握在了一块，身子缩成了一团，她从屋里拿出一床厚被子，盖在了她俩身上，又细细地看了一眼后，就回屋里去了。

一觉醒来，天快亮了，周挂英发现身上盖着被子，惊奇地看了看周围，明白了，这羊肉馆子的人是好人，被子肯定是他们盖的。就在这时，馆子的门打开了，走出一个年近五十的大妈，出门就朝着周桂英母女问："姑娘，昨晚冻着了吧？本想让你们进屋去睡，又看你俩睡得正香，就没有叫醒你们。"

"大妈，我们是臭乞丐，身浊衣垢，你还不嫌弃，又送被子又问暖的，让我很惭愧，还惊扰了你们，我们算遇上好人了，这大恩大德不知如何报答。貂蝉快跪下，给恩人磕头。"

大妈急忙拦住："起来，起来，怎能行此大礼。坐坐坐。"她一边生火一边问："你们从何处来？"

周桂英答道："我们从康乐县胭脂川而来，因家里突遭变故，逼得我母女乞讨为生。"这时店主大伯出来了，他五十开外，身材魁梧，相貌平和。出门便说："肉还没有下锅，就来客人了。"

大妈回道："不是吃肉的客人，是远道而来的乡亲。"

大伯走近前来一看就明白了，是沦落天涯的可怜人。随口问道："你们为何到此，是母女吗？这里可有亲戚友人？"说完又细细地看着貂蝉，把貂蝉羞得只往母亲身后躲。

周桂英回答："我母女是胭脂川人氏，因家道中落，迫于无奈，沦为乞丐，这里再无亲戚友人，是无家可归之人。"

大伯道："这姑娘长得清秀可爱，似曾相识，不知为甚，一见面我就喜欢她，叫什么名字？"

貂蝉突然觉得这位爷爷和蔼可亲，她说："爷爷，我叫貂蝉，您见过我吗？"她走到爷爷近前悄悄地说："爷爷，我好像在那里见过您，你是我的亲爷爷该有多好。"

爷爷高兴地说："是吗？我也有这种感觉。"转身又问周桂英："你叫什么名字？貂蝉是你亲生的吗？"

"贱名周桂英。"她突然觉得貂蝉的身世不能透露半点，否则会给我和貂蝉带来麻烦。她接着说："貂蝉是我怀胎十月亲生的。"

"为了每天能见到貂蝉，不让你们再颠沛流离，我想把你母女留在这里，帮我俩烧水煮肉，提茶倒水。吃住都在这里，月底给些零花钱，银秀你看成不成？"

"好好好，我也有此意，这母女跟咱挺投缘，我喜欢。占山你说咋办就咋办，但不知她俩同意不？"

周桂英急忙答应："求之不得，二老怜惜我母子，感激不尽二老大恩。我一定好好干，不让二位老人失望。"自此，母女们结束了两个多月的乞讨生活。

五

张占山自从任三妹去世后精神一蹶不振，红昌被野物吃了，春桃为此也失踪了，秦龙至今没有音信。他一个人过得十分艰难，为了把春桃找回来，他走乡串户一年多，把他弄得神思恍惚，疲惫不堪。有人说春桃在狄道城里当乞丐，他就把狄道城翻了个遍，把乞丐们盘问了个彻底，结果狄道城的乞丐里面没有春桃。有人看见春桃上了紫松山，找董天鹏去了，他就去响石寨要人，结果被董天鹏赶了出来。还有人说春桃和关山的麻五爷结了婚，他就去麻五爷家看春桃，去了才知道麻五爷归天已经三年了。长此以往奔来跑去的，连春桃的面也没有见着。他失去了继续寻找的信心。就整天混迹在洪道峪镇的酒馆里，过着寂寞孤独的生活。

一天他突然想去淮水沟，想到凤凰台上去看看，看看红昌住过的草栅，看有没有她三人的消息。于是，他就疯疯癫癫地来到了凤凰台，在那里转悠了半天，也没有听见红昌的声音，草棚早已破烂不堪。但昔日的情景涌现在了他的眼前。红昌咯噔噔地向她笑着，他伸手去抱，孩子又化成了泡影。又看见杜银秀抱着红昌在亲，他说别摔着孩子，可杜银秀不理他，反而抱着红昌飞上了天。他突然从梦幻中惊醒，不由一阵酸楚和惆怅。心想，红昌被野兽害了，可杜银秀还活着。一阵激动，他突然想见见杜银秀，不知她现在过得怎么样，就鬼使神差地爬上了楞干山，对着杜家寨给杜银秀传递信息。他唱道：

> 斧头剌了白杨了　没见你者一向了
>
> 如今我太孽障了　成了光头和尚了
>
> 心想和你抬扛了　就剩这点希望了

杜银秀正在娘家房顶晒蘑菇，突然听见了张占山的歌声，兴奋不已，丢下手里的活计，梳洗打扮一番，就心急火燎地上了楞干山。抱住多日不见的张占山痛哭起来："你死哪儿去了，你的心真大，家里出了那么多事，还游山玩水浪去了，把我忘得干干净净的。我心急难忍，几次去你家看你，总是空无一人，铁将军看门。我以为你已经走远了，再不回来了。"

张占山喜忧参半道："银秀莫要怪我，我出去找春桃了。你的一片深情我铭记在心，他日定当回报。"他俩久久地抱在一起，谁也不肯松手。张占山问："你还一个人过吗?"

"我一个被休的人，名声又那么臭，谁还敢要我。再说除了你我把谁也看不上。"她泪泣泣地等待着张占山的答复。

张占山思考了一会儿，心想，我已是孤家寡人，她也是自由之身，都是天涯苦命人，而且我俩彼此都有好感，不如结成夫妻相互取暖，相伴而行。只要我们过得幸福美满，管他旁人说什么，他对杜银秀说："你愿意跟我一起过吗?"

她等这句话的时间太长了，她爱他，渴望和他在一起。便羞羞答答道："这还要问吗? 只要你不嫌弃。"

"那我就明日亲自去你家提亲。"

"成成成，我父母肯定同意，他俩对张占山还是了解的嘛。"她高兴得眼睛眯成了一条线，热泪夺眶而出。

没过几天，张占山就把杜银秀娶到了家，张占山家的烟囱里又开始冒烟了。两个人举案齐眉、相敬如宾，生活过得很如意。聪颖的杜银秀发现张占山总是夜难入眠，唉声叹气的有心事，梦中常常喊春桃，暗自流泪。她明白他的心思。就主动提出寻找春桃的建议："张哥，咱们家也没有啥活干，不如出去找找春桃。"

"正合我意，我早有此打算，就是不好意思提起，银秀，你乃我肚子里的蛔虫，真是难为你了。咱们准备准备，即日就起程。"杜银秀满心欢喜，和他打了个对眼，宛然一笑，就准备去了。

他们两个信心十足地踏上了寻找春桃的历程，狄道的各大集镇张占山已经找过了，这次他俩要到毗邻的县城去寻找，于是坐木车加步行，克服种种困难，排除万道险阻，上金城、下陇西、走河州、去马衔山，在寻找的过程中，衙役赶、歹人欺、狼狗咬、生大病，你拉着我，我扶着你，历经了千辛万苦，历时两年多，还是没有找到春桃。最后来到了临洮(今岷县)城里。他俩对这里抱有很大的希望，因为秦龙的舅舅家在临洮，秦龙还和春桃去过舅舅家，春桃极有可能来这里找秦龙。

他俩不知道秦龙舅舅家的具体位置，先到临洮的各大集镇找了一遍，还是没有找到春桃，但是有了线索，有人说见过一个讨饭的姑娘，人长得很漂亮，听口音是狄道人；还有人说一个女乞丐人很清秀，但她疯疯癫癫的，嘴里不停地叫着什么"红长""起龙"的。他俩听了很高兴，终于有了信息，心想，这就是我们的春桃，她叫的不是红长起龙，而是"红昌"和"秦龙"。这更加坚定了他俩在这里寻找春桃的信心。

张占山夫妇跑完了集镇，就把寻找的重心放在了临洮县城里。在县城里又寻找了五六天，还是一无所获。他俩横下一条心，要在这里找到春桃。于是，就在西关开起了羊肉馆子。赚钱是次要的，主要是有个安身之处便于寻找春桃。因为杜银秀的厨艺好，饭菜做得香，他们的羊肉味道鲜，热情又诚信，开张时间不长就名扬四街，做生意的大小老板们都乐意来这里吃上一口。

六

张占山夫妇给周桂英和貂蝉换上了新衣裳，高兴得娘俩咯咯直笑，真是人靠衣装马靠鞍，看上去很漂亮，很招人喜欢。馆子里充满了活力，发出了笑声，张占山夫妇也美滋滋的，脸上乐开了花。周桂英手脚麻利、饭菜在行、勤快节俭，深得他俩赞赏。貂蝉聪明玲珑，帮大人添柴烧水、擦桌扫地，他俩心疼孩子，想拦也拦不住。貂蝉却憨乎乎地说："爷爷奶奶，我已经长大了，我能干，不能等着吃闲饭。"

由于有这漂亮母女的存在，羊肉馆的生意越来越好。有一天，张占山去城外买羊肉去了，馆子里来了一个披头散发、蓬头垢面、衣衫褴褛的女人，她蹲在门口死死地盯着貂蝉，不顾大家的感受，时而微微细笑，时而立眼唬客人，大有扑上去咬一口的架势。她是饿了、渴了、冻了，不得而知。周桂英给她端去茶水，送上馍馍，她都摇头拒之。杜银秀给她一碗羊肉泡馍，她只是嘿嘿一笑没有接碗。不愿把目光从貂蝉身上移开。貂蝉拿了一块羊肉，毫无怯意地往她嘴里喂，她没有动口吃肉，眼睛里却流出了豆大的泪珠。大家疑惑不解，就转移了心思，挪开了视线。

客人们背着她吃饭，绕着她走路，杜银秀也没有赶她。貂蝉一点也不害怕。又拿了一个白馒头放在了她的手里，她接过馒头，看着貂蝉抹泪，片刻，她趁人不注意，突然拉起貂蝉就往外面跑，貂蝉还傻乎乎地跟着她跑。这女人似乎有些功夫和幻术，她两袖一甩，嘴巴一动，平地上就冒出了一个雾团，差点把追上去的周桂英封锁在里面。这时，吃饭的客人们也追上去了。十几个人把她二人团团围住，周桂英上前一把夺回貂蝉，一步一步地往后退，她想求客人们放了这个可怜女人，还没等她开口，突然来了个蒙面人，他把腿一展，一个马氏扫院，就把围捕女人的十几个人放倒在地，那神秘女人就被他一瘸一拐地救走了。

羊肉馆的生意一天比一天红火，有一个贩盐的何广最近天天来吃羊肉，一坐下来就不想走，屁股沉得抬不起来，嘻嘻哈哈地没话找话，最喜欢冲着周桂英嘿嘿嘿地傻笑。问周桂英是哪里人氏？年方几合？家有啥人？周桂英只是抿嘴一笑，不做回答。张占山夫妇早就看出了何广的心思，只是佯装糊涂。

有一天，何广拎着糖酒和点心笑容可掬地来到羊肉馆，对张占山说："张老板能否割爱，把店里这一女子嫁给我？"

"不瞒你说，她是我的远房亲戚，男人离世才一年多，肯不肯出嫁还要她自己定夺。再说我这里现在也离不了她。"

何广眼珠一转："哎，我看她不但人清俊，而且还是一个好帮手。你总不能为了自己的生意耽误了人家的幸福。"

"何老板请回，允我和贱内沟通一下，再征求周桂英的意见。"

张占山和杜银秀很不情愿让周桂英和貂蝉走，但留着她们也不是长久之计，那样会影响她们的幸福，耽误她的人生。还是听听桂英的意见吧。他俩便问周桂英："那位贩盐的何老板想娶你为妻，我们想听听你的意见，同意否？"

周桂英诧异地问道："二老是不想要我了吗？"

张占山说："不不不，是他很喜欢你，才来提亲的。不过听说他已经娶过四个媳妇了，现在独身一人，也无儿女。"

"那我不去，如果二老不弃，我愿一辈子在这里帮工。给二老当干女儿，我要把我的孩子养大。"

张占山说："我们也很喜欢你俩，希望能长期留下来。但考虑到你还年轻，以后的路还很长，只要是个能安身立命的好人家，还是嫁了比较现实，貂蝉的抚养和教育也同样重要。这何广也是个富裕之家，还是仔细考虑考虑吧。"

周桂英道："那咱们和他面对面地说说看。听听他的说辞。"

张占山道："这样甚好。"

第二天，羊肉馆子刚一开门，何广就急不可耐地来了，他问："张老板，商量得如何？急得我昨夜没有入睡。"

张占山不紧不慢道："桂英要亲耳听听你的想法。"

"好好好，请唤她来。"

周桂英带着貂蝉来了，问："大伯所为何事？前面的活很忙，不敢耽误太长时间。"

何广抢着说："我相中你了，想娶你为妻，愿意否？"一副气势逼人的架势。"张老板，你就说舍得舍不得吧。"

周桂英道："我乃一寡妇而已，相貌丑陋不堪，有何资格让何老板费心。我在这里吃得好、睡得香、心情爽，二老像亲闺女一样的对待我，我已心满意足了，再无任何奢望。"

"张老板对你再好，你只能是个帮工，非长久之计，到了我府上，你就是贵妇人，女掌柜，堂面人物。不愁吃穿不做工，我会关心体贴你。谁见了不羡慕、不尊重。"

张占山说："我对你的出嫁很担心，如果何老板这般对待你，桂英你就考虑一下吧。在我这里毕竟不是万全之策，倘若我有不测变故，岂不误了你的幸福，荒了貂蝉的前程。"

周桂英思想了一会说："那我要带上貂蝉，不然誓死不从。"

何广爽快道："请大家放心，我早有此意，不但要关心疼爱她，而且还要让她读书识字，琴棋书画样样都学。"

大家欣然同意了这桩婚姻。没过几日，何广就穿红挂彩、吹吹打打地把漂亮能干，心地善良，年方三十的周桂英娶进了家，貂蝉也高高兴兴地跟着母亲进了何府。

七

何广四十有二，财大气粗，是当地出了名的花老板，因为他经常在外边拈花惹草，导致生活无定性，夫妻不和睦。休妻是他的家常便饭，打老婆是他的拿手好戏，现一无媳妇二无子女。周桂英已经是他的第五任老婆了。一进门何广就把钥匙交给了她，让周桂英当上了女掌柜，吃穿都是上等的，何广对她青睐有加，关心备至。把貂蝉打扮成了小仙女，像亲生的一样疼爱，不让她受一丁点委屈，还请来了先生给她教书识字。母女觉得苦尽甘来了，以后的生活无忧了。

这样的生活还没有过上一年，何广就断断续续地在外面过夜了，对她母女也慢慢地冷淡了，进而收走了钥匙，让周桂英干起了脏活和累活，把貂蝉的好衣服也收了起来。何广的保镖何礼悄悄地对周桂英说："老板又看上东大街的琼尕妹了，准备把她娶过来当正房呢。"周桂英听了很生气，但敢怒而不敢言，怕被赶出何府，又沦落成乞丐，她仍然是忍气吞声、笑脸相迎地对待何广。

有一天，何广气呼呼地从外面回来了，坐在厅堂里大发脾气："这个骚女人，把我的五百两银子骗走了，没有对我付出一点真情。"他说的骚女人就是琼尕妹，这女人长得风骚，矫揉造作，是水性杨花之人，听说她的第三个男人去长安进货，在半道上被土匪杀害了。没过上几天，她就和何广勾搭成奸，何广给她抛金撒银，大献殷勤，想娶回来当正室。没想到琼尕妹的男人突然回来了，何广直呼赔了夫人又折财。但这何广的春心未死，淫气不灭，听说还要向一个漂亮乞丐下手。

因为何广喜新厌旧，花心无度，他对周桂英还没有热乎上一阵，就开口便骂，脚踢拳打，对十岁的貂蝉也一反常态，开始欺负打骂。周桂英气急不过，曾几次拉着貂蝉要离开他，但他死活不准，软硬兼施地强留她，而且看管得更紧了。逃出去，抓回来。再逃出去，再抓回来。每次抓回来，都免不了皮肉之苦。

因何广在本地名声不好，再没有人给他做媒续弦。所以，他死死地拉住周桂英不撒手。周桂英累死拼活地给他干活，可是何广从来不把她当人看。可可怜怜的小貂蝉，还要打扫前庭后院，给驮盐的牲口添草加料，到了晚上，还要给何广洗脚捶背，搔痒点烟，吟歌蹈舞。一不如意就连打带骂，不给饭吃。

一天，何广被人打得鼻青脸肿地回来了，这也是他咎由自取。某日，他在大街上见到了一个衣衫褴褛，但又非常漂亮的年轻女子，他一直尾随其后，想弄清她是何方人氏，家住何处。这女子径直走进了城郊的一个小院子，关好门再也没有出来。何广一连跟踪了几天，天天如此，再无他人进出院子。他想，这女子可能孤身一人，怕太招摇惹事，故服饰褴褛，行踪隐秘，如能和这绝世美人云雨一番，不枉在世间行走一趟。

于是，他做了充分的准备，侦察清楚院内再无二人后，翻墙进了院子。轻轻地推开房门，定神一看，见一女子正坐在床边换衣服。他惊讶极了，穿上新衣的她像仙女一样美丽婀娜，他想上前搭话，却被女子背身反问到："来者何人？"

突然的问话，吓跑了何广的三魂六魄，他镇作了一下精神，整理了一下衣着，小心翼翼地回道："美女，是哥哥我，我想和美人结为夫妻如何？"说完他就觉得此话说得太唐突了，太心急了。

"快快出去，莫要坏了我的心情。"

何广的心镇定下来了，就这么一个弱女子，岂能奈何得我。于是，他想霸王硬上弓，走上去欲抱女子。只见她一个金镰倒钩，何广就展展地躺在了地上。他猛然站起，恼羞成怒地骂道："别不识抬举，老子亲近你是你的造化，不要敬酒不吃吃罚酒！"他又伸手去拉女子的手，有一蒙面男子突然抓住了他的衣领，就像耍车轮一样地举在头顶转了几圈后，重重地摔在了地上，二人上去脚踢拳打了一阵后，蒙面人对哭叫求饶的何广说："看在你媳妇和貂蝉的面上，今天饶了你的狗命！倘若再来捣乱，定杀不饶！"说完他带着女子一瘸一拐地出了门。

何广忍着疼痛把周桂英叫到面前严厉地问道："你和城郊那破院里的人是啥关系？瞧他俩把我打成啥样子了，还说看在你和貂蝉的面上没有弄死我。他们真是光屁股撵狼胆大妄为。"

周桂英道："我听不明白，何人如此狂妄胆大，竟敢在何大老板面前称雄耍横？请你把事情的经过讲于我听，若是悍匪歹人，咱们找他算账，张占山大伯可是武林高手，一般人近不了他的身，请他来帮你收拾他们。

替你出气，还我母女清白。"

何广遮遮掩掩地讲了事情的经过，叹息着如何才能把那男子除掉，把那女子搞到手。周桂英说："这两人在占山羊肉馆也出现过，尽管大闹了一番，但出手并不狠毒。我母女和他们没有什么瓜葛，更谈不上认识。算了，多一事不如少一事，还是少招惹他们为好。"周桂英心想，这两人身份特殊，并不想和我母女作对。何广听了以后，觉得无计可施，请张占山帮忙就等于把自己的丑事张扬了出去，此招不能用，只好忍气吞声罢了。周桂英也鬼使神差地往那个院子跑了两趟，结果是人去院空。

一晃貂蝉十一岁了，也懂事多了，长得乖巧玲珑。一天晚上，她看到娘太辛苦了，就帮周桂英推磨碾食盐，被何广发现后，打得遍体鳞伤。周桂英扑上去护貂蝉，他调过皮鞭狠狠地打周桂英。周桂英跪地求饶，但不懂人性的何广把她母女俩越打越凶，不肯收手。当他又拿起一根木棒，准备去打貂蝉时，突然从窗户里跳进一个蒙面人来，架住何广的木棒，随手在何广的肩上点了两下，何广就木呆呆地立在了那里，蒙面人一把拉起貂蝉转身要走，看样子要挟持貂蝉离开这里。

周桂英死死地拉住貂蝉大喊："强盗！快抓强盗啊！""娘！娘救我——"貂蝉苦苦地挣扎着，生怕被此人祸害。驮盐的四五个雇工闻声手持作杖跑了出来，这时何广的保镖何礼来了，大喊："不要让他跑了，抓住他！"蒙面人一看寡不敌众，便丢开貂蝉，噌地一下从窗户里跳了出去，霎时就无影无踪了。

何广长长地吸了一口气，恶狠狠地对周桂英说："你这个狗贱人，祸水！不但招来了野男人，还帮助他逃跑，你到底是谁的女人？我要杀了你！"说着就抽出了大马刀。貂蝉一看急了，一头扑进周桂英的怀里去挡刀，"娘——"

"且慢！"何礼拦住举刀欲砍的何广，"大哥，不能沾污祖传宝刀，刚才那人的举动我看得一清二楚，他走起路来有点瘸，看样子是来找你报仇的，是不是郊区院里打你的那个瘸子，也许是冲着貂蝉的脸蛋子来的，并非嫂子勾引，别无故自乱阵脚。大哥切莫担心惧伯，生无名之气，别冤枉了嫂子和貂蝉，伤了家中和气，坏了你的名声。待兄弟拿住这个瘸子，弄清缘由再杀不迟。"何广将马刀收回，"奶奶的，癞蛤蟆想吃天鹅肉，抓住瘸子咱们大卸八块，开膛祭祖。臭婆娘，滚！一天磨不了三斗盐我要你的命！"

八

貂蝉十二岁了，随着年龄的增长，她出落得十分漂亮。有人出大价码买貂蝉，不知为何，爱财如命的何广却贵贱不卖，而且对貂蝉的打骂也渐渐少了，貂蝉身上穿的新了，干的活也轻了，还请来了更好的教书先生。但他对周桂英折磨得更加厉害了。在他的眼里周桂英年老色衰，成累赘了。

一天夜里二更时分，周桂英还在磨坊里推磨，貂蝉和衣在炕上睡着了，她做着美好甜蜜的梦：梦见她和母亲穿着新衣裳，口里含着米花糖，在胭脂川镇庄头村的庙会上看大戏，爹爹向她走过来了，外祖父也来了……突然，一个人压在了她的身上，她惊醒过来，发现她身上的衣服已被扒光，何广正淫笑着啃她的脸蛋，摸着她白嫩的肌肤。吓得她心惊肉战、魂飞魄散，她拼命地挣扎，大哭大叫："爹爹你要干啥？不，不！娘！娘——爹爹压住了我，快来帮助我啊！"

周桂英听到女儿急促的喊声，赶紧来到房里一看，气得差点昏死过去："你这个畜生！连女儿也要……"她扑上去抓住何广的左腿往炕下拉。何广右腿一伸，把她踢了个面朝天。何广又要扑向貂蝉，周桂英挣扎着又去拉他，何广又抬脚去踢她，就在这关键时刻，从窗户里嗖——飞进一把刀子，正中何广的左眼。"啊！"何广放开貂蝉，双手捂住眼睛，血从指头缝里往外冒，撒腿就往门外跑，并歇斯底里喊："快，快来人啊！"

这时一个蒙面人拦住了他的去路："老流氓，往哪儿跑，让爷爷给你净净身。"他掏出飞刀，眼齐手快地割掉了何广的命根子。

何礼听见老板的叫声，快速来到出事地点，一看老板受了重伤，赶紧扶住何广问道："凶手哪里去了?!"

何广恼羞成怒地说："跑，跑……就是这个臭婊子!"

何礼看见一丝不挂的貂蝉和那把血淋淋的刀子，就明白了几分，心想事情并不那么简单，周桂英是没有这种刀子的，也没有那样的能力和胆量，可能和去年那个点穴位的瘸子有关。

何广疼痛难忍，羞愧难当，他气急败坏地吼道："这凶手是她俩的相好，何礼，快把这两个臭女人给我杀了，不，撂到洮河里喂鱼去。""这……"何礼呆若木鸡似的站着。

"快! 还愣着干什么，把衣服扒光，给我拿回来。"

何礼牵来一匹大走马，把苦苦哀求的周桂英和貂蝉捆起来，装进麻袋里，驮在马背上，拉着马轻手轻脚地出了城门。凉风嗖嗖的深秋夜晚，一轮麻胡子月亮快要掉到二郎山下去了，何礼出城后没走多远，就听见唰唰唰的脚步声跟了上来，何礼心想，难道遇上强盗了? 该如何是好? 正在纳闷之时，一个黑乎乎的蒙面人站在了他的面前，拦住了他的去路，忙问："拦路者何人?"

"狄道人。"

"大路朝天，各走一边，为何偏偏拦我?"

"要人。"

"所要何人?"

"你马背上的人。"

"这事与你有何瓜葛? 少管闲事，快快让道。"

蒙面人道："久闻你何礼是临洮的一条好汉，也是爱憎分明、疾恶如仇之人，就这样平白无故的当坏人的帮凶? 切莫干糊涂事，污了你的清名。"

"这……且莫胡言乱语，快快让开，否则刀枪相见。"

"何广乃临洮恶棍，你何礼就不怕沾污你的名誉? 脏了你的双手? 难道还要继续给他当狗？祸害无故吗？"

"听你此话也是个明白之人，不瞒你说，我是想放了她们。但怕泄露秘密，让何广知晓不好交差，想找一个安全地带放她俩逃走，就被壮士拦住了。"

"真如你所说，就将人和马交与我，日后定当重谢。"

"谁能证明你不是坏人？"何礼有些顾虑。

"这……那好，你好人做到底，请你将她母女二人连夜送到狄道城去，若有闪失，我饶不了你。"说完闪在了黑暗处。

何礼终于松了口气，其实他早就怜惜她母女，放生之意早定，遇到这位侠士实属意外。他如释重负。解开口袋，放出母女俩说："莫要害怕，我不会把你俩往洮河里撂，要送你俩到狄道去，到了那里再谋生路吧。"她母女俩知道何礼为人，非何广一流，听了连说感谢，他让貂蝉骑在前，周桂英骑在后，他骑在中间，一扬马鞭，就飞快地向狄道城奔去。

何礼今年二十三岁，尚未娶妻，从小拜师学艺，武功高强，性情刚烈。人送外号"洮州豹"，因在临洮城里打抱不平，打死了琼尕妹的第一任丈夫董达（董卓的远房堂弟），官府欲治偿命重罪。何广见他武功高强，办事牢靠，便买通官府，从轻论罪。只罚了五百两银子，他的父亲和何广共同筹钱保释了何礼。

只因何广奔波散银赎了他的命，尔后便成了何广的保镖，何礼本不姓何而姓陈名尚锋，应何广的要求改姓何名礼。他有一腔济困扶弱、抱打不平的志向和热血，早就看不惯何广的所作所为，但因救命之恩难违，就委身于他。今晚他并不想杀周桂英和貂蝉，而是想设法放生。

他快马加鞭，只听耳边风声嗖嗖，马蹄哒哒。五更时分，他三人来到了狄道城南门外。何礼把随身所带银两全部给了周桂英，对她俩说："周大姐，小貂蝉，你们多保重，咱们后会有期。"说完勒回马头，飞快地回临洮去了。

第六章

董卓欺女耍淫威　狄道城里遇贵胄

岳麓山的晨钟敲响了，天大亮了，城门也打开了。周桂英母女精疲力竭地往台阶上一坐，手拉着手，肩靠着肩，就迷迷糊糊地睡着了。这时一个懒惰邋遢的门役摇摇摆摆地走了过来，转着圈地在看周桂英，发现她俩睡得很沉，就伸手摸去了何礼给周桂英的银两，还在貂蝉的脸蛋上吹了吹，在周桂的胸口摸了摸，又擦了擦自己惺忪的眼睛，敲了敲淫贱的脑瓜，走在不远处掂了掂刚偷的钱囊，然后藏在内衣的兜兜里，又回过头来，一脚踢醒了周桂英："呔！叫花子，走开走开！别在这儿脏脸！"

周桂英和貂蝉一骨碌站起来，没有在意身上的银两是否还在，慌不择路的准备离去。这时迎面走来一个黄脸汉子，朝着门役咧了咧嘴，然后嘻皮笑脸地打量了一遍周桂英母女，又看了看周围的情况，抿着嘴巴道："哟，多俊的小妞儿，来来来，让二爷玩玩。"说着便动手动脚起来，吓得貂蝉哆哆嗦嗦地只往城墙角里缩。

周桂英护住貂蝉："这位爷，孩子年龄还小，尚不懂事，请不要难为于她。"这人不但没有怜惜貂蝉，反而更加放肆："哎，这小娘子姿色也不错。来，禄娃、祁根，把这两个娘们都弄回去，让我换换胃口。"禄娃、祁根撸袖而上，抓住她俩就要拉走。周桂英和貂蝉挣扎着大喊："快来人啊，门倌老爷救救我们。"门役只是在不远处咧嘴讥笑，没有施救的举动。禄娃和祁根越发猖狂，连拉带摸占便宜，貂蝉撕心裂肺地呼救："来人啊！救命啊！"

"何人在此胡闹？"潘大人出门办事，途经这里正巧看见。黄脸汉一看潘大人来了，就灰溜溜地逃走了。潘大人走上前去，安慰吓得哆嗦的貂蝉母女："切莫再怕，看你二人神色疲惫，必有难言之事。不要惧怕，混混们已经远去，不敢再来骚扰。你们尽可入城理事。周桂英母女谢过大人后，突然发现身上的银两不翼而飞，急呼："我的银两不见了。"

潘大人回过头来问："何人近过你们的身？"

"刚才的那几个人。"周桂英又突然想起还有那个门役，她指了指门役，"他也在我身边转过，还踢了我一脚。"

潘大人向门役招了招手道："你为何要展腿踢人？这个狗仗人势的东西，给她俩赔情道歉，另付十两医药费，你可服？"

门役一看是潘大人，吓得直哆嗦，回道："应该的，应该的，是小的犯错了，马上赔，马上赔。"他从衣兜里掏出一个钱囊来准备付赔银。周桂英一看，惊讶地喊道："那就是我的钱囊。"

潘大人一把夺过钱囊，怒形于色道："她的钱囊为何在你身上？你不但偷了她的钱财，还狠心地踢打了她们，真是恶毒至极！我要向门尉告知此事，让他从严处治，以正风气。"又问周桂英："看你俩是落难之人，不妨将缘由说来听听。"

周桂英迟疑了一下，她觉得面前的这位大人行事沉稳，心地善良，和蔼可亲，就把自己的遭遇粗略地讲述了一遍。潘大人听了十分怜惜和生气，他叹息着说："既如此，就先找个安身之处再做打算。在这狄道城里你可有亲戚友人？"

周桂英回道："举目无亲，也无友人，我母女想乞讨为生，感谢大人救助之恩，若有机缘定当回报。"

潘大人道："看来你们是遇到了困难，如不介意，你母女可先到我府中休息用膳，让我来替你俩细心筹划，找个安身立命之处。"周桂英点头答应了。潘大人就差人将她母女接到了潘府。

这位潘大人名叫潘子仪，是狄道城里有名的贤士。因为他性格耿直，与人为善，才华横溢，熟通兵法，官至朝廷中郎将。东汉灵帝时期宦官擅权，吏治腐败。灵帝的王美人和都督边章偷情时被潘子仪撞见，他守口如瓶，从未向外透露半点，后来王美人和边章的秘事更加肆无忌惮，导致事情败露，边章受到了严处，王美人也因此失宠了一段时间，其疑心潘子仪向外透了风，坏了她的好事。待丑事掩饰之后，她就向皇帝刘宏谗言："潘子仪非正人君子、忠良之材，他垂涎我的姿色，时有对我不恭，贼眉鼠眼地窥视我洗浴就寝，甚有不轨行为，对圣上大不敬，不可大用，也不宜留在京城。"

灵帝听了大怒。故而，潘子仪被贬官到陇西郡任参军，但他向皇上请辞，回到了故里狄道。他回来后广交英雄豪杰，潜心研究兴国良策，望巩固国家根本，国盛民富。

二

周桂英母女进了潘府后，受到了潘府上下的怜惜，洗漱完毕吃了饭，就让她母子在客房休息。潘子仪夫妇见这母女聪明懂事、可怜无助，有心将她俩留在府中，让她们有栖身之处，有饱饭吃。还可以让周桂英帮家里干些零碎活。于是，他们征求了周桂英母女的意见后，就将她二人收留在了潘府里。让周桂英干些零碎轻活，而且对她俩如同自家人一样看待，关心备至。同桌吃饭，同游景观。对貂蝉更是娇惯不已。貂蝉穿着潘大人新买的新衣服，像花蝴蝶一样，天真烂漫地在潘家花园里飞来扑去，幸福极了！也给潘家增添了不少乐趣。

潘子仪的三公子潘平比貂蝉大三岁，和貂蝉一见如故，整天形影相随、情同手足。谁要是欺负貂蝉，他就跟谁过不去。他俩在一起学习、作画，抚琴下棋，更爱在一块玩耍，赛过亲兄妹。二哥潘荣嫌貂蝉不与他游玩，心中很是不乐。常在父母面前说是捣非："潘平不求上进，常和貂蝉嘻笑打闹，有失咱们潘府体统。"父母笑然处之。

潘荣拿着好吃好玩的去找貂蝉，貂蝉却说："二哥的东西我不要，有三哥给的就足够了。"弄得潘荣灰头土脸。羞愧难当。为了貂蝉，弟兄二人还恶语中伤、互相指责、大打出手，心生妒忌。潘荣又去找父母："三弟好不知趣，为了一个野女子竟然把我视作仇人，不就是一个逃难的丑丫头嘛，有啥可稀罕的。"

潘子仪听了很不舒服，上前就是两巴掌，怒目而视："不成器的东西！你大哥潘镇文武双全，宽宏大量、战死疆场，当为你们的楷模。你不思向上，心高气傲，碌碌无为，学文习武样样不及平儿，还嫌人家是落难之人，吃不到仙桃别说仙桃味苦。兄弟之间要和睦相处，相得益彰，不要互相拆台诋毁，争风吃醋。"

有一天中午，潘府门上来了一个三十出头的瘸乞丐，他虽然手里拿着打狗棍和讨饭碗，衣着虽旧但很干净，身材标致，面目平顺。东张西望的在门前转悠，一会儿整整衣服摇摇头；一会儿清清嗓子眨眨眼。他从门缝里看见貂蝉和潘平正在走廊里坐着，一边读书，一边嗑着瓜子喝着茶，他突然觉得自己不是乞丐，而是这潘府的主人。想进去看看，也想讨口吃喝。举了几次手也没有敢敲门，但他有意识的向潘府喊了一声"红——昌"。随之，他纵着耳朵、睁着双眼观察院内的动静。

潘平和貂蝉觉得喊声奇异，便放下书本，打开了府门。直面看见有一乞丐眼宽人熟地看着他俩。潘平道："你这乞丐好生奇怪，为何用此目光审视我们。别来多事，快快走开！"貂蝉却说："平哥哥，你一豪门公子说话竟失分寸，他用亲和的目光细看你我，说明他非歹人，兴许他是你我远方亲缘，身不由己而为。"

潘平说："我家没有此等亲戚，除非……噢，我口误了，还请妹妹勿怪。"不管他俩怎么问话，此人就像哑巴一样只看不答，弄得二人无可奈何，摇头作罢。潘平拿出一个白面馍馍递给他："去吧去吧，到别处去讨吧。"貂蝉则对着乞丐莞尔一笑。

这个乞丐像个呆子，就是不走，眼睛直勾勾地瞅着貂蝉，大有一眼览全生，一口吞下肚的架势。貂蝉也失意地看着乞丐，心想，这人除了不蒙面、不会说话外，举止很像临洮的那位瘸子大侠。潘平看看貂蝉，瞧瞧乞丐，不由气上心来，"呔！讨饭的，别黄鼠狼看鸡越看越稀了，自重吧，快快离开。"

貂蝉觉得这个乞丐似曾相识，也很亲切，便把手里拿的一个大苹果放在了他的手里。还想多待一会儿，再问些什么，却被潘平拉了回去。嘭！潘平关上了潘府的大门。

潘子仪对周桂英和貂蝉十分关心，不再让周桂英做扫院帮厨的活了，让她专门陪伴夫人左右，夫人把她当亲姐妹一样对待，没有要事一刻也不让她离开。潘大人亲手教貂蝉吟诗作画，聘来老师教貂蝉弹琴练舞，还送她到狄道书院学习。貂蝉生性聪明，长得是羞花闭月，沉鱼落雁。十四岁时琴棋书画就在狄道城里出了名。乐得潘子仪夫妇把她当成了掌上明珠，非常疼爱。吃的、穿的、用的由貂蝉任意挑选，前院后湖大花园任她自由走动。她简直成了潘府的千金，狄道的县花，青年才俊的知音。

有一天，二公子潘荣特来禀告父亲："爹，我发现了个大秘密，貂蝉和一个乞丐来往甚秘，他俩是不是相好，是不是亲戚关系，是不是啥人派来咱府卧底的。"

潘子仪郑重道："别胡说八道！貂蝉是个乖孩子，和乞丐交往有什么错？这是她善良的本性。"

"爹，不像您说的那么简单，我看见她多次拿咱府里的吃穿送给了那个年轻乞丐。平儿好像知情也不制止，还有……"

"好了，好了，别在瞎咧咧了，别在人后议论人，我已经很烦了。她做的事情我心里有数，她本性善良，怜惜乞丐没大错。不用你操心，管好你自己我就烧高香了。"

潘荣觉得父亲太过偏袒貂蝉，让他分开潘平和貂蝉很难。于是，他又想了一个办法。乘貂蝉不在时对潘平说："平儿，你年龄尚小，不懂世间人心最难测，不懂男女爱情为何物，给你透露个秘密，别人把你卖了，你还替人家数钱瞭哨呢。"

"二哥，此话何意?"潘平迷惑不解。

潘荣深藏若虚道："貂蝉和一个乞丐关系很不正常，多次在府门口约会，他们说话的声音很小，甚是亲密，貂蝉还给他送去了不少东西，除了吃喝还有贵重物品呢。"

"可有证人、证据?"

"他们都是秘密见面，是我在望月阁观察到的，只要你用心察看，她必然会露出马脚。"他又俯在潘平耳边低声道："女人的心天上的云，难测呀兄弟，莫让漂亮的脸蛋蒙了你的心。"

潘平听了甚是疑惑，其实他也觉得貂蝉和那人的关系很神秘，但他处事比较沉稳，没有立即对貂蝉进行侦察，还是和往常一样对待貂蝉。心想，貂蝉会是那样的人吗? 二哥说这些话的用意是什么呢? 他陷入了痛苦的深思之中，等待着二哥拿到确凿的证据。

三

潘子仪酷爱书画，是有名的画家，他应约给朝廷司徒王允画了一幅《青龙山图》，准备差人给司徒送去。这事被二公子潘荣窥见，他想机会来了。便趁父亲不在书房时，将《青龙山图》偷偷拿走，等到晌午时分，他揣着《青龙山图》就上了望月阁，目不转睛地看着府门口，等待着那个乞丐的出现。

这时乞丐正巧路过这里，但并不打算在潘府门前停留，潘荣急忙跑下望月阁，出了府门，追了一段路程后拦住了乞丐："喂，要饭的，这幅画是你的熟人让我给你送来的，她让你明日正午拿着此画去潘府门口与她会面，有要事相告。"

乞丐问："你是何人？"

"我是她的熟人，千万不要误了时辰。"说完一溜烟不见了。

潘大人回到书房，发现《青龙山图》不见了，急得团团转。问遍全府上下，无人知其下落。难道家里来了盗贼不成？情急之下问道："今天何人进过我的书房？"

潘荣道："我看见貂蝉妹妹从书房拿了什么物件出来了，神色还有些慌张，鬼鬼祟祟的。"

貂蝉跪地便说："是的，我进过大人的书房，给平哥哥取了几张悬泉纸。"就在此时，有一个家丁说："我刚才路过粮食市，那里有一乞丐手里展着一幅画，正在仔细观看呢。"，

潘荣急说："那咱们去看看，把画要回来。"

潘大人果断地说："你们快去，想办法把画要回来，不要难为此人，事情的真相尚不清楚，切莫责怪他人。"

潘荣和潘平带着几个家人急呼呼地出去要画，貂蝉说："我也要去，看看此贼啥样？带上我。"潘荣道："这样也好，多一个人多一双眼睛，兴许貂蝉还认识那个乞丐。"潘平应允。他们来到粮食市，却不见了那个乞丐，就连潘荣也不见了踪影。大家分头找乞丐也无一收获，潘荣却急匆匆地从罗巷跑了出来，道："那个瘸乞丐进了罗巷后，再也找不着了。不如这样，咱们暂且回府，等他自投罗网，他不是每天正午来咱门口吗？到时让貂蝉黏住他，咱们一举拿下。"

貂蝉听了心里很矛盾，不按二哥的计划行事，恐遭人怀疑，责怪于我，说我心虚有鬼，有口难辩。依计行事可能会掉入陷阱，害了乞丐不说，还会牵连自己。又一想，真金不怕火炼，身正不怕影子斜，就按二哥的计谋办吧。她应道："就按二哥的计谋办。"

到了正午时分，潘家已准备停当，潘荣已张开了一张大网，直等乞丐来钻。不出潘荣所料，瘸腿乞丐如期而至，他手里拿着一幅画来到潘府门口，潘荣示意貂蝉出门接应。貂蝉犹豫不定，顾虑重重，难迈脚步，最终忐忑不安地出了府门，乞丐就赶紧迎了上来。貂蝉对他小声说："你掉入陷阱了，快快离去。"

乞丐听了不但没有跑，反而理直气壮地站在了门口。吓得貂蝉的心突突直跳。坏了，这下完了，如被潘家人赃俱获，他就糟了，我也麻烦大了，恐怕就在潘府待不下去了。就在她恐惧之时，潘荣一声令下，潘平带着家人冲了上去。不费丝毫力气，乞丐就束手就擒了。这时，潘荣又不知忙什么去了，找不着。急得貂蝉直搓手指，她恨不得变成隐形大侠把他救走。

潘平和家人押着乞丐来到厅堂，潘子仪早已气呼呼地坐在那里。他怒目而视地问："你为何要偷我的字画？"乞丐闭口不答。又问："你是何人？谁是你的内应？"他只是摇头否认，还是不开口说话。急得潘平咬牙切齿，跺脚甩脸，欲上前动手。潘大人把手一挥："平儿，别动粗，先将画呈上来，让为父查验是否完好无损。"

潘平将画呈给父亲，潘志仪小心翼翼地打开一看，"啊！"惊呆在太师椅上，双手大抖，许久没有缓过神来。原来是大画家蔡鱼的《华山奇峰图》，他茫然了。即命快快松绑，并起坐施礼："得罪了，得罪了，快赐座沏茶。"大家被眼前的场景弄糊涂了，这乞丐何许人也，大人为何如此恭敬。貂蝉更是疑惑，不明其中究竟。

潘子仪道："不知先生高姓大名，竟有如此宝贝在手，看先生素衣简食，但神来不凡，所为何故？"乞丐不言。"先生是否有难言之隐，不便透露？"乞丐点了点头。"若不嫌弃，先生可在寒舍小住几日，待情绪稳定后，咱们再探讨一二。"乞丐点头答应了，貂蝉显得很兴奋，心情舒畅了许多，她觉得此人十分亲切可敬。

四

乞丐从接过潘荣手中画的那一刻起，就对此事有了怀疑，他几乎和貂蝉天天见面，有要事直说便是，为啥用画传递约见时间呢，为啥把画让人转交呢？他走到粮食市上，就打开画来仔细观赏，发现此画是潘子仪专门为朝廷司徒王允所作，如此重要的画作怎么会在貂蝉手里？疑点重重，他考虑再三，不能贸然行事。他又一想，觉得机会来了，显得喜出望外，何不借此机会将计就计地进入潘府，守护在貂蝉身边。他拿出在临洮淘来的《华山奇峰图》，替换了《青龙山图》。他真有点舍不得此图，因为这是他从董卓老家下人手里花三十两银子买来的，他知道蔡鱼是个大画家，他的画很稀有、很值钱，就十分珍惜地保存了下来，现在该派上用场了。既能戳穿小人的阴谋，还能让他走进潘府。

自从进了潘府，他的心情格外爽快，不但吃得好睡得香，还能和貂蝉天天照面，谈笑交流，觉得心里暖洋洋的。潘大人把他当上客招待。刚开始他装作哑巴不说话，后来见潘大人为人真诚，通情达理，对貂蝉也关心备至，就对他的问话做简单的答复了。

潘大人问："先生如何称呼？"

"潘大人叫我龙生便好。"

"龙先生为何素装游走呢？"

"我有不得已的苦衷，不便细说。大人肯容留不才，感激不尽，本人略有功夫，若有差遣，定当不辞。"

"你那宝贝字画如何所得？"

龙生稍作考虑后回道："是家父藏品。"

潘大人觉得此人非泛泛之辈，举止言谈文雅大气，做事风格与众不同，似乎身藏秘密。"先生谈吐文雅，举止大方，定是文武贤达，能结识先生是我潘某幸事，如不嫌弃，请在寒舍多住几日，潘某欲向先生讨教一二，长长见识，不知先生意下如何？"

龙生道："潘大人文韬武略，乃国家栋梁，刚正不阿，扶危济困之典范。因遭人诬陷，暂隐故里，待时机成熟，定能匡扶社稷，救万民于水火。今大人不嫌乞讨之人，还热情款待，不胜感激，又施恩惠，容留龙某府中叨扰，哪有不从之意。"

貂蝉听了龙先生要多住几日，心里很高兴，就黏着龙生问这问那："龙先生，您的腿是如何受伤的？"

龙生停顿了一下说："为了抢夺我的女儿，被师傅用哪吒踩火轮的招式打伤的，说来也怪自己年轻莽撞，处事不周，误会师傅好意，偷袭抢女，实在荒唐，悔之晚矣！"

"在什么地方受的伤？腿还疼吗？"貂蝉轻轻地抚摸着龙生的腿，看着和蔼可亲的他问。

龙生觉得一股暖流通彻全身，感到从未有过的喜悦。含着热泪说："在西南川的高崖滩。"

龙生早有耳闻潘子仪是忠良厚道之人，今日看来传闻非假。于是，他就抽空将《青龙山图》悄悄地放在了潘大人的书房里。潘大人发现画又回来了，很是高兴，这画失而复得实属奇异，心想，这是何人的恶作剧呢？很有可能于潘荣失踪有关。

又过了几天，龙生和潘大人在湖心亭饮茶时对潘子仪说："我乃山野粗人，不识书画真伪好坏。欲将《华山奇峰图》赠予潘大人赏玩。"说着就将《华山奇峰图》呈上。

潘子仪起身赶紧推辞："不可，不可。龙先生，这等珍贵之物怎敢随便笑纳，无功不受禄，我岂能夺君子所爱呢。"

龙先生忙道："俗话说'宝刀赠英雄，红粉送佳人。'切勿嫌弃，是龙某真心敬赠，只要大人关爱貂蝉母女就足够了。"

潘大人惊异地问："先生为何对周桂英母女如此关心？莫非尚有奇缘？不妨道来听听。"

龙先生回道："我只觉得她俩似曾相识，又和貂蝉十分投缘，便不由

135

自主地关心起了她，并无他意，让潘大人见笑了。还请大人不要推辞，勿薄龙某情面，收画便是。"

潘大人还想推辞，"这……"突然有人来报："西川牛张占山夫妇来了。"潘子仪一听兴奋地说："快请快请，在厅堂招待。龙先生，这张占山是西川洪道峪镇的拳师，诚实守信，是可交之人，也是我的朋友。走走走，咱们一块去见见他。"

大人先行一步，我方便一下随后便到。他听见张占山来了，很是激动，心里也有些慌乱，一时没了主张，是去是留难作决断，就急急忙忙地向貂蝉辞别，慌不择路地跳墙而去了。

潘子仪和张占山二人谈笑风生，显得十分亲密。潘子仪问："张兄寻找令媛可有消息?"

张占山回道："多谢兄弟记挂，至今还未见到人影，有人曾在临洮见过，但我寻找了几年仍不见踪影，现回故里，想继续在狄道碰碰运气，还要请子仪贤弟再施援手，帮助于我。"

"义不容辞，占山兄尽管放心，我会不惜余力的。哎，这龙先生怎么还不来?"

这时貂蝉前来禀告龙先生辞别而去的事，进门便说："大人，龙先生辞别而去了。"又突然看见了张占山和杜银秀，赶紧上前向二位老人问好，她扑到了杜银秀的怀里，含着泪激动地说："爷爷奶奶，我想死你们了。"张占山和杜银秀老泪纵横，抱住貂蝉不知说什么好。

潘子仪动情地问："你们认识? 貂蝉是你们的亲孙子? 真是机缘巧合，天公佑护，大喜，大喜啊!"

张占山慢慢地松开貂蝉说;"非也非也，只是投缘而已。"他把事情的来龙去脉讲述了一遍，潘子仪听了很感动："噢，原来如此，故人相见难能可贵! 快快将周桂英唤来。"周桂英闻讯赶来，激动得她不知话从何说起，只是拉着杜银秀的手哭泣不止。二位老人也激动得忍不住了，就和周桂英母女抱在了一起。潘大人高兴地对大家说："今天潘府大喜! 要大摆宴席，开怀畅饮。"

五

一天夜里，潘平和貂蝉正在书房里学习，忽然发现有人在窗外窥视，还用竹筒往房里吹烟雾，潘平猜想可能有人要谋害他俩，便大喊："窗外何人！"他随即冲出门去，看见一个蒙面人急匆匆地往后花园里跑。他顺手拿起一条扁担追了上去，看见那个身影十分熟悉，看样子他对这里的环境也很熟悉。他在前面跑着，潘平紧追不舍。追到一步之遥的时候，脚下突然踩空了，潘平被一个新挖的大坑陷了下去，差点伤着筋骨，等他出坑再度追赶时，蒙面人已消失在夜幕之中。

他还没有来得及发怒自责，就听见一个熟悉的声音唉哟一声，他迎声赶过去，隐隐约约的看见一个瘸腿人翻墙而去。他再近前细看，呻吟之人原来是失踪多日的二哥潘荣，他是被刚才的瘸腿人截住去路打伤的。潘平非常生气，亲哥哥也要毒害于我，实属心寒！心里也很矛盾，把二哥交与父亲处理吧，他又不忍，如果让他任意妄违，恐自己和貂蝉日后的安全受到威胁。思来想去，必定是同胞弟兄，最后还是放了潘荣，给他一个痛改前非的机会，就没有向父亲禀告此事系潘荣所为。

但此事惊动了潘府上下，府上灯火通明，一片抓刺客的呼喊声，周桂英急急忙忙地跑来，搂住貂蝉："我儿伤着了没有？害怕了没有？刺客抓住了吗？可把娘快吓死了，日后咋办呢？"潘大人搓着手，在院子里蹀来蹀去，显然是为貂蝉的安危担忧起来了。

五月十五日，潘平以给貂蝉压惊为由，要去浪寺洼山的迎神节。开始父母不准，但潘平央求道："寺洼山的神很灵验，我和貂蝉想去拜拜，祈祷求安。"父母同意了，并再三叮嘱："要谨慎小心，不可妄自尊大，显摆耍阔，招惹是非。"

他俩骑马慢行，一路看景赏花、吟诗作词，感到十分的惬意和高兴。貂蝉说："书院的林文轩先生说我很像洪道峪镇的任春桃，问我和她是啥

137

关系，她现在在什么地方，是否安好。弄得我一头雾水，不明其意，看样子他很思念春桃。"

潘平道："今天我们正好要路过那里，到了那里咱们在镇上转转，去拜访任春桃，看和你有几分像。听说那里不但景致好，人漂亮，而且民风正，人热情。"说着就到了洪道峪镇，他俩下马行走在街面上，琳琅满目的商品，喜笑颜开的老板，让人心情舒畅，喜不自禁。潘平问一老婆婆："奶奶，请问任春桃家在哪块？"

老婆婆看着貂蝉说："这不是春桃嘛，让她带你去。"他俩觉得婆婆老糊涂了，在说胡话，想再问问其他人，还没有等他俩再开口。这时拥上来了很多人，男女老少皆有，他们喊着："春桃回来了，咱们的春桃回来了！"有人说："春桃比原来年轻了，更加漂亮了。"甚至人们争着抢着拉着貂蝉上他家去。

潘平高声对大家说："你们认错人了，她不是春桃，她叫貂蝉。"任凭他如何解释也无济于事。聚的人越来越多，呼喊声越来越高，他俩只好放弃拜访任春桃的想法，上马要离开洪道峪镇，但被喜欢春桃的人们围得水泄不通，有人牵住了马，有人拉住貂蝉不放，弄得他俩不知所措。这时，一位长者详详细细地看了看貂蝉后高声说："乡亲们，她不是咱们的春桃，她只是个十四五岁的孩子，春桃应该有三十岁了，春桃是个乖孩子，能不主动认咱们吗？"大家这才明白过来，失望地散去了。潘平和貂蝉终于松了口气，遗憾地离开了洪道峪。

不一会儿他俩来到了寺洼山迎神会场，放眼一看，场面十分壮观，官神大神坐在轿子里，对列两排领受香烟。中间有十几个师公穿戴花神衣，打着羊皮鼓，摇着乾坤棒，甩着红马头、跳着傩舞，鞭炮噼里啪啦响声不断，信徒弟子跪成一片，看傩舞、拜神灵的人围了一圈又一圈。香火味扑鼻，颂神歌悦耳，好一派佛光普照、神灵护佑、信徒求安、地呼天应的兴盛景象！

　　他俩在不远处肃立默拜，祈祷香火众神保佑心想事成，平安吉祥。进而来到主祭台前磕头作揖上善钱，礼毕欲离去，一位白发长老叫住了他俩，他是寺注山坐坛大法师赵天伦，也是董天鹤曾经聘请向任春桃提亲的大媒人。他向潘平和貂蝉拱手施礼后道："二位请慢离开，不妨听老夫啰嗦几句。二位祈祷之时我略观面相，二位乃富贵之人。"

潘平问："有可见解？"

赵天伦道："俗话说'看相不留情，留情就不灵。'你俩将来是为国家社稷效力之人，公子面相天庭饱满、地阔方圆，定是朝官。特别是这位姑娘的面相，娥眉如月樱桃唇，鼻似悬胆玉面殊，身如凤体担道义，粉嫩不怕冷三冬。她一脸贵人相，是富贵达皇廷，舍己为万民的相貌。望二位在朝野做事小心谨慎，勿让他人钻了空子伤害你。遗憾的是你二人难圆眷属梦，恕老夫多嘴了。"

潘平问："可有破解之法？"

"天机不可泄漏，我已经说得够多了。"说完转身要走。潘平拦住，给大法师观相小费，赵天伦死活不收。就在这时来了一个挑幡算命之人，一把抢过银子说："这赵老爷子好不知趣，为人不恭，有话不说全乎，有意隐瞒，我收银子我续说。"

"嘿！"赵天伦愤然离去。

这个算命先生人称"佟铁口"，他算卦从不留情，口无遮拦，有啥说啥，故而招来了不少骂客，更有盛者还有封他臭嘴、烧他香幡。他说："这位公子眉尖口方，必有官当。但青年要遭殃，是英年早逝的命。这位姑娘身轻面秀，志在朝邦，虽为贵内，长命没有，是红颜薄命。而且你俩都是刀光之灾。应小心提防。"

这一番说辞把潘平气得五内如焚，他抢拳便打。佟铁口丢下幡杆钻进了人群。潘平还想去追打佟铁口，貂蝉上前拦住说："那是他信口胡说罢了，十卦九骗，是为了些许糊口银子，不必与他计较。别忘了潘大人的叮嘱。"潘平听了貂蝉的劝解，忍气吞声地坐了下来，想散散闷气。但冷不防被人用麻袋套了起来。

这佟铁口看相算命在这一带很有名，准确率很高。但遭人烦感惧怕。因为他养了四个护身懒汉，经常祸害乡里。今天见潘平追打主人，就使出了护主阴招，准备把潘平装在麻袋里暴打一顿，让他尝尝佟护身的厉害。貂蝉见了十分害怕，大声呼喊救人。其中一个护身凶狠狠地说："这里是我们佟三爷的地盘，他还敢追打名震西南川的佟铁口，不来点硬的还不知道西南川有个佟家帮。"

这时一个身材魁梧的中年人一把提起吹牛耍横的护身："谁让你在此撒野？"其他三个护身见是响石寨的大当家乔峰，赶紧跪地求饶："乔爷饶命，小的不知您大驾在此，冒犯了。"

乔峰问："麻袋里所装何人？"

不等护身回答，貂蝉抢着说："禀告叔伯，是我哥哥。"

乔峰怒气冲冲地说："还不快快松绑放人！"

获得自由的潘平谢过乔峰："多谢大侠相救。"

乔峰盯着貂蝉细细地看着，羞得貂蝉满脸俳红，左躲右闪。乔峰问："你和任春桃是什么关系？"

"叔伯，我不认识这个人，但很多人这样问我。"

"你是哪里人氏？叫什么名字？你母亲姓甚名谁？"

貂蝉答道："我叫貂蝉，是胭脂川单家的闺女，母亲是周桂英。"

乔峰摇着头说："不对，不对，哪有如此相像之人。"他想起了十几年前任春桃在响石寨的情景，还想起了他十分疼爱的红昌……不由泪水浸满眼眶，心情恓惶。响石寨的大当家董天鹏暴病而亡，如今的当家人是乔峰。自从乔峰成了大当家后，响石寨的土匪渐渐地变成了义匪，不再干烧砸抢掠的事了，而是开荒种植养牲畜，除恶铲霸保乡民了。

潘平和貂蝉再三叩谢乔峰后，再无心思游玩，便带着貂蝉像春桃的疑惑，思绪万千地回到了潘府。

六

回到潘府后貂蝉闷闷不乐，沉默寡言，心想，好多人说我像任春桃，究竟是怎么回事呢？难道周桂英不是我的亲生母亲吗？不不不，哪有这样疼爱非亲生孩子的母亲，那么这任春桃又是何人呢？她心里很矛盾，便鼓足勇气问周桂英："母亲，好多人说我像洪道峪镇的任春桃，这个人是谁呀，您知道是怎么回事吗？"

周桂英道："人像人者很多，我娃何必在意这些呢，别人说啥就让他去说吧。那是你世得太心疼了，他们别有用心，是为了和你结识搭讪，想占你便宜，编造话头罢了。"

貂蝉道："我总觉得自己身上有很多秘密，人们看我的目光，说我的语气，对我的神态，关心我的方式都有异样，难道任春桃是妖魔鬼怪，我是狐妖狗精，不同人类？"

周桂英生气道："难道我周桂英就生不出你这样的漂亮姑娘？我十月怀胎容易吗？那些长舌婆们乱嚼舌根，竟编些奇异古怪的事来改嘴馋，你爹爹为了给你打柴挣学费连命都搭上了，你不加思索，还用这些话来伤我，难道我也是胭脂川的妖精不成！"

"母亲我已经长大了，也懂事了，这些天的疑问太多了，搅得我吃不下饭、睡不着觉，我很烦，这样会把我急疯的，万一急死了，你就没有女儿了，谁为您养老送终。"

周桂英心里很矛盾，看来这件事是瞒不下去了，继续隐瞒下去会逼疯她，不过……她很严肃地说："蝉儿，你身上是有一些秘密，还不到告诉你的时候，等你出嫁了娘全告诉你。"

貂蝉一听自己身上果真有秘密，就更迫不及待了。心想，究竟是什么秘密呢？她在母亲身边死缠硬磨，并威胁道："您若不说，我就离您而去，去找像我的任春桃，让她给我说个清楚，道个明白，弄清楚我与她的关系。找不着她我就再去过乞讨生活，如果迷路回不来了，或让坏人算计了您别后悔。"

周桂英心想，这死丫头倔着呢，万一弄出个荒唐事来让我咋办？这个秘密现在只有我一人知道，万一自己有个三长两短，就成了永远的秘密，天大的遗憾，那样就太对不起孩子了。她觉得不应该再隐瞒下去了，再说她也实在扛不住了。

她和貂蝉坐在一起，抚摸着貂蝉的手慢慢地说："这个秘密现在只有母亲一人知晓，心想你年龄尚小，恐难承受，是母亲心疼你。现又想我万一有个不测，就成了永远的秘密，那样就更对不起你了。而且你也想早点解开这个谜团。孩子，你要有思想准备，以后的事该怎样做、路该怎么走，就由你自己定夺了。"

"母亲，女儿能分清好坏，也知道轻重深浅，更懂得伦理道德，您尽管说吧，我有心理准备。"

她含着泪说："那年五月初五端午节，我夫君单得宝去淮水沟打柴，在凤凰台上看见老虎要吃小孩，他奋不顾身地从老虎口边救下了一个不满半岁的小女孩，就急急忙忙地抱到胭脂川的家里来了，孩子惊得大抖，但一声不哭。我俩打开貂皮衣服夹层，里面有一块红布，红布上写着孩子的生辰八字和任红昌三个字。

"我俩就把小孩当作亲生的一样抚养起来，对外称是我怀胎十月亲生的。在取名的问题上我俩意见不一致，就请狄道城里转阁楼上的石先生取的名，就按她身上穿的貂皮为貂姓，因是单得宝从大虫口边救回来的，虫字加单字正好是一个蝉字，最后取名为貂蝉。后来的事你都知道了，至于你是哪里人，你的亲生父母是谁，我和单得宝都一无所知，并不是有意瞒你。貂蝉，你不是我亲生的，是我隐瞒了你十几年，是我的罪过，为了一心一意地抚养你，我和单得宝再没有要自己孩子。"

貂蝉早已哭成了泪人，她抽泣着说："母亲，您何罪之有，我虽不是您亲生，但胜过亲生百倍，您把我含辛茹苦，任劳任怨，遭罪遭难地拉大，恩比海深，情比天高。您是我这个世上最亲的亲人，最好的妈妈。我会永远孝敬您。"

周桂英泣不成声地抱住了貂蝉："蝉儿，妈妈是个没出息的糟心人，没你活不成啊，遭这十几年的磨难全是为了你。这件事你永远也不能对外人讲，否则会给咱们带来麻烦的。"

"妈妈，您别生气、别担心，也别太难过，我是您打不怨赶不走的亲女儿，这个秘密就让它消失在世间，烂在肚子里。"她搂住周桂英的脖子撒起了娇："我的好妈妈，女儿问错了还不行嘛。女儿这厢有礼了。"扮了个怪相后去找潘平了。

七

农历六月初六日，遐迩闻名的青龙山（今帐房山）逢庙会。这天风和日丽，天高云淡，人们穿着节日的盛装，兴高采烈地从四面八方来到青龙山，烧香拜佛，采花会友，热闹非凡！潘平和貂蝉也即兴来到了青龙山，他俩拜罢天神拜菩萨，举止十分虔诚。但谁也不愿透露向神灵祈祷的内容，都把想说的话儿深深地埋在心底。他俩摇着扇子信步来到仙人台上，观赏着风景优美的青龙山，看着成群结队的游人们，听着尼姑婉转动听的诵经声，向往着自己未来的幸福。

这座山酷似一座帐房，大大方方地坐落在洮河南畔。山上古树参天，百花斗艳，庙宇雄宏，烟雾缭绕，游人熙熙，钟声清脆。静心而听，还能听见仙人的细语和山中那匹金马驹的嘶叫，也能悟出狄道人杰地灵的奥秘。他俩采摘着野果，抚摸着祥云。激兴之际，便情不自禁地对吟诗句。

潘平吟上联：青龙山山青龙龙腹有宝。

貂蝉迎口对道：洮河水水洮河河里流金。

潘平又吟道：遥望山前风光锦绣山河壮丽。

貂蝉又对道：近看岭后山水紫烟气象万千。

"平哥，你这平平无味的诗，小妹我就只能淡淡无味地应付了。"说罢掩面莞尔一笑，差点没把潘平羞死。他俳红着脸，结结巴巴道："别小

143

瞧人，好诗还在后头呢。"二人诗兴具浓，雅兴正旺。潘平又吟道：**春夏秋冬四季鲜花争艳丽，**

还不等貂蝉对吟，从树林中传出：**东西南北八方美女抢英才。**

随着声音，从树林里出来了三个衣着不凡的陌生人，"怎么样？我对的还可以吧。"其中稍胖一点的人说。貂蝉和潘平一看，来者非相识之人，便冷冷地乜了一眼后，甩袖就走。

"哎，小娘子，先别急着走啊，咱们对对诗句，唱唱山歌再走啊，跟那臭书生吟诗没情趣，咱俩才叫郎才女貌，天生的一对，地配的一双。"陌生人跑到前面挡住貂蝉，粗声怪气地唱道：

> 青龙山的干白杨　　春夏秋冬长不旺
>
> 紧脚快步赶上趟　　我把尕妹刚迎上
>
> 妹像羊羔肉一样　　吃着如何看着香

"呸！"貂蝉唾了一口对道：

> 青龙山的风摆柳　　树下蹲着三条狗
>
> 瞎头没障不想走　　馋得难忍只搓手
>
> 口水三尺大发抖　　蛤蟆想吃天鹅肉

陌生人淫笑着唱道：

> 鸡两窝的一窝鸡　　鹅肉也是人吃的
>
> 吃了腿子吃脖子　　剩下一截鹅肠子
>
> 浪山友你别生气　　尕妹就是人玩的

貂蝉听了十分生气，便怒气冲冲地对道：

> 鸡一窝的窝四鸡　　那活不是人做的
>
> 狗生的吗驴下的　　闻马尿者吃粪呢
>
> 撅蹄子着放屁呢　　快和母猪睡觉去

"嗨，这个臭婊子，还骂起爷们来了。冯四、马二，给我把她弄到府里去，咱们再好好调教，慢慢享用。"冯四、马二气势汹汹地抓住貂蝉就往树林里拉。"哪里来的狂徒，放开！"潘平一个箭步，横在冯四、马二面前，气得他眼里直冒火，抬手一个野马分鬃，啪啪两掌，将冯四、马二打倒在地，把貂蝉拉在了手里。

"噢哟，臭小子，你还不知道马王爷三只眼吧，老子乃河州太守韩上位的公子韩文龙，俗话说官不跟民斗，但这小娘们长得实在漂亮，窈窕淑女，君子好逑。这美女我是要定了。"他正在叉腰纵势的时候，冯四突然指着不远处一个穿官服的人说："少爷，老爷来了。"韩文龙一看晦气地对潘平说："你们别高兴得太早了，等一会儿咱们再算账。"三个人互相递了个眼色，一溜烟混进了人群之中。

潘平和貂蝉觉得此处不宜久留，便快步向游人众多的玉皇阁跑去。先来到娘娘殿前，他俩欲进殿朝拜女娲娘娘，这时一个两腮大胡须，手拿长剑，年近花甲的人，睁着布满血丝的大眼睛，仔仔细细地瞄着貂蝉。他二人想避开此人，但已经来不及了。

"春桃，春桃！爹想死你了。"这人说着就伸手去拉貂蝉，两股泪水扑唰唰地流了下来，这下可把大家弄迷糊了。

貂蝉近前一看："嘿！爷爷是我。你又认错人了，我是貂蝉，不是春桃。"杜银秀对貂蝉说："这几个月因为思念春桃，他犯了心病，有时候不知道自己是谁，时而胡言乱语，时而不认识任何人，不剃胡须不洗脸，不思茶饭难入眠，连人形都变了大样。刚才又把你认成他的女儿任春桃了。"

今天张占山和杜银秀来到青龙山庙会上，想碰碰运气，散散心，另外也是来朝神拜佛、祈祷神灵保佑父女团圆，故而心思恍惚地错把貂蝉当成春桃了。

一看张占山的神情，貂蝉不但没有害怕，反而感觉到很亲切，很恓惶，她掏出手绢，上前给张占山擦起了眼泪，"爷爷，您咋成这样了，让人心疼极了。我不是你的春桃，我是貂蝉啊。"

"什么？貂蝉？"他十分惊诧，自言自语道："奇巧，真奇巧，和我的春桃太像了，世上还有貂蝉这样的怪姓名。"他目不转睛地盯着貂蝉的容貌，在思索、在回忆、在对比。

　　"爷爷，这不奇怪，你是知道的，我的名字真叫貂蝉，是因为我爹爹从虎口里把我救回来时，我身上穿着一张山貂的皮子衣服，他就给我起了个名貂蝉。"

　　"对，这就对了！"他拍了一下自己腿子，脑子也清醒了，高兴得不知说什么好，怪不得他俩一见面就觉得非常亲。他激动不已："貂蝉，你是我的亲孙女呀，爷爷终于找到你了，你娘，你娘她……貂皮衣服……"张占山悲喜交集地牵住貂蝉的手，使得潘平和貂蝉一头雾水，这又何为？此情此景甚是尴尬。

　　"银秀，嬗婆娘你快来呀，咱们的孙女找到了，原来就是她。"张占山欣喜若狂，一把拉起貂蝉就往鹰嘴台上跑。貂蝉无力挣脱，被张占山强行拉着跑向鹰嘴台："我的乖孙子，爷爷要把藏在心里的话说给你听。"貂蝉无可奈何地呼喊："平哥哥，快来帮我。"

　　潘平听了刚才他俩的对话，觉得十分纳闷，心中好是不快，见老者把貂蝉挟持而去，急忙赶了上去。

　　张占山拉着貂蝉在鹰嘴台边上站住了，他摇着貂蝉的肩膀，语无伦次地说："貂蝉，我是你……你是春桃……你爹是秦……啊——"他因高兴失态，没有防备，被跟踪而来的韩文龙一脚踢下了百米多高的悬崖，还恶狠狠地骂道："老牛还想吃嫩草！"貂蝉也同时被冯四、马二夹在了中间。

　　杜银秀见丈夫被韩文龙踢下了深渊，猛扑上去，抱住了得意忘形的韩文龙，呼喊着"占山，我陪你来了——"并用劲把韩文龙一拉，纵身跳下了悬崖，连同韩文龙一起跌进了野狐峡里。潘平纵身一跳，脚起手落，冯四、马二就瘫在了地上。貂蝉要到野狐峡里去看看究竟，潘平说："此处乃是非之地，要快速离开，"他拉起貂蝉，急急忙忙地回到了潘府。

八

　　在去狄道书院的路上，貂蝉经常能遇到一个三十岁左右的女人，她衣着单薄泛旧，但很整洁，手脸白净，身段窈窕。好像精神受了刺激，大脑有了问题。她整天忙碌不停，疯疯癫癫地徘徊在大街上，时而在书院门口转悠，时而在南城阁外看看，常在潘府门前避雨休息。对进出潘府的人都要仔细观察，特别是看貂蝉的神情很怪很专注，还想给貂蝉说点什么，但次次都是欲言又止，对着貂蝉傻笑一番，曾有几次欲伸手去拉貂蝉，貂蝉没有丝毫的惧怕，也没有躲避，倒觉得她很亲切，眼里有一股和蔼的热流，没有侵犯的意思。故而貂蝉只是憨憨地冲她一笑。潘府若有风吹草动，她就提心吊胆地睡在潘府大门外的步廊里，像潘府的门倌一样，忠于职守地注视着潘府的一切，听着府内的动静和声音，生怕潘府出事影响她的心思，增加她的牵挂。说来也怪，自从龙生离开潘府后，她就开始在这里晃悠了，就像换了门倌。

潘平道："我好像在南城阁看见过一次龙生，但一闪就不见了踪影，他好像有意地避着我。"貂蝉听了很兴奋，闹着要去那里，看看龙生是否住在那个地方。潘平不准，说那里住的都是南来北往的杂人，很混乱、不安全。于是她就打消了这个念头，把心思转移到了门口那位神秘女人的身上了。

貂蝉看到这个女人很可怜，就给她送来了铺盖和衣物，有时还要送些饭菜。潘平觉得这女子和貂蝉的相貌有点像，处得也很亲，就起了怜悯之心，不再计较貂蝉和她的事了。一天，他问这个女人："你为何不愿离开我家门口？"

"你府上的人好。"她很干脆地回答。

"你喜欢貂蝉吗？"她不作回答，只是轻轻地点了点头，微微地向潘平笑了一下。

时逢春暖花开之季，鳌乡候董卓打道回乡，途经狄道，耀武扬威地在狄道城里寻欢作乐，为所欲为。一日，他在狄道书院门口摆阔时，发现了如花似玉的貂蝉，"哎，这狄道城里还有如此俊俏的女子。"顿时他心痒难挠，搔头抓耳，无法自控。即命随从王保信将她唤来问话。貂蝉见王保信面目狰狞，恐其安不良之心，拒绝前往，欲快快离去。

董卓又命王保信和田布仁前去硬拉，欲带到府里做侍女。吓得貂蝉不知所措，恐慌万状。此时她孤立无援，欲从不愿，欲跑不能。王田二人像饿狼扑食似的去抓她，就在此时，龙生突然冲到董卓面前："董卓老贼，身为朝廷命官鳌乡候，不顾朝廷颜面，竟在大庭广众之下戏弄民女，不知羞耻！"

董卓大怒："你是何人？胆大妄为！竟敢在本官面前胡乱讲话，滚开！不要坏我的好事！"

貂蝉急呼："龙大侠救我！"龙生转身去救貂蝉，却被王保信拦住，他一个金龙探爪，就将王保信放倒在地，又一个错骨分筋，把田布仁打出十步之外，救起貂蝉便走。

董卓持七星刀追了上来，这时，常在潘府门前活动的那位女子挡住了他："董卓老贼，吃老娘一碗千家饭。"她一个释迦掷象功，把讨饭碗扣在了董卓脸上，并大喊："貂蝉我儿快跑！"

董卓摸了一把发疼的脸，"快！给我杀了她！"董卓随将陶汉举着烈焰蛇矛向她刺来，她巧用玉女心经大法封住了陶汉的身子。又回过头来帮龙生。却被董卓截住："哪里逃，臭婆娘看刀！"便执刀来砍。女子救貂蝉心切，没有防备，眼看董卓的刀快要砍到她的身上，就听咣的一声，董卓的七星刀被龙生的飞刀打向一边，董卓甩着发麻的手吼道："哪里来的歹徒，不知天高地厚，竟敢为难与我！随将何在？还不快来护驾。"

龙生对她说："春桃，快去保护女儿离开，我来对付他们。"春桃左右开弓，杀出一条血路，把貂蝉护送到潘府门口，依依不舍地看着貂蝉安全地进了潘府门后，就转回来帮龙生。

此时场面十分混乱，龙生和董卓的随从们展开了殊死搏斗，但终因龙生腿有残疾，寡不敌众，没有对打上几个回合，就被田布仁放暗镖杀害了。董卓没有抓住貂蝉，就愤愤地离开了这里，

在一阵慌乱之后，有人认出了被暗镖所杀的龙生，其实是打遍狄道无对手的"西川牛"张占山的高徒，"飞刀侠"秦龙。众人看了痛惜不已，

为失去侠肝义胆的秦龙而悲愤不已。

过了一会儿，春桃披头散发、疯疯癫癫地跑来了。一看秦龙已被坏人所害，气得她两眼冒火，痛不欲生。抱着秦龙的尸体大哭起来。她悲伤万分，心痛至极，一遍又一遍地呼唤着秦龙的名字。在乡亲们的帮助下，她把秦龙葬在了岳麓山下的槐树滩里，守了七七四十九天的灵后。又在秦龙的墓旁边搭了一个草棚子，准备陪秦龙过百天后，再去找貂蝉，想办法杀死董卓，为秦龙报仇。此女便是张占山的爱女、貂蝉的亲生母亲任春桃。

董卓淫心不死，怒气难消，悬赏黄金百两寻找貂蝉。还派人继续捉拿涉事人员，擒获人员严惩不贷。正在此时，圣旨下："鳌乡侯西凉刺史董卓火速进京面圣。"圣意难违，董卓无奈，只好暂作罢论。就急带随从，慌慌张张地赶赴京都，奉旨面圣去了。

貂蝉逃到潘府后坐立不安，心神不定，十分担心龙生和春桃的安危，她想，从临洮到狄道，瘸腿龙生和侠女春桃一直围着我的行踪转，还对我特别关心，曾多次救我于危难。刚才龙生直喊"春桃，快去保护女儿离开。"这说明我就是他俩的亲生女儿，不然他俩会拼命地救我吗？在青龙山庙会上，张占山爷爷把我认成了他的女儿任春桃。龙生曾经对我说，他的师傅姓张，腿是被师傅踢坏的。如此等等，说明他们都是我的至亲，龙生和春桃就是我的亲生父母。他俩现在的安危如何？我要去救他们。她开门就往外跑，被潘平强行拉回。

后来听说龙生被田布仁用暗器杀害了，春桃在龙生墓前守起了灵，貂蝉伤心地痛哭了几天，周桂英和潘府上下皆愤慨不已，痛心疾首。知道龙生和春桃是貂蝉亲生父母后，一切都明白了：从凤凰台打虎救红昌到单得宝家受天恩，从峡城马棚遭难到逍遥院门口营救吃饭，从羊肉馆偶遇到何府救险，从潘府内外关爱到书院门口救护。他俩为了关心保护女儿，穿破衣，当乞丐，风餐露宿，以身犯险，一直默默地守护在女儿身边，甚至献出了生命。可佩可敬！真乃父爱动天地，母爱大如天。潘大人带着貂蝉和周桂英去秦龙墓边请了几次任春桃，让她们母女团圆，在潘府生活，但她坚持要为秦龙守够百天的灵。母女俩抱头痛哭，感天动地，在场者无不动容！

　　潘子仪深知董卓为人，怕日后再来纠缠貂蝉，那样不但貂蝉难得安顺，还会祸及狄道父老乡亲，给狄道县带来厄运。经过认真考虑，再三斟酌，并征得周桂英同意后，就给挚友当朝司徒王允致书一封，并差人快马加鞭送到京都，请他设法将貂蝉接去保护起来，以免遭董卓蹂躏，待日后再做打算。

貂蝉

★ 貂蝉进了司徒府

★ 王允宠爱如己出

★ 红昌容姿能闭月

★ 惹得温侯起春心

第七章

温侯吕布戏貂蝉　司徒王允收义女

一

司徒王允和潘子仪交情甚厚，接到信后，即派心腹王仁和李泰日夜兼程，来到狄道城潘府。潘子仪盛情款待王仁和李泰，并为貂蝉的离府作周密安排。貂蝉双膝跪在潘大人夫妇前，哭着说："大人，我不去，我不离开你们，我要服侍您，我离不开我娘。我还要去接我的亲妈，我放心不下她呀。"潘大人道："你就放心地去吧，你春桃妈妈我会妥善安排，让你俩尽早团圆。"

潘平也跪在了貂蝉一并："爹爹，您留下貂蝉妹妹吧，我保护她，我什么都不怕。"

周桂英扶起潘平和貂蝉，泣不成声地说："蝉儿，娘也舍不得你离开，是情形所迫，让你去京都是潘大人为了保护你，让你在那里安安全全地生活，咱们见面的机会还多着呢。还是去吧，听潘大人的话。平儿，就让她去吧，你和貂蝉情义深厚，不忍分离，但你们的路还长着呢，见面的机会也很多，只要相互心里不忘，时常挂念便是了。"貂蝉和潘平点头答应了，可难心坏了潘大人夫妇。顿时，潘府上下人心惆怅，哭声一片。

王仁、李泰夜以继日地把貂蝉接到了司徒府中，过了几日，王司徒就见到了貂蝉。通过仔细观察后，觉得十分喜欢她。经过慎重考虑后，他对貂蝉说："老夫看你天资聪慧、心虔志诚，欲收你为义女，不知愿意否？"

貂蝉忙跪地回道："能有忠肝义胆、胸怀万民的义父，那是求之不得的大好事，小女哪有不从之理，只要大人不嫌小女貌丑愚笨，我万分高兴。"说完再三拜谢。

"好好好，丁贵，快快准备香坛，举行收女仪式。"

不一会儿，就设好了香坛，燃起了烛灯，焚起了杠香。王司徒叩拜了神灵后坐在了堂椅上。貂蝉向神灵先祖焚香行礼后，就向王允磕头致礼，再敬改口酒："父亲在上，请喝女儿的改口酒。"

王允大喜："哈哈哈，我又添了个漂亮玲珑的女儿。大喜，大喜啊！丁管家，快快吩咐下去，大摆宴席，让全府上下乐乐。"

这时，丁西东垂头丧气地出了府门，他很不情愿参加这样的窝心宴会。他想把王允叫义父的愿望一直没有实现，司徒竟然把刚进府几天的貂蝉收为义女。真是人老心不老，他觉得心里着实不爽，气愤不已。心想，参加她的宴会还不如和春梅出去玩玩，于是，他带着春梅出了司徒府。

这个丁西东是丁管家的儿子，今年刚满十八岁，从小在王府长大。是个不学无术之人，他仗着父亲是王府管家，狐假虎威地在王府里生活，并以王府少当家自居。他见王允膝下无子，就打起了做干儿子，继承王府财产的主意。于是他催父亲在王司徒面前提过多次，都没有得到明确答复。今天王允突然收了义女，他能高兴嘛。

其实王司徒收义女不是心血来潮，而是经过深思熟虑的。他正为一个大计划而犯愁。貂蝉刚一进府，他就觉得此女容颜俱佳，心思敏锐，爱憎分明，志向远大。他十分喜欢，也是他大计划所需较理想的人选，故而就有了收为义女的想法，今日好事已成，心中甚是喜悦。并暗下决心，要把这个女儿认真教导，精心培养。为以后匡扶汉室江山，扬正除邪打下良好基础。

董卓自从狄道返回都城后，茶饭不思、睡觉不香，貂蝉的倩影不停地在他面前晃动。心想，我堂堂鳌乡侯连乡野女子还奈何不成？他即唤陶汉："陶汉，你带王保信、田布仁等速去狄道县，设法将那日所见倩女找到，带来京都，我要纳她为妾，顺手将参与那次冲撞老夫的人等一概除之。速去速回，不得有误。"

陶汉领命而去，即日就带着一干人等向狄道进发。一路上欺男霸女、糟践庄稼，横行霸道，沿途郡县叫苦不迭，过往之处无不遭人唾骂。十数日就来到了狄道城里。先去府衙命县令立即将全县美女通过严格筛选后，召集至府衙之内。陶汉坐在二台廊中，从五十六个美女中，一个一个地辨认谁是那日所见之美女，结果让他大失所望。五十六名女子个个美貌如仙，就是没有董大人要的那位。他感叹：不愧是美人如云的狄道县啊，可那位女子又在何方呢？他怒斥县令王经："尔等办差不尽心，或有藏匿行为，倘若惹怒董太师定会严惩不贷。"

寻找美女的事搞得全县人心惶惶，闺女们有远避他乡的、有装疯卖傻的、有毁容自虐的。潘子仪夫妇和周桂英很庆幸，幸亏潘大人有先见之明，把貂蝉送到了司徒府。

陶汉要另辟蹊径、另行实施寻人办法了。他筛选了三名和貂蝉相似的姑娘，想再从三人中挑选出一名来，准备带到董府去蒙混过关。但三名姑娘都泰然拒之，寻死觅活地不愿前往，其中一位叫喜梅的说："我知道你们寻的那位姑娘在哪里。"

陶汉一听高兴得差点跳起来："快说，她在哪里？"

"你若放我们回家就说。"

"放放放，只要消息确切，那有不放之理。"

喜梅说："她是前几年潘子仪大人收留的逃难人，现在就生活在潘府之中，她母亲也在潘府。

陶汉大喜若望，心想，成功就在眼前。潘子仪啊潘子仪，你的胆可真大，竟敢藏匿董太师心爱之人，看我怎么收拾你！他叫来王保信和田布仁说："那位美女的下落已经知道了。这三名女子不再是大人的花骨朵了，囫鲜不囫鲜已经无所谓了，咱三人分享了便是。"三位美貌如花的姑娘就被这三个畜生糟蹋了。

（二）

陶汉带着人马气势汹汹地来到潘府，不等通传就闯进了府院里，耀武扬威地喊道："潘子仪你给我滚出来！"

潘大人闻声赶到："这位官爷来到我府，所为何事？"

"潘子仪你好大胆！竟敢藏匿董大人的心仪之人？"

潘子仪迟疑了一下说："本府的女人都是年老色衰之人，鳌乡侯还能喜欢？好好好，快来挑选。"

陶汉不耐烦道："少打马虎眼，把全府上下的女人都叫到这里来，让我查查。"全府的七八个女人都来到了这里，一个个吓得大抖。也不知其中缘由。陶汉一看没有所找之人，气得火冒三丈："搜！挖地三尺也要把她找出来。"搜查的人都回来了，没有搜到所要之人。他恶狠狠地问潘子仪："姓潘的，你把她藏到哪里去了？快快说来，不然别怪老子不客气！"

潘子仪走到陶汉跟前说："我府上并无你寻找之人，请你离开，不要在此耍横，自讨无趣！"

陶汉一看，周桂英在这几个人中最为年轻漂亮，人们常说龙生龙凤生凤吗，心想漂亮姑娘的母亲必定漂亮。于是她一把拉住周桂英："你是那美女的母亲吧，快把她交出来。"

周桂英昂首挺胸道："什么美女不美女的，你看我行吗？把我带走，不要殃及潘府。"

"潘府算个屁！老子不高兴了就一把火烧了它！你说不说？不然我剐了你的手！"他从王保信手里接过杀马刀，啪啪啪地在廊柱上砸了几下，准备砍周桂英。潘子仪见势不妙，一个纵步来到陶汉面前怒斥道："不要伤及无故，否则难出我府。"

"你这老儿，竟敢口出狂言，看矛！"周桂英挣脱陶汉的手，要扑过去护潘子仪，却被田布仁一把拉了过去，手起刀落，将周桂英的左手剁断了，鲜血喷洒了一地。疼得周桂英昏厥过去了，潘大人即命夫人和家人们赶紧想法施救。

潘平见田布仁伤了周桂英，气得他心如刀割，一棍将田布仁打倒在地，陶汉见田布仁被潘平打倒在地，挺起烈焰蛇矛向潘平刺来。潘平执棍相搏，王保信又来帮陶汉，二人把潘平夹在中间刺杀。潘子仪一看儿子非二人对手，便出手相助。使出飘雪穿云掌，将陶汉和田布仁打出一丈多远，将潘平搂在身边："你们这几个蠢贼自不量力，三脚猫功夫，还敢在我府里撒野，还不快滚！"

陶汉一看自己根本不是潘子仪父子的对手，就指着潘子仪丧气地说："你我已结下此仇，来日定当来报，我们走！"他要带人离开。潘平便截住田布仁说："血债血还，留下一只手再走。"他手起刀落，用剁过周桂英手的马刀砍掉了田布仁的左手，疼得田布仁倒地打滚，求饶免死，陶汉命人将田布仁扶回医治。

陶汉回到驿站，觉得十分的窝火，不但没有找到人，还挨了一顿打，一阵叹息之后，他唤来王保信等人说："既然完不成为太师找人的事，咱们就去除掉大人的心患之人。"

陶汉一行即刻出发，他对随行手下说："宁可杀错百人，不能漏掉一个。只要像那天出现在书院门口的人就杀。"于是，他们在街上无故行凶，打伤二十多人，杀害了四五个人后，来到了岳麓山下的槐树滩里，看见了在那里忙碌的任春桃，王保信说："她就是那天捣乱最凶的女人。"陶汉说："这女子还会些邪术，不好对付，咱们如此这般，这般如此……"

春桃正在草棚的不远处晾晒衣服，见正面来了几个人，仔细一看，原来是杀害秦龙的那伙人。她想，还没有找你们去算账，自己却送上门来了。报仇的时候到了，她有点兴奋。陶汉还没有来得及出手，她二话没说就上前使招，一个天女散花，一把小石头就像箭一样地落在了他们的身上，疼得他们吱哇乱叫，她又要使缠丝擒拿手，致个个脑破而死。突然听见有人喊："草棚着火了！"她收回铁手转身一看，发现草棚燃起了大火。心想，草棚里有她亲手给貂蝉做的绣花鞋和花肚兜，还有秦龙的遗物。就转身向草棚跑去，在她火中取物的那一刻，藏在棚后的王保信一戟戳透了她的胸膛。她慢慢地躺在了秦龙墓旁的草棚里，跟着燃烧的火龙，和秦龙一起飞上了天堂。

陶汉回到京都，向董卓禀告了狄道之行的详细经过，并加油添醋地编撰了潘子仪的诸多不是。董卓听了十分生气，他说："没有找到那名女子，是咱们的桃花运未到，不能就此罢休，还得尽心找。至于那个潘子仪我们还不能着急收拾。他原来官至中郎将，朝中人脉甚广。再说我们所干之事也不光彩，不宜张扬，暂且放下此怨。俗话说：'君子报仇十年不晚。'得从长计议。"

董卓，陇西临洮（今甘肃岷县）人，出身豪门，生于颍川，成长于凉州，也屯兵于凉州。他不仅识文断字，体魄健壮，力气过人，还通晓武艺。因随张奂平定羌乱，之后又参与平定黄巾之乱、凉州之乱等战役，颇有威名。中平六年（189年），受大将军何进、司隶校尉袁绍之召，率军进京讨伐十常侍，却借何进被杀之机，得以掌握朝政。他生性残暴、面善心狠、霸政擅权、荒淫无度。

野心勃勃的董卓，为了独揽大权，把持朝政。一日，他挟孝灵皇帝升嘉德殿，召见文武大臣。他依附义子吕布的武艺和皇帝姻亲的反水势力，耀武扬威，目空一切，拔剑在手，藐视百官，大声说道："天子暗弱，不足以君天下。今有策文一道，宜为宣读。"即令谋士李儒宣读策文：

孝灵皇帝，作福弃民，皇脉承嗣，海内侧望。而帝天资轻佻，威仪不

157

恪，居丧慢惰，否德既彰，有忝大位。刘贵妃教无母仪，治政无方。陈留王协，圣德伟懋，律矩肃然，美誉天下，四海皆知。宜承大业，为万世统。现废皇帝为弘农王，皇太后还政。奉陈留王为皇帝，应天顺人，以慰苍生之望。

李儒读罢策文，董卓命令左右扶孝灵皇帝下殿，解下玺绶后，迫其面北长跪，称臣听命。又让皇太后脱下服侯敕。皇帝和太后泣声痛哭，文武群臣无不悲伤，敢怒而不敢言。就在此时，尚书丁管怒不可忍地大喊道："贼臣董卓，竟敢欺天谋私，擅权霸政，不杀奸贼，天理不允。我要取你首级，以告慰天下。"他扬起手中象简，直击董卓。却被董卓手下架回，董卓大怒，命令武士拿下丁管，押出殿外立即斩首。

尔后又命鼓乐齐奏，请陈留王登基称帝。文武群臣慑于董卓，行礼朝贺。董卓又逼刚登基的献帝给他赏封，献帝慑于董卓淫威，就封他为相国。文武百官屈节辱命，不敢违之。自此，他就为所欲为，每夜入宫，掠宿龙床，奸淫宫女。

渤海太守袁绍闻知董卓弄权，差人给朝廷司徒王允送来密书：卓贼瞒天废主，人不忍言，而公任其跋扈，如听若任之，岂报国效忠之臣哉！绍今调兵遣将，欲重振王室。公若有意，当齐力图之。如有驱使，定当奉命。

王允收到袁绍的书信后，苦于一时无计，闷闷不乐。一天，他以过生日为由，诚邀忠良臣阁们过府一聚。酒过三巡，王允突然掩面大哭，众官惊问："司徒大人，生日相聚，理应高兴，何故发悲？"王允道："今日并非我的生辰，实乃想与众位知己一叙，害怕董卓老贼起疑，才这般安排。董卓欺主弄权，残暴粗野，社稷旦夕难保啊。"

骁骑校尉曹操拊掌大笑："满朝公卿，夜哭到明，明哭到夜，能哭死董卓，哭稳汉室吗？"

王允怒道："你祖宗也食禄汉朝，今不思报国，反而耻笑我等，是何道理？"曹操息笑说道："我不笑别事，只笑众位无一计除掉董贼，只会唉声叹气，杞人忧天。我曹孟德虽然不才，愿即断董卓头，悬挂都门，以谢天下，让万民安顺。"

王允见曹操有杀董卓计谋，即请曹操避席问计。曹操说："我屈身于董卓是想伺机除掉他，近日董贼对我较为信任，使我便于接近他。听说司徒大人有杀人于无形的祖传宝刀一口，我想借此刀入相府刺杀董卓。"曹操此举意在若刺杀成功，就居功于己，倘若失败，董卓以刀寻迹，就会罪归王允，与己轻罪免死。

王允半信半疑，旁敲侧击地问曹操："你乃董贼亲信，无虑之人，为何诓我，诓我何用？你拿我王府祖传宝刀行事，若事败露，岂不涉我王允赐刀之罪？你好生奸猾。"

曹操言道："司徒误解了，此等大事怎敢儿戏？董卓乃阴险狡诈之人，对何人有过真心？对我的信任是他的权宜之计，我岂是目光短浅之辈，不除掉他恐社稷倾倒万民遭殃。这等关乎社稷臣民的大事，你我岂能坐视不理，得过且过呢，一人做事一人当，我曹孟德岂是揽功脱罪之人？"

王允听了大喜，将宝刀送至曹操手中，再三叮嘱："汉室社稷兴衰、万民福祸就在孟德一举了。"

一日，曹操佩着宝刀来到相府，见董卓坐在床上，吕布立在旁边，不便下手，欲移出相府。董卓见曹操来了，对吕布说："我有西凉送来的好马，奉先去挑一匹来赐予孟德。"吕布领命而去。

曹操环视左右无碍事之患，欲拔刀刺之，又怕董卓力大，一时半会儿难取其性命，未敢轻动。董卓肥胖不宜久坐，遂侧身而卧，面目向内。曹操急忙执宝刀在手，正要刺去，不想董卓从穿衣镜中看见曹操在他背后拔刀，急转身问："孟德何为？"这时吕布已牵着马来到了阁门外。曹操见势十分恐慌，就急中生智，忙呈刀跪下说："我有宝刀一口，要献于恩相，不知肯纳否？"

董卓疑窦丛生，突然坐起，拔出七星刀欲防身，眼珠一转，情急生智地问："可与我的七星刀比较？不妨让老夫观之。"

曹操奉上宝刀，即站起欲脱身："太师仔细观看，笑纳便是，我突然

159

想起一件急待处理之事，暂且失陪了。"他急匆匆地出了门。

曹操的计谋被吕布和李儒识破，欲惩之。但曹操借故试马已经逃出城外，飞奔谯郡而去。

四

董卓在长安自号为尚父，出入超天子仪仗，封他弟弟董旻为左将军，侄儿董璜为侍中，总领禁军。董氏宗族不问长幼皆封列侯。南屏王董寨的董正邦也被封为左都侯，秩奉六百石，掌剑戟，激巡宫。单来凤随夫也来到了京都。因为他祖父是董卓父亲董君雅的堂兄，故而董相国也不会忘了他。

董卓还动用国库银两修建宫室，为己大造郿坞，在郿坞囤积粮食，选美女八百余名，供他取乐。一天，董卓在省台邀会王允等文武百官，酒过数巡，吕布傲气十足地走了进来，又诡秘地在董卓耳边说了些什么。董卓大笑道："果然如此！不出我所料。"即命令吕布在宴席上揪司空张温下堂，百官大惊失色。不一会儿，侍从将张温的头颅入献，吓得百官面色皆非、魂不附体。董卓慢条斯理地说："众同僚莫怪，张温联结袁术，逆势行事，心术不轨，欲图害我，故而斩之。众官忍气吞声，唯唯而散。

王允忧心忡忡地回到府中，寻思着今天席间发生的事情，越想越气愤，越想越后怕，越想越焦急。不想吃饭，无意睡觉，置身于无限的忧虑之中。到了夜深月明的时候，他策杖步入后花园，站在荼蘼架旁，仰天垂泪。忽然听到有人在牡丹亭畔长吁短叹。他轻手轻脚地来到这里一看，原来是义女貂蝉。

自从王允将貂蝉从狄道接到府中，并收为义女以来，除了教以歌舞、琴棋书画外，还细心教导她做人的原则。今年貂蝉年方二八，色伎俱佳，聪慧过人，正是情窦初开的时候。王允在牡丹亭旁静听良久，大声问道："貂蝉，深更半夜，你在此何事？难道有私情不成？"

貂蝉一惊，见义父王允来了，忙跪倒说："父亲大人不要猜测，女儿岂敢有私情。"

"你若无所私，为何深夜在此长叹？"

"父亲莫怪女儿，容我肺腑之言。"

王允观周围无人，严肃地说："不许隐瞒，如实说来。"

"女儿蒙大人恩养，训习歌舞，教导做人的道理，并优厚相待，女儿粉身碎骨也难报大人养育之恩。近日来大人双眉紧锁，沉默寡言，想必有国家大事困扰，或受朝野奸佞诽谤中伤。女儿看在眼里，痛在心中，又不敢问其究竟。今晚又见大人茶饭不思，坐立不安。因此夜不能眠，在此自责长叹。未曾想又给大人添乱了，请义父责罚。我虽是娇弱女子之身，但有报恩报国之志。如有用儿之处，儿当万死不辞。"

听了貂蝉一席肺腑之言，再观貂蝉容颜，王允茅塞顿开，转忧为喜，用策杖击着地说："没想到汉室江山却在我儿手中！请随我到中堂来，咱父女俩细做计议。"

这时丁香树后有人影晃动了一下，随之有了轻轻的脚步声。王允斥问："何人在此偷听说话？"

一个人慢慢地从丁香树后走了过来，他二人一看是丁西东，悬着的心就放下来了。他战战兢兢地说："大人，我什么都没有听见，我只是出来随便走走，但见妹妹叹气，不知为何，我特别心痛，想上前劝导一下，替她分担一二，故而搅扰了大人。"

王允心想，他和貂蝉刚才的谈话还没有触及重点，就是听见了也无妨。便说："快去休息吧，莫要乱动心思，貂蝉我来劝慰。"丁西东有些失落，就很不情愿地回去了，但甩下了一句没棱两可，让人费解的话："也不是你一个人的。"

其实，他不是随意走走，这几天他把王允和貂蝉都盯得很紧。他关心的是王允对貂蝉的态度，而不是江山社稷的烦心事，也观察着貂蝉对他的态度。他想的是王府财产的继承，貂蝉招婿能不能选上他。什么国家社稷、万民之福都与他无关。

貂蝉跟着王允小心翼翼地来到中堂，王允喝退妇妾，并亲自给貂蝉赐坐，后又扑腾跪在貂蝉面前叩头便拜。貂蝉见状惊恐万分，忙跪地问："父亲大人何故如此？羞煞女儿了。"

王允道："你可怜天下生灵，不枉为父养育一场。"说完神情迫切，泪如泉涌，仍长跪在地，不肯起来。

貂蝉一筹莫展，伏地而言："刚才在牡丹亭已向父亲表明心迹，但有使令，在所不辞，还请大人放宽心思，不要有顾虑，有事尽管吩咐，不要跪地折羞女儿了。"

王允还是跪地不起，恳切地对貂蝉说："眼下百姓有倒悬之危，君臣有累卵之急，非我儿不能救啊。贼臣董卓，将欲篡位称帝，改朝换代，朝中文武百官无计可施。特别是董卓老贼有个义子，名叫吕布，字奉先，骁勇异常，无人可敌。我观他父子二人都是好色之徒，今想用连环计除掉国贼董卓，不知我儿意下如何？"

貂蝉忙问："何谓连环计？"

王充道："我先将你许嫁吕布，后献与董卓，你在其中取便，细心周旋，离间他父子翻脸，让吕布杀了董卓，以绝大患。重扶汉室社稷，再固汉朝江山，但不知我儿是否愿意。"

貂蝉毫不犹豫，坚定果断地答道："大人莫要顾虑，女儿已许大人万死不辞，董卓是大国贼，望父亲尽快行计，我自有办法巧用大人计谋，做到万无一失。"

王允说："事关重大，望儿慎重行事，一旦计谋败露，汉室江山将坠，还要祸及咱们九族。"

貂蝉胸有成竹地说："大人不要担忧，儿若不行大义，死于万仞之下。"王司徒感慨之至，再三拜谢。

五

第二天，王允用家藏明珠数颗，让巧手银匠嵌造了一顶金冠，派人秘密送给吕布。吕布大喜，亲自到王司徒府中致谢。王允准备了丰盛的佳肴美馔、歌伎舞女。听到吕布前来，忙出门迎接，接入后堂，延地上坐。吕布说："我只是相府一将，司徒是朝廷大臣，为啥这般敬我？"

王允道："将军谦虚了，当今天下别无英雄，唯有奉先你了。敢问天下谁敢与将军争霸，唯有奉先挺立于天地之间。我非敬将军之职，而是仰慕奉先为人之道，敬将军之才。"吕布听了飘飘然然，十分高兴，王允殷勤非常、恭敬备至地给吕布敬酒，并口称董卓和吕布德高望重。朝野内外皆有赞誉。吕布听了舒心之极，乐不可支，开怀畅饮。

王允见时机正好，就喝退左右，只留侍妾数人劝酒作陪。酒至半酣，王允说："唤孩儿来，为吕将军斟酒助兴。"不一会儿两个青衣少女引貂蝉艳妆而出，堂内顿时辉煌倍增，奇香浓郁。吕布见了惊问："司徒大人，这女子何人？"

"是小女貂蝉。允蒙将军错爱，平日优待于我，不胜感激。故而叫她出来与将军相见，以表谢意，望不污将军慧明，败了奉先兴致，煞了席间风景。"王允说完又让貂蝉与吕布饮酒言欢。举杯数盏后，两人眉来眼去，暗送秋波，相惜无比。

王允见状，佯装酒醉："貂蝉我儿，好生和吕将军饮酒，将军乃大英雄也，我们一家今后还要仰仗将军呢。"他欲转身离开。貂蝉起身要随父离去，这时吕布忙请貂蝉再坐，貂蝉假意离去。王允说："吕将军乃我挚友，孩儿便坐无妨，为父想起有件急事要办，我儿莫要怠慢将军，替父为将军把盏敬酒，我去去就来。"

吕布见王允离开，忙坐在貂蝉身边，在举杯时故意触到了貂蝉的手背，貂蝉羞涩无比，欲起身远坐。吕布说："美女莫要害羞自责，是我手拙，是无心之过，还请见谅。"貂蝉掩面抿笑作罢，故意轻轻地抚摸了一下吕布手臂。吕布欲再度蜜言于她，不料酒盅突然落地，不但惊了貂蝉，而且还弄出了声响，场景即生尴尬。

王允走进堂来道："将军可尽兴？切勿见允失陪之怪。"貂蝉移坐在了王允身边，吕布眼睛直勾勾地看着貂蝉，又饮了几杯后，王允指着貂蝉说："小女尚未许嫁，我欲将貂蝉许于将军为妾，不知将军意下如何？"吕布听后大喜："司徒心思尚佳。这般恩惠于我，布觉超然。"他即退席谢道："如此仙般女子，世间极品，布受之有愧，若成事实，我当报犬马之劳！"

王允道："吕将军不嫌女丑，肯纳为妾，允十分高兴。将尽快选一吉日良辰，送至府中。"吕布听了欣喜无限，频频目视貂蝉，不肯离去。貂蝉也情丝绵绵，秋波送情。王允一看事已成功八分，便说："本想留将军在寒舍过夜，再叙衷肠，又怕董太师见疑，故而就不勉强留将军了。"吕布再三拜谢而去。

当夜吕布像掉了魂似的在府中搓手踱步，他觉得今夜茶饭无味，酒气不香。而且心慌意乱，毫无睡意，特别是一瞧见夫人严氏，心中就起无名之火。无论怎么看，严氏的容貌和貂蝉差距太大。貂蝉漂亮风韵的倩影时时出现在他的眼前，委婉动听的声音不时地在他耳边回响。他身不由己地换衣整冠，不带侍从，急切切地出了府门，径直向王允府走来。王府门吏问："吕将军到此何事？需要禀报司徒吗？"

吕布恍然醒悟："噢，随便走走，无须通报。"他转身往回走了几步，但又不甘心，便蹑手蹑脚地迂回到王府墙外的西北角处，望见府中奔月楼上灯火辉煌，琴声瑟瑟，歌声幽怨。吕布止步思忖，貂蝉就在奔月楼，此琴声应是貂蝉所弹。他目不转睛地望着楼上的抚琴人，仔细观察良久，琴手不是别人，正是娇女貂蝉，他心里一热，喜出望外。恨不得飞上楼去，牵着貂蝉的纤手相对而言，倾吐相思之苦。在此处徘徊良久，心如火燎，脑似背篓。无奈，他鬼使神差地捡起一个小石头，扔上了奔月楼，不偏不倚地落在了貂蝉脚下，他想惊动貂蝉停琴察看，发现自己。但貂蝉用心抚琴，没有发觉。吕布又生一计，用绣有跃马横戟和奉先二字的手绢，包了一个银锭，掷上楼去。

手绢正巧落在了貂蝉怀里。她打开一看，已明白缘由，心中暗喜，义父果然有先见之明，料事如神，他真的不期而至。便忙来到书案前，在一块白丝布上写道："长夜兮兮，思布切切，明日午时，桃林相见。"她用此布包上一根银簪子，向墙外的吕布掷去。吕布眼齐手快地伸手接住，借着奔月楼上的灯光一看，乐而忘形地自言自语："我俩乃心心相印也。"他顿觉心花怒放，如获至宝似的揣着貂蝉的手迹和簪子，沾沾自喜地回府去了。

第二天，风和日丽，天高气爽。吕布在董卓面前称夫人严氏有恙，要去桃林山庄请神医张天明为由告假，董卓允准。他穿上自己最喜欢的服装，戴上王允赠送的金冠，不拿任何兵器，不带一个随从，不走平川大道，沿滈河东岸的石滩小道，以岸边树丛为掩体，轻脚妙手、兴高采烈地来到距京城三里外的桃林之中，躲躲闪闪地等待着貂蝉到来。看呀看，等呀等，就是不见貂蝉的倩影，急得他浑身发痒，脑浆沸煮。难道她忘记了约定的日子和时间？他看了一眼悬在天空的太阳，嗨！这太阳公公走得也太慢了，还没有走到头顶。无奈，他只能无聊地爬上树去，揪树叶学鸟叫，抱着树干望景致了。

桃林里飘来了一朵彩云，徐徐冉冉地飘在了吕布面前，吕布一看，貂蝉在两名侍女的陪同下，姗姗而来。她像一片五色云朵飘逸在桃林之中，使整个桃林色彩斑斓、美不胜收！又见她手舞彩带，微微向吕布甜笑。看得吕布眼花缭乱，如坠雾里云外："貂蝉爱妾，我等你多时了。"说着就奔上前去迎貂蝉。"吕将军，快来这边。"貂蝉故意撒娇，跑向另一个方向。吕布又忙转身，像老鹰展翅一样张开双臂迎了上去。"嗯嗯——吕将军，不能这般急躁，让人瞧见有失将军身份。"她和吕布脉脉含情地望在了一起，忘却了身后还有两名女侍从。

六

其实，貂蝉的身后早有尾巴。今天早上她梳妆打扮的时候，就被垂涎貂蝉美色的丁西东发现，他躲在暗处津津有味地欣赏着羞花闭月的貂蝉。心想，如此漂亮的女人，能陪伴我度过此生，那是多么荣耀和幸福的事情。我要近水楼台先得月，先下手为强，不能让她扑到别人的怀里，如果把生米做成熟饭，王大人生了气也没用。我既能抱得美人归，还能成为入赘女婿继承王府家业。

他一看四周无人，就淫欲作祟，欲扑上去霸王硬上弓。刚要抬脚，两名侍女突然来到貂蝉身边，簇拥着她出了府门，向城西方向走去。他觉得奇异，心想，她是否要去会情郎？就是出去赏花游玩也不安全，万一出个意外，被他人占了先机，让我吃残羹剩饭，岂不恶心倒胃。我此生的活法就掺杂了别人的成分和邪性的味道，不纯不洁、干苦无味了。不能放任她犯险，我要悄悄地跟随而去探个明白，于是他就鬼鬼祟祟地跟在了貂蝉后面，藏头露尾地静观其变。

貂蝉又莞尔一笑，用眼神示意身后有侍女，随即扭头往桃林深处跑去。吕布不明其意，尾随而来。貂蝉藏于一蓬樱桃树丛中，等吕布寻觅而来，她随即脱掉衣服，跳进桃林深处的鸳鸯湖里，在清澈见底的湖水中，貂蝉那洁白窈窕的胴体，漆黑又长的头发，运用自如的娜姿，真乃一幅羞花闭月、沉鱼落雁的图画！看一眼就像喝一杯醇酒那样醉人！吕布站在湖边，越看越美，越看越稀罕，越看眼越花，不知如何是好。

貂蝉见吕布呆若木鸡的样子，就故意摇曳着四肢，娇滴滴地喊："吕将军，来呀，快来呀！人家等不及了，这鸳鸯湖的水真舒服哟。"吕布不再顾及什么，急忙脱掉衣服，放好金冠，纵身跳进鸳鸯湖，迫不及待地扑向貂蝉。"我来也，爱妾等我……"貂蝉在前面游着，吕布在后面追着，溅起的水花在阳光的辉映下闪闪发光，艳丽夺目；荡起的波浪就像美丽的花环，把他两一圈又一圈地套在了一起，就像金鱼戏水般洒脱，美妙迷人。见了让人不舍眨眼，使人想入非非，浮飘云端。

就在这时，貂蝉的侍女喜妹慌里慌张地来到湖边，挥着手大叫"小姐，不好了，司徒大人来了。"一听此言，貂蝉和吕布慌了手脚，其情尴尬，不可名状。二人急急忙忙地出了湖，貂蝉赶紧穿好衣服，火急火燎地要回府去。这是貂蝉的计谋，故意吊吕布的胃口，以防吕布中途有变，难施连环之计。

吕布出湖，急忙来到放衣服的地方，发现衣服和金冠不翼而飞，急得他不知所措，气得他七窍冒烟，他躲在树丛后面对貂蝉说："爱妾，我的衣服不见了，如何是好？"

貂蝉一看也没了主意，让侍女脱下外衣接济他一时，吕布不肯："我穿女人服饰，岂不笑死老牛，爱妾快快设法搭救。这是哪个缺德鬼的恶作剧。我要活剥他的皮！"

貂蝉说："将军暂且在这里等候，待我速速回去，备套衣服让侍女送来。"貂蝉回去了，吕布心急如焚地在桃树后面候着。

原来丁西东藏在桃林深处，发现貂蝉和吕布在这里私会，气得他怒火中烧，不知如何是好，又见吕布脱掉衣服跳进了湖里。眼看就要羊入虎口，气得他无计可施。想上前狙拦，怕吕布动怒杀了他。无奈之下，只有撒撒气，让他出丑难堪罢了。他趁吕布得意忘形的时候，悄悄地溜到吕布的衣服边，把吕布的衣服和金冠全部包起来，背在身上，小心翼翼地离开了那里。走到海眼池边时，想把吕布的衣物丢进池里，又一看金冠和衣服都很值线，就拿到家里偷偷地藏了起来。

貂蝉慌慌张张地回到府里，寻找了一套王允的便装，让侍女喜妹赶快送去。刚到门口就被丁西东堵了回来。"喜妹，你如此匆忙要去做甚？手里拿的何物？是不是偷了府上的东西？让我检查检查。"他一把夺下喜妹手里的包袱，散落在地上一看："哟，你可真胆大，竟敢偷盗王大人的衣服。走，让大人处置去。"

貂蝉早一步来到王允身边，赶紧说："父亲，喜妹所带之物系女儿之托，望父亲随机周旋。"这时丁西东已押着喜妹来到王允前："大人，喜妹盗窃您的衣物，欲拿出府去变现，幸被我察觉截回，请大人处置。"他把衣物放在了王允面前。

王允拿起衣服查看了一遍，说："对，西东所言不错，全是我的衣服，不过这是我送与喜妹的。而非喜妹盗窃，贤侄多心了，不过你的责任心还是让老夫欣慰，以后定当严管出入王府的杂人。"

丁西东又道："大人，莫嫌西东多言，她是想把这些衣服送到……"啪！管家丁贵扇了丁西东一个耳光，"不成器的东西！"愤懑地拉着儿子离开了厅堂。

他俩刚一出门，貂蝉就把今日发生之事情，详详细细地给王允讲了一遍，惹得王允捧腹大笑，笑得前仰后合，直冒泪花。貂蝉让喜妹即刻送去，还风趣地说："喜妹，快快给吕将军送去，莫要让吕将军变成了光溜冰凉的渭河鱼。"

吕布像条潜水鱼，一会儿下湖泡泡，一会儿上树瞧瞧，一会儿摸摸一丝不挂的身子，一会儿在湖水中寻找自己的熊样。就这样在鸳鸯湖边上来下去地折腾着。突然看见一对情侣走了过来，他急忙扑通跳进了湖水中，这对情侣偏偏在他上下岸的地方洗起了手，还情深意浓地撩水戏玩起来，好不容易等他俩远去。正想出水晒晒太阳，这时，又从桃林中走出来了一位四十多岁的婆姨，她径直来到湖边，唱着小曲，抡着棒槌洗起了衣服。看来一时半会儿她不会走，急得吕布心里生长刺、浑身发大抖，绞尽脑汁地想了半天，终于想出了一个好办法。就对着婆姨喊："救命啊，我被水蛇缠住了脚！大嫂快来救我。"

那婆姨听了很吃惊，对他说："大兄弟莫要怕，坚持一会儿，我去村里叫人。"婆姨拔腿就跑，一溜烟不见了踪影。吕布沾沾自喜地上了岸，拿起婆姨要洗的衣服就穿，还没等他伸手穿袖，就听见不远处有女人喊道："且慢！莫要穿它。"吕布丢下衣服，又扑通钻进了水里。等他镇定下来回头一看，原来是貂蝉的侍女喜妹，他捂着臂膀，低头看水。

喜妹把衣服放在岸上说："将军，小姐让我把衣服送来了，赶快穿上回府去吧，莫要受了风寒。"喜妹放下衣物转身回去了。吕布赶紧穿好衣服，一看四下无人，就垂头丧气地原路返回了。

七

过了两日，貂蝉不得吕布音讯，很是纳闷，怕吕布惧惧司徒而不敢与自己相约，坏了连环计的实施。她就和王允商议，主动出击，约吕布一聚。她的脑海里突然闪现出了可怕之事，恐对实施连环计带来不利。在想起父亲和母亲的同时，也想起了董卓的随从王保信和田布仁。他二人在狄道书院门口行凶时，距离自己很近，还撕拉过我的身体，对我的相貌看得清楚，如在实施连环计时被这二人识破，不但前功尽弃，还会给司徒带来灾祸。

前几日听吕布讲，母亲春桃也被董卓从将陶汉设计，让王保信杀害了，据陶汉讲，这个漂亮女人全名叫任春桃，她男人叫秦龙。种种迹象说明，王保信和田布仁就是杀害我父母的凶手，如不除之后患无穷，也难平我心头之恨。

她经过认真考虑，周密策划，终于想出了除掉此二人的办法。征得司徒允准后，她让人通传吕布来府一聚。吕布听了十分高兴，便如期而至。一见貂蝉就问："美人，司徒可否斥责桃林之约？"

貂蝉回道："将军勿忧，桃林之事王大人完全不知。那天他只是路过而已，没有看见你我在鸳鸯湖戏水，大可不必担心。这两日不得你音讯，让我好生惦念。"

"布也有同感，只是相国游宿上林苑未归，让我寸步不离守护，故而冷落了爱妾。"说完看房内无人，屋外无声，便猛然抱住貂蝉，失去理智地摸起了貂蝉的敏感部位，并乐而忘形地道："爱妾，我已如饥似渴了，咱们未婚先乐吧。"

貂蝉在吕布的脸上轻轻一抚："我又何尝不是呢？只是这几日身体不适，不可行床第之事，将军可再忍几日，貂蝉的囫囵身子迟早是将军的，你还心急什么？"

吕布慢慢地松开了貂蝉，丧气地坐在了椅子上。貂蝉一边沏茶斟酒，一边怨气十足地说："将军，你是当世英雄谁人不知，谁家不晓，但有不耻小人乱咬舌头，贬毁于你。我听了气愤至极，欲替将军鸣不平，但妾人微言轻，无缚鸡之力，心有余而力不足。"

"是何人如何贬毁于我，莫非爱妾听偏了耳?"

"哪敢欺骗将军，信口胡言。昨日我从相府门前经过，有两人赌气讲话，一个说相国有眼无珠，把三姓家奴吕布当成了宝贝，捧上了天。另一个讲吕布徒有虚名，反复无常，是不忠不义之徒。我欲上前抽他俩耳光，但力不从心，就从旁处得知了他俩的名字：王保信和田布仁。"

吕布大怒，甩下酒盅拍案骂道："奇耻大辱! 奇耻大辱啊，这两个畜生竟敢在背后如此诋毁于我，坏我名誉，辱我人格。不除掉他俩难灭我心中之火!"

貂蝉也生气地说："这二人胆大妄为，不知羞耻! 辱我将军也就得罪了我小貂蝉，不除掉这两个畜生我难为将军贱妾!"她火上浇油，伤疤上撒盐，把吕布彻底烧了起来。

吕布已无心饮酒赏色，起身告辞："爱妾莫要替我太过生气，我先行告退，等我除了这两个贼人再来与你相会。"

貂蝉将吕布送出王府："祝将军除患顺利，盼你我早圆春梦。"

吕布闷闷不乐地回到相府，站在董卓身边长吁短叹。怒形于色地执戟发呆。董卓问道："我儿今日何故? 站在这里心不在焉，神思恍惚，难道为父做事不周，何处伤及于你?"

吕布缓过神来，忙回道："父亲莫怪，儿今日遇到了烦心之事，扰攘了父亲情绪，儿知错了，但请父亲责罚。"

董卓道："无妨无妨，人都有喜怒哀乐。你我同心，你的烦恼便是我的忧愁，你的快乐就是我的喜悦。有什么难事不妨禀告我，为父替你除忧排难，抚慰心情。"

吕布欲言又止，他想把王保信和田布仁骂他的事禀告董卓，让他除掉此二人，但又想那二人是跟随董卓多年的心腹亲随。他是不会严惩的，弄不好还会适得其反，给自己带来麻烦。他情随事迁地说："让父亲大人烦心了，只不过和家眷拌了口舌而已，请大人尽可宽心，精心理政便好，我自去处置罢了。"

当夜，吕布见董卓已经安睡，就让人通传王保信和田布仁："太师命即刻到相府门前，有要事交代。"这二人听了不敢怠慢，急急忙忙地从被窝里爬出来，赶紧来到相府门前，却只见吕布不见董卓，便问："吕将军，太师呢?"迟疑地看着吕布。

"大人身体抱恙，夜不能眠。故差我带你俩去灞河岸上的仙居阁，太师说那里有一个你俩认识的美女子，让你我三人速速带到他卧榻前，以缓解太师病情。"

王田二人对笑了一下道："太师果然神通广大，足不出户就能知晓美人在何方，我等忙乎了一年多，连这女子的影子都没有见着，今日可一饱眼福了。"说完就乐不可支地跟着吕布上路了。吕布觉得他俩的话中有话，自己杜撰了一个美女的由头，却引出了他们和太师的一些秘密，看来董卓还是没有把我当成心腹之人，只不过是利用罢了，真是老奸巨猾，深不可测!

不一会儿，他们就来到了灞河岸边，老远看去，仙居阁灯火通明，琴瑟调和，歌声悠扬，是男欢女笑的极乐世界。吕布突然站住，对王保兴和田布仁说："二位止步，你俩这辈子恐怕饱不了这眼福了。大人说你俩知道的秘密太多了，他放心不下，恐你俩胡说八道，日后滋生后患，让你们先行尽忠，他会厚待你们家眷的。他让我代劳，送你们到阎罗殿享福去。"吕布执方天画戟要砍。

王保信跪地求饶："将军且慢! 我并不知道大人多少秘密，可能大人过虑了，还请将军手下留情，放我一条生路吧。"田布仁像捣蒜一样的给吕布磕头："请将军高抬贵手，饶了我这条狗命，我把家中所有金银送与将军，尔后我远走他乡，再谋生路。"

吕布说："让你们也死个明白，你们知道徒有虚名、反复无常、不忠不义的三姓家奴是谁吗? 那就是我。"他手起戟落，王保信和田布仁就倒在了地上，再没有说上一句话就一命呜呼了。确认死亡后，吕布将两具尸体投进了灞河之中。

第二天，有人报案：灞河里捞出了两具尸体，有人认出是太师的随从王保信和田布仁。董卓听了大惊，"是何人造作？意欲何为？奉先我儿，速去那里探察，弄清是何人所为，我要亲手剥皮挖心，为他俩报仇，厚葬他们。"

吕布来到灞河岸上转了一圈，了解完案情后，回来向董卓禀报："太师，案情已察明，是王保信和田布仁在仙居阁附近，为一美女争风吃醋，相互诋毁谩骂，言语误伤了这位女子，被女子情郎草上飞怒杀。我已命人前去追捕草上飞了。"

董卓忍气吞声，痛哭流涕地说："要竭力捉拿草上飞，严惩不贷。罢罢罢，也怪他二人淫心太重，自找绝路。"吕布暗暗自喜："太师放心，我当尽全力为他二人雪耻报仇。"

吕布高高兴兴地来到司徒府里，貂蝉听得王保信和田布仁已被除之，十分高兴。就和吕布举杯庆贺。吕布道："两个不知天高地厚的奴才已除，解了我的心头之恨，爱妾再莫为我鸣不平，以后倘若再有大胆不轨之徒，就是王田二人的下场。"

貂蝉迎合道："将军是何等聪灵之人，做事干净利落，不留痕迹。既报了诋毁诽谤之仇，还除了貂蝉心头之患。我有这样文武双全、英俊潇洒的郎君，还惧何人？怕甚事情？长城内外，大江南北，我乃世间最幸福的人矣。"

吕布听了大喜："懂我者貂蝉也！爱妾真乃识人、明理、顾大体的圣贤才女。"

"郎君莫要谬赞，小女乃粗蛮之人，不值一提。"

酒过三巡，笑谈无边。吕布浑身发热，心思荡漾，一阵莫名的冲动让他难以自控，他像一头健壮的公牛，瞪着双眼看貂蝉。貂蝉面如桃花，声如百灵，像熟透了的仙桃，色美味鲜，看一眼都会让人陶醉垂涎。二人欲情难抑地对看了良久，吕布实在忍耐不住，便张开双臂将貂蝉搂在怀里，从额角开始亲吻，耳根、颈部、肩头……快到了敏感地界，貂蝉一把推开吕布："郎君，我月例未愈，身虚体污，不宜开怀放任，还请将军海涵，酒还是刚开盖的香，等到咱们洞房花烛时再开这坛酒，会别有一番香味。妾让你醉卧三天三夜。"

吕布实在控制不了欲动，就像骑在了火焰山上。他突然看见了在窗外窥视的侍女春梅，就丢开貂蝉冲出门去，拉起春梅就往她的房间跑，春梅也半推半就地和吕布来到了自己的房间，倒在了软乎乎的床上。

八

侍女春梅的姿色比貂蝉逊不了几分，行事风格也和貂蝉大不一样。她长貂蝉两岁，出身裁缝之家，精明手巧，不甘现状。她进司徒府近五年，勤奋节俭，热情敏捷。她看到王允无子嗣，丁西东可能会继承王府家业。就没有拒绝丁西东的情爱要求，志在将来掌管王府内务。为此和丁西东暗里不清不楚了两年。自从貂蝉进府以来，她就心情不爽，心绪复杂，见丁西东冷她而热心于貂蝉，气愤不已，恐自己和西东难成眷属。但近观貂蝉心思不在西东身上，轻松了许多。

吕布近期来了司徒府几次，都对春梅笑颜相对，这使春梅又想入非非。吕布风流潇洒，高官厚禄。如得到他的青睐，岂不被丁西东强百倍。于是她每当吕布来府，就格外热情地招待他，使用各种办法讨好他。今天，她在窗外窥视吕布和貂蝉缠绵逗情，自己也跟着情思荡漾，恨吕布不懂她的风情，对貂蝉太过专注，不给她丝毫暖意。她曾几次故意做出声响，吕布却没有觉察半分。正在她如饥似渴的时候，吕布冲出门来，抱住了她……

貂蝉眼看着发生的一切，心里一阵酸楚，一阵惆怅，一声叹息。为了大计只能忍耐伤理，屈身应对。春梅兴奋不已，得到了吕将军的宠幸，要比丁西东的玩弄强了许多，觉得自己的身价突然增值了不少，离将军夫人的位子又进了一步。吕布四肢酸楚，精疲力竭，汗淋淋地从春梅房里走出来，眼神无光地看了看貂蝉的房间，是得意了？后悔了？不好面对了？

一脸的花戏，谁也弄不清其中奥秘。只见他连头也没回地出了司徒府。

春梅和吕布的艳事被丁西东无意间发现，让吕布踩了他的脚后跟，用了他的剩饭碗。气得他怒火中烧，醋意大发。他将春梅拉进房里脚踢拳打，春梅跪地求饶也不停手，为了解气，他想把春梅绑起来折磨。于是，他打开衣柜取绳索，不料将吕布的衣服和金冠暴露了出来。尽管他眼明手快地关上了衣柜门，但机灵的春梅却看得清清楚楚。没有取出绳索，他就在春梅的屁股上踢了两脚，又在脸上唾了几口后才做罢休："你这个贱货，再若与他勾搭，我就杀了你！"

春梅回到自己的房间，越想越生气。我跟了他两年多，把身子也给了他，下手还这般残忍。吕将军的衣服和金冠原来是他藏的，害得将军那样狼狈，真是小人一个！她主动向貂蝉解释道歉："我乃有愧，难以面对小姐，是吕将军强行为难于我，不得不从。他对我早有此意，只不过碍于你的情面，不敢明做罢了。"

貂蝉回道："吕将军爱谁喜欢谁是他自己的事，你又何必自责呢。男欢女爱乃世间常事，也是人生理需求所致，爱得深恨之切，乃心灵本能的体现，两情相悦，何罪之有？但还是得讲伦理道德，注意对别人的影响和刺激，要顾及自己的脸面。你我同为姐妹，不要为此而疏，让司徒难堪不快，逼西东狗急跳墙。"

春梅急切地盼着吕布来司徒府，通过那天的事后，总觉得心里毛毛的，浑身痒痒的，头脑里空空的，一天往府门口跑几趟也不见吕将军的面。正在她思念万分的时候，吕将军终于来了。

吕布脸色通红，拿着厚礼羞羞答答地进了司徒府，春梅热情地迎了上去："吕将军，你很精神哟，有人记挂你连饭都吃不下，觉也睡不香，想得瘦了一大圈，心肺成了空碗碗，两个腰子打秋千，胸脯成了干板板。"吕布听了挺剜心的，但没有理会她，径直向王司徒堂里走去。"司徒大人，多日不见可安好？布放心不下，特来探望。"春梅紧随其后，为吕布布座沏茶。

王允迎道："吕将军公务繁忙，还记挂着我，实不敢当。只要将军身心健安，鸿运中天，就是我王允的幸事。也是貂蝉的福田。春梅，快快让蝉儿面见吕将军。"

貂蝉姗姗而来，她若无其事地向吕布和司徒请安，尔后坐在了王允身边。问道："将军今日过府是看望我父，还是探亲访友？"

吕布哑口无言，羞于启齿地搓着手指。春梅肆无忌惮地说："当然是既问安又访友了，小姐明知故问嘛。"

王允看出了端倪，便哈哈大笑后风趣地说："你们年轻人朝气蓬勃，恩爱情仇的心思老夫就看不明白了。快快备宴上酒，款待我们的大将军。"他又仔细地打量了一下吕布，向道："吕将军，是否嫌我赠送的金冠不好，过府来怎么不戴？"

"这……放在……"吕布无言以对，急得嘴唇泛青打架。貂蝉也心里只打九九，忙打岔道："金冠呀，哎呀就是那个……。"

吕布羞愧难当地打断了貂蝉的话，起身便走："大人，布先行告退，前去寻找金冠。"就抬脚走出了厅堂。

王允忙说："我只是随口一说，将军何必认真？回来，回来。老夫还有要事相告。"吕布头也不回，大步流星地出了府门。春梅追了上去，挡在吕布面前："将军莫要惊慌，我知道金冠下落。"

吕布忙问："在何处？为何不早日告诉？"

春梅说："我前日去丁西东房里时，发现将军的衣服和金冠都被丁西东藏在了他的衣柜之中，可能是他从鸳鸯湖边偷来的。"

"我那天强暴了你，你不记仇，反而有恩于我？"

"将军待我不薄，那是我求之不得之事，不像貂蝉多次拒绝于你。你我已成一体，你的事就是我的事，咱们就不分彼此了。将军请跟我来。"她带着吕布返回司徒府，直奔丁西东房里。

丁西东见吕布气势汹汹地来到他房中，猜想藏衣服之事已经败露。就扑通跪地求饶："吕将军，你大人不记小人过，是我财迷心窍，才做出了此等龌龊之事。"

春梅砸开衣柜，取出了衣服和金冠。吕布看了火冒三丈，骂道："明明是坏我好事，让我难堪，尔后又财迷心窍，致我于狼狈不堪，失财又折面的境地，真乃可恶至极！"提起丁西东就打。疼得丁西东哭爹喊娘，瘫成了一堆。此事惊动了全府上下。吕布越打越凶，吼道："今日不杀你难解我心头之恨！"他举戟便砍。

管家丁贵趴在了丁西东身上，眼泪巴巴地为儿子求饶："吕大将军饶命，他是我唯一的儿子，就让我替他去死吧。"吕布一把拉过丁贵："子不教父之过，一丘之貉！都该去死，念你年高体弱，对司徒忠心耿耿的份上，免你一死，丁西东这个无耻之徒非杀不可！"

这时貂蝉赶了过来，她挡在了丁西东面前："将军，西东纵然有千错万错，但罪不该死，还请放过一二，从轻发落。"

吕布又拉过貂蝉说："貂蝉你过于糊涂慈善，他用如此下作的手段对付你我，应该除之而后快，为你我雪耻。你还替他脱罪，以德报怨，让人着实费解。你仁慈大度充好人，我吕布再无能也不让这等杂碎欺侮，闪开！"执戟就刺丁西东。

"且慢！将军的威名不允侵犯，将军的财物不许盗窃，将军的决断不可违反。再说这狗东西对父不尊，对王府不忠，对貂蝉恨之入骨，对待女虚情假意，对老夫阳奉阴违，杀一百次都抵不了其罪恶。吕将军就这样结果了他的性命，难平我府宿怨。请将军卖个人情，把他交于我处理，我要用他的血祭奠王府先祖，安五方土地。不知将军可否赏脸？"

吕布收戟思考了一下，明知司徒有救丁西东之意，但也不好说穿，也不好薄了司徒情面，罢罢罢，索性做个顺水人情："既然大人有此意，就将这狗贼交于司徒大人，任凭大人处治便是。"

吕布向王大人拱手告辞，准备带着衣服金冠回去，王允低声对吕布说："将军要抓紧择日迎娶貂蝉，恐日久生变。"吕布欣喜而归。王司徒让管家把儿子送到老家暂避一时，待风平浪静后，再做打算。丁贵携丁西东再三谢过司徒，急匆匆地走了。

貂蝉

第八章

司徒巧施连环计
太师大闹凤仪亭

★ 王允巧计如连环
★ 凤仪亭前戏貂蝉
★ 太师怒斥吕奉先
★ 李儒献计相国殿

第八章

太师大闹凤仪亭　司徒巧施连环计

数日之后，王允在朝堂拜见董卓，趁吕布不在董卓身边，伏地拜请："太师，你虽国事繁忙，但我想屈您车骑，明日到我草舍赴宴，为我府增添喜气，不知太师肯否？"

董卓听了甚喜："司徒乃朝廷栋梁，既有请，岂有不赴之理。"

王允拜谢回府，准备了珍贵食品，并在前厅正中设座，锦绣铺地，内外各设帏幔，盆景百卉摆放有序，府内上下红妆喜庆，前厅两侧悬彩挂联：

草舍红烛映乾坤宏运滔滔不绝

高楼紫烟接天地财源滚滚而来

第二天中午，董卓乘兴而来，王允佩朝服出门远迎。董卓慢腾腾地下了木制宫车，摇头晃脑地迈着八字步，左右持戟武士百余人，簇拥着董卓进入堂内后，分列两旁。董卓坐在正堂太师椅上，摇起了虎啸扇。王允在堂下伏地再拜，尔后对董卓说："太师盛德巍巍，伊尹、周公不能及也。"

董卓听了大喜，便饮酒作乐，王允显得十分谦恭，恐董卓不快生疑，中途退席而返，闹个吃鸡不成反蚀一把米。

天色已晚，酒兴正酣，王允言道："请太师移步后堂，允有秘事告于太师。"董卓觉得王允今日多有怪异，不知其葫芦里卖的是什么药。就随王允来到后堂，他喝退武士后，王允举杯称道："太师，我自幼苦习天文，近日夜观乾象，汉朝气数已尽。太师功德振于天下，魄力智略胜过周天子，就像舜之受尧，禹之继舜，正合天心人意，乃万民拥戴，神州称赞的盛事。"

董卓摇头："仲颖我不才，哪敢有此欲念。"

王允道："自古有道伐无道，无德让有德，这是顺呼天命人意，造福生灵的积德壮举，太师何不为之？"

董卓说："既如此，司徒不可张扬，你若有意助我，咱们秘密进行，稳妥运作，一举成功！万不能错失良机。如果老天佑我，一旦我为九五之尊，司徒当为第一元勋。"

王允道："要成就大业，需要更多的心腹顺士、能臣强将、智囊贤才，我向太师举荐一位忠贞不贰，聪明仁智，精通兵法，武艺高强之奇人，可助太师完成夙愿，成就大业。"

"何人有此能耐？"

王允趁热打铁："原朝廷中郎将，人称'百事通'，被王美人诬陷，贬官为民，赋闲在家的潘子仪。"

"不可，不可！一年前他府有一女子，我欲纳为姿，他设置障碍，从中作梗，百般刁难，藏匿美女。把我不放在眼里，还对我秽语诽谤，大扫我兴。实乃不识时务的傻子，不治其罪还可罢了，岂可重用？"

王允又道："那些都是捕风捉影、有人故意杜撰而为，意在离间太师与贤才的关系，达到深挖太师墙角的目的，太师不可全信，恐被不轨之人障眼。咱们为了成就大业，利用其能量而已，并非真心重用，达到借力打力的作用，岂不甚好。"

董卓怒道："万万不可！此人虽有才能，但他恨我入骨，他的人脉在朝中颇多，绝对不会诚心助我，恐反之坏事。司徒可另荐他人，另选贤良，以后别再提及此人，闻其名我就头疼心烦不自在。"王允本想趁此机会让潘子仪复出，助他除奸兴汉，但董卓牢记成见，只好暂作罢论，待机再荐。

王允命堂中燃起五彩蜡烛，奏乐起舞，让侍女敬酒供食。片刻，他见董卓注视女侍，便知董卓已花心泛滥，言道："太师乃通晓音律，熟奏器乐之人，教坊之乐不足供奉，只会眯眼污耳，本府有艳丽家伎，敢问太师能否一观。"

董卓拍案大喜："司徒之言正合我意，速命家伎为老夫欢心。"王允即命放下帘栊，一时笙簧缭绕，众伎簇拥貂蝉舞于帘外。舞罢，董卓命歌伎近前，要仔细观看，这时貂蝉转入帘内，面向董卓深深再拜。董卓见貂蝉姿色美丽，便问："此女何人？"

王允应道："是歌伎貂蝉。"

"何方人氏？"

"这个……是狄道人氏。"

"哈哈！原来是狄道美人，'自古狄道多美人，红妆竟在寺洼镇。'其言不假。观其面熟，似曾见过。"

貂蝉羞答答地说："承蒙太师错爱，小女未曾见过大师。"貂蝉并没有忘记当年在狄道掳她的情景，和杀人滋事的仇恨。为了成就大事，她暂且忍气吞声，赔笑迎合。

董卓色眯眯地问："会唱歌吗？"

王允即命貂蝉执檀板低讴一曲。有诗曰：

> 樱桃之唇吟凤龙　　双眸散玉洒阳春
>
> 丁香喷出青龙剑　　要斩奸逆乱国臣

听罢一曲，董卓赞叹不已。王允让貂蝉给董卓把盏，董卓擎杯问道：

"今年青春多少？"

貂蝉答道："贱女年方二八。"

董卓见貂蝉姿色甚美，笑道："真乃仙女下凡！世上独一无二，不但容颜闭月，歌声悦耳，还体喷清香，谁若与此美女同床共枕，还不醉卧梦乡不思还，一年当成一夜玩。"

王允道："我欲将此女献给太师，不知太师肯纳否？"董卓听了大喜："司徒如此见惠，吾当如何报答。"

王允道："此女能侍服太师，其福不浅，我等高兴之至，这就将她送至相府，供太师享用。"即命准备毡车，快将貂蝉送到相府，王允对车夫俯耳说："让毡车绕道经过吕府，并放出消息，毡车内是前往相府的貂蝉。"董卓起身告辞，欣喜若狂地回府去了。

就在董卓走出司徒府门之时，一个身材矫健之人突然闪在了暗处，避过董卓后，飞快地向吕府跑去。动作轻捷自如，速度如风飘然。此人不是别人，就是四年前从临洮送貂蝉母女，到狄道城的"洮州豹"何礼（陈尚峰）。只因他送完貂蝉回去交差时，何广威逼他交出貂蝉母女的衣服。为此，二人反目，陈尚峰心想，侍奉这恶贯满盈的何广，有辱我陈尚峰清名。一气之下，挥拳打死何广。怕官府缉捕，就逃出临洮，寻找安身立命，除暴安良之机会。经过数月的流离闯荡，就投军在了吕布帐下。经过三年多的磨砺和拼杀，现为吕布从将，深得吕布信任，他早就得知貂蝉在王司徒府中，但一直没有机会和貂蝉睦面，思念非凡，甚是焦虑，也知道吕布和貂蝉的秘密。心里好生矛盾，但深知自己福薄命贱，不配与貂蝉来往，但总是身不由己地往司徒府周围跑，想碰碰见到貂蝉的运气。今日司徒府中气氛非常，故来此打探究竟，见王司徒遣人用毡车把貂蝉送去相府，急得他如坐针毡，气得他心如刀割。无奈，只好急忙回来报知吕布。

二

王允送董卓直到相府后辞回，在回来的路上，见两行红灯照道，吕布骑马执戟而来。正巧与王司徒撞见，厉声问道："司徒既将貂蝉许配与我，今又送给太师，是何用心？有何道理？"王允忙说："将军少安毋躁，此事奇异复杂，一两句话难说明白，这里不是说话的地方，请到我寒舍去，容我细说根源。"

吕布和王允来到司徒府后堂，王允道："将军何故责怪老夫？"

吕布道："有人报我，你用毡车将貂蝉送进相府，是何道理？"

王允道："我请将军及早择日迎娶貂蝉，可你迟迟未动。将军有所不知，昨日太师在朝堂中对老夫说：'司徒，我有一要事，明日要去你府磋商，方便否？'我只能遵命应允。因此在家准备小宴侍候。太师说：'听闻你有一女名叫貂蝉，已许配我儿奉先。怕你言而有变，另行择婿，我放心不下，特来定夺，并让老夫一见，看能配奉先否。'我不敢有违，就引貂蝉出来拜见公公。太师见了大喜道：'今日良辰，我要接此女回去，配与奉先。'将军试想，太师亲临，为将军亲为婚姻大事，是何等的体面荣光，是他人望而不及的幸事，老夫岂敢推阻？"

吕布道："司徒莫怪，我一时糊涂，鲁莽行事，错怪了司徒大人，日后自当负荆请罪。"

王允道："小女颇有妆奁，等小女过将军府下，便当送去。盼将军和小女琴瑟调和，和衷共济，幸福绵绵。"吕布回道："借司徒吉言，布竭力为之，定不让貂蝉委屈。"吕布拜谢回府去了。

董卓高高兴兴地回到相府，即命人重换寝室被褥和梳妆器具，府内张灯结彩，乐师歌伎作乐起舞，烛光香味充溢相府各个角落。他坐在八仙桌旁，得意扬扬地和貂蝉饮酒把欢。董卓问："貂蝉，你是哪路仙子？何物转世，竟然如此漂亮！"

"太师错爱了，万不敢当。我乃一民间粗女，怎能和天上的神仙并论。只不过太师怜悯贱女，哄小女开心而已。"貂蝉万种风情，妩媚动人，使得董卓神魂颠倒，亦仙亦云。

"不不不，我的小美人，你比月中嫦娥强十倍，有你陪伴我逍遥快活，度过残年，此生足也。夜已深了，来来来，咱们上床歇息，我已酒醉色渴，急不可待了。今夜你我美美地烟雨一番，我要独享世间第一美味，鉴别你是否囫囵鲜和，也让你知晓我仲颖年老体未衰的真假。"董卓欲拉貂蝉上床就寝。

貂蝉忍俊一笑："太师不必心急，心急饮酒酒不香，忙中偷情情无趣。妾有肺腑之言，想说与太师，不知太师愿听否？"

"但说无妨。"

"今在司徒府中，王司徒举荐的潘子仪，妾早有耳闻，是一位文韬武略，忠贞不贰的贤才，听说他的三公子潘平更是聪明过人，武艺高强，虽然他们和太师有点小过节，但为了成就咱们的大业，应招贤纳士，壮大自己的力量，都说宰相肚里能行船，干大事而不拘小节，这样做既能给王司徒做个顺水人情，也可收复民心，扩允势力，太师何乐而不为呢？太师，万不可得了美人，弃了江山大计。"

董卓道："美人所言极是，你不但人品出众，还有治国谋大事的本领，是巾帼不让须眉之人。今后有你陪伴我床前月下，堂左厅右，辅佐我早登宝第，过上一呼天地应的生活。今日老夫甚是高兴。就依爱姬之见，明日行文，招潘子仪携家眷赴京，官复原职，并重用其子潘平，助我成就大业。"

"谢太师夸奖，纳妾之拙见，太师乃胸襟开阔，避亲纳贤之人，何人能及。谁人能比，我此生足矣。

董卓拉貂蝉坐在床边，抚摸着貂蝉的肩头，淫笑着抱住貂蝉，正要亲热，忽然有一蒙面人轻轻来到八仙桌前，在董卓的九龙杯中放了什么东西，便匆匆跳窗而去。这一切貂蝉看得一清二楚。而且觉得此人举止很熟悉。随之对此人目的也明白一二。

听到窗户的响声，董卓忙起身大喊："何人！"貂蝉忙说："太师莫惊，可能是野猫浪狗。"她端起九龙杯，毕恭毕敬地对董卓说："太师忙碌一天，酒气盛浓，妾感不适，来喝口清茶，驱驱酒气，压压惊，提提神，咱们就安歇吧。"董卓擎杯呷了几口茶后，就催着貂蝉脱衣解带，上床睡觉。

貂蝉磨磨蹭蹭拖时慢慢上床，小心翼翼地宽衣解带，董卓急催几遍后，顿觉头晕眼花，浑身酥软，心颤倒汗，命根不挺。任凭他使尽浑身解数，也毫无能力行云度雨。气得他拍脑叹气，急得他心里发烫，在床上翻来覆去，久久不能入睡。

第二天，吕布去相府打探貂蝉消息，不得音信，就径直来到堂中，听侍妾说："昨夜太师与貂蝉同床共寝，还未起床。吕布听后大怒，便来到董卓卧室窗外窥视。这时，貂蝉正在窗前梳妆，忽然发现窗外池边有一人影，身材高大，头戴束发冠。她仔细一看，正是吕布。貂蝉故意双眉紧锁，做出一副忧伤痛苦的样子，又频频拭擦泪水，甩袖跺脚。吕布见了十分不乐。他动情地看了良久后，才悻悻地走了出去。

过了一会儿，吕布又来到堂中。此时董卓也坐在了中堂，见吕布来了，说道："昨夜不知为何，身体突染怪疾，坏我好事。奉先今日为何早早来到中堂，外面有事吗？"

吕布说："没有。"说完侍立在董卓身边。在董卓吃饭的时候，吕布偷眼窥望，见绣帘内有一女子往来窥窃，以目传情。吕布认出是貂蝉，顿觉六神无主，神魂飘荡。董卓见吕布如此神情，顿时起了疑心："奉先无事请退。如无召唤，不必轻动入堂。"于是，吕布怏怏而出。他知道貂蝉昨夜尚未失贞，刚才董卓言道突染怪疾，坏他好事，另外，他派从将陈尚峰，在董卓的九龙杯里下了"压雄散"，而且陈尚峰在暗处窥见董卓喝了杯中之水后的无能样子。他想，要设法赶快救出貂蝉，时间久了，药性散去，貂蝉也无理由再拒老贼，羊入虎口就为时已晚了。

三

董卓自纳貂蝉后，为色所迷，昏昏然然地欢度日月，一个多月不出政理事。因他喝了陈尚峰投放在九龙杯中的"压雄散"，阳气大衰，不能行阴阳之事。貂蝉衣不解带，曲意逢迎。虽然不能行阴阳之乐，但董卓被貂蝉的姿色、琴声、舞姿所迷。成天乐而忘形，喜不自禁，过着醉生梦死的宦官生活。

一天，谋士李儒进见董卓，贡献西域羌人研制的三颗"驱阴扶阳丹"。董卓大喜："懂我者李儒，助我者文优。"他即服此丹，没出三日就阳气方刚，胜出青年许多，貂蝉再有不肯，也抗拒不了如狼似虎的"驱阴扶阳丹"。董卓不分时段的行云度雨。使青春二八的貂蝉难以招架，还需彻夜未眠地小心侍奉，惨糟老贼蹂躏，难以煎熬。因终未保住贞操，故而十分痛苦。

吕布借故来向董卓问安，正值董卓睡觉。貂蝉在床后探出半身望着吕布，一手指心，又一手指董卓，并垂泪不止。吕布见了心如刀绞。董卓朦胧着双眼，见吕布盯视床后，就回身一看，见貂蝉站在床边，大怒道："吕布，你敢戏我爱姬？目无尊长，淫胆不小，她是你的长辈，要恭敬如母，不可轻为。"命令左右将吕布逐出堂外，怒吼道："吕布，你心无长辈，从今以后不许你入堂！"

吕布怀恨而归，半路遇见李儒，将刚才之事告与他。李儒道："近日太师心烦气躁是朝务杂事所致，并非真心生怨于你，是无心之过，待我奉劝太师切莫与将军生隙，宽宥将军，还你清誉。"吕布欲言又止，自语：谋士不明其中之奥秘，不解我吕布之烦心，董卓岂能包容我吕奉先，舍弃貂蝉呢，枉费唇舌也。

李儒急忙入见董卓："太师勿要重色轻友，要取天下，为何以小过责怪温侯？若其心变，反被他人所用。大事将很难成功。太师还需审时度势，忍气求全。纵然他有夺妻之恨，或粗蛮犯上都需忍之，再忍之，待大事成就再做计较不迟。"

董卓忙问计于李儒："文优，事已至此，你看如何是好。"

李儒道："来朝将吕布唤入，赐以金帛，陈述歉意，好言安慰，自然无事。"董卓依了李儒之计，第二天就命人唤吕布入堂，好言安慰："我前日身体有疾，心情欠佳，言语伤了奉先，望儿不要记在心上。"随即给吕布赐黄金一百五十两，玉帛二十匹。吕布知道这是李儒的缓兵之计，自己也不好拒之，只好强颜收下，施礼谢归。自此，他虽身在董卓左右，实乃心系貂蝉。

董卓自和吕布发生摩擦后，总觉心烦气躁，别扭窝火，不能心平气顺。只要入朝议事，吕布始终执戟相随，从表面观之，乃吕布忠心不贰，尽职护主。实为监护貂蝉而为。一天，董卓与献帝在朝议事，董卓让吕布暂且回避。

吕布心想，董卓一时不会离朝返府。便乘机提戟出了内门，上马径直往相府奔去。进了相府，就提着方天画戟入了后堂，匆忙地寻见了貂蝉。欲伸手搂抱，貂蝉一看忙道："此处耳目甚多，将军可先去后花园凤仪亭边等候，我即刻就到。"

吕布快步来到凤仪亭下。心急火燎地等了一会儿，见貂蝉分花拂柳而来，果然如彩云飘逸，仙女下凡，使得后花园里香气袭人，风光无限。貂蝉哭着对吕布说："我虽然不是王司徒亲女，但比亲生的还要亲。司徒苦心抚养于我，恩重如山，情似海深。妾自从见了将军，就心花怒放，喜不自胜。司徒将我许与将军，是司徒欣赏将军人品，也是妾三生有幸。盼将军早日迎我过府，同享人间快乐。谁料太师起了不良之心，将妾淫污，妾恨不得一死了之，但没有和将军一诀，恐筑成憾事，故而忍辱偷生，今日相见妾已知足。此身已污，不能再来服侍将军，愿死于君前，以明妾志。"说完，手攀曲栏，往荷花池便跳。

吕布急忙抱住貂蝉，劝道："你对布的真心布早已知晓，只恨无机会共语，你我产生了嫌隙，差点酿成终身遗憾，我对不起爱妾。"貂蝉手拉吕布，含情脉脉地望着吕布说："我今生不能与君为妻，来世定要鸳鸯情笃，终成伉俪。"吕布道："今生不娶你为妻非英雄矣！"貂蝉道："我度日如年，请将军想法早日救我，与将军共享人间欢乐。"吕布说："今天是我偷空而来，恐老贼见疑，需快速回去。"吕布欲转身回朝。

貂蝉忙拉住吕布衣襟："将军乃顶天立地的英雄，为何如此害怕老贼，如此看来我们团圆无期无望了。"

吕布说："我为何要惧怕老贼，这只不过是本将军权宜之策，允我慢慢想办法救你。爱妾静候佳音便是。"

貂蝉说："妾在深闺闻将军之名，如雷贯耳，以为当世一人而已，谁料反被贼人管制，遗憾哪。"说完流泪不止。吕布听了羞愧满面，回身搂抱貂蝉，用好言安慰，两个人偎偎倚倚，不忍离开。

四

董卓在殿上回头不见吕布，心中生疑，连忙辞了献帝，登车回府，看见吕布的马拴在府前，问门吏："可知奉先我儿？"门吏答道："刚才温侯神色慌张地到后堂去了。"陈尚峰听闻董卓怒气冲冲地问吕布下落，恐出事端，就拔腿打截道去给吕布报信："将军，董太师气势汹汹地回府了，还问你在何处，门史已告诉你的去处，太师即刻就到。"吕布一惊，想丢开貂蝉匆匆离去。而貂蝉赶忙搂住了吕布的脖子，泪如雨下："将军，你刚才说不惧怕老贼，难道你眼看着我让老贼侮辱，困于此处吗？"她泣不成声地扑到吕布杯里，死活不让他离开。

陈尚峰劝道："将军，要从长计议，不如暂避一时，免得害了貂蝉，误了将军前程。"

吕布色壮人胆："走开！你有何资格敢在我面前胡言乱语。"陈尚峰无奈，只好遵命退回。

再说董卓来到后堂不见貂蝉，急问侍妾，侍妾说："新人正在后花园赏花。"他急入后花园，看见吕布和貂蝉抱在一起亲昵，吕布的方天画戟立在一边。董卓怒不可遏地大喝一声："吕布逆贼！你胆大妄为！敢戏弄我爱姬。"

吕布大惊，回身便走。董卓抢了吕布的画戟，挺着赶来，直刺吕布身后，这时一蒙面人执三节棍跳出，噌的一声将董卓手中的画戟打落，又纵步跳出墙外去了。吕布乘机逃走。

董卓大喊："抓刺客！抓流氓！别让他跑了。"此人不是别人，正是吕布的从将陈尚峰。

董卓恼羞成怒地回到书院，吹胡瞪眼，长吁短叹。大骂吕布不知好歹，胡作非为。这时李儒急匆匆来到书院。董卓问："你为何来此？"李儒道："我刚才走到府门，闻知太师怒入后花园，直奔凤仪亭。又在门口遇见吕布仓皇奔走，怒形于色，便问其详：'将军为何如此不快，慌忙奔走？'吕布说：'太师无故杀我！'我不明为何，便急忙赶来劝解。"

董卓道："吕布逆贼，戏我爱姬，定要杀之！"

李儒思虑片刻说："恩相不妥，昔楚庄王不究调戏爱姬的蒋雄，蒋雄就感恩戴德，忠心不二。后为秦兵所困时，得蒋雄拼死相救，才化险为夷。今貂蝉不过一女子，其贞洁之身已被太师受用，已成残花败柳，残羹剩茶，吕布是太师心腹猛将，是独一无二的武神，太师若趁此机会，把貂蝉赐予吕布，他定会感恩图报，仿效蒋雄，终身为太师效力，请太师三思。"

董卓犹豫良久道："你言之有理，让我仔细想想。"

董卓来到后堂，唤来貂蝉问："你为何与吕布私通？"貂蝉哭泣道："妾在后花园赏花，吕布突然来到，我惊避不及。吕布自鸣得意地说：'我乃太师之子，又是他心腹猛将，何必躲避？'便提戟追赶妾到凤仪亭，妾见他存心不良，恐为所逼，想投荷花池自尽，却被他突然抱住。正在生死之间，得太师相救。"

董卓道："既然如此，我欲将你赐于吕布如何？"貂蝉惊哭道："堂堂太师还怕家奴不成，妾身已许贵人，今又欲赐家奴，太师如此轻薄我，有失太师威仪，视我如东西一般取来送去。我宁死不辱！"遂抽壁间宝剑自刎。董卓急忙夺剑拥抱道："万万不可，是我戏你，何必当真，如此乖巧迷人的仙女，我如合舍得？"

貂蝉倒在董卓怀里，掩面大哭道："这必定是李儒之奸计，李儒和吕布私下来往甚秘，交情深厚，故设此毒计离间你我，却不顾惜太师颜面和贱妾性命，真是可恶至极！我恨不得剥了他的皮，割了他的舌头！"董卓道："噢，原来李儒这般狠毒，我焉能舍你。爱妾如不提醒，定会酿成大错，对这用心险恶之徒定不饶恕。"

"虽然太师怜爱，但吕布虎视眈眈，恐乘机亵渎于我，看来此处不宜久居，天长日久，定被吕布所污。"

"爱妾言之有理，你我明日到郿坞去小住时日，同享快乐。"貂蝉听后转忧为喜，再三拜谢。

董卓带着貂蝉满心欢喜地去郿坞度假，所带持戟武士百余人，个个红光满面、精神抖擞，擎旗奏乐者喜气洋洋、步履整齐。仪仗队伍超天子规格。众多官员在城门外拜送，王司徒也喜笑颜开地前来恭送。董卓和貂蝉乐而忘形地坐在木车上，摇着凤麟扇，吟着洮岷曲，浩浩荡荡、气势勃勃地向郿坞而去。

东汉初平三年，董卓筑建郿坞，高厚七丈，与长安城相埒，号称"万岁坞"，世称"郿坞"。坞中广聚珍宝，积谷为三十年储。董卓道："事成，雄踞天下；不成，守此足以养老。"到了郿坞虹场，又是彩旗飘飘，锣鼓喧天，炮竹声声。驻郿官兵列队欢迎。车骑将军李傕、郭汜亲白为董卓和貂蝉扶车撑伞。郿坞城里高屋建瓴，壮观典雅，一派喜气洋洋，美不胜收的景象！在一群窈窕淑女的簇拥下，董卓和貂蝉进了充满神秘色彩的郿坞城。

五

紫松山响石寨在乔峰的主持下，这几年不干烧砸抢掠的土匪事，干起了耕田种地，除恶济困的平常事，受到狄康二县乡民的称赞，也得到了县府的谅解和豁免。他们的庄稼连年丰收，过着丰衣足食的生活。还主动干起了保村护民的侠义之事，使得狄道南川民众马放南山、夜不闭户。人们夸他们是种庄稼的能手，金不换的义士，称乔峰是紫松山的雄鹰，狄道川的钟馗。这还不是他们要的结果，他们的愿望更大，目标更远。心气更高。乔峰拔掉了寨旗，举起了义旗，带着三百多名弟兄，组织侠义团，踏上了新的征程。

他们要去闯天下，要为更多的百姓开创更广阔的天地，让他们过上像狄道南川民众一样的自由、安全、幸福的生活。在乔峰的带领下，侠义团过陇西、穿天水、闯宝鸡。他们衣食自理，风餐露宿，路见不平就铲，妇孺幼儿受欺就扶。一路上杀富济贫，除恶扬善。得到了民众的支持和称赞。他们有严明的纪律和赏罚条约，在过渭河时，靳克仁摸了一个女人的屁股，影响了侠义团的形象，就被乔峰赶出了队伍。他再三求大当家让他继续留在侠义军，但大当家没有法外开恩留下他。翻车道岭时唐发样口渴难忍，喝了一位同路老人的水，老人乐而不怪，但被乔峰偶然发现，为正军纪，也被乔峰重打了十木棍。

他们的计划是向长安进发，奔赴保家卫国的战场，寻找能带领他们除暴安良、护村爱民的英雄。一天，他们来到了武功县。刚一进城，就看见有一个阔少撕打一位老婆婆，还破口大骂："老东西，你的巧珍我要定了，她活着是我郑宝的人，死了也要当老郑家的鬼。不然你们就滚出武功县城去，老子的地盘上不欢迎逆民。" 老婆婆求道："郑大公子，巧珍已婚配北寨刘家，这是双方大人做主、明媒做证的正当婚约，咱不能出尔反尔，无法更改了，你就高抬贵手，饶过我们母女吧。"郑宝把手一挥："不行！今晚必须将人送到我府上。"

老婆婆站起来理直气壮地说："我们康家不欠你一文钱、一根线、一粒粮，为何要苦苦威逼呢。"郑宝恬不知耻地说："谁让你家巧珍世得好看，家里没男人呢。给你十两银子都高看了。"老婆婆扑上去说："那你就打死我这个老婆婆吧。"郑宝把嘴一歪："好，眼不见心不烦，去死吧！给你男人做伴去吧。"他一把推倒婆婆，手起刀落，老婆婆就气绝人亡了。

这时一个漂亮女子跑出来，扑在婆婆身上大呼大喊起来："妈妈，妈妈，你死了让女儿怎么活啊。天理何在？天理何在啊！老天爷，你睁开眼看看吧，来帮帮我吧。"

郑宝一把拉起巧珍说："走，跟我过舒坦日子去。"巧珍拼命地挣扎着，郑宝的跟班连拉带搡地撕扯着她。这时刚赶到这里的乔峰看到了此情，二话不说，抡起拳头将郑宝打倒在地，并狠狠地踢了两脚，二当家范刚骂道："你这惨无人道的畜生！活在世上还会横行乡里，祸害一方，不如一刀杀了。"三当家麻壮举刀就砍，乔峰喝住："且慢！待我处之，郑宝，你故意杀人，罪责难逃，快快拿出三千两纹银，安葬老人，赔偿康家损失。"

郑宝一骨碌站起，斜着眼说："你算老儿？是那里冒出来的葱。老子是无人敢管的郑大少爷，县太爷也要惧我三分，我表叔李傕是董卓帐前的车骑将军，杀你如踩蚂蚁，还敢如此对待本爷。来人啊，将这几个人统统杀了，撂到漠浴河喂鱼去。"三个跟班举矛便刺，只听得咯哧一声，郑宝的半截右胳膊已被麻壮砍落在地，血流了一滩，吓得跟班跪地求饶。麻壮道："看哪个表叔厉害？要不把那只也弄掉？当个无臂侠客。"

郑宝疼痛难忍，跪地求饶："几位大爷饶命，小的有眼无珠，冒犯了侠士，一切按您的吩咐办。"郑宝让跟班取来三千两纹银交于康巧珍，巧珍拒不敢收。乔峰说："姑娘放心收下，好好安葬你母亲，这是他罪该如此。不用怕，我的官职比李傕还高，除暴安良是我们的责任，路见不平是我们的义务。范刚、麻壮，将这厮绑了，押送京都，让皇帝亲断。"

郑宝疼得只打寒战，吓得屁滚尿流。城内民众雀跃高呼，欢送乔峰一行出了城门。

走出城不远，麻壮急着要杀掉郑宝，为老婆婆报仇。乔峰不准："他死有余辜，杀了他我们就沦为杀人凶手，有损侠义团的名誉，得一命相抵。咱们现在走的是光明正道，干的是行侠仗义之事，不能再做杀人越货的土匪事，前面若有府衙，交于他们处置便罢。"

话音刚落，就见一队人马迎面而来，不一会儿就拦住了他们的去路。郑宝一看，兴奋得喊叫起来："我表叔来了，快快给我松绑！看你们如何收场？三千两纹银赶紧追还，要不性命难保。"来者正是郑宝的表叔李傕，他带着十数人横刀立马地站在了乔峰面前："哪里来的狂徒，竟敢在大庭广众之下行凶杀人？"

乔峰回道："我们不是狂徒，而是捉拿狂徒的义士。"

"董太师命我等前来捉拿杀人凶手，既然你们不是凶手，可知凶手现在逃往何处？"

乔峰指着郑宝说："这就是杀人凶手，现交于将军，我们去也。"他勒马欲走，李傕一看凶手原来是表侄郑宝，还被砍掉了半截胳膊，不由气上心来："大胆狂徒，竟敢砍了路人半截胳膊，还行刑捆绑，无法无天，拿命来！"李傕持戟向乔峰刺来。

乔峰一看无机会辩解，只好出手迎战，一决高低。双方人等摩拳擦掌，挥戈上阵，大战在渭河彼岸。李傕和乔峰只打了五六回合就败下阵来，何况十几个人对打三百之众。李傕气喘吁吁地调转马头带着败兵，就往郿坞逃走。

乔峰紧追不舍，心想，这等酒囊饭袋还能当车骑将军？不但武功浮浅，还心术不正。看来董卓帐下勇者不多，智者匮乏。李傕在前面跑着，乔峰在后面追着，就像捕猎场一样。李傕的人马进了郿坞城内，还没来得及关上城门，乔峰的人马已进了城池。

六

李傕求郭汜出来助阵，他一看阵势，就唯唯诺诺不敢出营。就命士兵上城墙工施射之。这时，董卓和貂蝉正在凤台饮酒赏景，忽听城内杀声四起，喊声杂乱，忙来查看，见一队人马正情绪激烈，士气高昂地呼喊叫阵。他一看阵势不小，就急命关闭城门，让全城将士竭力围歼。城池里拼杀声四起，对打成了一片。在这危急时刻，貂蝉上前仔细一看，认出领头者是响石寨的大当家乔峰。她心里一颤，响石寨的人为何到了此处，又为什么与李傕将军交手呢？她觉得事有奇巧，就赶紧请董卓停止围歼："太师莫急，我观这些人尽管武功高强，但出手不狠，招招都留有余地，不像亡命之徒，倒有几分侠士风范，或有隐情。斗打久了会造成我军伤亡，得不偿失。不妨先行停手，弄清缘由后再作论断。"

董卓觉得貂蝉言之有理，就命立即住手，全体将士一律退下，他站在城头上大声问道："你们是何方人氏，竟如此大胆地闯入我郿坞城内？如无歹意，可否一人进中堂诉情。"

乔峰说："只要相国不耍阴招，真心听禀，我愿前往。"

董卓言道："笑话，我堂堂一国之相，岂能出尔反尔。"貂蝉走上前去说："这位侠士，不必担忧，太师别无他意，只想弄清事件曲直，清者自清，浊者自浊，而不在声高诡辩，以大欺小。心里没冷病，不怕吃豆腐。你尽管前来。难道男子汉大丈夫就如此胆小怕事，没有担当？"

"好，既如此，我来堂中禀情。"乔峰不带武器，让弟兄们提高警觉，不要轻动，他整整衣冠，大踏步地走进了中堂。太师让侍从给乔峰赐座沏茶。打量了一下乔峰，但见他身材魁梧，仪表不凡，有胆识有担当，道："你还真有魄力，敢只身无械地进我中堂。我本想将你射毙，但爱妾阻我，让我问明案情，勿枉杀无辜。现给你诉情机会，就不要耍诡计，如实禀来。"

乔峰见董卓没有设计害他之心，就原原本本地讲起了武功凶杀的案情："武功县郑宝，欲强掠康巧珍为妻，但康母已将巧珍许配北寨刘家，巧珍母亲求郑宝放过她娘俩，郑宝不允，反而一刀将巧珍母亲杀害，在又要杀巧珍时，被我手下麻壮挡刀时误将其胳膊砍断了半截。我们想将凶手交与相国处治，半路上却被李傕将军阻拦，郑宝见表叔李傕来救他，就恶人先告状，乱叫乱咬。李将军不问青红皂白，就和我等对打起来，他抵挡不过，就带着败兵往郿坞逃，我等就追进城来了，望大人明鉴。"

董卓听后捧肚大笑："哈哈哈，哈哈哈……这个尿包软蛋，竟让一个无名小辈打得屁滚尿流，狼狈逃窜，真给我董卓丢人！我给他们俸禄，管尔等吃穿，并视为悍将，竟这样不堪一击。这位侠士，你是何方人氏？为何带着三百之众？"

乔峰见董卓相信了他的诉情，就大着胆子说："我乃狄道西南川人氏，从紫松山组织了三百多人的侠义团，想奔赴保家卫国的战场，寻找能带领我们除暴安良、护村爱民的能人义士，就忍饥挨饿、风风火火地一路向长安来了。"

这时李傕和郭汜闯了进来，李傕说："太师，别信他由嘴胡说，他们就是一群山贼草莽，武功县血案就是他们有意为之，想杀人抢财，掠奸民女。刚从郑宝那里恶去三千两纹银。"

董卓觉得奇异："可有证据？"

郭汜说："郑宝就是证据。"

"速将郑宝带进堂来对质，我要亲审此案！"李傕扶着郑宝进得堂来，郑宝跪倒便说："太师为我做主，不要被他的花言巧语所骗。我是亲见此案的证人。"

董卓问："巧珍是什么年月许配给你的？送了多少彩礼？"

"不知道。我看上的人还需要送彩礼吗？"

"你为何要杀她母亲？快说！"

郑宝的脑子来不及转弯，便说："我觉得她碍事。"

"你表叔李傕把三千两纹银拿走了吗？"

"不对，我表叔根本没有见那银子，是巧珍把银子全拿走了，还是乔峰亲手交给她的。"他生怕牵连了表叔。

"巧珍是他掳走奸淫的对吗？"董卓指着乔峰说。

"巧珍安葬她母亲去了。"

董卓拍案而起："案情和乔峰所陈一样，把狂徒郑宝押下去，推出城外斩首示众。"李傕忙上前求情："太师，郑宝虽说有罪，但他尚未管家娶妻，不足一承担全责，再说他还是我李傕的表侄，不看僧面看佛面，就请大人法外开恩，从轻发落。"

董卓道："这等罪大恶极之人，不严惩难平悠悠之口。"

李傕说："既如此，就请大人将此案下交武功县衙裁处，不必太师劳神，亲断此案，有失大汉尊严。"

董卓大怒："放肆！难道此案我就审断不得？我审之不清？断之不公？来人，把胆大妄为、藐视公堂的李傕拖下堂去，让他面壁五日。"他转而对乔峰说："乔侠士，你的冤情已清，本应放你等回去，但你擅闯我郿坞禁地是死罪，本相开恩，三百多条人命就由你一人背负了，武士们，拉出去将乔峰杖毙！"

"且慢！"貂蝉在堂内把刚才堂中发生的一切听得清清楚楚，要被杖毙之人是她的恩人，有恩不报非君子也。她从堂内走了出来，撒娇似的对董卓说："太师你太英明了，刚才的断案太精辟了，这叫'董公巧断武功案，神机妙算阴阳间。'请问史上何人敢与你相比？但太师莫要乐而不慎，发无名之火，生无原之气。这事需从长计议。要赦免就一并全免，何必留下心狠手辣的骂名。我看这乔侠士武功高强，为人耿直厚道，不如留在太师阵营，效命于相国，对成就大业有利而无害。"说完摇着太师的肩膀给乔峰示意不要认她。乔峰也认出了她，就会意地眨了一下眼睛。

董卓听了甚是高兴，差点做了莽事。便道："美人言之有理，就依你心思去办。转身对大家说："这乔峰一案事出有因，不可妄断。当特事特办。乔峰，你肯在我帐前效命吗？"

乔峰跪地回道："谢太师不杀之恩，寻找明主是我等此行的目的，如有差遣，当万死不辞。

董卓乘兴道："好！我观你厚道耿直、心系社稷，现在就着升你为正六品营千总，"乔峰再三拜谢退下。

董卓戏貂蝉说："爱妾，因乔峰是狄道同乡，你才求我为他赦罪任用的吧，你有营私舞弊之嫌。"

貂蝉笑嘻嘻地谬道："亲不亲一乡人，甜不甜一泉水嘛，大人真懂我心，赏妾情面。你戏弄我，我不理你了。"她倚着董卓高高兴兴地回卧室去了。

七

李傕对乔峰被重用很妒忌，也很不满。尽管乔峰的品级比自己还是低得多，但总觉得别扭，难以接受。在武功县郑宝这件事上，太师没有给他一丝情面，反而在众人面前痛斥他。这事搅得他心如乱麻，坐立不安，这口怨气怎么也咽不下去。这都要怪罪于貂蝉。是她从中作梗，太师才杀了郑宝，赦了乔峰，让他受了莫大的耻辱，心想，貂蝉是太师的心肝宝贝，难以下手，乔峰武艺高强也不好对付。摞挑子走人，又无处可去，只好忍气吞声地等待机会。但他还是想及早设法把这个面子搬回来。

一天，李傕对董卓说："太师，过几日你就要返回京都，我们想陪大人去武功山猎游一番，不知大人可有此意？"

董卓大喜："稚然既有此意，我乐意去猎游一番，你安排妥当后，即可出发。"李傕再问："可否带上貂蝉，让乔峰随队陪护。"

"为了犒赏鄜坞守将，都去猎游便是。"

李傕带着人马，郭汜和乔峰护着董卓和貂蝉一行二百多人，浩浩荡荡、前呼后拥地来到了武功山上。这里空气清新，风景如画，森林茂密，鸟语花香。董卓十分高兴，望着醉人的风景赞叹不已，捋着胡须激兴作诗一首：

　　　长城内外出英雄　　大江南北五谷丰
　　　自古美女在狄道　　天下景色落武功

李傕请太师和貂蝉先在紫阳台上落座休息，自己带着十数人去森林深处追赶猎物。他选了一个理想的地方，让一位身材矮小的心腹穿上狐狸皮大衣，爬行在密林深处。其余人等箭在弦上埋伏在（狐狸）周围。他又回到紫阳台说："这里野物稀少，还请乔千总和我一起去寻找猎场，追赶野物，让太师射猎尽兴。"

他俩在森林深处转悠了一阵，不见野物，又按李傕指引的地方走去。李傕突然说："前面好像有动静，千总你看，好像是只野狐。我在这里堵截，你去那边追赶。"乔峰没有思考，也二话没说，抬脚就去追野狐，等他快到野狐附近时，李傕大喊："野狐来了！"随着声音，十几支弓箭轮番向他射来。他用大马刀左挡右砍护着身子，并大喊："李将军救我！"不见回音，再喊，还是不见回答。他转头一看，一只大老虎正凶猛地向沾沾自喜的李傕扑来。乔峰一边挡箭，一边拼命地向李傕跑去，并不顾个人安危地大声呼叫："快跑！李将军快跑，老虎来了。"

李傕一看，老虎已经站在了自己的身后，张着血盆大口向他发威，吓得他像剔了骨头的肉瘫在了地上。那十几名弓箭手看见了李将军身边的老虎，就逃得无影无踪了。在李傕命悬一线的时刻，乔峰来到了李傕身边，他用所学的全部招数，和老虎展开了生死博斗。在乔峰精疲力竭的时候，老虎可能也累了，调转身子，嗅着鼻子向紫阳台上跑去。

乔峰扶起吓得说不出话的李傕："李将军，老虎已经走了，不要害怕，暂且在这里休息，我去营救太师。"他又急急忙忙地赶到紫阳台，看见老虎正追着董卓和貂蝉跑，范刚、麻壮及其他护卫也四散逃命。他一个箭步截住了老虎，晃着手里的马刀大喊："打老虎！打老虎！"他又和老虎较上了劲。气得老虎张着血红大口，瞪着拳头大的眼睛，两只锋利的爪子挖着地皮，大声长啸着摇摆身子，拉开了吃人的架势。乔峰浑身是胆，但力不从心，他大声喊道："范刚、麻壮，快来助我！"

范刚和麻壮见老虎已被乔峰截住，而且大哥让他二人相助，也就二话没说，立马和乔峰站在了一起，"大哥，我们来也！"他们三人都晃着兵器，大喊着："打老虎！打死老虎！太师不要怕！貂蝉莫要害怕！"老虎并没有被他三人吓跑，但还是怯了几分。它逍遥自在地蹲在了那里，不进也不退，可能是在养精蓄锐，想再度发起更凶猛的进攻。

董卓回过头来，见老虎已被乔峰三人拦截在十丈之外，一看实力不分上下，如再无援手，很难赶走老虎。便站在一块石头上喊道："李傕、郭汜何在！陶汉何在！陶汉在哪里？还不快来护主！"喊了数遍，仍不见他们的身影。气得董卓欲踩破石头戳破天。貂蝉躲在不远处，吓得面如土色，腿似搅棍，哆哆嗦嗦地说："乔千总当心，别让老虎伤着大家。"

乔峰对范刚、麻壮说："看来这样对峙下去不是办法，咱们得先发制之。你二人从老虎左右翼夹击，它身重转身慢。我在正面刺杀，咱们一鼓作气，将其制服。开始！"乔峰在前面舞刀刺砍，范刚和麻壮拼命在两翼夹击。弄得老虎眼花缭乱、左右难顾。在它应接不暇的当口，三个人的刀先后都刺进了老虎的身体。虎血喷洒了一地，就有气无力地轻啸了几声后，躺在了地上。随之，他三人也累倒在了地上。

老虎死了，大家都安全了，李傕、郭汜、陶汉等一个个地来到了董卓身边，都凑在太师身边问安壮胆。李傕怕太师见疑发怒，便心神不定地道："让太师受惊了，早知有此凶险我就不离开大人。"说完偷看了一眼若无其事地乔峰，生怕他揭穿了今天以怨报德的事。郭汜大言不惭地说："太师伤着了没有？真让人担心。尔等如此不尽心。"陶汉振振有词地说："太师的安危大于天，没有我这个随将，你们连一个小动物也赶不跑。来了老虎也不晓得喊我。真是笨得像猪。"乔峰等无话可说，只是看着死老虎发愣。貂蝉言道："太师命大，今有乔峰等部下拼死保护。才免遭虎害。我等皆是废物而已。只知道保命逃窜，没有一丝护主之念。"

惊魂未定的董卓，整了整衣冠，看了看神态各异的部下，叹了口气说："今日猎游险象环生，毫无意义。安排不周，防范无力，各行其是，毫无主仆之念，致老夫之安危而不顾，差点将老夫的性命葬送于此，谁是谁非、事情曲直，大家都心知肚明，待回郿坞再行处治。我在这里一刻也不想待了，打道回郿吧。"猎游队伍残兵败将一样地离开了武功山，心事重重地回到了郿坞。

八

回到郿坞后董卓十分烦恼，他回忆今天发生的事奇异古怪，疑点重重。心里有不少问题弄不明白。李傕为什么要突然让他猎游？他和乔峰为什么来来回回的在武功山走动呢？危急时刻李傕、郭汜为什么不来救我呢？身为随将的陶汉当时又在何处呢？乔峰三兄弟为何拼命抵挡老虎呢？苦思良久不得其意。

貂蝉见董卓心事重重，对今日之事怀疑颇多，就主动对他说："大人莫要难过，他们都是些目光短浅之人，不必与尔等置气。李郭二位将军各怀鬼胎，献媚争宠、揣摸大人心思。从他们的做事风格来看，实属墙头草之类，是见风使舵的小人，大人日后决断大事不可对其全盘托出，谨慎没大错。俗话说小心驶得万年船嘛。"

董卓疑惑道："他们会背叛我吗？不过他们最近的表现不太磊落，让人生疑。爱妾，该如何处之？"

貂蝉应道："这些小巫掀不起什么风浪，归根到底还要依附大人的威仪，升官发财呢。"她停顿了一下又说："倒是陶汉这个人，这个人，他，他……"董卓紧问："这人何为？"

貂蝉说："我身为大人贱妾，理应将所知之事禀告大人，为大人的安危着想，为太师的宏图伟业而虑，又恐惹大人生气伤身。为长久计，今日妾不怕大人生气，愿将所知陶汉之事禀告一二，请大人斟酌。今日你我在武功山遇难之时，妾见陶汉藏在不远处的树丛里窥窃，大人喊了几遍他也没有出来救主，当时我觉得心里很凉，心想，可能是大人平日里对他不好，他才见死不救的。"

董卓大怒："这个贼人，我把他当作心腹大将，事事处处优待于他，恩恩怨怨偏向着他。他却在我危难之时藏藏躲躲，不愿救我，倒看笑话。如不追究，难平我心中之怨。"

貂蝉又道："还有更让太师蒙羞生气的事，陶汉是阴阳本性，人前是君子，人后是小人。趁大人不在时他就对我献媚讨好，动手动脚，要我与他亲热。他还说太师老朽无用了，我陶汉阳刚正旺。每次都被我严词拒绝，他的目的没有达到，就对我怀恨在心，伺机下害，置我安危而不顾。对您极为放肆，还大逆不道地说：'等我当了相国，看你貂蝉还依靠谁，到那时别死皮赖脸地来黏我。'在武功山上他不救你，意在让老虎吃了你，圆他娶我之梦。"

董卓气得发抖："这斯胆大包天，心狠无德，我这就去杀了他，以绝后患。"貂蝉急忙拦住："大人别忙，这么突然杀了他，不但诛杀无名，而且起不到杀一儆百的效果。明日在公堂上列举他罪状后杀之为好。既能平恨，还能让存心不良者惧之。妾望大人赏罚分明，今日乔峰、范刚、麻壮救主有功，应着升嘉奖，以示恩赏。"她想，在公堂上名正言顺地杀了陶汉，就报了陶汉在狄道胡作非为、设计害母、乱伤无辜的仇。在众将士面前着升乔峰等人，也是报恩报德、扶正压邪之举。

"爱妾说得有理，明日在堂议事时，就行赏罚之事。以示我董卓公正无私，明辨忠奸，爱憎分明，惩恶扬善之心。"貂蝉听了兴奋不已，扑到董卓怀里甜甜地说："大人英明，太师的大业炙手可热，大人就要一步登天，当九五之尊了。"

第二天，董卓召将士人等在中堂议事，因昨日的武功山虎难，弄得大家惶恐不安，人人自危。中堂之内空气压抑，气氛非常。董卓在堂中坐定，貂蝉在帏帘后静坐候讯，将士以品级高低分坐两边，八名武士分列太师左右，整个中堂显得庄严血腥，鸦雀无声。沉默了良久，董卓便大声道："昨日武功山虎难着实奇异，疑点重重，有人心怀鬼胎，图谋不轨。现已察明陶汉明哲保身，藏匿于树丛，在我呼救数遍后，仍佯装不知。罪在欺主犯上，见死不救。必杀之，以儆效尤。"

陶汉跪地疾呼："冤枉，太师饶命。我车前马后护俸多年，不曾有半点闪失，今日杀我不知为何？"

太师离座，指着陶汉道："明知故问，你罪孽深重。贪色辱主，野心篡位，不可饶恕！武士们，推出去斩首示众。"武士们将他押出中堂，只听得他连声高呼"冤枉！"董卓复坐中堂，郑重地说："乔峰、范刚、麻壮在武功山救主有功，值得褒奖。乔峰、范刚、麻壮听封：他三人起坐跪地听令，太师宣：着升营千总乔峰为正五品虎威将军，范刚、麻壮为正六品营千总。"乔峰等三人拜谢回座。中堂内鸦默雀静，董卓道："尔等需忠心当差，再有同类，定杀不赦！议事完毕，退堂！"貂蝉在帏后如释重负，喜笑颜开，挽着董卓的胳膊走出中堂。

几日后，皇帝特使刘贺来到郿坞，对董卓说："皇帝有要事和太师商议，请太师回京。"董卓笑道："我乃吉星高照，大难不死必有厚福之人，看来天意将至，民心难违，吾岂能背天弃民。更不可拒受圣恩。吩咐下去，即刻返回京都面圣，且勿误了天意民心，江山社稷。"于是他搂着貂蝉，带着武士和仪仗，在虎威将军乔峰的护卫下，乐而忘形地回到了京都相府。

貂蝉

一

董卓来朝堂面圣，献帝面带笑容迎接。董卓迈着相堂步在朝堂坐定问："圣上，召臣来有何要事？"献帝说："相国一路劳顿辛苦了。刚到京都就风尘仆仆地来到朝堂。圣心不忍。你这些时日不在京都，茶冷酒凉，朝堂荒静，无人伴朕在朝，好生寂寞。文武百官蠢蠢欲动，谣言四起，多有贬词。说寡人昏庸无道，相国嫉贤妒能，奸臣当道，欲清君则，还万民朗朗乾坤。"

董卓听了大怒："我几日不在朝中，这些奸贼就胆大妄为，想更改朝纲，挟天子以令诸侯。可恶至极！"

献帝道："恩相，快设法平之，正本清源。不然我大汉王朝就岌岌可危，你我将死无葬身之地。"

董卓道："圣上尽可放心，这点小浪翻不了大船。他们这是蚂蚁撼树，螳螂当臂，自不量力，违天逆道。尚有圣上做主，卓当竭尽全力，铲除奸佞。"他心想，这是一个排除异己的好机会，也是敛财聚宝的好由头，更是收拢人心的好契机。他辞了献帝，匆匆忙忙地回到相府后，就急不可待地召谋士李儒、李肃、贾诩来相府议事。貂蝉见董卓今日喜怒无常，心神不定。并急召谋士，心想，可能将有大事发生。于是，她就藏在议事堂屏后细听究竟。

董卓对谋士们说："圣上急召我议事，圣曰近日有奸佞小人造谣生事，诋毁皇帝，诽谤老夫。圣上责成我等扫除不臣之患，还朝廷尊严和清誉。你三人自此就明察暗访，竭力办事，将怀有二心之臣，不轨之将悉数查出。不论品级高低，人数多少，待我核准后，立即处决，不留后患。尔等要秘密行事，不可张杨。谨防走漏风声，办案受阻。"三谋士领命而去。貂蝉听了不觉惊出一身冷汗，她借故探望义父给王允报了信。

经过三位谋士几天的暗访细查，已有十六名文武官员被列为不臣奸佞。其中就有国舅董承、司徒王允、耿纪、吕布、伏完、王子服、张奉、韦晃、赵彦等。董卓看了名册大惊，尽然有这么多献帝的重臣离心圣上，背叛于我。他觉得事关重大。便问计于谋士："这些人都是朝廷重臣，皇亲国戚，牵一发而动全身，处治不当，会引火自焚，该如何是好？"

李儒道："太师莫要心慈手软，顾虑重重，干大事而不拘小节，量小非君子，无毒不丈夫。咱们一鼓作气，一击致命，斩草除根。千万不能错失这次清除异己的良机，自此，太师成就大事的路上就少了障碍，有圣上担责，还惧何人？"

贾诩说："这些人恶意中伤太师，妄自菲薄献帝，实属冥顽不化，固执己见的呆子，这些无能之辈，放着大好的前程不奔，反而要当皇帝的叛臣，造朝廷的反，做太师的仇敌。该杀该剐，就是错杀了也值当。千万不要有漏网之鱼。"

李肃道："太师莫要盲动，我有肺腑之言。据我察访，这十六位叛逆之人，并非全是奸臣。有的只不过是发牢骚说笑话而已，并非有意攻击太师，抹黑朝廷。咱们有机会将这些人拢进自己的阵营，为太师效命，岂不甚好。有些检举带有报复和挖太师墙角之嫌。比如吕布乃太师义子、朝廷温侯，能反对太师和朝廷吗？司徒王允，享受着朝廷的高官俸禄，和大人关系亲密，还把貌似天仙的义女貂蝉献给了太师，他会诽谤诋毁朝廷和大人吗？董承乃皇亲国戚，反对皇帝对他有什么好处，如此等等。杀戮越多就树敌越多，一人之后有百人呼拥，咱们不能让人当靶子，替别人作嫁衣，让大人背上残暴的恶名，将来如何君临天下？以肃之见，象征性的杀少许几人，让献帝解气罢了，乃肃肺腑之言，请太师三思。"

董卓道："李肃言之有理，我们只杀耿纪、伏完、张奉、韦晃、赵彦等五人交差便是，其余人等概不追究。不能树敌过多，背上残忍粗暴的骂名。我等要舍财诚心地收获人心，赢得清正廉明、忠肝义胆、忠臣良将的赞誉，为咱们的宏图大业准备条件，扩充势力、夯实基础。我欲近日以宴请宗族亲戚的名义，宴请王允、董承、王子服等朝廷要员前来赴宴，把酒言欢，以此示好，你三人可从中周旋，消除误解，亲近关系。"三位谋士心领神会，心思缜密地回去了。

董卓亲往朝堂，向献帝问安禀报："谨遵圣意，周密排查。对诋毁朝廷，非议皇帝的事端进行了明察暗访、调查取证。已将重犯耿纪、伏完、张奉、韦晃、赵彦等五人斩首示众，其余轻从贬官罚俸，各有处治。现在朝堂内外皆无杂音，一片清静。又是万民期盼的稳固江山，社稷兴旺的朗朗乾坤。"

献帝听了甚喜："妄加指责朝廷，恶毒攻击相国，无端指责寡人的叛臣贼子已诛，正了朝纲，扶了正气，震慑了蠢蠢欲动的不臣之徒，还了汉室朗朗乾坤。董相国功不可没，今古往来无人及也。待时机成熟，寡人将不寡，相国将统揽全局。"

董卓听了大喜，再三拜谢而回。

三

董卓择了黄道吉日，要宴请董氏在京宗亲和国臣要员，富丽堂皇的相府红情绿意，金鼓齐鸣，彩旗飘飘，人气爆棚。走廊台阶红毯铺映，楼阁三堂金碧辉煌，前厅后院席座典雅，礼宾侍员红妆饰裹，全府上下人心振奋，相府门口对联写着：

直上青天揽日月　　欲倾东海洗乾坤

董卓佩官服喜笑颜开地坐在前厅，迎接前来赴宴的董氏族人和朝廷重臣。貂蝉陪侍在侧，热情洋溢地向来者施礼问安。来宾都拿着厚礼，带着喜悦，一个个笑容可掬地走了进来。董承来了，王允到了……董卓的弟弟左将军董旻来了，侄儿侍中董璜来了，堂弟左都侯董正邦带着爱妻单来凤也来了。因为没有经历过如此高规格的盛宴，董正邦还有些拘谨，单来凤羞羞答答地向太师行了见面礼，跟着左都侯要进中堂。他俩没敢正视太师的爱妾，可貂蝉把他俩认得真真切切，便失态忘形地赶上去，抓住了单来凤的手，亲亲地叫了声"姑妈。姑父。"激动得流下了泪水，忘记了场合和身份。

单来凤握住貂蝉的双手："蝉儿——"双人抱在了一起，心里的话儿不知从何说起。片刻，单来凤说："我们来京都不久就听闻太师纳了一位如花似玉的爱妾，但不知其人是谁，原来是我的侄女貂蝉，姑妈不是在做梦吧"

貂蝉说："想死侄女了，我日思夜盼地想念你们，只听说姑父当了官、封了侯。但不知他在何地任职，也不知他是否把你带着，原来近在咫尺，还不曾见面，现在我们见面就容易了。"

董卓不见身边的貂蝉，疑是吕布在作梗，又搞凤仪亭恶剧。他急喊："奉先吾儿。"其实吕布就在不远处持着方天画戟，看貂蝉和人交谈，看得如神，听得认真。突然听到太师高喊，急应道："儿在此。"就回到董卓身边，轻声对董卓说："大人，儿见貂蝉和左都侯夫妇言行有疑，故细微观察之。"

董卓诧异，即离座来看，但见貂蝉和弟妻十分熟悉，言语亲密，举止友好，弟弟正邦也在旁边津津乐道。他觉得事情奇巧，不问明白恐日后生事。便上前问貂蝉："爱妾，你们为何如此悉谈？就不怕冷落了王侯将相，族亲故友？"

貂蝉忙回道："大人莫怪，我和姑妈久日未见，今在相府偶遇，不甚激动，故多谈了几句，还请大人宽宥。"董正邦和单来凤惊慌失措，同声说道："太师息怒，我等失态多事了。"

董卓道："尔等既是至亲姑侄，频繁接触也无妨，乃人情世故所致，不足为怪，何谈多事？只因这辈分有违，不便被他人知晓过多，这里人多嘴杂，多有不便。咱们不妨进后室细谈。"吕布想随太师进后室，却被董卓拒之门外守候。

他们在后室坐定，董卓道："以前未曾听貂蝉说有亲人在世，今日却认我弟妹为姑妈，实属奇巧不解。这岂不乱了辈分，有违伦理？难道让我称弟妹为姑妈不成？或让弟妹叫我侄婿吗？哈哈哈，别扭，实在别扭。让人难断。不知如何是好。"

董正邦和单来凤跪在了太师面前，单来凤战战兢兢地说："太师切莫顾虑，我永远是你的弟妹，也是貂蝉的姑妈。咱们谷是谷口袋，糜是糜箱子，各称各的，故不搅倒，岂不甚好？"

董卓道："好，弟妹心思敏锐，言之有理，我和正邦必定是一脉弟兄，貂蝉已是我的爱妾，亲上加亲，木已成舟。只好以弟妹所言行事，让我无端占了你们的便宜。此事必定有违常理，故不能张扬。但我对你们的姑侄关系尚不能全信，见二人像貌有异，貂蝉为何不姓单？能否把缘由细表一番。"

貂蝉道："大人，请免妾之罪，妾原来不禀生世缘由，是怕大人嫌妾出身卑微，有损大人威仪。现已被大人发现端倪，妾只好全盘托出，任凭大人处治。"

"暂且免你无过，快快表来。"

"谢大人不责之恩。我本是单得宝和周桂英亲生之女，我出世不久，父亲就用貂皮给我做了件衣服，觉得我穿上貂皮衣服很好看，就背着我去淮水沟打柴。但遭遇大难，突然有一只老虎要吃我，父亲抢着砍柴刀，拼命赶跑了老虎，把我从虎口边救了回来。为给我取名父母亲起了争执，父亲要取单来娃，母亲要取单胭脂。二人僵持不下，就请狄道转阁楼的石先生起了"貂蝉"这个名字。因我身穿貂皮衣就取姓貂，我是父亲单得宝从老虎（大虫）口边救回来的，就取了个蝉字，寓意是单家人从大虫口边救回来的，也包含了姓单的意思。"

董卓一拍桌子："原来如此，妙，妙啊。不愧是转阁楼的石先生，这名字叫起来朗朗上口，听起来妩媚富贵。那后来呢?"

貂蝉接着说："父亲为了打柴攒钱给我请教书先生，在淮水沟打柴时被狼吃了。母亲为了拉养我，就进了鹿鸣山庄，后被我姑妈单来凤救到南屏王董家姑父家生活了一些时日。一家人都对我母女很好，只因一点小误会，我母亲赌气带着我又去了临洮，给一个贩盐的老板干活混饭吃，后又辗转就到了京都，就被王司徒收为义女，母亲周桂英就失踪了。"

董卓长长地叹了口气："哎呀，命苦人啊，现在好了，你等会有更好的幸福生活，等我腾出空来就寻找你母亲，让你母女及早团圆。正邦、来凤，你们对貂蝉有恩，我要替貂蝉报答你们，着升正邦为正三品骁骑营参领，赏来凤金冠霞帔一套。来凤，你才是貂蝉真正的娘家人，要好好地关照她，貂蝉苦于没娘家而自卑不乐，现在好了，貂蝉有姑妈撑腰，我就不敢胡作非为了，哈哈哈，玩笑了。"貂蝉撒娇道："太师戏弄我等，再若欺负，妾就回娘家去住，八抬大轿也抬不回来了。"

正邦、来凤跪地谢恩，貂蝉喜不自禁。董卓起身说："你们在府内随便走动，说说话，交交心。前厅后院还有文武朝官，本族宗亲，为夫还要为他们劝酒叙话，以表诚谢。"

三

李儒贾诩忙得不亦乐乎，就像主人一样，热衷此道地招呼着来宾，"董大人好。""感谢王司徒光临。""欢迎张大人赏光。"他们乐此不疲地忙乎着，谨小慎微地招呼着喜笑颜开地客人们，生怕事与愿违，吃力不讨好，太师斥责。李肃用深奥的目光审视着举杯拿筷的吃手，阿谀奉承的政客，挤眉弄眼的神人。他恨不得钻进这些人的身体里，洞察出他们在想什么，想干什么。是皇帝的忠臣，还是社稷的蛀虫？他想将出个子丑寅卯、上下左右来。正在心思纷乱的当口，董卓来到他的身边："李肃，你如此不尽心思，怠慢宾客。为何在此发呆？"

李肃猛然醒悟："太师，我并非懒惰，肃正在察言观色，分辩忠奸，以便在行事中不走弯路，漏掉奸佞，错杀盟友，避免前功尽弃，失之东隅，避免烧尽清油灯不亮，瞎子点灯白费油。"

就在此时，突然从帘后跳出一个蒙面人来，黑衣黑裤黑长甲，身材魁梧又高大，手中握着短刀把，不问席间有何人，生死搁在后脑瓜！他直冲董卓而来，看上去此人擅长轻功，行走如草上蜻蜓花中蝶。一个脚踩乌云借闪电，就站在了董卓身后，没等董卓反应过来，短刀就刺进了他的后背。只听哎呀一声，董卓转身出招避险。蒙面人见没有刺中要害，又去刺第二刀。说时迟那时快，只见单来凤如疾风而至，出剑挡住了蒙面人的短刀，二人展开了殊死刺杀，单来凤根本不是蒙面人的对手，这时董正邦挥戟助妻。三人厮杀在相府后院，一场杀气腾腾、生死存亡的搏斗，使得相府昏天盖日，风云不测。

董卓急喊："我儿奉先，快来救父！"其实吕布早就知道了这里的拼杀，只是佯装不知罢了。他应声而至："凶手哪里逃！"他持戟追赶上去，替下董正邦和单来凤，和蒙面人对打十几回合不分胜败，众人纷纷自保，不敢近前增援。今天的吕布看上去精神不振、功力欠佳，在他换招便砍的空隙，蒙面人收刀换气，驾轻跳出相府，全身而退，像蜻蜓一样飞走了。吕布见状气得跺脚摇戟，怒发冲冠。赶紧来到董卓前道："大人，奉先来迟了，让大人受了伤。凶手逃走了，请大人恕罪。"

董卓的背上流着黑乎乎的血，疼得他脸色苍白，气得他怒火中烧，大骂侍卫无能，凶手无情。前厅后院一片狼藉，全府上下乱作一团，赴宴的官吏四散逃走，宗族亲友自顾不暇。貂蝉惊恐万状，欲喊无力，欲哭无泪，和几个侍从将太师扶进卧房，让太医救治。吕布自惭形秽地站在太师身边，时而看看义父，时而偷视貂蝉，一副无可奈何的样子。

李儒、贾诩和李肃慌慌张张地来到董卓面前问安，李儒问："太师伤势如何？凶手抓住了没有？这些侍卫也太无能了！"

贾诩近前说："太师的安危何等重要，他是汉室江山的定盘心，我等的衣食父母，奸臣的克星。一定要将凶手缉拿归案，揪出内奸，一并处死，报一刀之仇！"

李肃道："今日之事非常奇异，不杀他人专刺相国，从行刺的时间、地点、凶器、蒙面人的装束来看，必有内鬼，定是一起里勾外连的凶杀案，凶手对相府的环境、席位的布置、太师的行踪都了如指掌。这消息是如何泄漏出去的呢？这内鬼是谁呢？难道是咱们三人其中的一个？此次宴会的设计和用意只有我等明白，太师遇刺时谁不在现场，太师呼救时谁装聋作哑，还请太师明察，还我等清白。"

李儒惊问："李肃你何意？难道我是内鬼？"

贾诩道："李肃言之有理，先排除我三人嫌疑，正人先正己，我们轻装查案，方可站得端行得正。"

李肃道："贾兄所说正是我心中所想，李兄何必计较，身正不怕影子斜，此地无银三百两，你慌什么？你我三人皆是太师心腹，朝臣忠良，何恐之有，我和贾诩为何不慌？"李儒自悔多言

董卓道："三位不要彼此计较，互相猜疑，凶手可能是两个月前杀害王保信和田布仁的草上飞。此人来无踪去无影，在江湖上颇有名气，武功了得，无人可及。你们要竭力寻找此人，不能伤其性命，要以和善的态度感化他，施重金、许高位，将他拢在我的帐下，为我所用，到那时我左有吕奉先，右有草上飞，我们还惧何人？我的大业就如虎添翼了。"

李儒等人齐说："大人高明，既能运筹帷幄，招贤纳士。更显胸襟宽阔，高屋建瓴，我等远远不及。太师竟可宽心，我等将精心筹划，竭力寻

访，让太师早得贤才，再添猛将。"

貂蝉说："太师深谋远虑，志向高远。具体事务有能臣猛将分担，贱妾只担心大人安危，心疼大人的伤口。我恨不得扒了那凶手的皮，剜了他的心肝给大人熬汤补身体。不过太师惜才，那就让他再活些时日，为太师效力吧。"其实她从行刺者的身手，体态猜想到了凶手是何人，可能就是在凤仪亭救吕布的那位从将。案发时吕布的神态冷静不慌，对打时多有虚招，故此而已。

董卓忍着疼痛说："今日幸有正邦、来凤救驾，不然老夫早已命丧于此，还能与尔等谈论人生，漫话天下？他俩救驾有奇功，我已着升左都侯董正邦为正三品骁骑营参领，赏单来凤金冠霞帔一套。以后还有厚封，适才玩忽职守者要严处！"

本应是一次计划周密，宴席丰盛，皆大欢喜的大聚会，没有收到预期效果，反被刺客闹成了相国流血的大惨案，互相猜疑的大秘团，传遍京都的大笑话。董卓怒气难消，心有不甘，他说："诸位不要气馁，过些时日咱们再办一次规模更大；规格更高；酒宴更盛的大宴会。以此来挽回这次失去的契机和颜面。"

四

吕布见陈尚峰刺杀董卓失败非常懊悔，他看到貂蝉天天被董卓带在身边，抱在怀里，心里好生难受。见貂蝉以泪洗面，面容憔悴，十分心酸。貂蝉偷偷地看他一眼，都会使他心思动荡，想入非非三天。一日，他二人偷偷约定，天黑后在阁楼相见。把吕布高兴得心花怒放，身体里好像有毛毛虫蠕动，难以忍受。一会儿在相府看看；一会儿在自家转转。穿上这件又换那件，想说些什么但欲言又止。他在心里赶太阳下山，只狠太阳越走越慢。

天终于黑了下来，貂蝉与董卓把盏而乐，董卓毫无设防，摸着貂蝉的纤手，喝了一杯又一杯，亲了一口又一口，毫无弃盏走开的意思。黏得貂蝉心慌意乱，无法脱身。她突然心生一计，佯装醉酒。摇摇晃晃地跑到门口说："刚才有人从门缝里窥视我俩饮酒取乐，跑到院中的丁香树后面了去了。"

董卓道："大胆淫贼！竟敢窥探我俩好事，坏我心情，爱妾先回房中等候，待我揪回此贼，问罪于他后咱们接着乐呵。"貂蝉故意硬着舌根说："快去，快去，抓来让其给咱俩斟酒捶背。"董卓拿着七星刀去抓窥视之人。貂蝉趁机把从司徒府带来的催眠散，放在了董卓杯中。董卓无功而返："跑了，跑了，被我吓跑了。"端起杯子就喝了几口。"来，爱妾，咱们继续受用这五谷精华，待我精气饱满后，咱二人就钻被窝。"不一会儿他就觉得瞌睡难忍，回到床上迷迷糊糊地沉睡了。

貂蝉见董卓已经沉睡，一时半会儿也醒不过来。就收拾打扮了一番，一看四下无人，就急匆匆地直奔阁楼。在半道上突然遇见了一个黑衣人，把貂蝉惊出了一身冷汗。看样子他要阻拦貂蝉上阁楼，双方愣对了片刻，最终黑衣人没有为难貂蝉，而是摇了摇头后，飘然躲在了暗处。貂蝉怕事情败露，遭董卓问罪，便折回脚步往回走。这时阁楼处有了动静，貂蝉停住了脚步，又见黑衣人飞出了墙外。他猜想这可能是吕布的从将陈尚峰。黑衣人走了，他又轻脚妙手地来到了阁楼上。

吕布早已心急如火地等候在那里，欲望的火苗烧得正旺，情窦发生着质的升华。二人见了来不及换神，就紧抱抚摸，纵情狂吻，顷刻就倒在那枣红木的地板上，翻来滚去，推拉搂抱，揉得木地板咯咯吱吱的呻吟，绵绵的嗟叹声，粗粗的呼吸声，此时此刻的阁楼是天上少有、人间难寻的极乐世界！作乐嫌时短，受难恨夜长。时近二更，还未尽兴的两人，恋恋不舍地分手回归，期盼着再次作乐的时刻，并山盟海誓：除董卓老贼，还你我自由，结同床夫妻！

第二天，李儒进见董卓："太师，你一月前就允准将貂蝉送于吕布，今日良辰，就将貂蝉送去吕将军府上如何？"董卓慢条斯理地说："经过老夫仔细思量，以前的允准不妥，吕布和我有父子之份，近观貂蝉不但姿色俱佳，还有安邦治国之才，将是我乐度晚年、成就大业不可缺少的贤人，烈日当空难留，明月几时再有，不便赐予。我再没有追究其调戏我爱姬之罪，他应心安理得了，你传我意，好言安慰便是。"

李儒说："太师不可为女子所惑，还是顾大局为上。"

董卓厉声道："你的妻子肯送吕布吗？李儒，你为我心腹，本应替老夫着想，还心存邪念，得陇望蜀，貂蝉之事再勿多言，再言必斩！"李儒无可奈何地走出中堂，仰天长叹："我等要死于妇人之手矣！"后人读史书感触至深，有诗叹道：

> 贤臣妙计托红衣　不动口舌不动戈
> 屡陷深牢何所惧　除奸斩妖美名播

貂蝉受王司徒指令：设法让太师去郿坞休养数日。貂蝉心领神会，就以关心董卓散心养伤为由，要去郿坞度假。董卓就应允了貂蝉。其实他也有此意，想到郿坞暂避一些时日，他担心草上飞贼心不死，再来滋事，怕吕布不得貂蝉，再度袭扰纠缠于她，扰乱他的心境，就痛痛快快地准了貂蝉的请求，也随了自己的心愿。他令只允虎威将军乔峰侍驾，让温侯吕布看守相府，吕布听了咬牙切齿，好生不快。

即日去郿坞，文武百官列队拜送，众官偶见貂蝉容颜，惊叹此女非凡人，一个个的眼神直勾勾地望着貂蝉，恨自己卑微不得此女。忘却了自己此时此刻的身份和举止。王司徒俯身对董卓说"太师尽管在郿坞养身待讯，我即命能工巧匠修建受禅台，允当全力周旋献帝受让事宜，定当促成太师宏图大业。"

董卓大喜："司徒乃卓之好友，为我之事如此尽心尽力，如助我号令天下成功，你领头功当之无愧。"

貂蝉在车上看见吕布在人群中焦急地遥望车中。她佯装虚掩其面，泪挂脸庞，显得十分痛苦，并频频回头，一副难舍难分的惆怅神色。吕布又跑到土丘上，望着车尘泪浸眼眶，叹惜痛恨。忽听身后有人问道："温侯何不跟太师而去，何必在此遥望发叹？"吕布转身一看，原来是司徒王允：

"司徒明知故问,还要羞辱奉先。董卓欺男霸女,淫荡不堪,哪有父子情分,将相之义。"

王允叹道:"老夫近来身染风寒未愈,闭门不出,因而好久未和将军见面,今日太师驾游郿坞,只好带病出送,才喜见将军。请问将军,为何在此长叹?"吕布道:"正是为了司徒之女貂蝉。"王允略显惊奇:"将军有多长时间未见貂蝉?"吕布气愤不已地说:"老贼强行自宠貂蝉,日日形影不离,夜夜同床共枕。"王允佯装大惊:"难道有这等事?没有把貂蝉送到吕府,自己霸了我女?"

吕布将前事一一告知王允。王允听了仰面跺足,半晌无语,尔后怒气冲冲地说:"没想到太师竟然做出这等禽兽之事!"他挽起吕布的手说:"将军莫气,请到寒舍再议。"

来到司徒府中,王允在密室里设酒款待。吕布将凤仪亭之事细述了一遍,王允听了怒道:"太师淫我爱女,夺将军之妻,可恶至极,实为天下人耻笑。笑的不是太师,而是我和将军啊!我老迈无能之辈,让人羞辱不足为道,可惜将军是盖世英雄,受此污辱实属不公,让人痛心!难道将军就这样忍气吞声,任由太师胡为,罢了不成?让他污宠貂蝉,占为己有,不愿归你?将军,这奇耻大辱难忍也!"

吕布听了怒气冲天,拍案大叫:"誓杀老贼,以雪我耻!"王允忙掩吕布口:"将军勿乱语,恐累及老夫。"吕布道:"大丈夫生居天地间,岂能郁郁久居于人下!"王允道:"以将军之才,为什么要受太师限制?不另择明主大展宏图呢?"吕布愤然道:"跟随老贼乃权宜之策,非布本意。司徒大人,我今日刺臂出血为誓,救不出貂蝉非七尺男儿,不杀老贼,誓不为人!"

王允道"将军如此气概,不愧顶天立地的血性汉子,既如此,帮将军达成心愿我责无旁贷,允当竭力助将军一举成功。"王允又附耳对吕布,如此这般,这般如此地密授了杀董卓之计。吕布听后道:"此计甚妙,司徒莫要担忧,布一定照计行事。"

五

一天，郡骑都尉李肃带十数人马，来到郿坞，对董卓说："天子病体新痊，欲在未央宫大会文武，要将禅位让于太师，故请太师回京受禅。"董卓问："王允之意如何？"李肃道："王司徒已命能工巧匠修建受禅台，只等主公到来。"董卓大喜："我夜梦蛟龙缠身，今日果得此喜讯，此乃天地显灵，为我托梦。万民寄托，拥我上位，我万不可违天意，拒民心。"他即令李催、郭汜、张济、樊稠坚守郿坞，自己排驾回京。临行时对貂蝉说："我为天子，就立你为贵妃，你暂且在郿坞静候佳音，待我接了皇禅，亲自来接你。"貂蝉已知其中奥妙，假作高兴拜谢。

董卓出坞上车，前遮后拥，欣喜若狂地往长安而来。行不到三十里，忽折一车轮，他只好下车乘马，又行不到十里，那马咆哮嘶喊，扯断了缰绳。董卓问李肃："车折轮，马断缰是何征兆？"李肃道："乃太师应诏受禅，弃旧换新，将乘玉辇金鞍之兆。"董卓大喜。第二天，董卓问李肃："夜梦关山奔塌，渭河倒流是何征兆？"李肃回道："是龙脉涌动，风水逆势而上，山水合力之兆。"此时，忽然狂风骤起，昏雾蔽天。董卓又问："此何征兆？"李肃道："主公要荣登龙位，必有红光紫雾，以示天威。"董卓深信无疑，命令加速赶路，早达京都。

董卓扬鞭催马，浩浩荡荡地来到长安城外，文武百官列队出迎。只有李儒装病在家，没有来迎，董卓心生怨气："李儒骄傲自大，不知好歹，老夫离京才几日，就摆谱拿架子，傲视老夫。"董卓踏着迈堂步，喜笑颜开地来到相府。吕布进府祝贺："大人一路颠簸，累及贵体，奉先十分牵念。"董卓道："奉先我儿，吾登皇位后，你就是朝中武官之首，总管天下兵马。"

到了傍晚，有十几个孩童在相府门前作歌游戏，蹦蹦跳跳，高歌戏闹，风吹歌声入相府："千里草，何青青！十里卜，不得生！"字体意合为"董卓死"的意思。歌声悲切，良久不停。董卓问李肃："这童谣主何吉凶?"李肃答道："是刘氏灭，董氏兴的意思。"董卓惬意得"哈哈"大笑起来。

第二天早晨，血红的太阳缓缓地升了起来，前夜的暗流被劲风毫不留情地刮到了落日的西山之处。董卓兴致勃勃地列队摆阵，摇头晃脑地来到朝堂门口，忽见一个道人，执竿扬幡，上缚白布丈余，两头各画"龙虎"之像。董卓问李肃："此道人何意？难道龙虎要吃人吗？"李肃道："他是个疯子，胡乱涂鸦罢了，不必在意。"即命将士赶走。

董卓进朝，群臣各具朝服，列队迎接。到了北掖门，董卓的从将和军兵被挡在门外，唯有御车二十余人随董卓入朝。董卓看见王允、潘子仪各持宝剑立于殿门，惊问李肃："他们持剑是何意？"李肃不答，推车直入。

王允大呼："反贼到此，武士何在?!"两旁闪出百余武士，持戟就刺。董卓失魂落魄，大喊："奉先我儿何在!"

吕布从车后跳出，厉声道："有诏讨贼!"执戟直刺董卓喉咙，。潘子仪当即割贼头在手。吕布大呼道："奉诏讨贼臣董卓，其余不予追究!"此时在朝文武皆呼万岁。

就在此时，人报李儒家奴已将李儒捆绑来献。王允命令推出斩首，又命将董卓的首级悬于长安大十字示众。看尸军士在董卓的肚脐眼中置火为灯。过路百姓脚踩董卓尸体，拍手称快。

李傕、郭汜闻董卓已死，吕布快要来到郿坞。便带着飞熊军要连夜逃往凉州去。李傕欲带貂蝉去凉州给他填房，郭汜不快，为何给你填房，本将军就享用不得？二人意见分歧，各不相让。李傕说："你我也别再争持，干脆杀了免生后患，"郭汜说："如此甚好，你我吃不到的肉，也不能落入他人碗里。"李傕举刀便砍。却被樊稠阻拦："她再不及也是主公的爱妾，大人对我等不薄，他尸体未寒我等就争享他的爱姬，岂不让世人笑话。这样漂亮的女子杀了也太可惜，再说她也和我等无怨无仇，我等为何要当刽子手，背负骂名，让她自生自灭罢了。我等快快逃走吧。"李郭二人觉得樊稠言之有理，就放弃貂蝉，慌慌张张地逃走了。

貂蝉得知连环计已成，十分高兴，发现李傕、郭汜已急匆匆逃往凉州，郿坞一片混乱。哭叫声、欢呼声、马蹄声不断。貂蝉梳妆打扮完备，在院子里陈设香坛，燃烛焚香，敬献三牲祭品，虔诚地面朝狄道方向跪了下来，并恭恭敬敬地磕头作拜，流着泪道："我的爷爷奶奶，孙女愧对你们的疼爱之恩；我的亲爹亲娘，你们为了保护女儿命丧黄泉，现仇人董贼被除，咱们的家仇国恨已报，你们等着女儿；娘、平哥，我先走了，来世再报养育大恩。"她蹒跚着来到后院的深井边上，抬头远望，又低头看井，站了良久之后，仰天长叹道："司徒义父、潘大人，永别了。"终于向前迈了一步，纵身就往井里跳。

只听得唔的一声，一个人像离弦之箭落在井边，一把提起半身入井的貂蝉："貂蝉，你好糊涂！"

"你，嗨！为何拦我？"貂蝉一看是吕布从将，那日在凤仪亭提三节棍救吕布的就是他。"恩公，您不在吕将军身边侍从，为何来此坏我主意？"

"董卓已死，我怕李傕、郭汜等人欲行不轨，加害于你，我心有不安，特来保护。"

"你和我非亲非故，为何多次救我？"

"这……"他跺了一下脚，"貂蝉，难道你不认识我吗？"

"有点面熟，不，我想不起来了。"

"我是四年前连夜送你母女到狄道的何礼，我的原名叫陈尚峰，还记得吗？"

貂蝉方梦初醒："陈大哥，你怎么不早说，为啥不早说呀——"她像受了委屈的小孩一样，扑到了陈尚峰怀里，抽泣着说："陈大哥，你就让我去死吧，我已成了不顾贞洁，污垢沾身的风尘之人，再没脸活在世上了。"说完又欲投井，陈尚峰伸手拉回："貂蝉，你忍辱负重，为国除奸，史无前例，当名留千古。千万不要胡思乱想，去寻短见，好日子还在后头呢。"

"我虽然忍辱负重，为汉室和天下生灵除了董卓奸贼，可我做了难以言表的淫乱之事，确实无脸见人了。"又挣扎着要投井，任凭她擂胸顿首，陈尚峰死不放手。他劝道："你母亲随潘子仪大人，已到长安数日了，见一面再死不迟。"

"此话当真?"

"决无戏言。"

"何人在此戏我爱妾? 拉拉扯扯成何体统!"吕布飞马赶到，看见貂蝉与人撕拉，"陈尚峰，你好大胆!"翻鞍下马，一手将貂蝉搂在怀里，一手执戟直刺陈尚峰。

"将军且慢，不要错杀好人。"貂蝉双手抓住戟柄："如不是陈将军及时赶到，妾早一命黄泉了。"貂蝉痛心疾首，泪流满面。

"爱妾，此话怎讲?"

"妾闻董贼已被将军所除，喜不胜喜，又想妾身已被董卓老贼沾污，无脸再侍奉将军，故寻思一死了之。尚峰为了将军，恐老贼死后，李傕、郭汜欲行不轨，加害于我，特来保护。在妾半身入井的紧要时刻，幸得他相救，才没有命丧黄泉。将军，咱们感恩还来不及，不能恩将仇报。陈将军四年前就是救我母女于水火的大恩人，今日在我以身犯险的时候才相知互认。"

如此看来，陈尚峰不但是我的心腹之人，也是爱妾的恩人，理当重用厚谢。尚峰，你暂且退下，察看郿坞事务，细微情节待后再叙，歇息去吧。吕布牵着貂蝉的纤手道："为夫想你甚苦，彻夜难眠。"二人依依偎偎地飘到貂蝉卧房里去了。

六

吕布娶了貂蝉回到京都后，想方设法让貂蝉高兴快乐，备美肴，献歌舞，赠金冠，添宠物。但貂蝉还是愁眉不展，只有苦叹，不见甜笑，不思茶饭，面容憔悴。吕布不知何故，思来想去不得其解。难道她还思念董卓老贼，心思不全在我身上。我那里做得不如老贼，还是我的言行伤了她？急得他一筹莫展，无计可施。一天，又见貂蝉暗暗流泪，惆怅叹气，便问："你为何闷闷不乐，流泪自叹，难道我对你不好？董卓老贼已死多日，或许你于心不忍，悔不该与我同床共枕。

"将军莫要妄自菲薄，董卓老贼死有余辜，高兴还来不及，焉能想他？你有所不知，我只因思母心切，精神惶悲，无法自控。但不忍心告知将军，怕给将军添乱，故偷偷自叹焦虑，不料被将军发现，妾罪该万死，请将军责罚。"

吕布急问："你母何在？"

"我的亲生父亲为了保护我，在狄道被董卓老贼的随从王保信和田不仁杀害了，母亲也被陶汉设套害死。如今还草草地埋在岳麓山下的槐树滩里。我的养母周桂英对我恩重如山，但还没有跟着我享福颐养，让我心里好生难过。女儿吃的是山珍海味，穿的是绫罗绸缎，逛的是大花园，坐的是木轿车。而我的母亲思女心切，天天以泪洗面，过着粗茶素衣、牵肠挂肚的生活。潘子仪大人复职后，她已随潘府家眷来到了长安，暂住潘府之中。我母女近在咫尺，却不得相见，我焦急万分，故愁眉不展，流泪叹息。冲撞大人之处还请海涵。"

"既然如此，何不早说。让爱妾受此惶悲，我非不讲孝道、不通人情之人。"便立即命人准备厚礼，即刻出发。他和貂蝉喜出望外地坐车向潘府而去。坐在木车上的他俩和言乐色，谈笑风生。真乃娘子容颜压群芳，夫君威仪震长安。

潘子仪和王允正在后堂议事，忽报吕布和貂蝉前来探母，二人急匆匆出门迎接，施礼毕，入前堂坐定。貂蝉急问潘子仪："潘大人，你们可好，久日不见，想死小女了。常常和你们在梦境中团圆欢乐。前段时间我恨不得飞到您们身边，诉说委屈和不肯，但天心民意为大，又被董贼控制，我像坐牢狱一般，成了笼中之鸟，网中之鱼，失去了自由，无法圆梦。"

潘子仪道："你忍辱除奸，身不由己，还帮我官复原职，助司徒杀了董贼。老夫感激不尽。何尝不惦念你？"

貂蝉问："我母亲现在何处？"话音未落，只见周桂英穿戴整洁，急切切地来到前堂，情真意切地唤道："蝉儿——"貂蝉一看母亲就在眼前，悲喜交加，眼泪夺眶而出，她乐而忘形地扑了上去："娘——"母女俩抱在了一块，是啊，妈妈的怀抱真温暖，母亲的热泪苦也甜。女儿是妈妈的心头肉，搂抱多久都不够。母女俩只掉眼泪不言语。藏在心窝里的话不知从何说起。片刻，周桂英哭泣着说："为娘想你好苦呀……"

"娘，你，你的手？"貂蝉见周桂英的左手没有了，霎时伤心到底，火气十足，心疼得差点晕过去。潘平把貂蝉母女扶坐在堂侧，潘子仪道："自从你去王司徒那里不久，董卓曾派了几拨人来狄道搜拿你，陶汉设计点燃了你生母修在你生父墓旁的草棚，在你母转身灭火的时候，藏在草棚后的王保信趁机杀害了她。陶汉他们还来到我府逼你母亲说出你的下落，你母亲宁死不肯，就被一个叫田布仁的差役剁掉了左手。"

吕布听了大怒："此二人已被我杀之，董卓奸贼已除，剁手和杀人之仇虽然已报，但解不了我等的恶气，还得溯源挖根。干净彻底地铲除余孽，让我等心无杂念地过日子。"

貂蝉抚摸着母亲没手的胳膊，心疼得直掉眼泪，喃喃地问道："妈妈，疼不疼？我真无用，不但没有尽孝道，还给您带来了如此伤痛，这般恩德如何报答，这个仇恨怎能忘怀。"

王允道："女儿，莫要太过自责，你忍辱除奸，为汉室立下奇功，是我等的骄傲，是女辈的楷模，周桂英视你为己出，历尽艰险，含辛茹苦地把你抚养成人，功比天高，情比海深，让人敬佩。潘大人夫妇在你母女最落魄的时候收留了你们，还优待厚养，让你上书院学琴画，你有今日的成就和地位全凭他们的慈善之举和良苦用心。此情胜过亲生父母。你要做爱憎分明、心系社稷、感恩戴德、知恩图报之人。"

貂蝉忙跪地道："义父字字肺腑，女儿谨记在心，不敢忘却，定要厚报。义父心系汉室，胸怀万民，对貂蝉有再造之恩，小女将恩德铭记于心，当涌泉相报。"

潘平扶起貂蝉，仔细地看着她，又偷偷地看看吕布，摇摇头，不觉一声长叹，心想，貂蝉妹妹可惜了。

吕布见潘平如此轻狂，突生嫉火："潘大人，这是何人？"

"是令郎潘平，平儿快来拜见吕将军。"

"吕将军，潘平这里有礼了。"行礼毕，他站在了貂蝉和周桂英中间，恨不得拉住貂蝉的手亲一口，把积攒的知心话儿统统说给貂蝉听，貂蝉徐徐来到吕布面前说："将军，我想接母亲过去，以敬孝道，免得经常思念，神思恍惚，薄了将军快乐。"

吕布道："爱妾孝心不息，考虑细微周到，正合我意，高兴之至。我府虽说简陋不雅，但咱们能朝夕相处，同吃同住，也方便在岳母前行礼敬孝，不知岳母可否愿意？"

周桂英道："将军，你和蝉儿的美意我知道便是。只要你俩过得幸福，我就放心了。潘大人对我像自家人一样关心，在潘府我已经习惯了，去将军府多有不便，还会给吕府添乱，我走了潘夫人会孤独寂寞的。"吕布和貂蝉再三恳求她，都被她婉言谢绝。

潘大人道："周桂英在我府已经多年，既然不愿去吕府享福，那就留在我府，给我夫人做伴混个心慌。再说你我两府相隔不足五里，常来常往也就是了。"

周桂英一听很高兴："谢潘大人容留之恩，感激不尽，我当潘府为己家而高兴。"潘平急忙向父亲说："那就留貂蝉妹妹在府里小住几日吧，和周妈叙叙旧。"

王允道："潘平，貂蝉现在是吕将军的爱妾，再不是你潘府的公主了。哈哈哈！还是让周桂英自己定夺吧。"貂蝉还想再述其见，但王大人和潘大人都主张留下母亲，也就暂且作罢了。

七

潘府上下张灯结彩，大摆酒宴，庆贺貂蝉母女团圆。貂蝉、潘平等不停地给吕布劝酒，吕布终因寡不敌众，饮酒过量，醉倒在了潘府。貂蝉和周桂英互诉衷肠后，潘平引貂蝉来到他的书房，不知说些什么好。二人只是默默地相望了良久，貂蝉终于忍不住了，"平哥，适才你在堂中几乎失态滋事，吓得我心里只打九九，怕你情不自禁地胡乱讲话，惹吕布生疑，不好收场。"

"你到京城后怎么杳无音信，把我差点急成疯子。"

"哥哥，你恨妹妹吗？"

"恨，恨你弃我就于他人。"

"貂蝉我身负国命，忍辱除奸，实属无奈。今幸得相见，让我就死在你的面前，变成冤魂，常伴你欢度良辰。以示我貂蝉对你的赤心。"说着就往墙壁撞去。潘平扑过去抱住貂蝉，"妹妹何必如此造作，万万不可这样轻去，做孤魂野鬼。为兄于心不忍，适才是哥的气话。你识大体、顾国运，平哥远不及你。我不恨你，而更爱你。只盼良辰美景，和你共渡人生。"

看四周无人，他俩就紧紧地搂抱在了一起，热血沸腾，难以克制，两颗年轻的心脏在嘭嘭直跳。二人脸色绯红，手无停处。这时书案上哗，落下一石，猛见后窗户外一人隐去，貂蝉抢眼认出此人又是吕布从将陈尚峰，方知必有险情。他二人急忙松手，匆匆离开。吕布破门而入，怒目环扫，见潘平坐在书案前认真读书，貂蝉在全神贯注地赏画，道："貂蝉，你为何与他独处？"

貂蝉款款来到吕布面前，含笑道："将军莫疑，潘平是我家兄，还不能独处说话，交流奇闻逸事？我到此只是为了看看兄长书画长进多少，别无他意。"她又看了一眼无奈的潘平："兄长，你倾心研读吧，我和将军回府去了，过些时日我再来探母，日后有了力作好画，不要吝啬，请赐小妹赏读。"

吕布道："既是兄妹相聚，何必躲躲闪闪，满脸通红，心浮气躁，佯腔作势?"吕布疑信参半。

貂蝉道："将军莫要胡乱猜测，那是妾见了哥哥高兴，潘平惧将军威仪所致，毫无私心杂念。"

"罢罢罢，我不再与你俩计较，好自为之吧"说罢挽起貂蝉向周桂英、潘大人告辞。

回到吕府，貂蝉问吕布："将军今日在潘府为何仪态反常，大显醋态? 饮了少许酒就醉倒了?"

"我见你与潘平眉来眼去，秋波盈盈，一副相见恨晚的样子。况且那潘平刚官居越骑校尉，身材魁梧，仪表堂堂，文武双全，恐有掳我爱妾之心，我不得不防。"

"将军，你爱妾之心妾深信不疑，但不必为潘平所嫉妒，他是我兄，我为他妹。潘平就是倾国美男，我也深知兄妹之分，做不出越轨不雅之事，将军竟可放心。"吕布半信半疑，和衣睡去。貂蝉郁郁闷闷，心潮起伏，在卧房内走来走去，久久不愿上床。

第二天早上，吕布见貂蝉反倒耍起了脾气，阴着脸不理他，坐在床边发呆掉泪。他想，可能昨日言语不慎，伤了她的自尊。就赔着笑脸道："爱妾，为何心情不爽，愁眉苦脸? 为夫昨日酒后失态，言语粗鲁，切莫计较。你愁云满脸，情绪低落，为夫见了十分心痛，不知如何是好。"

貂蝉擦泪道："将军莫要自责，也不要计较贱妾不懂吕府规矩，自以为是，随便显露内心难怅，影响了将军心情。自昨日去过潘府后，我心里觉得十分难受，神思恍惚。想起了惨死的爷爷奶奶、父亲和母亲，他们还散埋在沙滩和深沟里，无人扫墓祭奠。我身为将军爱妾，他们的晚辈，也不能尽晚辈孝道，把他们风光安葬，在他们墓前焚香化纸，燃烛磕头。使妾牵肠挂肚，难过至极。故怠慢了将军，薄了夫君的快乐。"

"嗨! 这算啥事，我也有陪爱妾去狄道之意，只是还未提及，恐触及爱妾痛心之处，伤心悲痛，责怪于我，还怕你刚与母亲见面，未曾深聊不忍离开。既如此，你我就皆释误会，了却夙愿。咱们这次去狄道，一来祭祀祖先，拜访咱们的亲戚友人。二来畅游狄道名胜。据说狄道胜景连连，古迹悠远，美女如云。

貂蝉噗嗤笑了："将军所言不假，狄道的美女多得绊脚，美得馋人。夫君再纳几房，将我赶出吕府，再无人踩眼挡道，你就可以天天逍遥自在，时时快活销魂了。"

"爱妾别取笑为夫了，天上人间唯蜂蜜最甜、牡丹最艳、貂蝉最美，我为何要舍美而取陋呢。为不影响你我兴致，浪得悠然尽兴，咱们带足银两，轻随简从，即日起程。"貂蝉听了很高兴，钻进了吕布的怀里："夫君真会疼人，洞悉透彻，明我心思，替妾着想，世界上唯将军最睿智，貂蝉最幸福也。"

吕布为讨貂蝉欢心，便携貂蝉和一干人等去狄道省亲祭祖，一路上吃了天水的呱呱，游了首阳县的渭河源，看了鸟鼠同穴洞。到达狄道后，他先带着貂蝉畅游岳麓山，攀登南屏峰，拜谒老子飞升阁，漂流洮河海颠峡。还特意去了淮水沟，淮水沟山清水秀，风景如画。峡谷里有涓涓的流水，西面是悬崖绝壁，南北两侧是气势磅礴的山峰，唯独通向狄道城的东方是一眼开阔的大道。就在这东南西北的中间，有一块约八亩大的凤凰台，石崖根处有一个不太深的小窑洞。

貂蝉流着泪把原草棚处的黄沙土捧了起来，嗅了又舔，不舍丢弃，随后装在一个锦袋里，带在了身上。转而她又大哭不止。吕布问："爱妾，这是何意？"貂蝉抽泣着说："将军有所不知，这里是我婴儿时生活过地方，在老虎快要吃了我的时候，单得宝拼命救下了我，他就和我的养母周桂英把我抚养起来了。我的救命恩人，也就是我的养父单得宝，为了打柴攒钱，给我请教书先生，半夜里来此打柴，被一群饿狼害了。"貂蝉哭成了泪人。

吕布见貂蝉触景生情，哭了起来，他也感动得抹起了眼泪。他俩不约而同地跪在了地上，恭恭敬敬地朝着胭脂川的方向磕了头作了揖。貂蝉道："爹爹，您救儿性命，呵护备至，还为女儿成长付出了生命，此等大恩大德，为儿三世难报！你怀着遗憾而去，没有享到女儿的一丝幸福，母亲周桂英和女儿生活得很好，你在那边就放心吧。"

吕布对貂蝉说："岳父大人被野兽所残，尸骨未存，我意给他做个字冢墓如何？"貂蝉欣允。吕布就在一块黄绸布上写了"胭脂川人氏：单得宝之墓"。埋在淮水沟凤凰台的西北角，并命随从在上面用石头和沙土垒了一个大骨堆，还立了一块写有"单得宝大人之墓。温侯吕布、令媛貂蝉敬立"的墓碑。

八

回到狄道城里，狄道县令王经率县衙人等列队迎接，并大摆酒席，宴请温侯和貂蝉。吕布大喜，酒过三巡后道："王县令，布有一事，烦请王县令助我，不知意下如何？"

"将军尽管吩咐，我等尽力相办。"

"我岳父一家被董卓残害，尸骨草埋四处，成了孤魂野鬼，无安身之处，冤魂四处游荡，不得安宁。今有意拾骨安葬，给祖先们修建一处安身陵墓，以表晚辈心意，想请县府助我操办，不知可否？"王经道："这是狄道人的幸事，本县的责任。定当尽力，荣幸之至，荣幸之至。"

从第二天开始，县府就派出人马，寻找张占山、任三妹、秦龙、任春桃的尸骨，并请风水先生寻脉选址，大行土木，并于农历七月七日将他四人安葬在了狄道县西南川，洪道峪镇以南，井任家村以北的红道湾里。这个墓地头枕南屏山，脚蹬马衔山，还有七道梁的笔架山，左右是洪道峪河和漫巴河二龙戏珠，真乃龙脉旺盛的风水宝地！将张占山和任三妹的遗骨合葬为一个墓，把秦龙和任春桃也合葬在了一起。还放置了价值不菲的陪葬品，并用石垒砖砌，米汤和胡麻水浇铸。最后形成了坚固凸起的两个大土丘陵。（丘陵残垣尚在，因年代久远，有人把这两个大土堆误解为鲁班爷在此歇息时，从鞋里倒出来的土。)

墓陵落成后，在县府的帮助下，吕布和貂蝉还请了十二个喇嘛，十二个阴阳，八个礼宾，四个鼓乐队，做了七天六夜的黄道场。超度了亡灵，追思了恩德。县府官员轻随祭拜，狄道百姓蜂拥悼念。貂蝉的夙愿已达，吕布的承诺已了。

他俩乘着余兴又去康乐胭脂川，给单得宝扫了墓，又到鹿鸣山庄和蜂窝寺旅游参拜了一番，对现任庄主李超和救过貂蝉的两位僧人进行了致谢和馈赠礼品。然后来到风光无限、如诗如画的药水峡观光旅游，貂蝉还特意把吕布带到黄菊花害她的那个地方，叙述了当时黄菊花残害她的情景和过程。吕布看了十分惊奇："这等凶险万分的高崖，推下去还能生还，奇迹，神奇，太神奇了！如此看来，你是天上的星宿，地上的灵气，有苍天护佑，难怪如此漂亮，冰雪聪慧。"

貂蝉嗔道："将军又谬赞了。"

最后来到胭脂镇，看望德高望重的老镇长。八十高龄的罗尚清镇长，白发长须，神采奕奕。见到貂蝉的那一刻，泪流满面，拉着貂蝉的手细细地端详着，半晌才说："孩子，太爷爷想你啊，这些年你上哪儿去了，过得好吗?"

貂蝉说："太爷爷，蝉儿想您呀，看到您硬朗精神，孙儿很欣慰，多谢您老曾经对我母女的恩惠和关心。"她拉过吕布说："来，快见过太爷爷，这是我的夫君吕布大将军，对我很关心。我母亲也在京都，她托我向您问好。"

吕布向罗老人家施礼问好，并赠纹银两千两，还特意奉送上了王司徒题写《造福桑梓流芳千古》的书法一幅。罗尚清大喜："我乃乡间野鹤，承蒙司徒大人题书。受宠若惊、受之有愧啊。感激之至，老夫谢过将军赠银赐画。"

吕布道："滴水之恩当涌泉相报，您当初对貂蝉一家的恩德甚厚，微薄之赠尽可收下，我和貂蝉才能心安自得。此次所带银两有限，不能报太爷爷大恩大德，日后再来相谢。”

貂蝉道："太爷爷光明磊落，扶弱济困，关怀孙儿之事历历在目，教诲孙儿之声时时在耳边响起。您是晚辈的天，乡民的脊梁，孙儿以您为荣，尊您为榜样。"

罗镇长喜不自禁，对吕布说："庄农人家口呆言拙，不会说赞赏的客套话，也无贵重东西相赠，为了表达胭脂川乡民的心愿，有一物欲赠将军，不成敬意，望不要嫌弃。"

吕布道："既然是胭脂川万民所赐，不论何物布都乐意受之。"

镇长道："胭脂川盛产胭脂马，彪悍高大耐力强，好训化易饲养。向来是羌人首选之战马。现有一匹经过了训化，力大无比，灵性十足的胭脂骏马，曾在两届赛马会上夺魁。宝刀赠英雄，好马赠将军。"他即命人牵出马来，让吕将军观之。

有人将胭脂马牵到吕布面前，吕布一看，此马膘肥体壮，高大剽悍，前裆能过狗，后裆能转手，周身颜色像赤红的胭脂。他惊喜万分，就抢腿上马，扬鞭而去。片刻，就从尕路梁上返了回来。欣喜若狂地说："好马！不愧是上好的胭脂马。"他下马谢过镇长和乡民。准备骑胭脂马带着貂蝉回狄道。

貂蝉依依不舍地辞别镇长和乡亲们，准备上马，但因此马剽悍高大，她几次都没有骑上马背，还不让吕布扶她，显得十分尴尬。罗尚清镇长道："孙儿别着急，这儿还有一块专供达官贵人的上马石。"他命四名壮汉搬来一个大青光石头，让貂蝉踩着青光石头上了马。在大家的欢送声中，吕布和貂蝉一干人等恋恋不舍地回狄道城去了。后来人们发现，这个大石头上有了貂蝉踩出的脚印，觉得十分奇异，就把这个大石头尊称为"上马石"，当成宝贝收藏了下来，至今还放在胭脂镇的大庙里。

在返回长安前，为了清除身上的尘垢，吕布带貂蝉去洮河东畔的蓝水湖洗澡，王县令也随之而去，但他不敢近前，只能在远处陪二人，貂蝉和吕布急切地脱衣解带，牵着手扑进了蓝水湖。在清澈见底的湖水中游来戏去，十分惬意和快乐。上岸后，貂蝉赞叹道："此湖水质清纯，水温润肤，如我吕府有此一湖该有多好。"吕布道："爱妾莫急，待我慢慢谋置。"

县令王经听了道："既然貂蝉如此喜欢蓝水湖，就请常来故乡观光戏水。既如此，就从即日起把这蓝水湖改名叫'貂蝉湖'吧。"在场人等齐声叫绝，说改得好，改出了狄道人的情怀，改出了狄道美女甲天下的深意，改出了狄道文化传播的真谛，改出了狄道风水压九州的真实写照。盛赞王经县令学识渊博、文采超群，此举表达了狄道儿女的心愿。貂蝉和吕布听了高兴之至，欣然受之，夸王县令才华横溢，清廉爱民。（此湖一度因无人管理成了臭水沟、杂草塘，后来人们除草清淤，建成了鱼池，又种花建亭改造成了西湖公园，近几年恢复了"貂蝉湖"名。）吕布即兴大赞："狄道山川秀丽，人才辈出，美女如云，乃西北小江南也！"

貂蝉

第十章

李傕郭汜闹京都
貂蝉施计三戏曹

★ 京城内外阴云密布

★ 李傕郭汜大闹京都

★ 王允子仪以身殉职

★ 貂蝉巧计三戏曹操

貂蝉施计三戏操　李傕郭汜闹京都

貂蝉和吕布回到京都后，生活过得幸福如意，吕布仍然换着花样讨貂蝉欢心，貂蝉也沉浸在幸福欢乐之中。尽管董正邦被降职使用，贬为原来的左都侯。但貂蝉还是一如既往，时常探望单来凤。拉拉家常，说说知心话。为了探望周桂英，和潘府之间的走动也很频繁，两家的关系也越来越好。潘平和貂蝉常以送画赏诗为由，多次在吕府相会。情丝绵绵、不舍离开。潘平每次都是高兴而来，尽兴而去。貂蝉也是天天盼着潘平来，时时想着平哥哥，一副失魂落魄的样子。她慢慢地觉得吕布择主不明，粗鲁暴躁，喜怒无常，心胸狭窄。而潘平文韬武略，英俊潇洒，爱憎分明，爱心至诚。觉得一日不见，如隔三秋。他俩一见面就搂抱亲昵，大有亲如一家的夫妻态势。

他俩的这种亲密行为，被吕布的正妻严氏发现多次，在忍无可忍的情况下告与吕布，吕布半信半疑，心想，这是她们妻妾之间争风吃醋，互相离间的伎俩，就不予理睬，坦荡对待貂蝉。后又得曹氏禀报，而且说得有根有据，有鼻有眼。他不得不信了，气得他浑身发抖，两眼发直，自言自语："潘平小儿，竟敢戏我爱妾，戴我绿帽，可恶至极，不杀难解我心头之恨！"

一天，吕布对貂蝉说："我要去潼关查道，三日后才能回来，你在家静候，不必惦我，也不要和府外男人往来，免生绯闻。"貂蝉听了非常别扭，觉得话里有话。还得谨慎行事，不能太过张狂，粗心大意。今日又是个好机会，要好好利用时机高兴一下。于是，她就给潘平传了信息。早早涂脂抹粉，精心打扮，并备了瓜籽花生、水果点心，心急火燎地等平哥哥快快到来。

吕布行至半道，将察道的差事交于从将陈尚峰，自己半道折回，急匆匆地赶到京都后，趁人不在意时悄悄进了府内，藏在府内离卧房不远的房间里，目不转睛地观察着府内的动静。

天刚傍晚，潘平穿着盛装，手里拿着给貂蝉买的西域胭脂和香粉，蹑手蹑脚地来到吕府，向四处扫视了一番，觉得四下无人，心里平静了许多，心不再咚咚直跳，他正要抬脚走向貂蝉卧房时，突然有人拉住了他。吓了他一大跳。原来是潘府的家人潘宝，他对潘平小声说："少爷，快快回去，家里出大事了。"

因为潘子仪在朝堂上割了董卓首级，董卓的心腹李蒙怀恨在心，要为其报仇。傍晚伺机潜入潘府后院，一看府内安静无防备，就先在府内胡乱翻腾，急着寻找潘子仪，正巧潘子仪尚不在府中。他就不分老幼妇孺，乱砍乱打，疯狂出气。他搜寻了几遍，确认潘子仪不在府内后，就藏在正堂门后等待潘子仪回府时伺机动手。

情急之下，潘宝跑来叫潘平回家救急，他俩还在往家赶的路上，潘子仪不知真相的回府，刚步入正堂，李蒙就乘潘大人不备，执剑直刺潘子仪，被周桂英及时发现，扑上去护住潘子仪，利剑刺进了周桂英的胸膛，鲜血溅出一丈多远。这时潘平回到府中，见府内一片狼藉，混乱不堪，哭喊声、拼杀声突起，发现周桂英已气绝人亡，潘大人得以幸免。愤怒至极，就执戟去砍李蒙，李蒙知道他非潘子仪父子二人对手，行刺报仇未果，趁机夺路而逃，投奔李傕去了。

吕布见潘平又突然回去了，觉得很奇怪，心里未免有点失意，心想，潘平为何突然止步又回去了？是否有人向潘平通风报信了呢？他觉得再不必藏在这里守株待兔，受此辛苦。便信步来到卧房，见貂蝉打扮得花枝招展，十分妖艳，心里很不是滋味。便问：“我不在府中，你为哪个知己打扮？”

貂蝉一惊，这是人还是鬼？她神思恍惚地说：“你三日后才能回来，为何诳我？将军不在，我更要梳妆打扮，悦人不如悦己，将军在否我始终如一，不让他人非议我俩风采和爱情。”吕布听了十分别扭，疑惑心烦，便掩门熄灯，怀抱画戟，静坐卧室。貂蝉明白了他的心思，便提心吊胆地陪坐在吕布身边，时而又点燃油灯，给潘平示警，心慌意乱地看着吕布，时而望望窗外有无人影，听听外面有无动静，生怕门口有声音，更怕有人来敲门，最怕此时潘平来。吕布似平看出了她的心思和用意，吹灭了发亮的灯盏。貂蝉借故黑暗害怕，又点亮了油灯，吕布拿起灯盏摔碎在地上，二人情绪激动地对峙起来。

二更时分，潘平又急匆匆来到吕府，他神色慌张，气喘吁吁。这次来不是和貂蝉私会，而是来向貂蝉报丧的，要叫貂蝉去潘府向周桂英行孝辞别的。他刚推开貂蝉卧房的门，还没有迈进去脚，就被藏在暗处的吕布一戟刺死了。吓得貂蝉惊慌失措，魂飞魄散。吕布转身又将画戟顶在貂蝉喉咙上，“贱妇！你不守清规妇道，勾引野汉，还巧言令色，坏我名誉，死有余辜！”

貂蝉惊恐不安，颤颤巍巍地背过脸去，“将军，你杀吧，我死了并不足惜，我何罪之有？你杀妾无名，受人挑唆还自鸣聪悟，倘若无端杀了我，谁来陪将军弹琴蹈舞，赏花饮酒？谁来侍奉我母？潘平平时到此，我俩不过是兄妹吟诗写画而已，并无越轨行为。他今日深夜来府，恐有急事，将军不问青红皂白，就一剑刺死，如何向朝廷交代，又如何对潘府道个明白。将军如此莽撞粗暴，毫无肚量，就不怕世人唾骂？如此这般，我貂蝉也无颜面示人，还不如早死为快。"

吕布慢慢地收戟怒立着，杀不舍，不杀又不是，肃立良久，没了主意，简单地处理了一下潘平的尸体，烦躁不安地踱起了步，诸多的烦恼和不安涌上了心头。他有些后悔和内疚，便情随事迁地道："贱人，从今起对你约法三章：一，非我允准不许私自出府探亲访友；二，不准与府外男人接触言语；三，不准在我面前愁眉苦脸摆谱施诡。"貂蝉一一从之。吕布无意睡觉，盯着窗外在发愣，突然看见严曹二人在院子里指指点点，嘻嘻哈哈地说什么。心想，这两个贱人是在看我笑话，说我无能，非议我和貂蝉的爱情，或在设计害人伎俩，扩散我的不是，心毒之极！不如将这二人除了，就再无嚼舌根之人，我和貂蝉的不悦之事也就无人知晓，没人监视了。潘平死了，貂蝉也再无倾心之人，她就全身心的在乎于我。我俩才会恩恩爱爱、白头到老。想到这里，他打量了一眼六神无主的貂蝉，拿起方天画戟，跑出门去杀严曹二人。

二

就在此时，有人向吕布来报："吕将军，潘府出事了。""何事？""貂蝉的母亲被李蒙杀害了。"吕布大惊失色，忽然之间觉得五雷轰顶，天地倒悬，恍然觉得错杀了潘平，愧疚不已，这如何是好，他的心里十分矛盾，像热锅上的蚂蚁，心急如焚。他收戟在院里打起了转转，搓起了手指。就眼前的事端和貂蝉的神情，不适合此时把周桂英遇害的噩耗说于貂蝉，只好暂且压下。正在难以决断之际，有人急报："将军，李傕、郭汜反了，已经冲进了城池，来势汹汹，乱杀乱砍。王司徒急招，商讨平叛之法。"吕布吩咐家人藏匿好潘平的尸体，好生看管貂蝉，自己提起方天画戟火速赶往司徒府去了。

貂蝉并非怕死，只是怕死后母亲没了亲人，到头来谁来服侍送终。潘平死了，就像揪了她身上的心肝，疼得她如同剜心，但毫无挽回之力，只能心痛怜悯罢了。如果就这样被吕布杀了，那就把和潘平来往的事做实了，让潘府如何示众，让母亲如何活人。她又想到了潘大人、王司徒、陈尚峰、乔峰和单来凤。他们的大恩大德还没有报，不能死。迷董卓，戏吕布的淫丑都能忍过去，这等事还不能忍吗？娘常说，好死不如赖活着。对！一定要活下去，要和吕布一起为亲人报仇，为他们谋福祉。

潘平的尸体已被家人悄悄弄走，貂蝉担惊受怕地缩在被筒里，心灰意懒地流着泪，严氏突然来到，焦急万分地说："贱人，你还有心思睡觉安歇？潘府出大事了，你母亲被董卓的心腹李蒙害了，快去看看。"貂蝉如霹雳轰顶，她一骨碌爬起来，就往潘府跑。刚出吕府，就被西凉反兵围起来戏弄，就在这时，陈尚峰冲了过来，他用三节棍驱散反兵，将貂蝉救回吕府。

时逢初平三年（192年）李傕和郭汜带着飞熊军冲进长安，要杀吕布、王允和潘子仪，为董卓报仇雪恨。吕布左冲右围，上砍下打，但反兵弓箭乱飞，难以抵挡。大喊道："请司徒快快上马，同出关去，再图良策。"王允道："若老天有眼，得安国家，这是我的愿望，若国不安获，我将奉身一死，吕将军快快带蝉儿离去。"吕布再三相劝，王允就是不肯上马离去。吕布将围杀王允的反兵杀了一片，硬行将司徒扶上马，准备杀出一条血路，带王司徒冲出重围。但司徒自行跳下马来，喊道："吕将军保重！照顾好貂蝉。我将与汉室共存，社稷同亡。"吕布在万箭乱飞的困境中，已无暇顾及王司徒，就一步三回头地冲了出去。

不一会儿，各门火光冲天，杀声四起，李傕、郭汜追杀过来，把王司徒团团围住。王允毫无惧色，慷慨激昂，大骂："李傕、郭汜，尔等不思报效国家，却沦为反贼！我劝你们迷途知返、悬崖勒马，不然必遭天谴，遭万代唾骂！"李傕听了怒起心头，不假思索地手起刀落，将王允杀于宣平门楼下。吕布见情形不妙，因独木难立、寡不敌众，只带了貂蝉等二十多名家眷，及陈尚峰等百余骑兵投奔别处去了。

潘子仪闻知李傕、郭汜带着飞熊军冲进了长安，还杀害了王司徒。他奋不顾身地持剑冲进了反兵阵营，追杀李傕、郭汜。这时，潘子仪几年未见的二公子潘荣手举狼牙棒，带着十数人也冲了进来，喊道："父亲，儿子来帮您了！"潘子仪一看欣喜万分："荣儿小心，慎防暗箭。"他父子兵合一处，直击反贼。

潘荣自离家出走后，历尽艰辛，颠沛流离，来到山西五台山吃斋习武，后听闻父亲官复原职，故举家来到了京都，前来探望，不料却在此等场合见面。潘子仪父子武功高强，李、郭二人招架不住，左躲右闪地逃窜在反兵之中，但潘子仪怒火冲天、紧追不舍。在他举剑要刺杀李傕时，反兵里有人高喊："潘子仪，你儿潘平已死。"此话如同如晴天霹雳，潘子仪刚一愣神，反被李傕砍了一刀，鲜血流了一地，含恨而逝了。潘荣杀退反兵，一狼牙棒将李傕打下马来，见父亲已气绝人亡，悲痛之极，再无心恋战，带上父亲的遗体直奔狄道而去。

虎威将军乔峰带着千余人马前来平叛，见反兵已杀了王司徒和潘子仪，气得他怒发冲冠。其实他是正义之人，虽为董卓收留着升，但他心系汉室，志在社稷。早对李傕、郭汜十分厌恶。今闻此二人带兵造反，前来讨伐。他横刀立马在李、郭二人面前道："李傕、郭汜，朝廷对你等不薄，王司徒、潘将军对你等也网开一面，不于深纠。尔等不知感恩，且恩将仇报。你们这些不忠不义之徒，活在世上也是妄然，如不除掉，必成人间大患！"

李傕听了大怒："乔峰，你为董公心腹，何出此等大逆不道之言，难道吓傻了不成？快快助我平了长安，杀尽奸臣，待我当了相国，就着升你为大将军。"郭汜心生妒忌，乜了一眼李傕道："白日做梦，耻心妄想！着升封史非你一人意愿而就"。

乔峰听了哈哈大笑："和尔等沆瀣一气、同流合污，其不坏了我的名誉，污了我的双眼！废话少说，拿命来！"他举刀就向李傕砍去，这时张济、樊稠也拼杀过来，乔峰没有得手，反被李傕、郭汜、张济、樊稠围住。处于劣势，他拼杀搏打也冲不出来。就在这关键时刻，范刚、麻壮带着人马冲了过来，李傕等四人一看，就四散而去。乔峰心想，王司徒和潘将军已逝，朝廷大势已去，就带着范刚、麻壮千余人马，追随吕布和貂蝉而去。

这一事件是李傕采用贾诩之谋，和郭汜、张济、樊稠等原董卓部曲将起兵造反。攻破长安，击败吕布，杀死王允和潘子仪等人，占领了长安，把持了朝政大权。汉献帝软弱无能，又无一兵，只能任由李傕、郭汜摆布。尔后诸将不和，暗流涌动，李傕为了杀一儆百，在朝会上杀死了樊稠，李蒙为樊稠抱不平，被李傕当即处死。又与郭汜分别劫持了汉献帝和众臣，相互交战，僵持不下。张济率兵赶来和解，于是二人罢兵。李傕出屯池阳黄白城，郭汜、张济等人随汉献帝东归，前往弘农而去。

三

曹豹原是东汉徐州牧陶谦的部将，其女曹媛为吕布次妻。兴平元年（194年）曹操征陶谦，曹豹和刘备屯郯东，求援之，被操所破。刘备领徐州牧后，与袁术战于淮阳石亭，曹豹和张飞镇守下邳，曹豹反刘备，间迎吕布，致使吕布得以反客为主，自称除州刺史。

吕布来到下邳，自以为粮食充裕，有泗水之险，安心坐守，可保无忧。这下邳别称邳国、下邳国。战国时期，齐威王封邹忌为下邳成侯，开始称该地为"下邳"。吕布在下邳脚还没有站稳，曹操就举兵来犯。下邳国谋士陈宫对吕布说："将军，今曹兵刚来，人困马乏，可乘其寨棚未定，突然袭击，必然获胜。"吕布道："我们屡屡失败，现需养精蓄锐，不可轻出，咱们以逸待劳，等他来攻时，我们迂回出击，何愁不胜？"陈宫叹气而去。

过了数日，曹兵扎寨已定，士气大涨。曹操在城下高声大叫："传吕布出来答话。"吕布威风凛凛地站在城楼上，怒视曹操。大有不屑一顾的傲气！曹操对吕布喊道："奉先讨董卓有功，为何弃前功而逆上呢？不如地连一块，兵合一处，再立新功。"吕布道："丞相不明其情，我并无反意，只是李傕、郭汜欺人太甚，乱杀朝臣，布不忍目睹，是情形所逼而致，丞相明知我讨董卓有功，为何还来侵扰我下邳？这不自打嘴巴，自欺欺人吗？倒是丞相拥兵擅权，致四处战乱，百姓怨声载道，苦不堪言。丞相用心诡疑，让布难以捉摸。不过我非计较小节无度量之人，识得是非曲直，丞相暂且回去，容我思考商议，再做定夺。"

貂蝉闻知此事，心急火燎，对吕布说："陈宫之计可行，乔峰正面佯攻，吸引曹营注意力。将军可带兵出城，攻击曹军后背，陈宫、文顺、陈尚峰，完全可以坚守城池，这样一举拔掉曹操营帐，曹兵就自溃逃散。既可退兵百里，还能壮我军威，固我城池。将军前程万里，请勿以妾为念，等杀退曹兵，咱们再相聚庆贺。永享世间快乐。"言罢愁眉苦脸，担心不已，痛哭不止。

吕布道："我堂堂无敌将军、徐州刺史，岂能干后背偷袭之事。那样有损我形象和下邳国威。不可为也！"

貂蝉道："将军且勿以虚名愚昧误了良机，机不可失时不再来，兵不厌诈乃军中常事，只有胜者才是王侯，残兵败将岂有威名？将军三思，审时度势为上。"

"爱妾莫要惊慌，安心勿躁，待我细细思量。"吕布又来到严氏和曹氏住处，将刚才貂蝉之意说于严曹二氏。严氏哭泣道："将军要为妾做主，不要听信陈宫和貂蝉之言，冒此风险。"曹氏泪流满面，拉住吕布的衣襟道："将军，下邳城池坚固，人心一致，猛将诸多，还有泗水之险，曹兵再悍，也奈何不了。将军切莫轻出，倘有闪失，悔之莫及，我等将死于非命。"

吕布道："爱妾不要忧虑，我有方天画戟、赤兔马，胭脂驹，坚守不出，曹兵弹尽粮绝自然退去。"

貂蝉再次规劝吕布："将军，陈宫之言是退曹兵守城池的上策，不可错失良机，追悔晚矣。"吕布听了大怒："妇道人家且莫再言，我自有退兵良策!"于是他终日不出,懒惰成性,只同严曹二氏饮酒解闷,不问貂蝉和城池安危。

城池之危让貂蝉焦急万分,不思茶饭,无意睡觉,苦思冥想退敌之策,在无计可施的情况下,她的脑海中突然闪出了袁术。嘿!邳城有救了。他急匆匆入见吕布,献计道:"将军,现在袁术在淮南,兵强马壮,声势大振,将军原来和他有女儿婚约,何不求之?若袁术兵至,内外夹击,曹操必败无疑。"

严氏生有一女,吕布十分钟爱,人长得漂亮玲珑。袁术欲结吕布为援,就想和吕布结为儿女亲家。当下严氏对吕布说:"我闻袁公久镇淮南,兵多粮广,早晚将为天子。若成大事,则我女吕琦玲有后妃之望。但不知他有几子?"吕布道:"何止一子。"严氏道:"既如此,即当许之,纵然不为皇后,你我亦无忧矣。"吕布意遂决,乐应了这桩婚约。

吕布嫌貂蝉不懂风情,侵扰了他和曹氏的兴致,怒斥貂蝉:"难道我不知儿女婚约?岂能拿儿女婚约作法码,逼袁公出兵援我呢?这点小事我自能处治,无须女流多言。"

曹氏借机暴跳大怒:"貂蝉,你淫乱搅扰朝纲,吃米不思造蛋,还有脸纵容将军落入虎口,居心不良。"说罢忿忿退席。貂蝉挡住她的去路,生气道:"你这酿粪的皮囊,穿衣的架子,也吃了不少米,造了几颗蛋?撒了几泡尿!"吕布听了气得甩杯砸案,一副无可奈何的样子。貂蝉也哭丧着脸,叹息着退了回去。

探兵飞报,曹军又门前骂阵,欲纵火烧城。吕布道:"我有赤兔马,轻过大江,横跨火焰山,有何惧之!"吕布连日与妻姜饮酒作乐,故酒色过度,面容消瘦。忽而取镜自照,吃惊道:"我被酒色所伤,精力大减。从即日起,下邳城内禁酒轻色,若有饮酒者斩!"众将士听了怨声载道,下邳城内死气沉沉,军民惶恐不安。

曹氏见貂蝉姿色过人,拥戴者之多,还多次向吕布献计守城,众人敬仰。严氏有袁术这个兵强粮足的儿女亲家,她又是明媒正妻,还为吕布生有一女。自己在兵困城池的时候，无智无勇，显得势单力薄，十分卑微。就心生意念，想出人头地，借此机会翻手为云，做吕布最宠爱的妻妾，便对吕布说："陈宫、貂蝉之计用心歹毒，疑点重重，危险具多，毫无胜算。袁术虽兵强马壮且路途遥远，也应不了近急。我父有五千将士，你我同去徐州搬兵，定当克敌制胜，一举击退曹兵。"

吕布道："曹豹乃岳丈大人，是邳城的功勋，现下邳受困，能见死不救？你我同去相求，定能搬来援兵。"他和曹氏简装重礼，偷偷地出了下邳，奔徐州而去

貂蝉见吕布被酒色所伤，又听信曹氏谗言佞语，去徐州搬兵，多日不见音讯，城池危在旦夕，很是着急。便召来陈宫、高顺、张辽、乔峰和陈尚峰，商议如何御敌守城。陈宫问：吕将军何意？"貂蝉怕人心动荡，军政不稳，故隐瞒吕布搬兵之情道："吕将军近日被严曹二氏蛊惑，酒色过度，无心城防事宜，曹兵士气日益高涨，下邳危在旦夕。我曾多次献计于将军，均不于理会。我等不能坐视不管，任由曹兵轻取下邳。特问计于各位。"

陈宫道："良机已经失去，借兵援助已远水解不了近渴，只有另图他策坚守城池，解城中军民之危。"

张辽道："我等是久经沙场之人，何畏曲曲曹兵，咱们可举全城之力，冲出包围，擒住曹操，散兵游勇自然退去。"

陈尚峰道："张将军计谋可行，打蛇打七寸，擒贼先擒王，不可坐以待毙。兴许貂蝉已有御敌方略，不妨说来听听。"

貂蝉道："各位将军，尔等都是忠臣良将，下邳栋梁，也是小女的恩人，今下邳遭此劫难，吕将军无心出城迎敌，致今日之城池之危，我等愿替吕将军出城退敌。张将军计谋甚好，可以计行事，今日傍晚，趁曹兵晚餐懈怠之机，陈谋士高顺和文顺坐镇城楼，并侍奉好吕将军及其家眷；范刚、麻壮二位千总各带一队人马，从东西偏门杀出，大喊杀——吕布来也！佯战引曹兵主力向东西而去；我陪张辽、乔峰、陈尚峰三位将军趁机

冲出正门，直捣曹操营帐，擒了曹贼直返城内，关门上楼，再以曹操为人质，喊话退兵，方可大胜。"

貂蝉再三叮嘱："此事要严加保密，不可向外透露半点消息。最近发现军中有不规之人；尚有不轨行为，频繁与曹营接触，多次听墙皮，翻文档，刺探军情。得慎之、防之。"大家都说："此计甚好，貂蝉有此谋略，是我等之幸，城池之福。貂蝉是吕将军之妾，听她号令也就是听从将军命令，我等以貂蝉马首是瞻，守城退曹。"言罢，各自信心百倍地领命而去。

貂蝉并非突然变得爱憎分明、坚强勇敢、足智多谋，这和她的成长过程十分有关。她幼儿时遭遇虎难，少年时的逃难磨砺了她的意志，在何府和潘府学到了文化知识和琴棋书画，又受到了国家栋梁、汉室贤臣王允和潘子仪的潜心教导，苦心研习了《孙子兵法》，熟背了《吴子兵法》，还游走于凶残奸诈的董卓和见利忘义的吕布之间。总而言之，是艰苦的岁月，贤臣的教导，尔虞我诈的环境造就了她，使她逐渐地懂得了人生，增长了见识，担起了民族的责任和道义，练就成了一名爱憎分明、忍辱负重，智勇双全的巾帼勇士。

四

傍晚时分，各路人马集结完毕，在列将士威武神奕，斗志昂扬，貂蝉也披挂上阵，骑着胭脂马，握着钢头矛，英姿飒爽地站在队伍前列。她严肃仔细地看了众将士数遍，一挥军旗，范刚、麻壮就带着人马从左右偏门杀了出去。并大喊："杀！吕布来也，杀呀——直冲曹营兵棚。"

曹营将士多日叫阵，见吕布闭门不出，故毫无防备，正在晚餐，忽听吕布出城闯营，杀死曹兵无数，故吓得魂飞魄散，丢碗摔筷，情急之下负隅顽抗。在五子良将乐进、徐晃的率领下战不取胜，死伤甚多，就分头向东西方向拼命追赶。而且越追越远，追得无影无踪，天昏地暗，无奈，兵困马乏地撤兵返回。

貂蝉一看，曹营已空虚，时机已成熟，便将战旗一挥，就和张辽、乔峰、陈尚峰带着人马从正门冲了出去，以迅雷不及掩耳之势杀进了曹操营帐。吓得曹操晕头转向，不知所措，其他人等丢械弃主，四散逃命，只有李典、许褚二将竭力保驾。曹操急忙发问："竟敢擅闯曹营，胆大妄为！尔等何人？"

貂蝉执矛头至曹操胸前："我乃吕将军之妾，貂蝉是也。"

乔峰道："快快一矛结束了他的性命，还迟疑什么？他死了就群龙无首，曹兵自然逃走，我下邳就再无忧虑了。"

曹操急道："貂蝉，你忍辱负重，铲除国贼，功在社稷，你我理应同盟，本应合力齐讨才对，今何必为难于我？"

貂蝉道："诸位将军，不可轻取曹丞相之命，他也算大汉枭雄，也是要刺杀董贼之人。先前与我等并无深仇大恨，只是近期他野心膨胀，故而围攻我城池，意不在杀戮吕将军及城内百姓，我等非无情毒手，只是保城安民而已，我们只是想借其之身退兵罢了。"

曹操道："貂蝉真乃识大体、顾大局的仁义之士，句句通彻心肺，我自愧无形，请各位壮士从宽思考，且勿乱了方寸。"

曹操成了人质，李典、许褚也不敢近前冒犯。乔峰和陈尚峰绑了曹操押至白门楼上，紧闭城门，摇旗呐喊，锣鼓喧天，一片欢欣鼓舞的凯旋景象。于禁、徐晃等将士在城外骂阵示威。曹操无可奈何地低头不语。

陈宫道："曹丞相不必惊慌，我等无意取你性命，你的命运掌握在自己手里，何去何从自己决断。只要你让全体将士退出三百里外，四散而去，并写下永不犯下邳的约书，就即可恢复自由，返回丞相府邸。否则你会血溅白门楼，下场很难堪。"乔峰挥刀霍霍，陈尚峰立眼射视，貂蝉摆扇不语。

曹操思考良久道："没有吕将军许可，尔等说话可算得了数？貂蝉为何无语？"貂蝉道："小女子不便插手这等大事，只是听听而已，一切全由他们决断。"

陈宫道："我的意思就是吕将军的想法，他在府内正和袁公饮酒赏舞，无意出来见曹公，让宫代言而已。"

曹操一听吕布和袁术两亲家把酒言欢，根本没把他侵城之事放在心上，那袁术兵强粮广，吕布和他联手，其势会大增，就可改朝换代，雄霸天下。我暂且收兵，待时机成熟再图不迟。他说："既如此，我们罢手言和，我命全军退避三百里，并写下保证契约，永不侵犯下邳。还请诸位视我为盟，不曾仇视。"他站在白门楼上，对城下的于禁、李典等将士说："各位将士，为长久计，尔等向西退避三百里，我数日后就可回来。"

曹兵慢慢地退散而去，貂蝉暗地松了一口气。曹操写了不再侵犯下邳的保证契约，曹兵已退至三百里外的信讯传到了大邳城。邳国还了曹操自由，他就灰头土脸地回去了。

吕布和曹氏来到曹豹府上，向曹豹言明来意。曹豹道："因你是我婿，在无处安身的困境下，我反刘备迎你进下邳，你不思感恩，反客为主，自称徐州刺史，不惜翁婿情分，弃我而不顾，逼我退至徐州。今曹操犯下邳，又想起了老夫，真乃实用心思，可悲可怜。你等让我伸援手逐曹兵，本不该再趟此等浑水，碍于我女曹媛情面，怜惜邳城百姓。欲派千余将士助你抗曹，你俩先行回邳，援兵即日就到。"

吕布大失所望，责怪曹氏不懂其父心思，没有搬到援兵反被羞辱一顿，甚感晦气。但不知邳国情势如何，吕布焦急万分，心想，他一人回去也救不了下邳，便又奔向淮南，厚着脸皮去求袁术了。曹媛道："将军知足便是，千余将士已经不少，父亲总不能倾巢而出，弃徐州而不管。袁术狂妄自大，虽说他是儿女亲家，未必伸援手，救下邳。"

再说曹操刚回营寨，下邳城内的密信随之而到。曹操一看，气得两眼发黑、暴跳如雷。信曰："下邳并无吕袁饮酒之事，吕匿迹多日，皆貂蝉之计，陈宫诓言。现邳城松懈，易取之。"

曹操砸案搧脑，甩杯打镡，怒叹："羞煞老夫也！本相自出道以来，少有失手，都是我揶揄人，这次反被羞辱，小小女子竟如此戏弄本相，莫大耻辱！传令下去，重整旗鼓，急速向下邳进发，趁吕布匿迹之空，一举拿下邳城，报仇雪耻！"

五

貂蝉听闻曹操得线报，知吕布不在邳城，故举兵再犯。她又焦急不安，心急如火，不知如何是好。吕将军的援兵未到，吕布也不在城内。一时乱了阵脚，没了主心骨、顶梁柱，顿觉孤立无援，愁怅难为。但她沉着冷静，周密策划，决不泄气。她突然有了计谋，要让吕布威武神勇地出现在曹兵面前，以此震慑曹兵，削弱敌军士气，一鼓作气，再逐曹操弃营而逃。

高顺、陈宫、乔峰、陈尚峰觉得曹兵此次来势汹汹，不好对付。相互问计无果，只盼吕将军亲赴战场，方能抗敌守城。貂蝉却胸有成竹地说："诸位不必惊慌，尽可操兵训马，以逸待劳，既是吕将军不在，无援兵到达，我也胜券在握，有破敌之法。"随后她将陈尚峰叫在一旁，轻声说："将军可如此这般，下去操办便是。"陈尚峰喜形于色地走了。

曹兵开抵城下，曹操坐在战车上摇着扇子，捋看胡须，望着空荡荡的白门楼。徐晃带着百余人，举着挑战旗在城下示威叫阵。貂蝉深居不出，品茶养神。不与他人来往交谈。众将士急切盼望吕将军出阵抗敌。且仍不见他出现安民，稳定军心。下邳城内人心惶惶，惊恐万状。曹兵威胁若再不开门受降，就箭射门楼，火烧城池。

太阳快要落山的时候，貂蝉艳装粉面地在白门楼上转了一圈，故意向曹操甩了一下长袖，掀了一下彩裙，娇柔地冲他甜甜一笑，给了个再见的手势，就款款地离开了白门楼。惹得曹操春心荡漾、心神不安，貂蝉的倩影让他如痴如醉，浮想联翩，欲望非非。心想，这女子又是何意？是否想与本相把酒言和，献城送人呢？他即下令：暂缓放火射箭，待明日再论。于是，曹兵便收械回营，曹操坐回营帐，品着美酒吟着曲儿，期盼着貂蝉的音信。

黄昏时分，貂蝉密召陈宫、张辽、乔峰、藏霸、陈尚峰在堂中议事。貂蝉道："各位英雄，我乃无职无权之小女人，承蒙你等抬爱，自不量力，参与退兵之事。为保邳城安全，貂蝉就违规多事了。请问诸位英雄，可听我命令，血战到底，打退曹兵，保邳城无忧。"

几位英雄异口同声："服从命令、血战到底，打退曹兵！"

乔峰道："说句大不敬的话，我等是跟着你来的邳国，唯你的安危和命令而是从，没有你的周旋和关心，我等早成刀下冤魂。"

陈尚峰道："貂蝉，我视你为知己，老天爷在冥冥之中让你我相识相知，你聪明善良，心胸宽阔，让人敬佩，正如乔将军所言，唯你的安危和命令而事，能与你拼肩杀敌，此生足也。"

陈宫道："吕将军不理我等计谋，导致今日之患，幸有貂蝉临危出阵，大胆施计退曹，此等大智大勇让人折服。宫身为谋士，远不及貂蝉，我唯命是从，绝无怨言。"

貂蝉道："承蒙各位信任，既如此，貂蝉就再无理推之，当勇挑千斤，决不让诸位失望。咱们就以计行事，诸位竭力而战，曹兵自然落荒而逃。尚峰，请将所备之物拿进堂来。"

陈尚峰让几名士兵将所备之物送进堂来，原来是四杆缝有"吕"字的战旗和四支方天画戟，还有四套吕将军的作战服饰。大家不明其意地看着备物，又看着胸有成竹地貂蝉。

貂蝉道："已尽黄昏，曹兵已无心示威叫阵，并防守松解。张辽、乔峰、藏霸、陈尚峰，你四人穿佩上这些服饰，扮成吕将军模样，骑上红色战马，拿上方天画戟，举起吕字战旗，各带一队人马，同时从东西南北四门冲出，趁曹兵不备拼杀大喊：'吕布来也！'曹兵见吕布拼杀而来，定会吓得魂飞魄散，落荒而逃。四面都有吕布，就会自顾不暇，曹操自然逃走。我和陈宫、高顺在白门楼守城观战，迎接你们凯旋。"

大家齐声叫好："此计甚妙，定能一举成功。"他们佩饰兽面吞头连环铠，三叉束发紫金冠，西川红棉百花，身背八臂神力弓，手持方天画戟，坐下赤兔马（红马）。活生生四位雄姿英发、令人胆战的吕大将军！

貂蝉把军旗一挥："出战！"城楼上战鼓隆隆，杀声四起。各路人马由四位"吕将军"一马当先地带着从四门冲出，大喊"吕布来也!"并烧棚拼杀。曹兵一见吕布来了，吓得浑身发抖，无力抵抗，四散逃命。就连乐进、徐晃也望布生畏，无心恋战，纷纷退兵。因为吕布四面出击，曹兵四处受击，相互无暇顾及，各自退兵逃命。曹操一看，貂蝉稳坐白门楼，逍遥自在地摇扇饮酒，吕布凶猛的在正门外拼杀。再看自己的将士四散而逃，已无力发起反攻，慌忙命李典、许褚护驾回府。

曹操狼狈而逃，貂蝉命息鼓收兵，并和陈宫、高顺匆匆下楼，站在正门，迎接凯旋的将士们。下邳城内欢声笑语，全体将士雄姿英发，几位将军兴奋不已，情不自禁地说："貂蝉乃神女也!可与张良比高低。我等佩服之至。"

貂蝉笑道："各位英雄过誉了，雕虫小技不足挂齿。我们大获全胜全凭将士作战英勇，曹操胆小无能罢了，我们还不能胜骄大意，放松警惕。曹操即可识破此计，他会重整旗鼓，卷土重来，以报被戏之仇。咱们需早做打算，准备迎敌。"

六

曹操收编人马，看到兵马死伤惨重，士气锐减，悔不该听信线报，盲目武断。大骂线报有误，让我损兵折将，尽失颜面。尔等收纹银时言之凿凿，办起事来漏洞百出。实乃可恶可憎，再无用处，定杀不饶!顿感怒气难消，精疲力竭。想打盹休息，又猛然起身，忙问众将退兵缘由。四门将领都说吕布太过厉害，如风似火，无法招架，自然退守之。曹操大怒："今日谁与吕布交过手?"四门守将异口同声："我。"

"难道吕布有分身之法?在四门飞来跑去，施了撒豆成兵之术?嗨!他茅塞顿开，我又被这小女子戏弄了。莫大耻辱，莫大耻辱啊!尔等太无能，难道没有眼珠?连真假吕布都分不清，听见吕布来了就吓得双目失明，浑身发抖，慌忙逃走?尔等难当大用!此仇不报，难平我心头之恨!我久历沙场的老谋子，竟然被乳臭未干的小女子牵着鼻子走。"在他雷霆大怒时，又来了线报，他没有观看就撕成几片，甩在了地上。用脚踩了几下："谎报军情，不知好歹！"转了几个圈后，又突然捡起，拼在一起认真地查看起来。信曰："吕仍不在邳，今四吕为赝品，现邳因胜而懈，速取之。"

曹操看着看着便哈哈大笑，由怒转喜，他思虑再三道："虽邳城防守松懈，吕布不在下邳，但士气正旺，貂蝉诡计多端，不容小觑。我军今日战败，人困马乏，士气受挫，夜间贸然出战，易遭埋伏，地理不被他熟，我方会处于劣势，难以取胜，待明日正午，红日高悬，人困午休之时征讨不迟。"

下邳也得到信息，曹操明日要一雪前耻，正午时分要大举攻邳，众将士听了心慌意乱，不知所措，几位将军谋士如坐针毡，黔驴技穷，忙问计于貂蝉。貂蝉慢慢地道："诸位竟可安心饮酒品茗，宽心休息，莫要烦躁不安，过于担忧。我有妙计，不动干戈，曹兵自然退去，曹操用兵自以为是，骄纵自傲疑心重，咱们就用疑兵对付他。"这时窗外有人影晃动，还用手指掰着窗扇往里看，"谁？"高顺和乔峰追了出去，但此人已走远，没有看清是何人。高顺却说："背影像侯成将军。"貂蝉暂时没有理睬人影之事，便悄悄地吩咐陈尚峰赶制缝有"袁"字的战旗二十面，五更时分必须完成。陈尚峰领命而去，心想，貂蝉又要施何计策，这"袁"字战旗作何用处。

貂蝉又召来高顺、藏霸、成廉、麻壮，命其四人今夜五更各带五十将士，在白门楼前候命，不得有误。四人领命而去。

再说董正邦和单来凤受朝堂歧视，欲寻明主。投曹操觉得此人阴险奸诈、心胸狭窄。亲李催觉得此人野心勃勃、心狠手辣。靠刘备觉得兵寡粮缺，势单力薄。思来想去，就奔下邳而来，因这里有侄女貂蝉。但不知吕布是否接收，就带着千余人马歇息在离邳城五十里的湖桥镇。并修书一封给貂蝉送来了。

貂蝉大喜，很快就要见到姑妈了，真是老天佑我，姑妈进邳城还能助我退曹兵，她的退兵计策有了双保险。明日不动干戈退曹兵已无悬念，她兴奋不已，久久不能入睡。

五更时分，高顺、藏霸、成廉、麻壮等将士，齐刷刷地站在了白门楼前，等候命令。陈尚峰带着二十面战旗也来到这里。

貂蝉似帅不是帅地站在将士前面高声道："诸位将士，今天的退兵之策很简单，我们要借兵退曹。打时间差之战。高顺、藏霸、成廉、麻壮四人各领五十人马，各带四面'袁'字战旗，乘着晨幕悄悄出发，分四路向东南方向三十里处散开待命，看到烽火台起了浓烟，就向邳城举旗呐喊而来。任务就圆满完成了。"高顺等领命而去，迷惑不解地摇着头。

这时貂蝉突然发现有人在楼角处探头探脑地偷窥，就给陈尚峰使了个眼色，他健步来到楼角处一看，原来是宋宪、魏续二将军。回来如实禀报给貂蝉。貂蝉显得若无其事，还微微一笑，轻声道："如此来看，有人更关心我们的军事行动，无妨，我有关心他们的办法，绝对不能让他们有机会接触曹营，走漏消息，坏了我们的大计。"

貂蝉便召来乔峰、宋宪吩咐到："乔将军带上这四面'袁'字旗，和宋将军一起即可骑马出发，去五十里处的湖桥镇迎接董正邦和单来凤。你俩带着他们在离邳城二十里处待命，看到烽火台的硝烟后，就举起四面袁字旗呐喊着大踏步地进入下邳城。我和张辽、侯成、陈宫、文顺在城门出迎。乔峰一听就要见到老相识单来凤了，十分高兴，就乐不可言地领命，和宋宪出发了。临行时，貂蝉对乔峰轻声说："宋宪是奸，不可让他离开你半步。"

貂蝉又对陈尚峰道："陈将军，黎明后就去烽火台候命，见我在城楼上挥舞军旗，你就点燃柴草，让烽烟越浓越高越好。此事不能有半点闪失，它是这次战役的指挥中枢，故而只有你来做我才放心。你和范刚把魏续监控起来，且记，不要让他离开半步"得到了貂蝉的赞赏，陈尚峰很欣慰。他说："尽管放心，定能圆满完成任务，你没有选错人，我不会让你失望。"

貂蝉又召来魏续和范刚，当着陈尚峰的面道："魏续、范刚，从此时始，你二人听从陈将军调遣，不得有违。"这三人各怀心思地领命而去，貂蝉又亲自登门去见侯成将军，她对侯成说："侯将军乃邳国将领，是邳国的栋梁，吕将军寄于你厚望，吕将军有意着升你为大将军，统领邳国军务。"

侯成信以为真，忙拱手施礼："谢过吕将军错爱，还请貂蝉在吕将军面前美言，如达成此愿，成将终生不忘举荐大恩，侍奉恩人左右。"貂蝉回礼道："今日我就与你在城楼观战，迎接他们凯旋。提高你的地位和身价，待会儿你我就同上城楼去。"

七

正午时分，曹操大兵压境，浩浩荡荡地来到邳国城下，黑压压一片，像一窝蚂蚁在城下涌动，大有势不可挡、一口吃掉邳城的阵势。将士们气焰嚣张地向城楼喊话："吕布小儿，你已经被我们重重包围了，不要心存侥幸。快快出城受死！貂蝉妖女，有什么阴招尽管使出来，不要东躲西藏，当缩头乌龟！"

貂蝉在城楼上一看时机已经成熟，就舞起了军旗。陈尚峰得令点起了烽火，浓浓的烟雾直冲云端。曹操一看城楼，见貂蝉与张辽、侯成、陈宫等在城楼上饮酒作乐，器乐伴奏，锣鼓助兴。城里城外毫无应战征兆。他特意看了貂蝉一眼，见她神采焕发，乐不可支，还笑容满面地向他招手。

他迷惑不解，大兵压境的时刻，她还处事不惊、大胆无畏，真让人捉摸不透。难道她还有什么损招？现在我万箭齐发、众将猛攻，定能一举拿下邳城。但很多谜团让人费解。一切都出乎预料，本应是全城混乱、惶恐不安，守城将士待战的阵仗。却恰恰相反，貂蝉为何若无其事、如此轻松？全城军民为何无迎战迹象？为何四门大开不设卫兵？吕布是疾是游现在何方？内线为何不见踪影，悄不发声？疑点重重，让人费解。于无声处响惊雷，这静态之中必有大动作，战鼓雷动、慌忙应战才是真兆章，如此看来，这小女人还想忽悠老夫。疑点未解之前还不能冒险攻之。他下令原地休息，不可盲动。

貂蝉发现曹操疑心我方有奇招，不敢马上攻城，正合她意。就命令舞伎在城头起舞吟歌，吹鼓手奏起喜庆欢快的曲调，八名武士甩腿挥臂跳着八卦舞，还在城池四周放起了鞭炮。

曹操更加怀疑此等情形必有陷阱，急得他左右徘徊，不得答案。他又迟疑了一会儿，突然如梦初醒，我差点又让这小女人算计了。原来她们在装腔作势，实为心乱如麻、忽悠施招，是卖笑挣扎。她的这点小把戏如何骗得了我曹孟德。"传令下去，即刻攻城，一举占领下邳城！"曹兵们又开始蠢蠢欲动，杀声突起，挥戟舞剑。一时间杀气腾腾、尘土飞扬，直逼正门。

貂蝉等人没有理会曹兵，仍在城楼悠闲饮酒，谈笑风生。舞还在跳，歌还在唱，鼓乐还在奏，鞭炮还在响。其实貂蝉等人已惊出了一身汗，急得心里发慌、口里冒火，佯装镇定罢了。

就在这时，曹兵探了向曹操急报："主公，从东北方向开过来了一支袁军，正急速向下邳进发，距此不足十里。黑压压一片，约五万人马。"曹操还没有来得及考虑，又有探子来报："从东南方向开过来了两路袁兵，大约二万人马。"曹操正在纳闷，又有探子飞报："主公，急报！急报！两支袁军约八万人马从南方浩浩荡荡地朝邳城而来，距这里不足五里了。"

曹操吓出了一身冷汗，心想，这吕布不在邳城，原来去亲家那里求援去了，这袁术也真够大方，倾巢而出帮吕布。看来兵力悬殊，而且袁术还有后劲，怪不得邳城内外如此平静，貂蝉还能在城楼上饮酒作乐，藐视于我。可恶，实在可恶！自己无能，请援兵取胜还自乐不凡，真不知羞耻！不能硬碰了，罢罢罢，退兵休整，等待时机再论。于是，他下令停止进攻，速速撤回许昌。

曹兵灰溜溜地逃走了，各路"袁兵"也凯旋了。貂蝉、张辽、侯成、陈宫等在城门列队迎接，邳城内外欢呼雀跃，万千将士兴奋不已。齐赞貂蝉深谋远虑，冰雪聪慧，是下邳之福星，曹操的克星。貂蝉盛情款待单来凤和董正邦，并彻夜长谈。貂蝉就来凤这个姑妈了，其他亲人都先后辞了世。故而觉得格外亲切。她俩在一张床上挤了三夜还嫌不够。有说不完的话，诉不尽的苦。

乔峰有事没事地就往单来凤前窜，单来凤也不在意，两个人说起狄道的往事就特别激动，嘻嘻嘻、哈哈哈，一会儿哭一会儿笑，就像久别重逢的亲兄妹，兴奋的情绪难以控制，高兴的心情似火燃烧。把貂蝉惹得不好意思，难以适应。董正邦见了醋意大发，吹胡子瞪眼，有时候搞得十分难堪和尴尬。

一天，她三人聊得正好，忽听有人喊道："吕将军回来了。"她们赶紧出门迎接，但见吕布已经兴高采烈地来到了正堂。看见了貂蝉，就情不自禁地抱住了她。曹氏酸溜溜地站在旁边看脚尖。两人越抱越紧，久久不愿松手。貂蝉激动得哭成了泪人，她慢慢地松开手，砸着吕布的胸脯说："你真恨心，撂下我等；撂下全城百姓不管，到那里游玩去了。不是我一人想念你，而是全军将士，全城百姓都在想你、牵挂你。"她像只小绵羊似的依在了吕布身边。

吕布道："邳城发生的事情我全都知道了，我愧对全城百姓；愧对全军将士；愧对我的小貂蝉。当初不听陈宫和你之计，相信了谗言，酿成了大祸。幸有爱妾临危出阵，勇挑重担，替夫退兵，我羞愧难当，无法弥补。更钦佩爱妾不畏艰险、出谋划策、沉着施计，多次击退曹兵的大智大勇。感谢你和众将士击退了曹兵，守住了城池。我要犒赏全军将士和似帅不是帅的貂蝉。"

貂蝉道："将军一路辛苦了，暂且歇息，诸多事务待后再叙。"

吕布道："见到大家我就皆无倦意了，只是这次出城求援，没有搬来一兵一卒，还受到了曹豹、袁术的莫大耻辱。世态炎凉、人心不古。归根到底还是要自己能干，自己强大。"

八

貂蝉在邡城声望大振，依然漂亮多姿，将士信赖又加，百姓赞誉很高，吕布更是如获至宝、爱屋及乌。他心中的貂蝉不再是只有漂亮脸蛋的妾，而是沉鱼落雁、有勇有谋的才子佳人，功劳卓著的依附谋僚。觉得有了貂蝉就可快活无比、高枕无忧了。便夜夜和貂蝉品茗饮酒，谈天论地、缠绵不休。

曹氏自去父亲处搬兵无果后就精神不振，茶饭不思，喜怒无常。她见吕布心思转变，不愿理她，还变着法儿专宠貂蝉，很是失落。她想以死明志，不再留恋世间万物，情仇深浅。可心有不甘，这样去了对不起父母的养育之恩，也就太便宜了貂蝉，自己年纪刚满二十，还没有尝到做母亲的滋味；还不懂爱情为何物；还没有发挥出自己的智慧。也不能让貂蝉独霸吕布，大红大紫。我定要夺回吕将军的爱心，让貂蝉身败名裂，离将军而去。就是吕将军嫌弃休了我，凭我的姿色还可另配贤才猛将，颐享荣华富贵，定能气死吕布，羞煞貂蝉。

一天，曹氏见貂蝉不在房中，就悄悄地潜入进去，用一盒掺了旋风草毛的香粉，换取了盒子一模一样的香粉，就匆匆地离开。回来后就佯装有疾，蒙头大睡。这旋风草俗称"转龙草"，毒性很大，牲畜家禽都不敢碰，草毛和草汁沾在皮肤上，就会发痒过敏、溃疡腐烂，如不及时治疗，还会危及生命。

曹氏刚入睡，丫鬟冬花就悄悄地拿走了她换来的那盒香粉，嗅了嗅后，在自己的脸上擦了擦，心想，夫人如此漂亮散香，原来是这香粉陪衬。貂蝉更漂亮，使用的香粉可能更好。她知道两个盒子一个样，是吕将军专门从西域给妻妾们弄来的，故粉盒一模一样。她觉得有趣，兴许貂蝉的香粉更香，就急匆匆换了回来。刚想打开擦点试试，曹氏突然出现在眼前："死丫头，手脚如此不干净。"一把夺过香粉就回去了。方才她从梦中惊醒，发现香粉不见了，怀疑被冬花拿去丑美了，就径直来到了冬花房间。

第二天，曹氏的脸上出来了红疹，其痒难忍。府医诊断后说："病因是植物毒素过敏，如不及早对症治疗，恐腐烂留痕，甚至累及七窍。"曹氏难受不堪，大哭不止，难以启齿中毒情源，听了府医之言，更是惶恐不安。急求吕布寻找名医灵丹，尽心诊治。她悔昨日不慎拿错了盒子，擦拭仓促。

貂蝉听闻曹氏患了过敏疾病，病情发展较快，急得乱了方寸，突然想起李儒敬献给董卓的西域"排毒丹"还有少许。在名医无方，灵丹无望的时刻，貂蝉送来了西域排毒丹，让曹氏即刻服下此丹。曹氏一听药是貂蝉所送，就死活不服，怕药中有毒。吕布命强行灌下。不到两炷香的时候，就止了痛痒，三天后就痊愈了。脸上没有留下一点疤痕，和原来一样漂亮。

曹氏好了疮疤忘了伤，不但不感谢貂蝉，反而变本加厉地害起了貂蝉。一天，她提着上好的点心和酒，心怀叵测地来到貂蝉房里，喜眉笑眼地对貂蝉道："我这次遭难，全凭你搭救，我不胜感激，不知如何答谢，今日略备点心薄酒，咱姐妹俩小酌几杯，以表我感激之情。"

貂蝉欣然接受，两个人高高兴兴地坐在桌前，喝起了交心酒。貂蝉道："咱俩都是将军的女人，你我互相关照是本分，相互珍惜是情意，何谈感激，今后咱们不分彼此，尽力伺奉好将军便是，让他无后顾之忧，全心处置下邳大事。"

曹氏道："你说得在理，做事得体，人生苦短，何必争来夺去闹别扭。咱俩不应生嫌隙，应心思一致，相依帮衬，共度余生。"她趁貂蝉不备，把"催情散"放进了貂蝉的酒杯中，便道："我身体突然觉得有些不适，来，咱俩再喝一杯我就回去了。"两人举杯喝了辞别酒后，曹氏就得意扬扬地回去了。

曹氏回去后，马上让丫鬟去通知陈尚峰将军："貂蝉急约，来卧室密谈。"陈尚峰乐而忘形地来到貂蝉卧室一看，貂蝉面如桃花，衣衫不整，走起路来跌跌撞撞。他怕貂蝉摔倒上前去扶，被貂蝉拒之。貂蝉道："我被人算计了。浑身发烧，奇痒无比，你不必管我，快快离开，这是陷阱。"

陈尚峰恍然大悟，匆匆离开了这里。

适才曹氏见陈尚峰进了貂蝉卧室，就急急忙忙地叫来了吕布。对吕布道："貂蝉和野男人正在快活，快去捉奸。"

吕布听了火冒三丈，飞快地来到卧室一看，室内并无他人，貂蝉衣着整洁地坐在梳妆台前取悦自己，没有任何征兆证明，方才发生了不堪之事，但他还是心存疑虑，便情随事迁地问："有盗贼来过吗？刚才谁进了卧室？"

貂蝉若无其事地说："将军多虑了，青天白日的，哪有盗贼？只有曹媛来过，她还和妾喝了少许酒，吃了上等点心。"其实她早就明白了，这是曹氏的圈套，是她在酒中下了催情药。叫来了陈尚峰和吕布。吕布一听就明白了，便气呼呼地离开了卧室。

貂蝉

巾帼献计烧曹营
曹操赐蝉关云长

★ 下邳城内外交困

★ 骄吕布束手无策

★ 巾帼献计烧曹营

★ 丞相割爱赐貂蝉

第十一章

曹操赐蝉关云长

巾帼献计烧曹营

一

曹操被貂蝉戏弄三次，羞愧不甚，这是他出道以来最失败的一笔。竟然被一个小女子戏弄了三次，心中的懊气难以忍受。总觉得自己倒霉不走运。让人在头上撒了三泡臭尿。将士们怨声载道，疲惫不堪，逃营者不计其数。粮草匮乏、马匹减少。他自从回了许昌后，就闷闷不乐，思谋着如何报这一箭之仇。心想，尽管这次袁军是虚招，但也提醒我等，吕布确实厉害，还有袁术这个靠山，我与袁术结怨甚深，是死对头，吕布有求肯定就应。还有计出万全的小貂蝉。仅凭我一己之力很难取胜，若有盟军援手，才有取胜的把握。于是，他想到了刘备。因邳城之争，曹豹迎吕布驱张飞，得罪了刘备。我与他还有些小交情，求他援我取邳城，定能应之。他即书信一封，快马送去。

信曰："吕布顽冥不化，我取下邳受阻，求刘公伸援手，无须参与实战，三里外举旗呐喊。"刘备应诺。曹操奸诈狡猾，让刘备参加实战恐其不来，不让其参加实战意在不与其瓜分邳城。

（199 年 2 月），曹操联合刘备集结了重兵，怕袁术增援，悄悄行军，秘密上道，突然围困了下邳城。状况十分紧张，战斗一触即发。曹操的将士近距离围攻邳城，刘备的人马则在外围摇旗呐喊。来势汹汹，邳城危矣。

吕布派高顺、曹性、张辽、藏霸、乔峰出城御敌，五将来回拼杀，和曹将张济、徐晃、乐进、许诸、李典大战四五十回合不分胜负。最终曹大将徐晃把曹性砍成了重伤，乐进砍伤了藏霸而统统败下阵来。曹兵士气大振，进攻势头更猛。

张超、杨奉、韩暹、董正邦、单来凤主动请缨，出战退敌。吕布允准，叮嘱小心勿恋战。他站在城楼观战。但见两军杀声四起，喊声震天，杀得天昏地暗，两军死伤无数。大战一阵后，曹军损振威将军许定，伤于禁，杀了张超、韩暹二位将军，伤了杨奉将军，而又小胜，吕布令击鼓收兵，紧闭四门不出。

曹操要一股做气，一举拿下邳城。一边在城下骂阵，一边往城里射火头箭。下邳城内一片混乱，人心惶惶。吕布在城楼问计于众将，谋士战将拍脑搓指，时间一分一秒地过去了，无一人献计，急得吕布大发雷霆："我原不听陈宫之计，失去了战机，悔不当初。今恳求良策，但说无妨。"还是无一人说话。貂蝉走上前去对吕布说："将军，妾有一计方可退敌。"

"爱妾，快快讲来。"他急不可待。

貂蝉道："今观战局，不分胜败，刘备虽有关羽、张飞等猛将，但他们只在外围摇旗呐喊，无心参与实战。曹军已疲惫，战事处于胶着状态。咱们就以其人之道还治其人之身。他们向我城池射火头箭，我方就在他射来的箭头上，再浇上火油射进他们的马棚、兵栅和营帐，使曹营四处燃起大火，以此涣散他们的士气，他们就会自顾不暇，四散逃走。此计名为'回头箭'。"

众将问："如何才能把火头箭射入曹营？"

貂蝉接着说："我们组成四队由五人组成的射猎队，这五人必须是武功高强，神手利索之将。备足火头箭，乘夜色同时从四门冲出，每组三人拼杀掩护，二人向曹军棚帐射点燃的火头箭。就这样用敌人的箭抵御敌人其不正好？在城头四周布兵守卫，以防偷袭。"

众将军异口同声："此计甚妙！"一个个踊跃报名参战。

吕布觉得此计可行，就下令马上准备，依计行事。他命令高顺、张辽、乔峰、郝萌为头领，再由头领从正副将中各选四人。盼不负众望，一举获胜。

夜幕降临，曹兵准备再次强势攻城，以曹操轻门重墙之计，打造了三十副长梯，分为东、北、西三个战队，各用十副长梯，准备从侧墙越入城内。轻城门重城墙，就是在四门只设少量将士佯攻作势，吸引邳城注意力，三路强将重兵从梯入城。每队至少有五名将级军官参战和指挥，趁吕布麻痹之时，突然发起越墙入城战斗，一举拿下邳城。

一

曹操观天望星，测风试温后。捋须晃脑道："今观天象，东边黑云西边星，邳遭厄运西军赢，风向偏东气温寒，讨伐吕贼定当先。"他洋洋得意，天象助我也！即挥手下令："出发！"曹兵抬梯举械，蹑手蹑脚地向东、北、西城墙跑去。另有佯攻将士在城门加大了攻城架势，提高了叫阵声音。

就在此时，由陈尚峰指挥的城头将士持械拉弓就位，吕布下令："射猎队出发！"四个射猎队精神抖擞地从四门飞了出去，直奔曹兵营栅。曹兵防不胜防，难以招架，挣扎拦截，多有伤亡。四处的营栅陆续燃起了大火，而且有火烧连营之势，就连曹操的指挥营帐也燃起了熊熊大火。

曹操慌慌张张地跳出营帐，拍打着身上的火星一看，见兵营各处一片火海，才知又中了下邳之计，直呼"大意，大意啊！退兵，马上退兵！"三路梯队正战得如火如荼，扶着长梯、踩着梯阶、前仆后继地攀爬城墙，却被陈尚峰的守城将士射杀得头破血流、哀声四起，死伤无数。听到撤退鼓声，便弃梯逃跑，一个个丢盔弃甲，十分狼狈。共损兵两千，折将六名。狼狈不堪地退至铜山扎下了营帐。

射猎队圆满完成了任务，遗憾的是董正邦在撤退的路上被五子良将乐进用双钩刺死。在他抢钩又刺单来凤时，被乔峰奋力救回。战役结束后，吕布命紧闭三门，敞开正门，犒赏有功将士。全军上下欢呼雀跃，士气大涨，盛赞貂蝉妙计，陈宫等谋士折服之至，羞愧不已。吕布对貂蝉说："爱妾的回头箭之计真妙，烧得曹兵抛戈弃甲、溃散而逃。你又替我击退了曹兵，拯救了邳城，有貂蝉助我，再无忧矣。"

曹操兵败下邳，退守铜山。终日唉声叹气、借酒浇愁，心想，战役无数，且多为一举取胜，今遇小女子貂蝉作怪，屡战下邳皆败。惭愧不堪，脸面尽失。若征不了下邳，重拾光彩，难就于世间。他绞尽脑汁地想对策，竭尽筹措粮草，提振将士斗志。一天，他召来众谋士问计："下邳城易守难攻，兵精将猛，貂蝉诡计多端，如今天气转寒，他在室内，我在露营，他喝着美酒，吃的是肉菜热馍，我喝的是生水，啃的是窝头地瓜。差异很大，难以取之。尔等可有对策？"

郭嘉道："我有一计，胜过二十万兵马，可立破下邳。"荀彧问："莫非决沂、泗之水？"嘉笑道："正是此意。"

曹操摆手道："不可不可，那水势凶猛，会损坏城内建筑，给邳城百姓带来灾祸，与理不合，将铸成我心狠手辣、草菅人命、祸及国运的大错，遭万世唾骂，不得善报。"

郭嘉道："丞相多虑了，沂、泗之水再猛也冲不走城池，城内百姓闻讯会登高避险，无大伤亡。但吕布将士会见猛水而失色无措，既顾城池财物，还要救护百姓，一时会无章大乱，士气大减，我军乘势攻入，一举拿下邳城后，立即退水安民，那来心狠手辣、草菅人命之事。"

曹操大喜："此计甚好！"他听了郭嘉的谬论，即令军士决两河之水，淹下邳城池。自己站在高台上，观看水淹邳城。滔滔之水汹涌地冲向邳城。众军飞报吕布："曹军引泗水要淹下邳城。"吕布大惊，佯装镇定，怕引起混乱，军心不稳，便硬气道："我有赤兔马，渡水如平地，有何惧之？"

且说侯成有骏马十五匹，后槽人偷去，欲献刘备。被侯成发现追回，诸将前去作贺。侯成酿有五六斛酒，想和诸将同饮，恐违吕布禁酒令，他先给吕布送去五瓶："托将军虎威，追得失马。众将来府作贺。酿得些酒未敢擅饮，特先敬奉将军。"

吕布大怒："我刚下禁酒令，你却酿酒会客，莫非同谋伐我！推出斩之。"宋宪、魏续等俱入求饶，布越发生怒，固执己见，概不饶恕。貂蝉道："将军息怒，侯成等诸将深知禁酒令，滴酒未沾，特来奉酒，乃心有将军，明知之举，若将军不允便可罢了，如有特许皆大欢喜，他们有何罪？将军莫要为曹军淹城乱了心境，伤了爱将情分。"

吕布道："故犯吾令，理当斩首。既如此，就看貂蝉情面，且打一百杖。"貂蝉和众将苦苦恳求，仍打了五十杖。众将十分丧气。宋宪、魏续至侯府探视，宋宪道："布视我等如草芥，今若无貂蝉劝阻惨也！"魏续道："曹军围城下，水绕壕边，我等死期将至！"宋宪道："布不仁不义，我等弃之而走如何？"魏续道："无毒不丈夫，不如擒布献曹公。"侯成道："布所倚恃者赤兔马也。你二人果能献门擒布，我将先盗马去见曹操。"

侯成和众将出了府门后。貂蝉当即关门，对吕布道："将军，适才妾不让杀侯成非真心，怕无杀一儆百之效，而生杀一怒百之怨。因其还未沾酒，诛其无名，恐有连锁反应。近将军不在邳城，我观宋宪、魏续、侯成三人皆有反心，已取防范之策。三人上下恐有众叛，在水淹邳城，大军压境之关键时刻，尔等的反心更重。杀侯成一人不能除恶务尽，斩草除根。为免生后患，将军可在当夜逐一召见，密杀此三人，可为上策。"

吕布听了大怒："胡言乱语！这三人对我忠心耿耿，绝无叛逆之心，密杀将军，让我何以服众，谁还服从与我？你涉军国大事太多，从即刻始，再不允你妄谈国事，参与军务！天塌下来还有我吕奉先。"貂蝉还想劝吕布不必意气用事，慎用疑人。但她深知吕布秉性，一向骄傲自大，横行无忌。她叹息道："老天难佑下邳，将毁之于愚昧也！"

是夜侯成悄悄来到马院，盗了赤兔马飞奔东门，魏续开门放出，却佯作追赶之状。侯成乃曹操内线，他谨向曹操献上赤兔马道："曹公，宋宪、魏绪挥白旗为号，就准备献门。"曹操闻之大喜，便押榜数十张射入城中。榜曰：

丞相曹操，谨奉圣诏，征讨邳城，如有抗拒者，破城之日，诛戮满门。上至将军，下至百姓，擒吕布或献其首级者，赐高官厚禄。特此榜示，各宜知晓。

三

第二天早上，城外喊声震天，战鼓紧奏，吕布闻之大惊，提戟上城，向四处一看，泗水淹了大半城池，责骂魏续走透侯成，失了赤兔马，待后要严征魏绪，杀了侯成。悔昨晚未听貂蝉之计，酿成今日之困。曹兵见城上有白旗飘动，就竭力攻城。吕布急躁愤慨，恐将校难守城池，故亲自冲锋陷阵。在无赤兔马的情况下，骑着胭脂马从早上打到中午，杀得曹兵抱头鼠窜，死伤无数，暂退休整。他累不可忍，不觉少憩门楼。叛将宋宪赶退左右，抢了方天画戟，便和魏续一齐动手，将吕布绳缠索绑，紧紧缚住。

吕布从梦中惊醒，发现被缚，急唤左右，却全被宋魏二人杀散。宋宪把白旗一招，曹兵涌至城下。魏续大喊："我已生擒吕布！"曹将夏侯渊不信，不敢轻动。宋宪忙从城上掷下吕布画戟，以证吕已生擒，并大开城门，曹兵一拥而入。

这时，高顺、张辽、郝萌在西门，藏霸、曹性、李封、在北门，杨奉、成廉、李肃在南门，均被水困难出，无法施展技能，被曹兵所擒。陈宫奔至南门，也被徐晃所擒。东门只有乔峰，薛兰、陈尚峰、单来凤拼命抵抗救主。

貂蝉见宋宪、魏续、侯成反水叛主，将吕布绑缚，城中将士大半被曹所擒，乔峰、陈尚峰、单来凤生死不明，邳城大势已去，活着也是枉然，纵身就往壕水里跳。曹军大将曹仁飞步救回。陈尚峰被夏侯渊所擒。乔峰见貂蝉已被曹仁控制，心想，救主无望，邳城休也。便救回被曹兵控制的单来凤，杀出一条血路，奔西南方向而去。

曹操入城，传令立即退了所决之水，出榜安民，并命将宋宪、魏续推出斩首，众将不解，甚至有人打抱不平：他俩对曹军破城有功，应当褒奖，为何斩之？吓得宋魏二人心惊胆战，面如土色，斗胆问道："丞相大人，我二人助您攻下城池，立下了汗马之功，为何如此无情？"曹操道："你们擒吕布、献城池，功不可没。但尔等非正人君子，今天能叛吕布，日后定会害我，杀了你俩才能平下邳民愤，扬我朝正义雄师之威。"宋魏二人看求生无望，便破口大骂："曹匹夫！你恩将仇报，定当恶还！"曹操扬手，示意杀之。宋魏二人在百姓的唾骂声中掉了脑袋。

曹操和刘备同坐在白门楼上，关公、张飞也站立一旁，这时曹操命提擒获的一干人等。吕布大叫："缚我太紧，放松点！"

曹操道："缚虎不得不紧，暂且忍耐。"吕布见宋宪、魏续的首级已悬挂于白门楼上，心里平了许多，他说："丞相英明，替我除了不耻叛贼，我待诸将不薄，他们何忍背叛？"曹操道："你只听严曹二氏枕边之言，不听将士之计，何谓不薄？你若以陈宫貂蝉之计行事，我曹孟德只能撤兵退去，今日还能大坐白门楼？"

吕布无话可说，悔莫当初。如昨夜纳貂蝉计，岂能缚住我等，失了下邳。武士拥高顺至，他昂首挺胸不答曹操问话，操怒命斩之。武士又拥张辽至，辽曰："可惜当日火不大，不曾烧死你这国贼！"曹大怒，拔青虹剑在手来杀张辽。辽毫无惧色，引颈待杀。刘备道："此等赤心之人当留用。"关羽道："吾知张辽忠义之士，愿以性命担保。"操掷剑笑道："我也知文远忠义，故戏之乎。"辽感其意，遂降。曹拜辽为中郎将，赐爵关内侯。

徐晃解陈宫至，曹曰："公台别来无恙？"宫曰："你心胸狭窄，心术不正，我故弃你！"操曰："我狭窄不正，公又无奈事奉吕布？"宫曰：

"布虽无谋，不像你诡诈奸险。"操曰："你自谓足智多谋，今又如何？不及貂蝉许多。"陈宫看了一眼吕布："恨此人不听我和貂蝉计策，导致今日局面。"操曰："你慷慨赴死，不顾老母亲眷？"宫曰："我身既被擒就戮便是。"操有意恋留，但宫径步下楼，左右牵之不住。操起身泣而送之，宫并不回顾。曹急道："即送公台家眷回许都养老。"宫闻言亦不开口，伸颈就刑，众皆下泪。操以棺椁盛其尸，葬于许都。

吕布趁曹操送陈宫下楼之机，急求刘备："刘公侠肝义胆，仁义之士，今为座上客，我为阶下囚，咱们交情不薄，为何不发一言，劝曹操宽恕我呢？"刘备只点头不言语，佯装无奈。

曹操上得楼来，吕布叫道："明公之患非我吕布一人，我今已服公，公为丞相，我为将，何愁天下不定？"曹操举棋不定。这时，曹仁押着貂蝉走上楼来，众眼视之，原来是吕布之妾、三戏曹公的貂蝉。她"扑腾"跪在了曹操和刘备面前，泣不成声地恳求："丞相，吕布作为虽过，但其讨伐董卓有功，请丞相怜其武道，可帮助丞相大定天下。"说罢长跪不起。

曹操曾几次远望过貂蝉，不得真容。现眯眼细看貂蝉，其容颜超凡，浑身上下楚楚动人，加上刚才求救吕布的一腔热血和肺腑之言，足以感人、醉人！使他神思恍惚，六神无主。他转身问刘备："玄德公，如何是好？"他想给刘备一个空头人情，借刘备的怜惜言语赦了吕布。但刘备一反常态，定然道："公不见丁原、董卓之事吗？难道丞相惧吕布之威武？"

曹操恍然大悟，大喝道："将三姓家奴吕布……"他突然言止，定神瞄了瞄貂蝉，一时没了良策。思忖，貂蝉智谋不在陈宫之下，杀了吕布，她岂能为我所用，刘备怕我收了吕布，增强势力，他为己才激我杀吕布，真得了吕布，还愁大事不成？犹豫间，刀斧手已将吕布拉下楼去，曹操急呼："不可杀之。"但已迟了，顷刻，吕布的首级已悬在了城楼上。

貂蝉见状，痛心疾首，悲不欲生。大骂刘备："你这无德小人，为己激杀当世英雄，阴险之徒也！大哭道："将军，不听陈宫之计，贱妾之言，贪酒恋妻，狂妄自负，落得如此惨败，悔之晚矣！曹操，你妄为丞相，不知惜才爱将，他人妒你增虎将、添智囊，激将藐视你愚笨，你为争一时之气，杀了能助你成大事的虎将，可怜可悲也！夫君，妾随你来了。"说完，起身就往白门楼下跳，却被曹仁一把拉住。曹操见下邳已得，但悔中了刘备激拨，杀了吕布，如失至宝，追悔莫及，宿怼在胸，难以忍受。刘备虽觉两脸发烫，窘态尽露，但还是乘兴而归了。

曹操收了下邳，犒赏三军，惠泽城民，拔寨班师，将貂蝉等吕布妻女载回许都。陈尚峰见貂蝉被曹操挟去，他不忍离开，为了保护貂蝉，也就委于曹操门下，做了曹操的从将。

四

乔峰救出单来凤，朝着西南方向而去。一路历尽艰辛，风风雨雨，流离颠沛地走了两月有余，回到了朝思暮想地老家狄道。他俩没有去紫松山的响石寨，也没有去南屏山的王董寨。就在狄道南川咕咚峪沟口右侧的乔家湾落了脚。他俩已生活在了一起，就再没有办婚礼、喝喜酒。有情人终成眷属，他俩从十几岁时就相知相识，相互倾慕，爱意深切。碍于董天鹏和董天鹤两兄弟的情面，没有达成心愿。乔峰娶了杨家河村的杨桂枝，单来凤嫁了董正邦。苦尽甘来，天公作美，最终让两个有情人走到了一起。

乔家湾乃是乔峰的老庄，在自然灾害频发的情况下，大多数人逃荒要饭离开了乔家湾。乔峰的祖父乔仁就是乔家湾的族长，后乔峰父亲乔万成当上了族长，他家生活富裕，家风传统，一直坚持守庄至今。乔峰爱舞刀弄棒，董天鹏就收他为徒，带上了响石寨，成了他的得意大徒子。

乔万成年老体弱，见儿子回来了，就让贤于乔峰。乔峰和单来凤都是武林高手，在耕种庄稼的同时，还办起了习武堂，学徒遍及狄道山川，声誉很高。单来凤从三十八岁开始，陆续为乔家生了两男一女：乔栋、乔梁、乔蝉（貂蝉辈序）。

乔峰和单来凤举案齐眉，感情深厚。乔峰改乔家湾为乔凤湾。后来单来凤去世了，正好又住进了吴姓大户，乔峰又把乔凤湾改成了吴凤乔湾

（无凤乔湾），再后来又来了一户冯姓人家，乔峰又把吴凤乔湾改成了"吴冯乔家"。

曹操在许都居功自傲，煮酒论英雄，射鹿欺天子。但苦于献帝认刘备为皇叔，怕刘氏日久势增，他挟天子以令诸侯，欲定天下的大业受阻，昼夜难眠，在相府内散步解忧。

一天晚上，他来到貂蝉卧室门前徘徊，听见貂蝉柔声细语地叹吟："红颜自古多薄命，英年早逝当问谁，花前月下怨时短，刀光剑影少岁月。"他迎声从窗外窥视，见貂蝉正在解带宽衣，准备上床就寝。一看四下无人，就津津有味地品起了貂蝉，但见貂蝉穿着轻丝透明的睡衣，在床前款款移动，她窈窕得体的身段，洁白无瑕的肤色，羞花闭月的容貌，沉鱼落雁的韵姿，膨松浓密的秀发，好一个天上少有，地下无双的美女！醉得他三魂飘飘，六魄荡荡，神思恍惚，想入非非。

他欲离开，就是难拔腿脚，身不由己，即命人将貂蝉送到了他的内堂，就兴致勃勃地让貂蝉为他一人弹琴起舞，吟歌敬酒。貂蝉观其神态，甚明其意，就提高了警觉。她知晓曹操淫乱无度，对她有劫色之意。就曲意奉迎，笑脸相陪，志在伺机杀他报仇。她苟延残喘地活着，等的就是这一刻，要为吕布等下邳冤魂报仇雪恨。她故作娇媚，竭力表现，欲以此勾起曹操的奇心。她趁曹操不备，将小匕首藏匿在身。

曹操擎着酒杯左旋右看，越看心里越痒；越看思绪越乱；越看欲火越旺，言到："貂蝉，你可与我彻夜共枕？"貂蝉低声道："我乃罪人之妾，已是被玷污之身，不是丞相之妾，恐有违伦理道德，况且我还在守孝之期，无颜侍寝丞相，请大人三思。"曹操又道："我欲纳你为妾，你可愿意？"貂蝉道："我淫丑众晓，更是半老徐娘、残花败柳，何得丞相怜宠。"曹操笑道："你乃智勇双全、美貌绝伦之人，何有守孝淫丑、残花败柳之说，无妨，我乃大度无忌之人，七情六欲皆任性而为，不拘小节，来来来……""丞相且慢！"谋士荀彧走进堂来。貂蝉很是失意，荀彧来得太不是时候，让她错过了一次刺杀曹操的机会。

"荀彧，你好不知趣！疯疯张张乱闯内堂，深夜突然到此，煞我心情，坏我好事，有何事要禀？"

荀彧忙跪倒在曹操面前："我非有意，适才路过堂门，闻琴声瑟瑟，歌声悠扬，问门吏何人弄琴吟曲？答：'是貂蝉为丞相抚琴。'文若观丞相为刘备激杀吕布而不快，为解此愤，文若苦思冥想，故心生一良计，特来献之。"

曹操让貂蝉退下，问："你有何计？"

荀彧道："刘备激杀吕布，用心奸诈，把丞相当猴耍，心中并无好意，他是怕丞相收了吕布如虎添翼，势不可挡。如今献帝拜他为皇叔，诸侯格局有了大变化，日后定为丞相大患。丞相不如将貂蝉赐予刘备的虎将关云长，使其亲丞相而疏刘备，最终为丞相效力，以瓦解桃园力量，刘备也就不打自败，丞相何愁大业不成？"

"此计甚好！可另选一女子当之，我欲纳貂蝉为妾，此女容颜甚佳让我倾心，其腹有妙计，智囊在胸，留她在我身边，既可开心快活，还能助我成就大业！不妥不妥，你不得要领，太欠深虑，岂能让聪慧有谋之人助他人增势取胜？削弱我的力量？舍财也不可舍贤能。劳你从中周旋，依计行事。"

"丞相杀了吕奉先，夺了下邳城，难道她不生怨记恨，为夫君报仇？须小心防范，大意不得。我曹营人才济济，谋士众多，还不及一个小女人？貂蝉乃不过一碗残羹剩饭；一枝快要凋谢的玫瑰，歹后余骨、半轮残月，不足于丞相深恋。再说，丞相胸怀大志，欲定天下，舍一女子而成就大业值得，请丞相三思。"

曹操思考片刻后道："既如此，我只能忍痛割爱了。劳你考量周全，谨慎施之。"荀彧拜谢而去。

五

貂蝉怨恨荀彧坏了杀曹操的机会，怏怏不乐地回到自己的卧室，闭门不出，解妆宽衣，欲上床就寝。这时从帏帐后窜出一个人来，笑眯嘻嘻的向貂蝉走来。貂蝉观之，原来是曹操副将庞云，貂蝉道："庞将军深夜到此何事？"庞云淫笑道："我想与你快活一夜如何？"貂蝉有些害怕，退着道："将军莫要胡为，我乃丞相心仪之人，你敢染之？""我付你重金，你不言语，何人知晓？"

"我乃残花败柳，不足以将军取悦，还请速速回去，再莫纠缠，就当今夜你未来此。"

庞云露出狰狞面孔，咬牙切齿地道："我看上你是你的造化，吕布已死，谁人眷顾与你，我惜你余有残色，不妨欢度长夜，何乐而不为呢？"他扑上去抱貂蝉。

貂蝉抽匕首拒之："我虽丑陋浊污，但瞧不起你这等流氓人渣！倘若乱为，我定禀告丞相严处。"

庞云色胆包天地道："你还有机会禀告吗？我先奸后杀，再开膛破肚，掠你财物，把臭尸撂到河里喂鱼去，让曹孟德连块骨头都找不到，我还是逍遥自在的庞将军，何人奈何得了！"说着就夺了貂蝉的匕首，撸袖解带地抱住了貂蝉，欲霸王硬上弓，满嘴的酒气，硬爪爪的胡须磨扎貂蝉的桃花脸。吓得貂蝉浑身发抖、不知所措。被庞云压在床上撕扯衣着，乱摸玉体。

哐啷！卧室门被打开，陈尚峰一棍就将庞云打下床来，庞云一看原来是从将陈尚峰，忙提起裤子大骂道："你胆大妄为，竟敢乱闯女室，坏我美事，暴打本将军，不想活了吗？与她快活那是你情我愿之交，关你屁事！连个破寡妇也要抢吗？"

貂蝉赶紧穿好衣服，自惭形秽地躲在一旁哭泣道："这流氓太过粗野霸道，欲图强污我身，幸得尚峰来救，才免遭其辱。这让我日后如何示人，曹丞相知晓有该咋办，不如一死了之。"起身就往墙上撞去。陈尚峰上前拦住："这又何必，大仇未报，就这样轻率而去，岂不便宜了此贼。你且站一旁，让我结束了此狗之命。"

庞云一听陈尚峰要杀他，转身就跑，还未跑出房门就被陈尚峰一棍打倒。他转身急求陈尚峰："尚峰兄饶命，你我同为丞相之将，何必刀棍相见，云知错了，求高抬贵手，饶贱命一条。"

陈尚峰欲轻过，但见貂蝉施他眼色不留此命。他不加思索，抢起三节棍猛打几下，庞云就一命呜呼了。二人赶紧将其死尸装进麻袋，陈尚峰趁着夜幕丢进了运粮河里。

次日，荀彧来到刘备处，对刘备说："曹丞相敬仰云长仁义贤德，欲将貂蝉赐予云长，不知皇叔意下如何？"

刘备问道："丞相果真有此美意？"荀彧忙道："是丞相亲口所赐，岂敢造作。"刘备转身问关羽："二弟意下如何？"关云长摇头摆手："无功不受禄；无邪不近色。曹丞相要赐就赐予三弟。"张飞乐滋滋地道："二哥是个明白人，如此美人，我倒也喜欢，但丞相明言赐于二哥，我总不能夺人所爱。漂亮白嫩的女子焉能嫁我黑张飞，那不叫人笑话。"

刘备道："二弟跟我拼杀奔波多年，尚未婚配，甚显孤单寂寞，我心有不肯，此举正合我意，曹丞相又如此厚爱二弟，不如应了这门亲事，别薄了丞相美意。"

关公忙道："大哥，万万不可，我时常奔拼于杀场，生死常处在阴阳之间。娶了家室，有了儿女，何不成了累赘，上了战场有后顾之忧，就不能全身心地拼杀取胜。要不大哥再添一妾？"关云长执意不肯，刘备一时无策，便道："请荀大人回禀丞相，允二弟三思后再议此事。"荀彧拜谢而回。

是夜，貂蝉正在静思，武卫将军许褚推门走了进来。貂蝉急起身迎接，道："将军今夜到此何事？"许褚羞答答地道："貂蝉不必戒备，褚早有与你叙谈之意，但畏于丞相威严，不敢造次。今斗胆来见，且无歹意，只因身不由己而为。"

貂蝉说："将军乃曹公红人，丞相的忠心护卫，我乃丞相心仪之人，有万千不肯也不能薄了将军。将军，你来我处就不怕被曹公知之见疑？"

许褚说："如你心里有我，我心里有你，相敬如宾，举案齐眉，此生足矣，我为何惧人？男欢女爱乃两情相悦之事，为何被他人限制？我行我素，果敢担当，大丈夫也！"

貂蝉说："将军，言多必失，我自知身污貌丑，难配智勇双全之将军，请快快离去，免生事端。"许褚道："我喜欢的不全是花容月貌，还有你的聪明才智和大义品格。"

貂蝉道："我知你是耿直忠厚之人，无使奸害人之心。倘若你我结为连理，你将如何安排余生？"

许褚俯身轻语："倘若你我结成伉俪，我当带你比翼双飞，相敬如宾，过上逍遥自在，举案齐眉的美满生活。待稳定下来，我们拉起人马，发挥你我之特长，我为主公你为相，打败天下贼寇，成就一番大业！替你报仇雪恨。"貂蝉忙掩褚口："隔墙有耳，不要乱语，你快离去，待我思量，千万不要四处妄言，恐招来祸端。"

许褚摇头倔脑地不想离开，正在此时，曹操在外发问："何人在此喧扰？"许褚出门漫不经心地回道："是末将许褚。""你不在我左右护卫，在貂蝉房中何为？"许褚故意装傻道："人曰貂蝉美如天仙，我来探探虚实。唉，相貌平平，谈吐不雅，不过如此，不值得倾心。"曹操道："你有眼不识金镶玉，如此绝世美人你不懂欣赏，妄为文武全才之人也！"但他疑虑未消，乜着许褚道："美不美有你鸟事，不要动歪心思，生出事来定不饶恕。"

六

自曹操赐貂蝉以来，粗中有细的张飞就想一睹貂蝉的美貌，此前都是远而望之，没有仔细观看。今丞相有意赐予二哥，他拒之。万一曹公又赐予本张飞，我也要当个明白新郎倌。如果是个母夜叉我可降不住。不如今夜前去探探，看她究竟有多漂亮，有啥能耐，如何贤惠。我粗张飞也又细心思，别让人把我当傻子，说我是收拾破烂的张屠夫。他还没有靠近貂蝉房间，就突然看见一个黑影悄悄地进了貂蝉的卧室藏了起来。他紧跟上去，站在窗外观察起来。

黑影在门后藏了起来，张飞心想是盗贼？是欲图不轨的流氓野汉？是貂蝉私会的情郎？他瞪着牛眼细看上去，见貂蝉端坐桌边摇扇品茶，悠闲自得地在房间吟曲，时而又在屋内徐徐走动。窈窕的身段，漂亮的脸盘，漆黑松软的长发，楚楚动人的神态，还有那透出裳衣的玉体，好一个羞花闭月的仙女！

他想再美美地欣赏一番，但见那个黑影走到了明处，把貂蝉吓得啊的一声，坐在了床上。此人原来是大将军曹仁，貂蝉道："大将军何时到此？"曹仁道："你不必惧我，我已到此多时了。"貂蝉问："你来何事，为何鬼鬼祟祟？"曹仁道："自从那日我两次救你，就难以忘记你，你漂亮可人，聪慧玲珑，大义凛然，让人佩服让我爱。今夜想与你交心亲近，故身不由己地走进了你的卧室，这可能是天佑人愿。"

"我是丞相心仪之人，竟敢与我私会？就不怕丞相责罚？"

曹仁道："只要你肯，怕为何物？我为他车前马后，上阵杀敌，屡建奇功。还能为一女子与我反眼？"

貂蝉道："我乃半老徐娘，残茶剩饭，不洁之身，将军竟然不嫌浊污？就不怕触了霉头，像吕奉先一样屈死？"

曹仁怒道："别伶牙俐齿，自以为是，胡言乱语地诅咒我！也别拿丞相来吓唬我！你一个寡妇之身，久旱无雨的不毛之地，还不渴望甘露？"

貂蝉道："请将军自重，狂妄自大吓不倒我，污言秽语伤不到我，我非随便之人，请你速速离去！"

曹仁道："别再矫揉造作，假装圣洁，本将已迫不及待了。"他一把将貂蝉拉在怀里，在脸上舔啃起来，两只大手在貂蝉的臀部连捏带挖，胸脯在貂蝉的敏感地带搓来磨去。把张飞馋得六神无主，浑身发痒，垂涎欲滴，眼里泛泡。

貂蝉挣扎不从，曹仁把她抱在了床上，撕脱她的衣服。张飞突然醒悟，从极乐世界走了出来，瞬间怒火中绕。想冲进去一刀劈了曹仁，但又想那场面难以收拾，就顺手拿起一个碗大的石头，掷了进去，正好落在了曹仁头上。曹仁丢开貂蝉，昏头晕脑地站起来，摇了摇头，摸了摸发疼的地方，稍息片刻，觉得再无人骚扰坏事，又开始对貂蝉动手动脚，吓得貂蝉躲在了床角，缩成了一团。他一把将貂蝉拉到床沿，欲霸王硬上弓。张飞又拿起一块小石板，像打飘石一样地甩了过去，不偏不倚地打在了曹仁的脸上，眼角处还流出了血，曹仁惊叫着跳了起来，用貂蝉的衣服擦了擦血迹，但还是没有想离开的样子，看来他确实不惧任何人。张飞一时没了主意，心想，只有拿曹操试试了。便大着声道："丞相大人，关羽这厢有礼了。"

曹仁一听曹操和关公来了，才从后窗户跳了出去，临出窗户还威胁貂蝉道："臭婊子，今天暂且放过，那天再来收拾你。"他不明真相地看了看四周，担惊受怕地离开了这里。

张飞倒吸了一口凉气，因为他不是曹仁的对手，眼看着曹仁大模大样地回去了。一副不可一世的样子，让张飞心里好生气愤，他又看了看脱离险境的貂蝉，可怜巴巴地在哭泣，无助地用被子蒙住了头。他很不情愿地往回走，又身不由己地回到窗前看了一看眼貂蝉后，才牵肠挂肚地回去了。心想，这貂蝉不是蛮不讲理的母夜叉，还是个漂亮聪明的烈性女子，也不是软弱无能、没有原则的随便女人，和我黑张飞的秉性一样烈。此女如二哥谦让，我定受之，不能让她落入他人之手。

张飞喜怒交加地回去了。走了一路考虑了一路，心里矛盾重重，想把今晚看到的情形装在肚子里烂掉，免得二位哥哥说我花心放纵，自以为是。大哥说我狗肚子里装不住酥油，二两麦麸就透出面来了。可这事情太大、太有趣了！装在肚子里叽里咕噜的怪难受，像骨鲠在喉。嘿！还是一吐为快，大哥二哥也不是外人，他俩知道了也好决断二哥的大事。于是，他就神神道道、眉飞色舞地给刘备和关羽讲述了今晚看到的趣闻。

刘关二人听了捧肚大笑，弄得张飞满脸臊红、挠头捏鼻，也跟着哈哈大笑起来。刘备道："莫非三弟相中了貂蝉？二弟还未表态，你就按耐不住，先饱了眼福。"

张飞嘴笨拙舌地道："我哪有乃福气，只不过先去替二哥把把关，如果配不上二哥，我接着，总不能薄了丞相的美意。"

关羽道："既然三弟喜欢，二哥即早退出，不能为一女子伤了桃园之义，兄弟之情。"张飞懊气地说："二哥莫要拿话刺我，三弟玩笑了，何必如此！"他气呼呼地欲离去。

刘备一看便知二人心思，就当起了和事佬："二位贤弟莫要上气，丞相赐女乃用意深刻，并非儿戏。是真心赐予还是巧派线人不得而知，当慎重对待。貂蝉心思还不得一二，我等将静观其变，从长计议。貂蝉姿色俱佳，心思敏锐，能三戏曹操火烧曹营，非常人也！我阵营能得此人，如添十万雄兵，不论嫁谁都要欣然纳之，诚心相待。"

七

貂蝉的美色是她的资本，也是她不得安宁的祸根。她像物件一样被抢来送去，一些不良之徒也闻香垂涎，观花欲摘，伺机骚扰。她觉得疲于奔命，烦躁不安。心想不如一死了之，又想大仇未报，还想为汉室再做些什么，故而于心不甘。就在曹操欲纳她为妾，她准备宁死不从的当口，陈尚峰告诉她：丞相要将她赐予关云长。她听了喜出望外，早闻关公武功盖世，相貌堂堂，仁义贤德，能人贤士无不敬仰。强曹操十倍，若能和关将军结为伉俪，将三生有幸，既能为汉室效力，还能让关羽杀了曹操，为吕布报仇。从而她精神大振，觉得茶清饭香，天高气爽，便心情舒畅地弹琴起舞，吟歌待讯了。

一日，曹操邀刘备带关公来相府议事，并留宿在相府，关公下榻紫阳厅。貂蝉得知后心思荡羡，沾沾自喜。等到晚上，月色皎洁，微风徐徐，貂蝉在花园中挽袖踱步，带着花香，步如起舞，真乃花前是貂蝉，月下又是貂蝉。她心急难忍，思关公心切，便轻脚妙手地来到紫阳厅窗外，小心翼翼地向内窥视。关公端坐在书案前，左手拿书，右手捋胡须，威风凛凛，神采奕奕，全神贯注地读着《春秋》。貂蝉看了良久，不思回还。关公读到精彩之处，"啪！"拍案起身。惊得貂蝉猛退几步，不小心将一木板碰倒，关公听到了响声，提起青龙偃月刀，一个箭步纵到了院子里，将貂蝉截住："你是何人？"

貂蝉急忙跪倒，战战兢兢地说："关将军，是奴婢貂蝉。"

"你到此何事？"

"曹丞相将我赐予关将军，久日不见将军回音，心中忐忑不安，十分思念，听闻将军今夜宿相府，特来此地看望将军，不料却惊扰了将军，请将军宽恕。"

关公道："既如此，起来说话。"

貂蝉道："久闻将军武功盖世，仁义贤德，难得相见，今日一睹，果然气度非凡，让人敬仰。奴婢早有此意，但不得其缘，现幸得丞相赐予，才有机会表露心迹，大胆来探。望将军不嫌我貌丑无知，才智疏浅，如愿以偿，我将尽心侍奉将军。将军可全无忧虑地助刘皇叔匡扶汉室，以解天下生灵之危。"

关公听貂蝉言之有理，是识大体、讲道理的女子，便起了恻隐之心，就双手拉起貂蝉，借着月光翘起卧蚕眉，眯着丹凤眼仔细地瞅起貂蝉来。貂蝉含羞掩面，更显示出她美丽无比，楚楚动人。他心想，此女如此标致，容貌清秀，难怪三弟如此倾心。他来回地踱着步，静心思虑，如曹丞相真心赐予，我应当仁不让，他问道："你真心肯嫁于我？"

貂蝉道："只要将军不弃，奴婢万分情愿。"

关羽道："如此外秀内惠之女，云长受之有愧，丞相和皇叔美意难违，选一良辰，我们就……"他又突然丢开貂蝉，猛然转过身去："不可，我和师妹胡金定青梅竹马，两小无猜，师傅对我恩重如山，不能弃金定而娶你。"

貂蝉道："将军可娶金定为正室，我愿为妾。"

"你对汉室有功，让人敬佩。人似仙般，才智过人，为何赤心嫁我？我关云长只娶一妻，不贪二女。"说罢转身就走。

貂蝉忙牵关公衣襟："将军乃大丈夫也，为何前矛后盾，我非将军不选，万望将军怜惜貂蝉。"

关公心生怨气："你这女子，好生古怪，天下好男未绝，为何死磕于我！"这时，从大槐树上跳下一个人来，指着关公道："关云长，你这河东铁匠过于自大，貂蝉乃女中金凤、才貌俱佳，配你绰绰有余，别妄自尊大，不知好歹！

关公提刀便问；"你是何人？如此大胆！河东铁匠是你叫的吗？这河东铁匠有何不妥？岂能允你妄言非议？就不怕我一刀劈了你。"

貂蝉一看是陈尚峰，忙上前拦住关公道："将军莫要动怒，他是我远房亲戚，是位忠义之士，曾救过奴婢多次性命，恩重如山，还未及报答。他并非冲将军而来，只是怕我遭遇不测，受到伤害。我们犯了万千错误，还请将军宽宥，我们不再侵扰将军，便速速离去。"关羽收刀呵斥道："不知廉耻！好生轻浮。竟敢轻薄于我。快快离去，别再让我看到尔等！"

貂蝉回到房中，感到十分委屈，她的精神受到了严重打击，关云长竟用不知廉耻、好生轻浮来羞辱于我，没想到关羽如此狂妄自负，不近情理，还用恶言秽语数落我和尚峰。你鄙视我俩，我也可怜寒碜你，难怪至今还没有娶妻成家，世间竟无女子钟情于他。罢罢罢，曹操、曹仁欲污我身，身前身后多有馋猫饿狗。身陷狼窝不得清静，难以修身养性。卧薪尝胆，报仇雪恨，也为汉室做不了啥事，不如削发为尼，了此残生。

八

心灰意懒的貂蝉请陈尚峰深夜启程，快马将她送到洛阳白马寺去。陈尚峰问："去白马寺何事？"貂蝉道："我已看破红尘，无心再混迹于浑浊杀戮之间，和野心膨胀之徒同流合污。原王司徒府的侍女春梅，也流落到了那里，在白马寺当了尼姑，过得无忧无虑，清闲自在，前几日还给我写信过来，曰："如不舒心。来白马寺吃斋念佛，盼姐妹重逢，清贫度日。"

陈尚峰道："不可，你好生糊涂，做了尼姑就万事俱安了？你非平常女子，漂亮聪慧，躲在哪里都会有馋猫饿狗骚扰于你，你身负重任，情缘未了。不可随心所欲，赌气而为。你有汉室兴旺的责任，有为忠良亲人报仇的义务，还有我这样默默关爱你的友人。貂蝉，你是任何困难吓不倒的；千山万水挡不住的，天大的冤屈也能直面应对。你我暂屈于曹刘之间卧薪尝胆，巧妙周旋，等待时机再除国贼，振兴汉室。"

貂蝉道："听你肺腑之言，我心忽然开朗，你言之有理，你心我早已晓得，恐耽误你的前程和美好姻缘，我不知所措，现有你陪伴甚是高兴，但不知如何回报。虽关羽嫌我轻浮，但他情有独钟，只恋胡金定一人，这点让人敬佩，是大丈夫品格。近观刘备非曹操一貉，其善解人意，为人真诚。他是汉室宗亲，当今皇叔，除奸兴汉理在当先。我要依附在桃园三义之间巧妙周旋，利用刘备削弱曹操力量，最终杀曹兴汉，报仇雪耻。我应谨见刘备，陈述利弊，及早去玄德府居之。一可跳出狼窝，二可获八方信息，寻找可用良机。"

貂蝉趁曹操外出，忙去求见刘备，却被关羽横眉冷脸地挡在了门外："你来做甚？大哥尚在午休，不便见客。"张飞闻声出门，见貂蝉来见大哥，欣喜万分，迎貂蝉进门："来来来，美人到此，不可怠慢，二哥腼腆害羞，不懂风情，莽张飞不惧人言，是否为择夫而至？快快进屋面见大哥。"关公欲再阻，见三弟如此热情喜欢貂蝉，便欲言又止，看着他俩高高兴兴地去见大哥了。

貂蝉跪拜完毕，对刘备道："皇叔，蝉冒众口讥讽，前来叨扰，请勿责怪耻笑。丞相已将我赐予关云长，时隔多日不得音讯，不知云长兄何意？皇叔如何定夺？我非急于嫁人，只是相府馋猫饿狼众多，让人难得清静，因蝉一弱女子，难抵侵犯，万一馋贼得逞，让我如何侍奉将军。我想尽快逃出狼窝，觅一安全之地，另还能献策一二，请皇叔成全。"

张飞道："貂蝉言之有理，应及早将她接至这里，免生意外。"

刘备道："你为国除奸，对汉室有功，我身为皇叔，岂能不管！且二弟还未应允，故误了貂蝉青春，我明日就和丞相商议，先将你接到我府，让馋贼望而生畏，看何人敢骚扰关云长之未婚妻！"张飞听了浑身不自在，为何只提关云长，忘了我张翼德。

貂蝉拜谢而归，关公提眼相送，张飞乐此不疲地送至相府门前，生怕貂蝉半路遭遇不测。

次日，刘备带着关、张二人去相府，对曹操说："丞相把貂蝉赐予二弟，我弟兄三人感激万分，丞相乃爱才惜将之人，让备佩服之至，我欲将此女接到寒舍过渡，待时机成熟，大办婚典，特请丞相上坐高堂，受新人拜谢。"

曹操道："皇叔多虑了，相府还管得起三顿饭，让得出一间房。貂蝉乃人中极品，貌似天仙，胸怀大志，足智多谋之人，不可轻慢，操之过急。不可不可，不成体统，公为何如此心急，多有不妥。待你择好黄道吉日，你迎我送岂不美哉！"

刘备道："莫非丞相玩笑赐予？我当一言九鼎，全信无疑。现看来空欢喜一场，丞相戏弄打脸罢了。走，二弟三弟咱们回去。到运粮河畔洗石头去。"刘备这招先发制人弄得曹操十分难堪，红着脸歪着颈，不知如何是好。

"皇叔且慢！丞相赐予岂能有假？"荀彧出来解围："丞相好意被曲解了，让貂蝉去府过渡是两全其美之事，一可让关将军不再担心貂蝉安危，二可让丞相全身心地处理军政大事，何乐而不为？"曹公欲热热闹闹、隆隆重重地办了此事，以显曹刘两家亲密无间，无懈可击。携手并肩，共图宏业。

曹操道："荀彧所言是我心中之想，刘公急躁了，我曹孟德一言既出驷马难追，那有戏弄打脸之意？就依刘公之意，关将军所想，到时我还要配厚嫁妆，吹奏打乐，高调欢送。玄德今日便可将貂蝉接走，好生照管，改日我再登门探望。"

刘备哈哈大笑："孟德公果然高明，玩笑逗人，实在幽默，不愧当世枭雄，备方才失态妄语，丞相宽宏大量，切勿计较。"刘备如愿以偿，三兄弟带着貂蝉乐不可支地回府了。

曹操失意地看着荀彧生闷气，像丢掉了心爱之物一样惶惑。荀彧道："主公，今日刘备若不得貂蝉，就认为你是言而无信之人，必定与你翻脸而去，还会一气之下倒向袁术，公得不赏识，恐酿成后患。主公真倾心貂蝉，日后再作计较。"

第十二章

红昌助备居徐州
巾帼身殉丞相府

貂蝉

★ 貂蝉助玄德居徐州

★ 巧计退曹操索蝉使

★ 危难关头从大义

★ 红颜鲜血染相府

一

刘备惊闻公孙瓒被袁绍放火烧居，无路可走，杀了妻子后自缢，全家都被袁火烧焚。非常伤感，食不甘味，夜不能寐。貂蝉见了也痛悲惋惜，她大胆献计："皇叔，你胸怀大志，且有猛将，却被曹操控制于此，似笼中之鸟，不能展翅高飞。今绍欲取玉玺，术送玺必经徐州，你可以截击为由，请缨出征，以此逃出牢笼，创建安身立命之所在，壮大势力，大展宏图。"

刘备迟疑："此计可行？曹操拥兵百万，猛将无数，岂能允我带兵出征？"关公道："此去凶险万分，现今我们势单力薄，袁绍粮广兵多，正逢势头，时机尚不成熟，万不可听信她言。"张飞道："二位哥哥如此胆小，前怕狼后怕虎，非丈夫也！还成什么业，扶什么室？给桃园三义丢脸！七尺男儿还不如女流之辈，我去请缨领兵出战，不当缩头乌龟！"

貂蝉道："如皇叔向曹操借兵截术，曹定会乐不可支，欣然答应，促成此事。因刘公成了皇叔，就有继承皇位的可能，也就成了曹操颠覆大汉的最大障碍，在他逐个排除异己的同时，也会对最大障碍除之而后快，还愁不让你去冒险吗？此去既可获得自由，还可让徐州重归皇叔。"

刘备大喜："可有细致计策？切不可粗心冒险，空口谈兵，恐陷万劫不复之境，得慎之，再慎之。"关羽道："大哥，听其言语似有良策，可试之。若曹操欣然应允，就证明她析之有理，否则便罢。"张飞道："二哥思虑周全，貂蝉是自家人，岂会诡话诓人。"

貂蝉道："这是一个连环计，而且环环紧扣，但实施起来很简便。可随事态发展演变而动，定能成功！"刘备道："战场事态瞬息万变，难以适从，顺势施计难度之大，何人能胜此任？"

关云长、张益德面面相觑，无能为力。

貂蝉跪地道："如不嫌弃，奴婢愿跟皇叔一起出征，随时献计破阵，顺利完成连环计。"张飞忙道："不可不可，行军打仗危机重重，艰苦惨烈，你身体娇弱，适应不了。"

关公道："三弟怜香惜玉，考虑周全，有你保护还怕什么？"张飞道："保护她是你的责任，粗张飞万意有个闪失，二哥还不心疼？"貂蝉道："无须二位嫌弃，我自能周全。"

刘备道："你三人不必争执，貂蝉随军是大义之举，情形所逼，她是此次计谋的设计者，此计需随事态发展而施，如不带她去，我等就像无头苍蝇，横冲直撞，不得要领，恐损兵折将，劳而无功。此等谋略之事无人替代，只好劳烦貂蝉随军而去。大哥请二位弟弟顾全大局，同心护蝉，确保万无一失。"

貂蝉道："谢皇叔不弃，允我随军。还请二位将军细心言词，万不可泄密，如有人问及行军打仗为何还带女眷，就说游山玩水而已，切不可说我参与军务，策划谋事。途中恐有暗流偷袭，制造事端，坏我大计。我们得早有防备，确保皇叔安危，避免发生意外。望大人即刻去见曹操，勿让他人占了先机。曹操疑心重手段毒，允你出征时定会派心腹随从，名曰助你，实为督你军务，刺探军情，见机行事。大人不可拒之，需乐随他意，否起疑窦，难成此行。"

刘备速见曹操："丞相，术绍二人欲兵合一处，称雄霸业，丞相应早图之。我闻公孙瓒已逝，追念昔日荐己之恩，十分伤悲，也不知赵云下落，十分牵挂。此仇不报难解我心头之恨。"

曹操道："玄德公乃重情重义之人，瓒妄死我心也不快，公莫要太过悲感，伤及体质，日后从绍身上讨回来便是。"

刘备道："术给绍送玺必经徐州，我欲为瓒报仇，备请一军半路截杀，定能擒住术贼，剥其皮，挖其心，来祭奠公孙瓒。"曹操笑道："玄德公既有此意，可佩可敬，纵观上下左右，有情有义者唯玄德公也！我保你马到成功，一举截杀袁术老贼！明日奏帝，即可起兵讨贼。"

次日，曹操令刘备总督五万人马前去徐州，又差朱灵、路昭二人同行。玄德辞帝，帝泣送行。玄德暗赞貂蝉剖析曹操透彻，曹果然派心服监军，看来貂蝉真心助我，别无二心也。刘备回寓，星夜收拾兵器鞍马，挂了将军印，催促急行。董承赶出十里长亭相送。刘备对董承说："国舅尽可宽心，静候佳音，此行必有收获。"董承道："公要小心，勿负帝心。我不明为何带貂蝉随军，岂不累赘？"刘备轻声道："她非常之人，此役胜负全在此女一身。"董承认真有趣地看了貂蝉一眼，略笑之，貂蝉也恭恭敬敬地向国舅甜笑了一下，承不解其意，便带着疑惑回去了。

关云长问："大哥此番出征为何如此心急？"刘备道："我乃网中鱼、笼中鸟，此行如鱼入大海，鸟上云端，自由翱翔。不再受网笼羁绊，激情而致，此也是貂蝉提醒，恐生变故，半途而废。"关羽道："大哥如此相信貂蝉，就不怕事有蹊跷，钻入圈套？"刘备道："疑人不用，用人不疑。我观她志在汉室社稷、天下生灵，是识大体、顾大局，光明磊落之人。并非细作小人也！"遂命关、张催朱灵、路昭快速行军。

郭嘉、程昱闻知曹操遣刘备发兵徐州，忙谏之："丞相何故令刘备督军进兵徐州？实属不妥。"曹操道："欲截杀袁术，此行凶险之多，老夫正为派何人前往犯愁，他主动请愿出征讨伐，我便随他意愿，允其自寻绝路，让他失于袁术之手，岂不正好？"

程昱道："他有悍将关羽、张飞在侧，既是兵败溃散也伤不了刘备，他为豫州牧时，我等请杀之，丞相不允，今日又令其统兵伐术，这如放龙入海、纵虎归山。再想治他难上加难。"曹操道："他营尽数是粗猛武将，无一谋士在侧，难胜此局。"郭嘉道："丞相纵不杀刘，也不该如此顺他之意。古人云：'一日纵敌，万世之患'望丞相明察。"此时有人报信："刘备此去心不在截术，而是为了宽松环境，携貂蝉游山玩水。"

郭嘉大呼："坏了！玄德带貂蝉随军，不是一时兴起，去游山玩水，而是从了貂蝉计谋，必有大动作，定有不可告人的大事，恐贻误战机，累及丞相。请大人即刻阻止，免生后患。"

曹操道："危言耸听，思虑过多，我已有防范，让朱灵、路昭随军督战，可伺机行事。不过你二人言之有理，为防万一，令许褚带五百人马即刻出发，务必劝玄德返回。"

二

刘备疾行之时，但见身后尘土飞扬，人喊马叫。貂蝉对刘备说："此征兆定是曹兵追来，看来曹操对此行起了疑心，或许有人已看破端倪，大人要沉着勿乱，冷静应对，随机应变。就是皇帝令回，也要以怕贻误战机而拒返回，倘若回去，似重回鸟笼，就会厄运纷至，困难重重，飞出牵笼再无良机。现即刻扎下营棚，令关、张二人各执兵器，威立左右。"刘备允准。

许褚至，见严兵整甲、士气高昂，急下马进帐见玄德。刘备问："许将军来此何干？是来助我灭袁术？好啊，丞相如此偏护玄德，不胜感激，有了许将军助战何愁不胜？"许褚忙道："皇叔误解了，我奉丞相令，特请将军回去，别有商议。"玄德说："将在外，君命有所不受，我临行前面过君，又蒙丞相钧语。来回折腾，煞费时间，恐贻误军机，得不偿失，故不能返回。此处条件所限，无酒菜款待将军，还望见谅，请将军速回许都，替我复禀丞相。宽心便是，静候佳音，战报随时飞传，决不懈怠。若担心玄德无胜算，可再增五万人马。"

许褚心想，丞相与他关系甚好，今番又不曾让我来厮杀，眼见军容整齐，士气高涨，无不妥之处，只好返回。将他的话回禀丞相。他深奥地看了一眼貂蝉，辞了刘备，领兵而回。向曹操如实转述了玄德之言。曹操犹豫不决，冷笑道："还让增兵五万，痴人说梦也！"

程昱、郭嘉再谏："刘备不肯转回，可知其心骚动，欲瞒天过海，私心作祟也。"曹操道："我有朱灵、路昭二人在他左右，量他不敢变故，再说，我已遣之，难收此命，出尔反尔非吾所为。尔等需密切注视其行动，无须再追，免遭人耻笑。"

玄德兵至徐州，刺史车胄出迎。特设宴款待，孙乾、糜竺、陈登等都来参见，见刘备身边有一清秀女子，便心生疑惑，即问："玄德公，此女何人？竟如此娇娆。莫非你又要添……""哎！切勿胡言，乃二弟未婚妻，随军游玩而已。"宴毕，他回家探视老小，还差人打探袁术动静。他正与家人团聚笑谈之时，探子来报："袁术作书让帝于袁绍。袁绍即命人召袁术，术收集人马，宫禁御用之物，朝徐州来了。"

刘备闻知袁术将至，不知如何应战。貂蝉忙献计："袁术此来气势汹汹，虽说连遭败仗，但还是傲慢无礼，心存侥幸。瘦死的骆驼比马大，得认真对侍，不可大意。为避其锋芒，挫其锐气，我军不可上前迎敌，让他难解我军实力，藐视应对策略。等他移步城下，趁他人困马乏、麻痹大意之时，突然开门杀出，一鼓作气，打他措手不及，无法招架，我军必胜也。"

袁术兵距徐州城十里，不见抵抗，袁术道："刘玄德无谋士策划，故无方略拒我远止，如我是刘备，定在此处设伏，强势阻击，定大获全胜。"又行五里，差将布阵，秣马厉兵，准备在此鏖战一场，活捉刘备，除掉车胄。一举战领徐州城。探子来报："徐州情形如常，城门紧闭，城头无兵，河边无马，沿途无一兵卒。"袁术"哈哈"大笑："刘玄德呀刘玄德，你纵有几名猛将，但都是有勇无谋之辈，毫无计策布阵，还大言不惭地请缨截我，痴心妄想也！" 如此看来他们胆小如鼠，不敢出城，等死受降。命令下去，全速前进，拖拉掉队者斩！全军人马一口气跑到徐州城下，累得上气不接下气，还拼命地摇旗骂阵。一个个累得口干舌燥、站立不稳、眼前冒花。

貂蝉俯身对刘备密语："皇叔，成就大业不可树敌太多，今日驱逐术兵，使其兵马四散逃走而止，万不可取术性命，放他自行逃走，做个顺手人情。要他首级之人众多，何必让咱欠此血债。术后还有绍，如惹怒袁绍，日后操绍夹击，我方援手尚缺，少有退路，就困难重重，万劫不复。此事不可外泄，你我心知肚明便罢。"玄德道："貂蝉聪慧，如不提点，我定斩术，酿成大错晚矣！"

刘玄德一声令下，亲领关、张、朱灵、路昭等五万人马冲出城门，张飞迎头就将袁术的先锋纪灵截住，还未斗战十回合，张飞大喝一声，就将纪灵刺于马下，败军四散而逃，袁术亲自带兵来战。刘备分兵三路：朱灵、路昭在左，关、张二将在右，他自带兵居中，与袁术相见，刘备大骂："反贼不道，我今奉明诏前来讨之，你当束手受降，免你重罪。"

袁术骂道："织席编屦之小辈，还敢轻我！来，众将擒斯过来！"他的随从闻声护驾。玄德见时机成熟，暂退一旁，给袁术使一眼色，意在让他逃走，袁术明备意思，策马冲出包围，且打且退。玄德让左右两路军杀出。杀得术军尸横遍野，血流成河，兵卒逃亡。后又被嵩山雷簿、陈兰劫了袁术的钱粮草料。

袁术欲回寿春，又被强盗所袭，只好住在江亭。这时仅有一千多人，皆是老弱残兵，时当盛署，粮食尽绝，只剩三十斛麦，分给了士兵。袁术嫌饭粗茶淡不能下咽，命庖人取蜜水止渴，庖人曰："只有血水，那里蜜水！"袁术一听急火攻心，呆坐在床上，大叫一声，倒于地下，吐血而死。侄袁胤将灵枢及妻子送庐江而来，却被徐璆尽杀之。璆夺得玉玺，赶往许昌献于曹操。曹操大喜，即封徐璆为高陵太守。

三

刘备得知袁术已死，准备不日回许都面圣复令，将徐州托转车胄辖治。貂蝉道："难道皇叔忘了笼中之苦、网中之困不成？此次回去，再无出头之日。徐州刚刚到手，连环计才施半途。皇叔乃眼光远大、胸襟开阔之人，应轻名利而重拓展，邀功领赏不可为之，就是情势所需，也为时过早。无安身立命之处，被人当贱客呼来喊去，寄人篱下的日子还未过够？心系苍天念万民，足行大地创伟业，难道忘了初衷？"

关公茅塞顿开："大哥，貂蝉言之有理，徐州来之不易，我们以貂蝉之计行事，常居于此，巩固和发展我们的势力，为匡扶汉室打基础，提高我们的地位和价值，任人宰割的事就会减少，看人脸色度日的窘境就会渐渐离去。免受笼中之苦，何乐而不为？若有大兵压境，还有貂蝉施计周旋，我和三弟也非酒囊饭袋，定保大哥无虞！就是败走他乡，也要轰轰烈烈一场。"张飞道："二哥讲得有理，现在看来貂蝉一心助我，并无二心，大哥竟可宽心，还有子龙快要归来，到那时咱们如虎添翼，谁来侵犯就打他个稀巴烂！决不当缩头乌龟。"

刘备道："三位说得在理，都为汉室社稷和我着想，我一时糊涂，忘了初衷，伤了大家的心情。大哥陷于老虎吃天，不知从何下手，问计尔等，该如何看待当前时局，处治徐州军政要务。"你看我，我瞅你，大眼瞪小眼，沉默了许久。

貂蝉道："皇叔可写表申奏朝廷，并书呈丞相。令朱灵、路昭回许都呈表递书，留下军马保守徐州。"刘备欣喜道："理应如此，这样既可稳住曹操心思，还能给我们喘气机会，好！请唤朱路二人。"朱灵、路昭前来候命，刘备道："你二人可速启程，回许都复命，向圣上和丞相报喜领赏。恐袁绍来犯，我不敢懈怠，欲坚守徐州，保百姓平安。"朱、路二人高高兴兴地回了许都。刘备爱民如子，亲自出城，招谕流散百姓入城复业。"

朱灵、路昭回到许都见曹操，说刘备留下兵马守徐州，以防袁绍来犯。曹操一听大怒，欲斩二人："没有召唤，谁让你俩脱离刘备，返回许昌的？实为猪脑狗肺的蠢货！要你等何干！蠢材！被人卖了还乐而忘返，欲邀功请赏，连胆小无谋的刘备也对付不了，窝囊至极！"荀彧道："权在刘备，他二人左右不了，也无可奈何，罪不当斩。丞相莫要伤了心情、乱了心境，枉杀爱将。刘备想坐拥徐州，意寓非常。留兵马守徐州乃大手笔，非一般僚佐所能，你二人可见刘备身边有谋士乎？"朱、路二人思忖良久不得答案，朱灵："并无智者，不过貂蝉常随桃园三义左右。"荀彧听了大惊失色，忙跪地等罚。

曹操拍案而起，他恍然大悟，击胸顿首，指着荀彧大骂："留兵马守徐州定是貂蝉计谋，悔之晚也！成事不足败事有余的蠢货！貂蝉乃智者，曾三戏于我，火烧吾营，杀她十次也不为过。留她性命非姿色绝美，实为我营增添智能、成就大业所想。我欲纳她为妾，是永久为我所用。你嫉贤妒能，恐失己位，挑动我将她赐予关云长。现刘备如虎添翼、锦上添花，成了我的心头大患。你因私误国，罪无可赦，推出去斩首！"

程昱、郭嘉忙跪求曹操，程昱道："丞相休怒，荀彧并非有意为之，实为争取关云长，挖解刘备势力而为，本是一条妙计，却好心办了错事，事态发展难以预测，今已铸成大错，杀他也无济于事。给他将功补过的机会，解铃还须系铃人，亡羊补牢为时不晚，让他设法将貂蝉要回，为丞相所用，岂不甚好。"

曹操道："念你昔日献计有功，暂且留下你的狗命，如一月之内接不回貂蝉，就提头来见！"荀彧领命，拜谢而去。

刘备在徐州受到百姓拥戴，将士支持，生活条件大有改观，关羽彻底改变了对貂蝉的看法：从近期的战事来看，貂蝉非曹操线人，而是一心助皇叔的同僚，她貌若天仙，机智勇敢，我还拒她千里，冷言相对，后悔莫及。今晚无心看《春秋》，欲向貂蝉道歉谢过，吐露心思。来到貂蝉门前，就听见了貂蝉悠扬的琴声和委婉的歌声。又突然看见张飞站在窗口向内窥视。不由心生妒忌，他大踏步地走过去："喂，三弟，怎么不进去聊聊，在窗户外偷色过瘾呢，小心眼珠子蹦出来。"

张飞不好意思地道："吓我一跳，二哥你来做甚？莫非也惦记貂蝉不成？迟了，貂蝉对你失望了，她今日已向我表明心迹，说我是好人，知人冷暖，懂人心思，靠得住。她很喜欢我，故来保护她的安全，听候她的调遣，呵呵呵……"

关羽道："黑子，别癞蛤蟆想吃天鹅肉，白日做梦，她是丞相赐予我的，你不要自作多情，想入非非，夺人所爱。貂蝉美似仙般，智如张良，鲜花不插牛粪蛋！"

张飞道："红脸汉，你别不知羞耻，从心耍赖！你言明：'非胡金定不娶，她是我的青梅竹马，我关云长只取一妻，不贪二女，'男子汉大丈夫怎能出尔反尔？非君子也！"

说得关羽哑口无语，言不及义，悔不当初。他情绪有所失控，歪着脖颈道："她是我的！"张飞道："她是我的！"关羽道："要讲先来后到。"张飞道："要看谁心最诚。"貂蝉开门而出，看见二人争得面红耳赤，歇落不下，噗嗤一笑："二位哥哥别伤了和气打破了头，为我争持不值当，你二位都是貂蝉的亲人，我都喜欢。"

四

一天夜里，万家灯火渐渐熄灭，貂蝉收琴合扇，闭门关窗，准备宽衣就寝。突然有人敲门，貂蝉问："何人？"回道："徐州刺史车胄。"貂蝉道："何事？"连胄回："大事，请快开门。"貂蝉一听是刺史车胄就开了门。车胄进得门来，环顾室内再无他人，便顺手反锁了房门。堂而皇之地坐在了貂蝉面前，诡诞不经地对貂蝉道："貂蝉，我见你孤苦伶仃，无人照应，住在这里极不安全，关、张二人为你争得不可开交，互不相让，万一把握不住，溜进门来欲行不轨，你当如何对付？或闯进馋猫猴精欲行不轨，对你造成伤害，酿成绯闻，岂不晚矣。我作为徐州刺史，理当保你安好无恙，走，搬到车府去住。"

貂蝉道："车大人勿忧，任何凶险之事我自会处置，关、张二将乃正人君子，决不染荒唐之事，我乃残花败柳，半老徐娘，无人惦记。倘若遇险，他俩会即刻赶到，捉猫打狗。"

车胄道："虽说他俩心无杂念，坐怀不乱，是堂堂正正的男子汉。但却是阳刚旺盛的壮年时期，万一酒后失态，头脑发热，把持不住，强行与你亲热当如何？岂不遗憾！"

貂蝉道："夜深人静了，我欲就寝。大人请回，恐有人看见泛起谣言，对大人名誉有损，还会引起家眷不和、绯闻缠身，小女子也承受不起。万一关、张二人突然来此，见你在此逍遥赏色，骚扰小女，发起疯来如何收场？岂不尴尬。"

车胄道："无妨，他二人来本官也不惧，男欢女爱是两情相悦的事，你是无主之花，自由之身，谁能干涉？我欲再纳一妾，填充侧房，有何不妥？见你秀丽端庄，聪明伶俐，让我倾心爱慕，不能自拔，若得此愿，你当居妻妾之首，不知美人有无此意？"貂蝉道："大人高看了，小女子乃身浊体污之人，况且丞相已将我赐予关云长，丞相之命不可违，怎敢让大人眷顾，车大人抬举了。"

车胄道："我官居刺史，家境殷实、体容标致、武功高强，又是曹丞相的心腹红人。难道还不如居无定所、皆无品级的关羽和张飞吗？"貂蝉道："刺史大人，你财多有曹孟德多吗？你官大有曹丞相大吗？我实为曹公心仪之人，不日就要举办婚礼，花烛洞房，何人敢戏弄？何人敢妄为？你口称是丞相心腹，还要夺他红颜、戴他绿帽，忠心何在！"

车胄恼羞成怒："你别自以为是，耍弄本官，谁不知道你是罪人之妾，残汤剩饭，还自鸣得意。丞相府里美女如云，智者甚多，焉能喜欢你？别痴人说梦，荒诞不经！来吧，让本官尝尝国色天香的味道。"欲拉貂蝉强行非礼。

气得貂蝉心裂肺炸，欲喊不能，怕招来更多舌头，但她早有防备，把一包石灰粉扬在了车胄脸上，看上去他像只老熊猫，摇晃着脑袋口吐白沫，形像怪吓人的。可惜没有伤着他的眼睛，他草草地擦了擦脸上的石灰，骂道："臭婊子，还给我使阴招，下毒手，今天征服不了你我就不是车胄！"他一把将貂蝉掷在床上，先脱了自己的外衣，再去解貂蝉的衣带，貂蝉左躲右闪地抗拒着，车胄迫不及待地压在了她的身上，连亲带摸地忙乎起来。

关羽和张飞又为貂蝉的事争得不可开交，马说马高，牛说牛大，争执了许久毫不退让，终无结果，难以决断，要让貂蝉道个明白，说个清楚，到底喜欢谁。两人来到貂蝉门口，真真切切地听到了里面的动静。张飞不加思索，一脚就踢开了门，惊得还未得逞的车胄跳了起来。一看关张二人气呼呼地进了房间，提起裤子想跑。关公横眉冷眼地站在了他的面前："车大人，这深更半夜的画了艳妆、提着裤子跳啥舞呢？"车胄辩解道："这，嗨，是学跳脱衣舞，不对，是补裤……"张飞大喊："淫贼！莫要搪塞！再装扮也能认出你是车狗屎！"遂举起丈八蛇矛便刺，关公用青龙偃月刀挡回："三弟且慢，不能让你一人解恨报仇，我的刀上也要沾点血。"吓得车胄面如土色，跪地求饶："二位将军手下留情，胄酒后失态，侵扰了貂蝉，得罪了将军。罪该当死，还请二位眷顾车某家小，饶我一命。"

张飞大骂："这等淫贼留他何用？不杀难解我心中恶气！"关公道："定要杀之，不然我等枉活世上，貂蝉如何示人？三弟，你用丈八蛇矛，我用青龙偃月刀同时动手，一击毙命，这样公平合理。"张飞道："好！公平！"二人执械欲刺，

貂蝉扑上去护住了车胄："且慢，二位哥哥不必杀他，他尽管行为可恶，但没有得逞，暂且饶他一命，怜惜他的家眷，权当作善事罢了。"关张二人收械发愣："貂蝉，你是否吓傻了、糊涂了。他是人渣淫贼，对你不恭，大耍淫威，你险遭淫手，为何还要救他？真是傻到家了。"貂蝉对

车胄厉声道："还不快滚！"

车胄狼狈不堪地回去了。貂蝉对关张二人道："车胄死有余辜，死不足惜，在我屋里杀他实属不妥，诛其无名，恐惹一身臊气。他是徐州刺史，和曹操交情甚厚，得罪了曹贼定遭报复，还会动摇民心，坏我名誉。且让他再活几日，我认真筹划，让他死得无嫌无隙，让徐州民众心服口服，拍手称道。那时曹操就会心胆俱裂，自咽苦果。"关张二人相互指责："莽撞无智，目光如鼠。"

貂蝉收到了陈尚峰差人送来的密信，信曰：

操已明汝助刘居徐，悔赐怒而遣彧赴彭，

志在索汝返许入笼，勿移稳坐海阔天空。

貂蝉即呈皇叔，刘备阅后六神无主，如坐针毡，心慌意乱地说："貂蝉此去，再难回还，军中无僚佐，徐州难守也！"关公、张飞心急如焚。张飞大骂："曹操朝令夕改，言而无信！"关公怒道："曹操阴险狡诈、厚颜无耻！"桃园三义这时觉得貂蝉成了自己的亲人，三义的护神，徐州之魂。倍感亲切，难以割舍。

貂蝉看出了三人心思，其实她也不舍离去，她道："皇叔当初激杀我夫吕奉先，我痛恨不已，杀他十次也难报我夫君之仇，也难解我心头之恨！但观皇叔心系汉室，志在万民，对我关怀备至，亲如兄妹。我感激之深，为汉室出力也是我的愿望，国事为大，家仇为小，便顾大义弃小义，尽释前嫌了。二位哥哥勿忧，我把你们当亲人，视曹操为国贼仇人，把徐州当己家。曹操遣荀彧来徐州，意在向皇叔要我，并非举兵来犯，无须忧虑。只要皇叔不弃，愿留貂蝉，我心甘情愿，自有妙计应付。"

刘备激曹操杀吕布让他内疚后悔，恐貂蝉怀恨报仇，时常提防。今貂蝉深明大义、尽释前嫌，让他如释重负："我已视貂蝉为弟妹，何谈嫌弃？宁舍一膀也不舍貂蝉，只要你肯留在此处，助我施展宏图，匡扶汉室，我万般高兴，求之不得。"关公道："曹操此贼好生可恶，出尔反尔，非男人也！"张飞道："不去！看曹贼有何办法，惹急了我黑张飞，当心他的命！"刘备道："貂蝉有何应对之策？不妨道来听听。"

貂蝉道:"荀彧此来,定会卑躬屈膝、摇尾乞怜。皇叔便热情接待,酒席款慰,此宴让我三人及车胄、陈登尽数参加。酒过三巡,皇叔就佯装醉酒先声夺人,说十日后就为关羽和貂蝉举办结婚大礼,让大家做好准备,抓紧筹备。荀彧就会欲言又止,吞吞吐吐、难表其意。定会归心如箭、连夜返回。"张飞忙道:"为何不选我,偏选二哥?"貂蝉道:"反正不是真结,谁都一样,演好自己的角色方可。"张飞心有不甘,关羽沾沾自喜。

刘备道:"此计太过简单,不足以应付心思缜密的荀彧,貂蝉另想一辙,让我成竹在胸、运筹若定。"关羽道:"十日太久,五日如何?"张飞道:"十五日也行,我扮新郎。"

貂蝉道:"诸位尽可放心,此计看似简单,实属繁难。它是心理较量之计,虽说荀彧是顶尖的谋臣,但他缺乏心理较量的经验,故用聪明反被聪明误之计,胜券在握,无须担忧。"

五

且说荀彧受到曹操训斥,还勒令去徐州接貂蝉回来,压力很大,也好生烦恼。他明白接回貂蝉困难重重,难度之大,且又不可不去,否则就会掉脑袋。于是就备足钱粮,带着八名士兵奔徐州而来。一路上垂头丧气,心乱如麻。思忖到了徐州该如何行事……如何向刘备开口?貂蝉又是什么态度?快马走了三天,在他疲惫不堪、口渴难忍的情况下,终于看见了徐州的城头。就在停顿之际,关公带着十数人前来迎接:"荀大人一路颠簸,辛苦了。"荀彧忙回礼:"有劳关将军出城迎接,不胜感激。"

进了城门,荀彧忙问:"怎么不见玄德公和貂蝉?我要急传丞相令,不得延误。"关公道:"不急,不急,皇叔为你准备接风宴去了,貂蝉嘛……不便细说。请你先在驿馆休息,饮茶洗浴,傍晚赴宴叙旧,传令即可。荀彧只好静候赴宴了。

丰盛的晚宴开始了,刘皇叔神采奕奕地坐在了上席,车胄、关羽、张飞等也依侧而就，荀彧左顾右盼不见貂蝉，心想，貂蝉是否远走高飞，另觅新主？还是被刘备藏匿起来了？他心里一阵慌恐，关羽方才谈及貂蝉时有意搪塞，倘若貂蝉被刘备藏匿还可周旋，如高攀新主远走他乡，我就罪无可恕、必死无疑了。正在疑惑之间，貂蝉艳装浓粉地走了过来，就像一朵彩云飘在了席间，使整个宴会厅光彩夺目、香气醉人。她款款地来到荀彧身边施礼问好："荀大人一路劳顿辛苦了，你是我的大媒人，今天要多敬几杯，略表小女感激之情。"荀彧如释重负，显得很不自在，只是淡淡一笑，窃色自慰，心神不安。

刘玄德举杯致辞："今荀贤士来徐督导军务，我等不胜荣幸，略备粗饭簿酒，为荀贤士接风洗尘，不成敬意，还请见谅。"荀彧道："玄德公客气了，彧此次并非涉军问政，而是……""来来来，喝酒喝酒，莫要冷了场面。我再敬贤士一杯。"刘备打断了他的话。荀彧又接着说："武官不知酒中意，文官尽受蛮人欺。吾乃文武皆不是，只是丞相叫鸣鸡。"说完泪流满面。

玄德再举杯："荀贤士且莫伤感，一醉解千愁，来，我再敬一杯。"荀彧一饮而下，他郑重地对大家说："此次我奉曹丞相之命，专程来徐州接……""对，接着喝。"玄德又打断了荀彧的话，佯装醉酒，举着酒杯跌跌撞撞地来到荀彧身边，兴高采烈地道："十日之后，我要为二弟关羽和貂蝉举办婚典，欲大摆酒席，宴请宾朋，在场的各位，且莫缺席，别忘了备礼祝贺。还请荀贤士代我传请丞相，届时光临，坐镇高堂，领受新人拜谢，畅饮改口洒。"

荀彧大吃一惊，忙转身问貂蝉："玄德此话当真？"貂蝉羞羞答答地回道："确有其事，小女子不从又有何方，这是丞相美意。早喝过订婚酒了，我心里装着丞相，可他早把奴婢忘了。"荀彧道："玄德公你喝多了，说起了胡话，莫要玩笑忽悠，酒后乱言。丞相遣我来接貂蝉回许都议事，明日就启程，耽误不得。"

刘备道："她的婚期已定，丞相亲赐良缘，谁敢违之？时间仓促，这，这……我喝几杯了？怎么口齿不顺了，有些天旋地转。"荀彧道："另选婚期，丞相思蝉成疾，无人可医，苦等貂蝉安慰。如不亲去，或难复此令。"车胄道："丞相乃国家栋梁，万物皆属之，貂蝉违令不去，恐遭严处，以胄之见，丞相之命不可违也。"

刘备道："还请荀贤士周旋，现今木已成舟，生米已成熟饭，婚期难改，不如婚礼之后，关公、貂蝉带上厚礼双双回许，拜见丞相……"说完醉卧在了宴会厅。荀彧怒道："不可！车胄，将貂蝉载入木车，护送至许都。"车胄欲上前拉貂蝉。

貂蝉佯装唯唯诺诺，左右为难。关公把青龙偃月刀在桌上一拍："谁动我妻，我就杀了谁！"

张飞把丈八蛇矛一横："谁动我的……貂蝉，就血溅宴会厅！"车胄见势倒退数步，吓得荀彧魂不附体，心惊肉跳，忙道："二位将军切勿动怒，允我再作思考。"

貂蝉道："列位不要激动，都是丞相的僚谋良将，万事商议解决，不必舞刀弄枪。还请荀大人回驿馆休息，允我再劝劝关羽，看能否宽宥数日，盼早日达成曹公心愿。"

荀彧回到驿馆好生懊悔，回顾席间动态，分析各自言语，不觉惊出一身冷汗。刘皇叔生惧二位义弟，恐劝不了，貂蝉人微言轻，左右不了关云长，无可奈何也！俗话说：能穿朋友衣，不淫朋友妻。现在生米已经做成了熟饭，棒打鸳鸯之事我不愿做，杀父之仇、夺妻之恨的大恶人我也不做。婚期还有十日，如丞相亲至，方可阻止他们婚配，否则我性命难保。时间紧迫，得即刻启程，返回许都，禀报丞相。

荀彧没有向刘备辞别，便连夜启程，向许都而去，漆黑的夜晚伸手不见五指，道路崎岖颠簸不堪，狼哭鬼叫声不断，寒风嗖嗖难以忍受。行走不到五十里，前面突然亮起了火把，有十几个土匪模样的蒙面人拦住了去路，凶狠狠地大叫："条条大路往前开，要想过去拿钱来！"

荀彧忙问："不知各位是哪路英堆？"蒙面人回道："杀人不放暗器，

明人不做暗事，俺们是云龙山跨云阁的飞侠。放下五千两纹银方可过去，否则送尔等去见阎王爷！"其实这些飞侠是貂蝉有意安排的伏兵，意在拖延荀彧返许时间。她在宴会前就预料到荀彧今夜必返许昌，便让关羽的副将赵猛一行乔装打扮，早就在这里等候了。还一再叮嘱：只掳马匹不抢钱粮，只许威唬，不伤人命。

荀彧道："大侠饶命，我等乃办差之人，身上只有少许碎银，哪能筹足五千两。"赵猛道："搜！"逐个搜过后无多少银两，赵猛又道："银两太少，还给他们权当盘缠，将所有马匹尽数牵走！"荀彧恳求："求大侠开恩，我等还有四百里路程，徒步难行。"赵猛道："留你性命和银两该知足了，切莫再啰唆！兄弟们，走！"赵猛一行扬鞭策马，向云龙山奔去。

刘备大喜，设宴庆贺："貂蝉神机妙算、运筹帷幄，真乃我等之福也！"关羽道："貂蝉料事如神，荀彧哪能是她的对手，我关云长有福之人也！"张飞道："貂蝉乃神仙转世，未卜先知，黑张飞其福不浅也！"貂蝉道："这是侥幸取小胜，不值得兴奋，更大的考验还在后面。"刘备急问："此劫已了，还有何顾虑？"

貂蝉道："荀彧无马匹，到达许都至少还需六七天，曹操因时间有限，鞭长莫及而定会大发雷霆，不达目的决不罢休。他会派比较强势的武将再来抢我，我有英勇神武的二位哥哥，还惧他不成？勿要担忧，车到山前必有路，我自有万千强兵等着他。"

六

荀彧千辛万苦地走了七天，终于回到了许都，他向曹操如实禀报了此行的全部过程。曹操大怒，训斥荀彧愚不可及，办事不力，大骂刘备胆大妄为，不思感恩。还有三日他们就要张灯结彩，大办婚典，叹已已无回天之力，只有另想办法图之。思来想去后，问计于郭嘉："刘备强留貂蝉，三日后与关羽结婚宴客，路途遥远，鞭长莫及，已无阻止之机，老夫十分苦恼，我立誓，貂蝉定要回到许都助我。嘉可有良策？"

郭嘉道："既荀彧文取无果，可用武夺。"曹操道："何意？难道要重兵压境，以大欺小，倚强凌弱，为一女子大动干戈，那不叫人笑话，不可不可！另想辙来。"郭嘉道："非也，丞相多虑了。刘备现只有关、张二将，不足为忧。丞相可选四名虎将带少许人马，以探望祝贺为由，前往索蝉，刘玄德见势必生畏，拱手送蝉。如玄德不知好歹，冥顽不化，便将貂蝉硬性接回。难道为一女子他还与丞相翻脸，负隅顽抗？在四员虎将面前，关、张二人还敢阻拦跳弹？"

曹操道："此计甚好！令许褚、乐进、张辽、徐晃四将带百余人马后天出发，定要全力以赴，马到成功！"

刘备收到曹操以武索蝉的线报，觉得事态严重，急召心腹商议对策："正如貂蝉预料，曹操文接不回貂蝉，便派许褚、乐进、张辽、徐晃等四员武将欲索貂蝉，不日将至徐州，备一时无策，现问计于尔等，可有良策？"一听四员武将来徐讨蝉，个个面面相觑、心余力绌。貂蝉道："诸位不必惊慌，兵来将挡，水来土掩，我自有退兵之策和万千援兵。"

刘备急问："是什么计谋？万千援兵又在何方？"貂蝉道："现赶制袁字战旗和螺号若干，让关、张二将带八百人马，于后天前在距跑马滩三里的阎罗湾设伏。并在跑马滩周围堆设百余材垛，等曹兵在跑马滩安营扎寨，兵困马乏，夜幕降临的时候，点燃材垛，突然发起猛攻。曹兵防不胜防。那时号角贯耳，火光四起，杀声震天，万千援（袁）兵而至。曹军自然惊恐万状，故无心恋战，败回许都，再不敢轻动徐州。疑为徐州附近有袁军也！"

刘备大惑不解，问道："若曹兵不在此处扎营呢？岂不伤财误事？"貂蝉道："从许昌骑马行程一天只能到达跑马滩一带，而这里地势平坦，易设营扎寨，一旦受袭，可迅速分散应对，最重要的是跑马滩西北方且有高山阻风，是藏风避气的好地方。"刘备点头似明，但还是忧心忡忡。

许褚等四将的索蝉队伍快马加鞭地跑了一天，太阳快要落西山的时候，来到了平坦的跑马滩，许褚观察了一番后，下令在这里安营扎寨，他道："这里地形平坦，难设伏兵，也好进退，西北两面且有高山，作为屏障遮风挡沙，在这里过夜，舒适又安全。"于是就毫不设防地扎寨、造膳、睡觉。

二更时分，曹兵酣眠，关羽射火下令，曹军营寨四周突起火焰，袁号劲吹，杀声阵阵，八百援（袁）兵举着袁字旗，穿着袁兵衣，从四面八方冲向曹兵营帐，大有势不可挡，吞噬曹军的气势。乐进等将惊恐万状，慌作一团。士兵四散而逃，四位将军不明军情，惊慌失措，无心抵抗，纷纷逃命。其实许褚与貂蝉交好，本无意此差。关羽有恩于张辽，更是不愿此行。他二人早有退意，就借机下令："袁军来了，速回许都。"

曹操武索貂蝉的行动被貂蝉计退了，刘备再次看到了貂蝉的足智多谋。欣喜之余，又心生担忧，倘若曹操再施阴招，当如何应对？关、张二人更是佩服不已，赞不绝口。貂蝉虽乐不可言，但也忧心忡忡，心神不定。

董承、王子服、马腾、刘备等签"义状"，除曹操的计谋被察觉，曹操心生大恨，欲逐个除之，对刘备怀恨在心，失去了信任，如何处置刘备他举棋不定，正在这时，张辽等四将无功而返，听了四人的禀报后大发雷霆："这刘备野心勃勃，图谋不轨，欲除我为快，还背叛朝廷，和袁绍结盟，己欲夺帝。可恶至极！这都是荀彧之过，貂蝉之为，刘备哪有这等能耐。这女子好生刁钻机智，用连环计除掉了董卓，多次戏弄于我，还不收手，今又挑动刘备结盟袁绍与我对抗，自不量力，用心险恶！我一定要杀了刘备，让貂蝉心甘情愿地为我所用。"

荀彧献计："丞相真想除刘备，不必大动干戈，可写书信与车胄就内图之，让他在毫无征兆的状况下绝命于徐州，到那时，关、张二将如天塌地陷，无主可依，也就自然归降丞相，貂蝉就会左右无靠，自赴许昌，为丞相所用。"曹操觉得此计可行，于是，暗使人潜入徐州联络车胄，传他钧旨。

车胄接到书信忙谋划，苦思冥想良久，不得要领，在无妙计可施的情况下，随即请陈登商议。陈登略加思考道："刺史勿忧，此事极易。近日刘备出城安民，不日将还，刺史可命军士伏于瓮城边，佯作迎他，待他到来，乘其不备一刀斩之，那时群龙无首，乱作一团，关羽、张飞无主心骨而乏术欠力，只好束手待毙。我在城头射箭阻拦援军，大事成矣！你可去许都报喜领赏。"

车胄道："此计甚妙！"

陈登急忙回见父亲陈珪，道明此事。珪命登赶紧报知玄德。陈登领了父命，飞马出城去报，在五里之外面迎先行回来的关羽、张飞和貂蝉。原来刘备还有要事，待后返回。登急向三人言明曹胄之阴谋。张飞一听火冒三丈，要去厮杀，貂蝉阻拦。关羽思虑良久不知如何是好，急出一身冷汗。张飞道："你们先在此处抵挡，我去保护大哥，另觅他处暂避。"

貂蝉道："三位不必惊慌，这倒给了我杀车胄的机会，车胄现伏于瓮城边等皇叔，我们仓促而去必定有失，我有一计定然杀胄，我等乘夜扮作曹军到徐州，引车胄出迎，伺机杀之。"陈登道："此计甚好！"貂蝉道："我营本有曹军旗帜，现衣甲都同，来个以曹治胄之计，陈兄可在城头观阵，伺机射箭助威，必胜无疑也！既可除车胄煞曹威，又可保皇叔长士气。"

二更时分，军士到城下叫门。城上问："何人？"回应："是曹丞相派来的张文远人马，快报知车刺史，快快出城迎接。"车胄拿捏不准，急召陈登商议："城外来了一队人马，报称乃丞相差张文远的人马，胄恐有诈，正处两难，不知如何是好。"陈登在城上回道："黑夜难以分辨，待天亮再夺。

城下军士故意轻声喊叫："快快开门，别让刘备知晓。"车胄仍犹豫不定，城下的喊声越来越大，越喊越急。怕喊声惊退刘备，车胄只好披挂上马，带千余兵士出城迎接。大叫："张文远何在？"貂蝉在关公身边应道："文远在此！过来一见。"车胄觉得这声音非张辽，而似貂蝉，就疑心重重地向前探视。火光中只见关云长提刀纵马直迎，大叫："匹夫车胄，你心怀鬼胎，行为不端。欲谋刺杀皇叔，背叛朝廷，罪大恶极，拿命来!"

车胄大惊,举起古绽刀迎战,尽管他力大无穷,手如钢钩,战了几合,却招架不住,拨马便回。退到吊桥边急叫:"陈将军,快快放桥!"城上陈登不但没有放下吊桥,反而命弓箭手乱箭射下,车胄一看不妙,便绕城而走。关公赶来手起刀落,车胄血溅八尺,跌于马下。关羽割下首级提回,向城上喊道:"我已将反贼车胄杀之,其余将士受车胄蒙蔽而已,皆不问罪,弃暗投明者免死!"众将士倒戈投诚,劲呼皇叔英明神勇,军民皆安。

关云长和貂蝉提着胄头去迎刘玄德,并向玄德禀明车胄与曹操勾连,欲谋害皇叔之细情。刘备大惊:"曹操若来,如何对付?"关公道:"我和三弟应对便是,大哥不必担忧。"

玄德听闻曹操对他失去了信任,恨之入骨,欲除之为快。此讯如五雷轰顶,万箭穿心。便大喊:"我懊悔至极,不该出征占徐州,受人蛊惑好生后悔!"貂蝉道:"现已探明曹操动杀心,不全是徐州之事,而是国舅、马腾、王子服等和大人签的"义状"惹怒了曹操,他誓言要逐一除掉。所涉义状者尽诛。事到如今,也不能怨天尤人,束手待毙。我等应早做打算,竭尽全力逃此一劫,确保皇叔无虞。"

回到府内,闻知张飞已将车胄全家尽杀。刘备道:"杀了曹操心腹之人,又添一恨,他肯罢休?天灭备也!"刘备乱了心境,失态变状,流着泪叫道:"不该来徐州,不该对丞相有二心,不应杀车胄,不该淌"议状"的浊水。"

貂蝉道:"还未到走投无路、黔驴技穷的境地,我们的出路还很多,也不缺应对之策。纵然天不佑我,曹兵压境,也不必过分惧怕,他有千军万马,我有千条对策。秤砣虽小能压千斤,蝴蝶虽小能漂洋过海。且曹兵未至一卒,我们就惧之无状,无病呻吟,自寻烦恼,不值当也!"关公道:"事已至此,我等不要乱了阵脚,既便曹兵来犯,奋勇抵御即可。"张飞道:"议状已签,曹操已怒,他要来咱就打,还惧他不成?"

刘备恐慌万状，伏案大哭，众劝无果。他歇斯底里地大叫："我命休也！天不灭曹灭汉室，天理不公！国舅行事太大意，唆我玄德签'议状'，暴露议状理不该，悔之晚矣！"

七

大家都在思虑：打，力量悬殊，退，退到何地？逃，逃向那里？藏，藏于何处？刘备斥问："尔等平日言之凿凿，情义深厚，难道没有保我之心？救主之策？让我心寒！"众人沉默不言，既不敢规劝，又不敢献计，怕触及痛点，推卸责任，无端责备。

皇叔大哭起来，他内心责备：竟无一人懂我之心，明我之意。其实大智若愚者有，装聋作哑者有，莫不在意者也有。刘备见状直明其意："救我者一人可为。"众人大惑不解，但貂蝉深明其意，刘备所说之人就是貂蝉，他想以貂蝉之危换取自己的性命。貂蝉不愿离开能报仇雪恨的团队，不愿离开勇猛神威、忠肝义胆的关羽和张飞，不愿回到肮脏不堪、尔虞我诈的丞相府。她仍然低头不语。张飞问刘备："大哥，此人是谁？"

刘备掀袍抹泪地跪在了貂蝉面前："貂蝉救我。"众人如坠云外，不得其意。貂蝉忙扶皇叔起来，佯装糊涂："皇叔高看貂蝉了，我乃一微弱女子，有何能耐搭救于你？倘若再现激杀奉先情景，我当刀下之鬼时何人救我？如再出徐州之鉴，貂蝉将五脏悔青，担当不起。关、张二将勇猛非常，忠心赤胆，以一当十，曹贼畏惧，皇叔无虞也！"

刘备道："貂蝉过谦了，我方才着急口误，言语不当，伤了你的情面，寒了你的心，多有得罪，看在往日情分，还请见谅。"貂蝉道："皇叔切莫自责，我黔驴技穷，已无大用矣。"张飞急躁："貂蝉且勿自贬，大哥昔日激杀吕布，乃事态所逼，今已反省。我等乃生死之交，大哥有难，当齐心向前，各尽其能，不可拒之。"

刘备吞吞吐吐："曹操倾心于貂蝉，曾三番五次前来讨要，可见貂蝉在其心中的分量，他不光是贪婪姿色，而是怕貂蝉助我胁他，故不惜代价要将貂蝉居为己有。"

关羽大怒："不可！大哥私念太重。昔日不顾貂蝉哭求，激将曹操杀了她的夫君，现今又拿貂蝉之危换自己之安，其理不通、其行不端。貂蝉摒弃前嫌，为你舍生忘死，出谋划策，占据徐州，功不可没。你不作嘉奖，反而懊悔责备，其心难估，非君子也！我与貂蝉即将大婚，你欲恶意拆散，棒打鸳鸯，其心何忍？枉为桃园三义之大哥！散伙，各奔前程！"张飞道："大哥好坏不分，损人利己，把貂蝉当作顶门杠，抠耳勺，用时拿来，不用弃之。全然不顾我等感受。既如此，散场罢了，我和貂蝉回燕赵，杀猪宰羊也能安然度日。"

刘备羞愧难当，无地自容。一听关、张二人要散伙离去，大吃一惊，如五雷轰顶，万箭钻心。又大哭起来："二位贤弟莫怪，大哥知错了，是大哥心粗口拙，着急生乱，误伤了貂蝉一片赤诚，权当玩笑而已，哪能舍得三义分歧，半途而废呢？"

貂蝉道："三位不要为我生怨，桃园三义英名远播，怎能说散即散呢？蝉福薄命贱，但知善恶美丑，民族大义。为保皇叔无恙，三义永固，我当以大义为先，相府纵然是龙潭虎穴，刀山火海我也不惧。我即日去许都，以蝉之身换得三义无隙，皇叔无恙。"

刘备如释重负，情随事迁地道："貂蝉舍身从大义，可亲可敬，玄德自愧不及，受我一拜。"他毕恭施礼，感激之至。关、张二人欲言又止，面面相觑，无可奈何。

次日，由关羽带十余人护送貂蝉去许都，刘备、张飞洒泪惜别，军士百姓泣地而送。貂蝉恐曹操先行起兵攻徐，催促关羽快马加鞭，日夜兼程，三天就到达许都。

曹操甚喜，细观貂蝉面容憔悴，但依然光彩耀人，风姿悠然，千娇百媚。关羽跪地拜陈："皇叔念丞相恩情，阻止了我与貂蝉的婚事，我心虽有不肯，但思虑再三后茅塞顿开，以小节服大义，以私情从大局，甘愿放弃，圆丞相之蓝图。今从皇叔命，将貂蝉送来，还请丞相莫怪我等迟钝自私，延误丞相大计。"

貂蝉道："貂蝉来迟，罪在不赦，蝉思丞相万般辛苦，而丞相忘蝉九霄云外，让蝉好生寂寞，终日不得安歇，茶饭纵然无味。今得愿已偿，兴奋不已！不知大人还如昔日般稀罕蝉儿否？如已淡然，蝉将撞墙而殉，决不恋世！"

曹操戁笑道："貂蝉好生机灵，还巧辩遮掩，我非眼瞎耳聋。你为刘备竭力策划，出征据徐，巧拒我使不回许，计杀车胄救刘备，好手段，大手笔，荀彧、程昱、郭嘉皆败于你手，老夫好生欣赏！恬念至极，今你衣锦还许，我高兴之至，只要你日后一心为我，前期恩仇一笔勾销，玄德公过错不再追究，我等携手甘苦，成就大业！关大将军弃蝉有义，送蝉有功，定当嘉奖，日后可否在曹营走动，壮我军威，扫平叛军？"

关羽道："丞相美意我不胜感激，只因我桃园三义不可分割，在徐州为丞相效力，也为幸事，反正都是大汉疆土，丞相所辖。您对我如此器重，闲暇之时定来拜望，再讨丞相美酒解馋。"曹操盛宴款待貂蝉和关云长。特意对关羽道："云长莫要急返徐州，作为皇叔遣差，喝了我和貂蝉的喜酒再回。"关公领命，拜谢而退。

是夜相安无事，貂蝉仍居原来的房子，房间摆设原模原样，收拾得整洁舒适，貂蝉像又回到了家里。不同的是曹操为她配了两名侍女。门口还增设了岗哨。并令没有他的允准，任何人不得进入，貂蝉觉得像被关进了鸟笼，失去了自由。关羽在不远处情深意切地观察了几趟，觉得貂蝉安全无状，才和副将赵猛一同回驿馆休息。

次日，曹操沾沾自喜地来到貂蝉房里，笑容可掬地对貂蝉道："自你走后，此屋保持原样，且时常有人清洁，我寂寞时进来坐坐，睹物思人，甚是酸楚。今美人重回故居，可习惯乎？"貂蝉道："谢丞相不弃，时常念记奴婢，心有愧疚，诚惶诚恐。"

曹操道："将你赐予关羽，我十分后悔，顾及颜面不曾悔赐，刘、关不懂我心，扣你不放，让我着实不快。好事多磨，现拨开乌云见明月，有情人终成眷属。老夫要择吉日良辰，举办盛大婚典，你我叩天谢地，结成美好姻缘。夫妻同心，各施所长，成就大业。到那时我变寡人你称后，岂不美哉！"

貂蝉曲意迎奉："丞相思虑周全，细致入微。您的美意蝉心知肚明，不知如何感谢才对，我静候佳期，完美您我人生。"其实她早已策划周全，大婚之日就是报仇之时。

曹操满心欢喜，情不自禁地道："貂蝉真是个聪明漂亮、足智多谋的贤内助，天真可爱的小白兔，哈哈哈！"他在貂蝉柔嫩肩膀上抚摸了一下，就乐而忘形地回去了。

八

曹操要纳貂蝉为妾的消息一传开，文武朝臣、全军将士无不吐舌眨眼，摇头非议者有之，拍手称道者有之，嫉妒吃醋者也有之。纵视上下左右，都在准备贺礼，欲踊跃参加婚典、一睹新娘风采者居多，还有欲乘机滋事，图一时之快的神秘客人。

建安五年（200 年）九月十二这一天，是曹操纳妾的黄道吉日。相府内外张灯结彩，前厅后院喜气洋洋，佳肴美酒香气醉人，锣鼓喧天唢呐声声，囍禧二字点缀别致，作贺送礼者络绎不绝，迎来送往者热情洋溢。相府门前张贴对联：

蟾影浮光皎月交明花烛夜

龙缠应律祥去直逼星桥天

曹操喜笑颜开地坐在堂口，招迎着前来恭贺的朝堂官员、达官贵胄。婚典开始，鞭炮齐鸣，鼓乐劲奏，曹操穿着婚倌礼服，在文武二将的护驾下，牵着新娘的红绸牡丹带，乐呵呵地步入殿堂。貂蝉的礼服格外雅致怡人，在金童玉女的牵引下，拉着红带缓缓地跟随在曹操后面。娇艳欲滴的貂蝉在锦红盖头下面，盘算着将要发生的事端，她身上藏有两样东西，砒石和匕首，若投砒石无果，就用匕首刺杀，今日良机不能错过，定让曹贼

305

毙命！这时一个神秘客人也溜进了堂内，他贼头鬼脑地徘徊在曹操附近。看上去是个青年生面孔，他用机灵的目光扫视着这里的一切，他是何人？欲做何事？不知其意。

新郎新娘拜天谢地后坐在了殿堂，收起了红绸带，掀起了红盖头，在一片欢呼声中，再喝交杯酒。两只酒杯都斟满了酒，在端酒杯的当口，貂蝉故意将杯子碰倒，在她扶杯重斟的瞬间，巧妙地将藏在指甲盖里的砒石投到了酒杯之中。她谦逊地道："奴婢手拙碰倒了杯子，谨向丞相启杯赔罪，还请丞相莫怪蝉儿手拙。"曹操道："无妨无妨，俗话说'杯子倒，感情好；杯子翻，福无边。'好兆头，好兆头！"她端起有毒的杯子，敬到了曹操的手里，自己便端起了无毒的杯子。这时，她的心突突直跳，但她强作镇定。在众人的嬉闹声中，他俩碰杯挽肘，相互甜蜜地对笑后，昂首便饮。酒杯刚触到曹操嘴唇，嗖——一把飞刀插在了曹操的束发金冠上，吓得他胆战心惊、慌了手脚，手中的酒杯掉在了地上，杯中之物也消失殆尽。

曹操大怒："抓刺客！蝉儿，不怕，不怕。老夫命大福大造化大，刀枪见我绕弯而走，邪神恶鬼避我三里。"站在曹操身边的张辽将军大喊："抓刺客！哪里逃！"他向出刀的方向追去。婚礼乱成了一锅粥，貂蝉佯装惊恐，欲用匕首刺杀曹操，且已有数名武将前来护驾，不便出手。此时，关羽和赵猛也来到了这里，威风凛凛地站在了貂蝉身边。

张辽快步追刺客，追出城外不到三里，见刺客转身跪倒："张叔公，且勿再追了，我乃高顺儿子高作枫，闻曹贼今日大婚，欲伺机除之，为父报仇。侄学艺不精，刀走偏锋，未击中老贼，懊悔至极！但求叔父轻饶，日后定杀老贼！"张辽急忙扶起高作枫，泪流满面，抚着作枫的肩头道："贤侄快起，我与你父亲如兄弟，不分彼此，你的肩膀还嫩，不宜冒此风险。此处眼线众多，不宜久留，你我日后详谈，快快离去。"

婚礼混乱不堪之际，张辽回禀曹操："是几个袁兵，被我打得屁滚尿流，狼狈不堪地逃走了。"曹操信以为真，怒道："袁绍贼心不死，犯边骚扰，今天乃我的大喜之日，不见血光便好，既已逃走，就不再追杀了。待我日后腾出手来再作计较。请各位继续饮酒作乐，不要扫了大家的兴致。"

婚宴恢复了常态，人们胡吃海喝，高谈阔论，乐得曹操不可名状。貂蝉心急如焚，她想尽快结束曹操性命，机会稍纵即逝，但群情骚动，争相献媚。给曹操敬酒者众多，他已醉得站立不稳，言语不清。貂蝉一次次地催促曹操进洞房休息，准备在洞房下手。曹操却迷恋祝贺吹捧的热闹场面，不思洞房。

此时的陈尚峰心乱如麻，貂蝉快要进入狼窝，肉入狼口，痛惜不已。自己也弄不清是爱貂蝉吃醋，还是恨曹操淫荡。他默默无闻地追随着她，歇尽全力地保护着她，无时无刻地牵挂着她，为她乐而乐，替她忧而忧。可貂蝉不明他心，不给他一丝爱的回报。但他一如既往地关心爱护着她。他毫不懊悔，常伴她左右也心暖情爽。这时，他心如刀割，恨已无力阻挡心狠手辣的曹操，他突然看见了关羽，把希望寄托在了关云长身上。

此时的关羽心里也酸溜溜的，失落得快要哭出来。眼看着心爱的貂蝉就要成为他人之妻，让老贼蹂躏，接下来要发生的事情让他心跳愤怒，浑身发痒，眼仁充血。他紧攥着拳头，看着曹操与貂蝉恩爱作秀的神态，恨不得上前抽曹操耳光。

貂蝉依着曹操谢客，就要入洞房。陈尚峰暴跳如雷地大骂关羽："关云长，你自命英雄，实为狗熊！连心爱的女人也保不住，竟拱手献给他人，欲攀龙附凤，不知羞耻！貂蝉即将羊入狼窝，任人糟蹋。河东铁匠，你枉为男人！"这是陈尚峰的激将之策，欲让关羽挺身而出，挽回局面，还貂蝉自由之身。

关公不明其意，气得咬牙切齿，怒发冲冠，大骂："陈尚峰，你口出狂言，敢责备本将，就不怕做我刀下之鬼！"陈尚峰道："我乃贱命一条，死不足惜，可怜关大将军鼠目寸光，攀龙附凤，毫无男人气概，枉为美髯公，实小脚女人也！"

　　貂蝉上前劝解，并借机给他二人频使眼色，意在不要争持，快快离去。二人迷惑不解，不知貂蝉成竹在胸，另有奇招。反而越吵越凶，不断升级。关羽举刀便砍，陈尚峰伸颈不惧，貂蝉俯身阻拦，关羽收刀怒视，愤然大骂："陈尚峰你昏了头脑，乱了方寸，胆大包天！竟敢如此辱我名节，莫非另有企图？"

　　曹操醉眼蒙胧、语无伦次地道："尔等不懂风情，满口胡话！竟敢非议我曹孟德？谁敢骂关云长大将军？杀！杀杀杀！蝉儿，春宵一刻值千金，咱们到洞房快活去。"

　　貂蝉刚要扶曹操入洞房去刺杀老贼，关公副将赵猛借曹操之威替主人发疯，怒气冲冲地道："匹夫陈尚峰！不知天高地厚、人外有人的狗东西！竟敢非议曹丞相，侮辱我关将军。"陈尚峰道："赵猛，有能耐把貂蝉抢回去，别在这里丢人现眼，吹毛求疵，不然，你同关羽皆无二样，都是软弱无能，贪生怕死的懦夫！"赵猛一听，气得浑身发抖，面目发青，怒不可遏地举刀就砍。貂蝉猛然转身，去护陈尚峰，赵猛手起刀落，将貂蝉砍成了重伤。气得关公擂首跺脚，悲伤万分，怒视仓皇逃跑的赵猛，一时头脑空虚，没了主张，就心神恍惚地追赵猛去了。场面甚是恐怖尴尬！

　　陈尚峰大惊失色，不敢轻动。抱起血淋淋的貂蝉扭头就跑。此事惊动了相府上下，曹操从醉梦中惊醒，顿觉肝肠寸断，怒气攻心，即命府内将士捉拿凶手赵猛。顿时相府乱成一团，喊声震天。中郎将张文远紧追不舍，他不明其中究竟，凶手是何人。追到陈尚峰房内，一看貂蝉在陈尚峰怀里，误为陈尚峰是凶手，就举刀便砍，陈尚峰毫无还手之意，他想随貂蝉而去，便伸颈待刀。张辽一看陈尚峰视死如归，十分纳闷，毕竟同僚一场，不忍下手，又将黄龙钩镰刀收了回来。这时，徐晃赶到，不问青红皂白，抢起开山斧将陈尚峰砍倒在地。陈尚峰紧紧地抱着奄奄一息的貂蝉，慢慢地闭上了眼睛。有诗曰：

风雨飘摇彩虹临　　忍辱除奸报国心

忽闻巾帼黄泉去　　九洲上下泪满襟

附　记

　　今天的甘肃省临洮县（原狄道县）貂蝉湖，碧波荡漾，鸳鸯戏水，风景如画，游人如云。人们为了纪念貌似天仙，心系社稷的貂蝉，在貂蝉湖畔矗立起了四米多高、栩栩如生、婷婷袅袅的貂蝉玉石像。

　　政府在衙下镇井任家村北，貂蝉的祖父母、父母陵墓处设立了《貂蝉故里》的石碑。每逢农历七月七日（貂蝉祖父母、父母安葬日），在附近的骡马沟举办花儿会，纪念貂蝉的四位先祖。

　　如今的淮水沟松涛滚滚，鸟语花香，溪水潺潺。这里的人们为了纪念忍辱负重，为国除奸的貂蝉，把淮水沟改称为貂崖沟，每年农历五月初五日（貂蝉虎难日），在这里逢会。善男信女们在草棚遗址前，给貂蝉烧香燃烛，敬献祭品，磕头作拜。山歌好家们拢在那里，尽情地给貂蝉献唱洮岷花儿。如：

临洮县的红牡丹　貂崖沟的清水泉

揭开泉盖往里看　貂蝉美女在里面

后 记

貂蝉是古代四大美人之一的"闭月"，是东汉末年叱咤风云的人物。她的故事在民间流传很广、也很悠久，但大多出现在说书话本当中，后由《三国演义》作者罗贯中整理塑造成了貌美聪慧，舍小义，从大义，活生生的巾帼人物形象。

民间传说和有关文学作品中，貂蝉为司徒王允的义女，为了拯救汉朝，除掉国贼，她和王司徒合力实施连环计，忍辱负重，巧妙周旋，使董卓和吕布为她而反目成仇，最终借吕布之手除掉了董卓，之后貂蝉便成为吕布之妾。董卓部将李傕、郭汜大闹京都，击败了吕布后，她随吕布来到下邳，曹操攻破下邳后杀了吕布，将貂蝉等吕布家眷带到了许昌，从此貂蝉就没了下文。

貂蝉的历史记载甚少，纵览各类小说野史，曲艺杂戏，她都既无出处，也无结局，成了名人史记的一大缺失。对此，民间传说纷纭，且无定论，对貂蝉籍贯的争论从未间断，愈演愈烈：一曰是山西忻州人；一曰是陕西米脂人；一曰是河北邯郸人，还有一说貂蝉是狄道人(今甘肃临洮县)。对貂蝉去世的说法也有几个版本：有关公月下斩貂蝉之说；有在成都独老而终之说；有削发为尼之说；有为解桃园三义之危自刎之说等等。但都缺乏有力的佐证资料和可信的物证。如不对其细研深探，挖掘整理，把她的身世秘密和殒命情形告与世人，就成了我们的一大憾事。于是我博览史书，熟读三国，访民间传人，去实地考证后，于 1994 年整理撰写了中篇历史传奇文学小说《貂蝉传奇》。在《兰州日报》连载后，反响很大，但因篇幅有限，没有完整详尽地将貂蝉的一生表达清楚。

在有关部门和热心人氏的鼓励支持下，我又拜访各类文化传承人，到和貂蝉有关的名胜古迹、山川峡谷、村落古镇追溯采风，收集了不少与貂蝉有关的民间传说和佐证资料。就在《貂蝉传奇》的基础上，提高了触笔要求，充实了大量资料，并借鉴《三国演义》的精华，创作了这本长篇小说《貂蝉》。因自己写作水平有限，《貂蝉》这本书尚有不少缺陷和瑕疵，不足以完整细致地评说历史、论道貂蝉，望读者海涵。

在《貂蝉》这本书的创作出版过程中，得到了作家、企业家、教育工作者，历史文化传承人石作印、石爱豪、石爱天、杜建功、吴萍兰、肖继应、肖永强、瓦怀智、瓦合荣等亲戚朋友，临洮县寺洼文化研究会，临洮貂蝉诗社的大力支持，在此深表感谢！

2019 年 3 月定稿于兰州

后 记

311